U0588814

风起林涛

保德新青年文集

张宇荣——主编

经济日报出版社

图书在版编目（CIP）数据

风起林涛：保德新青年文集 / 张宇荣主编. -- 北京：经济日报出版社，2021.12
ISBN 978-7-5196-1049-4

Ⅰ.①风… Ⅱ.①张… Ⅲ.①散文集-中国-当代
Ⅳ.①I267

中国版本图书馆 CIP 数据核字(2021)第 280044 号

风起林涛：保德新青年文集

主　　编	张宇荣
责任编辑	王　含
责任校对	蒋　佳
出版发行	经济日报出版社
地　　址	北京市西城区白纸坊东街 2 号（邮政编码:100054）
电　　话	010-63567684（总编室）
	010-63584556　63567691（财经编辑部）
	010-63567687（企业与企业家史编辑部）
	010-63567683（经济与管理学术编辑部）
	010-63538621　63567692（发行部）
网　　址	www.edpbook.com.cn
E－mail	edpbook@126.com
经　　销	全国新华书店
印　　刷	成都兴怡包装装潢有限公司
开　　本	880mm×1230mm　1/32
印　　张	14.75
字　　数	330 千字
版　　次	2021 年 12 月第一版
印　　次	2022 年 3 月第一次印刷
书　　号	ISBN 978-7-5196-1049-4
定　　价	88.00 元

序

高定存

将《风起林涛》书稿置于案头，有一种沉甸甸的感觉。这鲜活丰满的果实，收获于微信公众号《保德新青年》园地。

2015年，微信公众号初兴，前卫时尚。保德人追赶潮流向来不落后，青年吴宇申请开出一个公众号，取名"保德新青年"。这一名字能让人想起当年陈独秀创办的《新青年》，颇具历史感。公众号头像用的是古巴职业革命家切·格瓦拉的肖像，又透出一种引领新潮流的意味。

"保德新青年"在2016年1月20日推出第一组稿件，有"再说食物相克""喷嚏图卦""保中学生四对四篮球赛花絮"等；以后连着几天，所推内容也多为新闻趣谈、体育报道、生活常识、天气预报之类，没有文学作品。看架势，"保德新青年"似乎要办成一个以青年人为受众的综合娱乐平台。

然而娱乐也不好弄，转发外稿没有地方特色，拿本地素材娱乐搞笑，又熟人熟面不好意思。开通两个多月，"保德新青年"不愠不火，影响不大。

一边前行，一边试探着转变方向。2016年3月底，张宇荣女士加入编辑团队，正式开辟文学栏目，此后渐行渐明朗。同年11月，白少华女士加入编辑团队，"保德新青年"成为专门推送本土文学作品的公众号。

此前，县里虽然有《黄河风》《保德文化》《保德社区报》等报刊，能发表一些本土作品，但毕竟容量有限，而且出版周期长，传播速度慢，难以满足广大文学爱好者的需求。"保德新青年"问世，正好弥补了这些不足，每天推送五六篇稿件，容量大，传播快，覆盖面广，阅读便捷，在吸引大批读者的同时，也为广大文学爱好者开出了一块发表作品的新园地，激发了大家的写作热情。一时间，上到七八十岁的老人，下到中小学生，都是"保德新青年"的撰稿人，全县写作氛围空前浓厚。如果没有"保德新青年"这个平台来展示，人们怕是难以发现本土还有如此多的作者，能写出如此华美的文章。

近两年来，自媒体井喷般增长，微信公众号更如同遍地野草，数不胜数。一般公号文章阅读量上千已属不易，而"保德新青年"的阅读量大都能接近1000，多者可达五六千，最高者已过万，人们对这个公众号甚为关注和喜爱。

从2016年到2019年，"保德新青年"推送文章3000余篇，阅读总量超过百万次。然而这些文章存放于网络平台，总给人一种不踏实的感觉，一则容易被淹没于浩瀚如大海的网络文章中，二则说不定某一天公众号发生意外，文章也就无从寻觅了。于是编辑人员决定精选一部分，按年份分卷成书，以长期保存。《风起林涛》为2016年卷，从2016年所推送的471篇文章中精选而来，书名为众作者反复推敲而定。

保德古称林涛寨，是华夏文明第一缕曙光照耀之地。从林遮峪龙山文化的石头城墙上，我们能摸索到祖先五千年前留下的手印；从殷商铜贝的斑斑皱褶中，我们能品读到祖先三千年前的超凡智慧。然可惜的是，因为缺乏文献记载，更多的灿烂辉煌已随风飘逝在了茫茫时空之中，无从寻觅。本卷文集以《风起林涛》为名，既蕴含了对保德古老文明的纪念，同时也寄托着对保德文学创作的希望：新风起林涛，文脉贯黄河。

《风起林涛》的作者来自四面八方，文章题材广泛，文笔各异，多彩多姿。书中既有五湖四海，世界风云，也有人生感悟，儿女柔情。更多的还是本土故事，地域风物，乡土民情，读来熟悉亲切，一卷在手，可慢慢品味。

《风起林涛》的出版，是对众多作者的一种纪念与鼓励。文章是作者心血的凝结，结集出版是对劳动的一种认可与尊重。有些作者的文章还是第一次录入书中，具有纪念意义。或许若干年之后，有人翻阅此书时会说，我的作家征程是从这里起步的。

《风起林涛》的出版，是保德文化建设的一部分。文化是一种积累，积土成山，积水成渊，厚重的地方文化，需要多方面的持久不断的努力。《风起林涛》基本展现了2016年保德文学的创作成果，留存于此，是为保德文化大厦的一部分。文以载道，文可化人，书籍是人类进步的阶梯。文集出版，善莫大焉，功莫大焉。

每一部文学作品里都有着时代的倒影，不管所写内容如何，无不打上时代的烙印。若干年后，透过这本《风起林涛》，我们可以看到21世纪之初保德大地的一个侧影。至于书中记录真实故事的那些文稿，则是最鲜活最真实的史料。从这一点来讲，《风起林涛》也是颇具价值的历史文献。

在低俗风潮席卷大地的今天，《风起林涛》的问世，标志着我们有一群年轻人依然清醒地坚守在文化高地之上，在为传承文明做着种种努力。

文章千古事，得失后人知。时代巨轮在前行，风云激荡，洪波涌起，让我们且行且珍惜。

目录
CONTENTS

高定存作品选

高定存，中国作协会员。1991年开始发表作品。著有散文集《黄河往西流》《祖辈的黄河》。散文《黄河往西流》获《黄河》年度散文奖，纪实散文《换届》获《山西文学》"优秀非虚构作品奖"。

那就是我

大约10来岁时，一个深秋的傍晚，我和一群小伙伴在街头玩耍后独自往家走。走着走着，我突发奇想：为何我恰好就是生在我们家而不是生在别人家？如果生在别人家，比如说和某个小伙伴换一下，我会是个什么样子，以后会如何？边走边想，越走越慢。我把小伙伴们的家挨个想了一遍，最后的结论是，幸亏没有生到别人家去，不然会吃苦更多，还数生在我们家好。

童年的事情大多忘记了，但那一个秋日想过的问题，几十年来却清晰如初。那一刻仿佛是灵光乍现，小小童心穿越时空，直抵命运深处。此后，再没有那样的灵光闪现。今天下午看书累了，站起来静静地看着窗外一棵树。突然想，如果当年考不上大学，留在农村，我现在是怎样一种情形？有一种可能，以我父亲一辈子教书，靠着一些学生的帮忙，我能当上一个民办教师。苦熬苦受若干年，到30多岁时转正。但读书少，文化水平自然不高，教书也只能是一个冬烘先生。住在村里，拿着那半虚半实的教材，照猫画虎哄一群孩子。到现在这个年龄，早已内退了。桥头村的小街上走过来一个面目苍老的教师，那就是我。

更大的可能，是我留在村里做了农民。80年代大包干，家里有了地，我会和父母亲一道，早出晚归，好好耕种几年，然后娶一个健壮的村姑，早早生儿育女。开始几年，家里日子还算殷实，以后种地不行了，我的生活渐渐走入艰难。以我的本事，做买卖搞企业肯定不行。当村干部也不行，倒是很容易和村干部或者乡干部对立起来。我最有可能，是以自己的能吃苦，做一个好受苦人，长期打短工，搬砖就搬砖，挖土就挖土。父母亲和我住在那座祖传的百年老院中，傍晚劳动归来，母亲会心疼地看着我，快坐下歇一歇，同时递过来一碗水。父亲会把他的养老金匀出一部分，补贴我的生活。某工地上，一个少言寡语愁眉不展的人，那就是我。

还有一种可能，我会开一个修理小摊子，给汽车充气补胎。韩府公路边，一间东倒西歪的简易工棚内，忙乱着一个满身油污、头发乱糟糟、几天不洗脸的修理工，那就是我。也有可能，我会像我的远房弟弟双双那样，开一辆三轮车，给人家干活。拉砖就拉砖，运煤就运煤。但我没有双双的狡黠功夫，免不了接受各种罚款，心情还不如双双快乐。最糟糕的一种可能，以我叛逆的性格，以我对人生和世界的理解，我极有可能受不了某些不合理的对待，会起来反抗，从而陷入土地征用、采矿塌陷、修路拆迁等问题里面，和各级干部对立起来。吵架，上访，一方面是自己艰难至极，另一方面破坏着社会的稳定局面。偶尔我也想，如果 1977 年高考，我的物理不该错的不要错，多拿几分，我就会被录取到北京一所大学，而不是大寨农学院，进而从事科研，和现在走完全不同的两股道。但是，考上好大学以后会如何，这个想得很少，更多时候是想考不上将会如何，进而便有一种感恩情绪漫过心头。

　　人在旅途，不时会遇到一个又一个岔路口，我们或主动或被动，踏入了其中的一条，而且只能是一条。走在这条路上，我们由不得要想，倘若走上另外一条路，风景如何？命运有很多种可能，我们只能经历感受其中的一种。更多的，我们无法去经历和感受，只能做一些想象，这大概也是人生的神秘和魅力所在。有一个词叫"命运"，很多励志言论说命运掌握在自己手中，其实不然。自己只能掌握命运的一小部分，大部分掌握不了。有一些生而注定，有一些被别人左右，还一有些则不知道被谁掌握着，或者那就是上帝吧。

两代人的高考

1977年秋天，一个消息惊雷震响般滚过大地，国家要恢复高考了。

听到这个消息的时候，我正在我们村的山梁上割谷子。当时的心情，至今也难以说清楚。我既没有像万千青年那样欣喜若狂，也没有像少数成绩不佳的人那样消沉绝望。我只在心底感叹，上大学的路，怎就这般艰难。

我高中毕业是在1973年底，其时上大学不考试，而是先在农村劳动两年，然后再由群众推荐。为了能被推荐，我回村后玩命地劳动，不久就当上了村干部。1976年，村里推荐我上大学，然而公社书记说，刚培养我担任了村干部，正需好好干一番，能否明年再走？我虽然很想去上大学，但书记的盛情难却，于是豪爽地表示，再留下好好干一年。不料想，推荐突然又变成了考试。

高中毕业三年多，我每天抢镢头挥锹，奔走于山野，几乎没有看过书。面对考试，真有点手忙脚乱。我用砖头支起一扇破门板当书桌，从大瓮旯旮里搜寻出破皮落页的课本，边劳动边复习起来。

正式考试已经到了冬天，考场设在县城。考生七大八小，大的已经30多岁，最小的是我弟弟他们一批，高中还没毕业就来碰运气了。考试细节全都忘记了，只记着填报的第一志愿是北京工业学院，第二志愿是山西大学，第三填上了服从调配。

考场归来，我依旧领着社员修梯田。一天上午，有人来工地告诉，在邮电所看到我的大学通知书了，写着畜牧兽医系。我一听就泄气了，比听到落榜的消息还沮丧。落榜可以重考，可这个畜牧兽医系上还是不上呢？工地上的人们七嘴八舌，有的表示祝贺，说管他什么学校，能离开农村就好；有的表示惋惜，说毕业以后当兽医，出了牛圈进驴圈，不是劁猪就骟蛋，营生不理想。我一句话也没说，狠命地在山坡上刨土，到中午也不宣布收工，直饿得满工地的人都不吭声了才罢。

回到家，通知书展在炕头。父母亲知道我不满意，站在一边，什么也不说。我拿起通知书仔细看，是"大寨农学院"，先前闻所未闻的一所大学。我只得感叹，命中注定离不开"农门"。后来才知道，虽然是 1977 年了，但还不知哪一个幽灵在作怪，山西唯一的重点大学居然定的就是大寨农学院。我的分数不达第一志愿，但未及山西大学选择，就被大寨农学院先行调配录取了。

1978 年春天，我背着行李，满腹惆怅地来到昔阳县。大寨农学院建在洪水公社的一座山头上，感觉不是大学，更像一座农场，而且规模很小，容纳不下全部新生，我们畜牧兽医系寄居到了昔阳县农科所内。

凑合了一年多，大寨红旗悄然落下，我们也被合并回山西农学院。山西农学院从此更名为山西农业大学，成为全国重点院校。

作为 77 级考生，我现在能回忆起来的东西少得可怜，实在有愧于那个时代。现在想，纵然是学些劁猪骟蛋，但许多事情还是应该记住的啊！

岁月如梭，转眼到了 2001 年 7 月，我的女儿也高考了。我从陪考到报志愿，酸甜苦辣，一言难尽。

考试三天，我天天守在考场外。散场后，每听到有考生说考得不错，我心里就直打鼓，竞争激烈啊！但却不敢问女儿考得如何，生怕影响她的情绪。我的心七上八下，比自己当年上考场要紧张好几倍。

7 月 9 日下午 5 点，女儿从学校拿上标准答案，一口气跑回到我们的住地。她把书包往床上一扔，大声说："对答案，估分！"

我赶紧摆开纸和笔，怀着万分紧张的心情，等着女儿报分。

女儿看着答案，手中点划，口中念叨，很快就对我说："语文，118 到 120 分！"我赶紧记到纸上，语文比我想得高，我原估计 110 分左右。

"数学，138 分！"我再赶紧记下，说这分可是不低了，女儿说题太容易，怕是满分的人也不少。

"综合，258 到 263 分！"

"英语，127 到 129 分！"

女儿报完分数后，我长长地松一口气，所有成绩都高于我的预想。仔细把 4 门分数加一块，是 641 到 649 分。我大喜，又有点不放心，对女儿说："有这么多吗？你再估一遍。"女儿说："你别高兴得太早啊，人家打 660 到 670 分的人也不少，你快去学校看看。"

我一听又紧张起来，急忙赶到女儿所在的忻州一中，打听其他考生的估分情况。全面了解下来，女儿的成绩在全校理科 10 名左右，和最后一次模考基本吻合。返回来和女儿重新合计一番，最后决定按 635 分定位。

学生考试一结束，紧接着就开始了对家长的考试——报志愿。7月10日这一天，我打遍同学朋友的电话，希望能了解到全省的总体成绩，但结果扑朔迷离，全然没底。11日，开始研究志愿，虽然早在两个月前就从网上下载了很多高校资料，还装订成册，但此时才知道，这也是盲人点灯，根本用不上。635分带来的喜悦没有维持多久，就被填报志愿的压力所逼退。如果志愿报错，635分也枉然，也只能上三流学校甚至还上不了大学！

学校从班主任到校长，一致鼓励报北京大学。查历史分数线，北大在山西没有超过630分，单从这点看，上北大好像没有问题；但如果635分能上北大，女儿所在的忻州一中上清华北大的能有十来名，而这又是历史上所没有的，最多也就四五名而已。2001年忻一中的考生并未增加，难道会出现奇迹不成？我左分析，右判断，一面急得团团转，一面诅咒填报志愿的做法，但就是没办法。

12日晚上，打电话和我的老父亲商量。他教了一辈子数学，但也解不了这一道难题。再和我的弟弟商量，他在北京广播学院任教，但他也没谱。我和妻子彻夜未眠，反复比较，如果报低，浪费了成绩，将来一定要后悔；但如果报高，一旦第一志愿落空，后果更为严重。最后决定，保险为上，放弃北大，报人民大学的金融专业。

13日是报志愿的最后一天，女儿到教室填写志愿时，班主任又鼓动她报北大，说得女儿又犹豫不决，返回来和我商量。其实我内心深处也有一个北大情结，后来反思，这很大程度上还是虚荣心在作怪，觉得有一个上北大的女儿，自己脸上也会风光许多。下午3点交志愿表，到2点了，我和女儿还在犹豫。到2点半，看着女儿跃跃欲试的神情，我一咬牙，说，报北大！

志愿表交出去之后，一颗心也就跟着交了出去，寝不安席，食不甘味。

未知分数先报志愿的做法，犹如在名牌大学门口设下了可怕的陷阱。每年都有一大批高分考生，因为志愿失误，从清华北大等校门口一脚踏空，飞身直下三千尺，跌落到一些很不理想的院校去，有的甚至重回高中复读，其痛刻骨铭心。

7月24日，高考分数终于揭晓，女儿643分。此前，曾经担心出现失误，分数跌到630分以下；曾经幻想出现奇迹，能超过650分，但都没有，还是在预估的范围内。然而不好的消息随之传来，全省650分以上的就有140多人，643分上北大岌岌可危！

原来设想，及早打听北大的分数线，如果达不到，马上调整志愿。但到省城一打问，根本没有这样的可能。

我坐卧不安，思来想去，干脆再上北京，希望到北大了解一些信息，甚至痴人说梦，想着万一有什么扩招内招的，捡个便宜也未可知，反正是宁可闪了也不可误了。

8月7日，我再次到北大打探情况，依旧一无所获。正心烦意乱地在未名湖畔瞎转悠的时候，太原的朋友来电话，北大在山西的提档线是648分！

提心吊胆一个月，最坏的结果还是无情地砸在了头上。我愣在原地，感到浑身瘫软，头脑中一片空白，一颗心高山坠石般滚落下去。茫然无措中，我想赶快回到住地，但一时晕头转向，在校园内转了许多弯子，原计划从南门出来，结果走到了东门口。

回到住地，几方面一了解，北大就是648分，录取即将结束。想到家中忐忑不安等待消息的女儿，我不知该如何是好，真担心她稚嫩的心灵承受不了这无情的打击。犹豫半天，反复斟酌，我给女儿打通电话，尽力平和地说："北大的分数线是 648 分。"女儿十分焦急地问："那怎么办啊？"我只得说再看看有没有别的办法。其实这只是缓冲一下女儿的情绪，压根儿已没有丁点办法。

当天下午，北京雷电交加，大雨如注，我呆坐宾馆内，心情坏到了无以复加的地步。

回到太原是 8 月 10 日，我又到省招生办外面转悠。招生楼外人头攒动，有人张望，有人跺脚，有人叹气，有人急得泪流满面。几位熟悉的家长告诉说，现在楼里还有 600 多名 600 分以上的考生"出不来"，就因为第一志愿落空，再也无人提档，家长和孩子又急又痛却毫无办法。

2001 年高考试题偏易，分数普遍较高，家长们参考前些年的分数线填报志愿，一些人又不负责任地鼓动，结果高分落榜的人更多。分数线一划出，仿佛晴天霹雳，多少家长被惊得目瞪口呆。眼睁睁看着自己的孩子高分落榜而又毫无办法，家长先就跌入了炼狱。想一想孩子十年寒窗取得的优秀成绩，一下断送在自己手中，而且很有可能就此改变孩子一生的命运，家长真是心如汤煮，欲哭无泪。铸成大错的家长实在不敢面对黯然神伤茫然无措的孩子。一大堆安慰鼓励的话，与其说是安慰孩子，不如说是安慰自己，更不如说是在诅咒自己。那一种惨痛难以言说，那一种后悔永生难忘。

女儿最后被中央财经大学录取，和许多 600 分以上回炉复读的同学相比，这已是不幸中的万幸了。2003 年闹"非典"，中央财大是危重地区，随着两名教师染病去世，一夜之间，百分之八十以上的同学四散离校。女儿临危不乱，沉着应对，坚持留在学校，还守门站岗，为班上收发信件。期间，她写下《高考之后》一文，回忆了她高考以后的心路历程。她在信中说："我到大二才彻底摆脱了高考志愿的阴影。现在我将高考完了后的思想写下来，让爸爸妈妈了解我。我慢慢长大了，没有考上北大也许并不一定是遗憾——命运如此多变，谁知道呢！"文章发回来，我看得长吁短叹，妻子看得泪光闪闪。

为女儿报错志愿的心病一直在怀里抱了很多年，直到女儿大学毕业了，我还问："如果上了人大，现在如何？"女儿已从那片阴影中走了出来，她用带点嘲笑的口吻对我说："哎呀，都什么时候了，还记着哪！"我不甘心地说："爸爸一生中最懊悔的一件事，就是给你报错了志愿。但愿你能把损失给咱弥补回来。"

1977年的高考，已作为一种进步与转折永载史册，但中国的教育也由此走向另一个极端。到如今更不知是扭住了那一根筋，从小学到大学，一路上错误连连。小学时，繁重的功课先就葬送了孩子们天真快乐的童年；到高中，又几乎把他们打入了地狱；高考时，还要让身心疲惫的孩子们再赌上一把，如同什么地方藏着一个魔鬼，不把孩子们彻底整垮总也不肯罢手。

30多年前，我们上学读书吊儿郎当，玩耍而已，现在的中小学生则夜以继日地苦熬在功课里。两相比较，我感慨万端，既羡慕现在的学习条件，又无限同情现在的孩子。我甚至不敢肯定，读书上学，究竟是我们那时的吊儿郎当好，还是现在的魔鬼炼狱式好。按花费的功夫和心血计算，如果吊儿郎当这一代还能出来人才，那经过魔鬼式苦读的学生，都该是诺贝尔奖得主了，可事实又如何呢？

母亲今年变老

挽护着母亲走上县医院的楼梯时，我突然发现，母亲竟然是这样的瘦小。几十年的劳作，她的脊背早已佝偻，老年类风湿的侵袭，又使她的双腿也有些弯曲，靠在我身边，母亲已不及我的肩头高。虽然上楼梯颇显吃力，但她还是不大愿意接受我的挽扶，自己努力向上走。她集中精力看着前面，张开两手，先把右腿迈上一级，然后全身重心向上移，接着再让常年疼痛的左腿艰难地跟上去；然后直一下腰，再用重复的动作走向新的一级。我张开两手，像当年母亲张开两手护我蹒跚学步那样，护着母亲两步一级慢慢地往上走。那一刻，我真真切切地感到，母亲确实是老了。母亲再不是常年参加生产队劳动，在黄土地上荷锄赶牛挥汗如雨的母亲了；母亲再不是独自耕种责任田，秋天把丰收搬回家的母亲了；母亲也不是进城后，为我带孩子，收拾院子，侍弄花草的母亲了。母亲已经变老，已是风烛残年的母亲了。

我的父亲是一位教师，一直在外地教书。几十年里调过几个地方，但都离家比较远。我们小的时候，就围绕在母亲身边。母亲出身农家，没有上过学，是种地的好把式。白天她参加生产队劳动，抽空料理自家的自留地，夜晚坐在煤油灯下为我们缝缝补补，晨光熹微中还要碾米磨面，里里外外忙得几乎没有好好休息过一天。后来，我们兄妹三人陆续离家上学，参加工作，只有母亲还坚守在村中那座老宅里，坚守在家乡的黄土地上。农村实行大包干后，母亲独自料理的责任田里，长着村中一流的庄稼。我们是些远飞的小鸟，母亲为我们守着巢；我们是些漂泊的船，母亲为我们守着一个温暖的港湾。

30多年前，我大概10岁左右，算是帮母亲劳动，到自留地里刨土豆。回家时，母亲背一大口袋土豆，我出于男孩子的自尊与倔强，坚持要背满一小筐。无奈山路崎岖遥远，我在路上两次走不动，不得不两次将自己筐里的土豆转移到母亲的口袋里。及到家，我把筐里的土豆倒在院中，是一眼就能数得见的几颗。我羞涩而又沮丧，母亲看出了我的心思，笑着说："你慢慢就会长大的，长大就好了。"

我的女儿1岁时就送回老家，交由母亲照看。母亲看护一个冬春，第二年夏天就把女儿带到黄土山头的责任田里。母亲在谷子地里锄草，女儿就在树荫下捉虫子，摘野花。女儿用草棍点拨虫子，虫子发现危机，趴下佯装不动，女儿就猫着腰跑过去，压低声音向母亲报告情况，祖孙二人，其乐融融。女儿在乡下锻炼得既健壮又充满野性。我和妻子半月二十天回去看一回，临走时，我们有些恋恋不舍，母亲拉着女儿送到大门口，让女儿和我们说再见，女儿心不在焉，草草地招一下小手，就又忙着玩去了。母亲就笑着说："你们放心吧，再大一些，能念书了，你们就接回去。"

十几年前，父亲退休，全家都搬入县城。母亲种了大半辈子地，总想手下有一些可供侍弄的作物。她找来一些盆子和废塑料桶，还有三个纸箱子，里面装上黄土，又托乡下的亲戚运来羊粪，栽种起了花草。于是春夏秋三季，我的院子里就花红叶绿，生机无限。

现在想，母亲今年的变化确实是很大的。母亲的头发前些年已经花白，今年更是变得毫无光泽，干枯憔悴；眼神也迟钝了许多。前几年，母亲还能吃一点水果，今年是借助小刀也吃不动了，偶尔吃半个橘子，还得先在灶台上把橘子温上半天。一天中午，母亲有点忧伤地告诉我，上午不知怎就让花盆给绊倒了，好半天才站起来。我吃一惊，再仔细盘问，所幸无大碍。再看花草，明显不如往年那样精神了。母亲曾在黄土地上播种收获过无数的瓜和豆，但现在，她已咬不动一颗豆子，面对案板上一个老倭瓜，她手举着菜刀，也是力不从心了。

母亲不识字，一直听不懂普通话，看电视只能看个大概，最爱看的是动物世界和戏曲节目。尽管看不懂多少，但在前几年，晚上总还要和父亲坐在电视机前看上好半天；而今年，电视机前只有父亲一个人在坚守。母亲不看电视了，她说一来眼睛也看不见，二来也坐不行，她躺到床上休息去了。

从小吃母亲的饭长大，对母亲做出的味道是再熟悉不过。从来不需要想起，永远也不会忘记。但秋天的一个中午，我回到母亲的厨房，闻到一种猪油没炒好的腥味，特别的浓。我吸着鼻子问："什么味道不好闻？"母亲却全然不觉，她停住手中的活儿，望着我说："没什么呀！我闻不着。"

母亲也改变了一贯倔强的性格。以往身子不舒服，有小毛病，母亲总是不同意上医院，相信坚持一下就会好的。今年她不再坚持了，有病就顺从我们的安排，上医院诊治。而且今年毛病也明显地多起来，几乎平均一个月就得上一回医院。从医院回来，母亲坐在椅子上，双手搭膝，像一个战败的士兵一样，几分无奈又有几分不服气地自言自语："老了就什么也不中用了？"

自从意识到母亲已经变老，我一下感到不放心起来。如同习惯在一堵厚实的墙下躲风避雨，好多年了，突然间才发现，这墙已经风剥雨蚀，摇摇欲坠，需要我来帮她站立了。于是每天清晨起床第一件事，就是先去看看母亲精神如何；晚上睡觉前，也得看看母亲是否舒服。年轻时对古人"父母在，不远游"，以及早晚请安等说法和举动颇不以为然，认为那是古代封建礼教的一种形式，然而现在，我终于懂得了。

一位常年在市里工作的朋友，乡下年逾古稀的父母在一年之内相继去世。安葬老人后，他带着满脸的疲惫与忧伤，缓慢而又凝重地说道，一下子感到大后方没有了，感到遮风挡雨的墙没有了，感到人生很短暂。其实那两位老人在世时，除去给朋友增添些麻烦以外，再无任何帮助，但在心理上，朋友总是觉着老家还在，根还在。老人一去，大树飘零。

也许是因为常年厮守的原因，也许是因为思维惯性的原因，在我们的感觉中，孩子总也长不大，纵使他们成家立业了，我们觉着他们还是孩子。同样，我们对父母的渐渐变老感觉也很迟钝，总觉着他们是常青树，觉着他们不会老，觉着他们会为我们遮风挡雨，他们会分享我们的喜悦，会分担我们的忧愁，会体谅我们的难处，会包容我们的过失，他们的羽翼会庇护着我们。直到有那么一天，他们或因疾病，或因年老体衰，量变到质变，突然发生全面不适应时，我们才猛然意识到，父母已经老矣；而此时抬头再看，更让我们惊愕的是，我们自己离老也已经不很远了。

　　人离开老家，到社会上奔走闯荡，无论遭遇什么样的艰难困苦，心中总有一个底，有一种力量的源泉，就是觉着身后有一个随时可以收容自己的家，有一个安全的大后方。人在做出一个巨大而又壮烈的选择时，每每会慷慨激昂地说上一句：大不了回老家种地！认为老家是一个最安全的地方，一旦回老家就什么也不怕了。多少年了，我们意念中的老家，其实就是母亲和她坚守着的那所老屋。虽然老屋古旧简陋，但在我们心中，那却是一座坚实的大厦，足以抵挡任何风雨，足以抚慰我们疲惫的心灵。

　　时光飞逝，有些东西可以弥补，有些则永无弥补。就人来讲，孝心可以长存，但尽孝的机会却并非常在。老母在堂，实乃人生一大幸福。我的母亲已经变老，我该百倍地珍惜这一幸福，珍惜每一个朝朝暮暮，要细心温存地来呵护我的母亲。

雾霾侦察记

2015 年 12 月 23 日清晨，拉开窗帘眺望，天地混沌。百米外的体育场一片模糊，音乐声中，晨练队伍还在跳广场舞。看上去影影绰绰，载沉载浮，宛若在一个硕大的汤盆中表演花样游泳。只不知这浓浓的东西是雾还是霾。

上午去上班，能见度极低。凭多年吸霾之经验，感觉好像有雾。但到中午，景况丝毫未变，县城依旧淹没在一锅灰汤之中。倘若是雾，中午天空应透亮一些，由是观之，也有可能是霾。

下午 4 点，上山去侦查，看看这漫天弥散的究竟是雾还是霾。天气并不冷，零下 4 度。前时上山遇好天气，曾用手机拍摄过保府县城的远景。今欲原地拍摄，然山下参照物已难以寻觅，只好估摸着拍了两张。环顾四周，灰茫茫一片，不见一人一鸟。没有仪器，只能凭经验用皮肤和嗓子来检测。手上冰冷一片，报告空气湿度大，有雾；嗓子轻微不舒服，然呼吸顺畅，说明灰蒙蒙者不全是霾。体验一番后慨叹，倘若制造一款带测霾功能的手机或者手环，银子将会像雾霾般动地而来。当下国家提倡创新，不知有人研究这个课题没有。

看过飞龙山，再转兴保塔。景区内亦无一车一人。俯瞰晋陕峡谷，烟笼雾锁，恰似满河谷波涛涌动。广场周围寒树萧瑟，塔上风铃叮咚，清冷不可久留，再匆匆转往佘家梁。

山道上积雪未化，走一阵，眼前便是一幅乡村冬景图。虽然四周依旧灰蒙蒙一片，但呼吸明显比城里舒畅许多。村中安然静雅，粗糙的老榆树上凝着一层白霜，看着就像老农脸上涂了些细粉，甚是可爱。越过村庄往山上走，树霜越来越浓，最后终于成了雾凇树挂。连地上的枯草也批霜挂雪，如同开在寒冬的花草，又如同银盔银甲出征的士兵。地上的雪，草上的霜，树上的雾凇，四野茫茫的大雾，山川一新，鸟雀不闻，大有张岱《湖心亭看雪》之境味。留恋徘徊再三，归来已满街灯火。

侦察总结：天地混沌，雾霾并存。雾在山上，霾在城中。

百里西风禾黍香

　　黍子和糜子是双胞胎，同卵双胞胎。从籽粒到苗架再到习性，全都一模一样，一般人很难分辨开来。我在村里种了 4 年地，勉强能分辨出糜黍两兄弟。但也得等它们长到抽穗时才能认出来。倘是黑黍子，抽穗时候，叶面和穗头会透出一层紫色，远远望去，如同蒙上一层淡紫色的雾，属于"遥看近却无"那一种，但也须有经验的人才能看得出。如果是黄黍子，直到收割时依然和糜子一个模样。很多人甚至会把堆在打谷场上的黍子也认成糜子。

　　糜黍兄弟的主要区别在于有无糯性。糜子去皮以后叫糜米，无糯性。黍子去皮以后叫软米，也叫黄米，有糯性。双胞胎脱了衣服更难分辨，把软米和糜米放在农妇手中也得辨认半天才能分出彼此。糜米做捞饭，黄米做油糕。陕北民歌经常唱到油糕，"热腾腾的油糕摆上桌，快把咱亲人迎进来"，二人台小戏有《压糕面》《捏软糕》。油糕是黄土高原上最美好的食物，糕——"高"也，满含了吉庆。逢年过节要吃油糕，红白事上要吃油糕，待客庆贺，人们首先想到的还是吃油糕。

　　油糕之外，软米还能包粽子，能做粥。我们这里每年有两个节日吃软米粥，一个是五月端午，讲究一些的人家要包粽子，多数人家是吃粥。粥是红枣软米粥，一片金黄里散落着点点枣红。另一个是腊月初八，软米豇豆粥。煮豇豆时要放碱，粥做出来是深红色。这顿饭鸡叫起来做上，未等太阳出山就吃完，不知是什么讲究。豆子煮出红汤时，舀一勺倒在小碟子里，端到院中，一时三刻就冻结实了。把红红的冰坨子扣下来，再安放到粪场里的冰人头上。等太阳出来时，家家粪场里都站着一个头戴红帽子的冰人，阳光一照，璀璨闪闪。但从 20 世纪 90 年代开始，不知怎就把黄米做成了妓女的代号，说黄米和现在说小姐一样。有人说是出于《金瓶梅》，待考究。

不知是因为好吃，上讲究，人们不忍太过享受，还是嫌吃油糕费油，抑或是因为产量略低于糜子，反正我们这一带黍子种得总是没有糜子多。特别是生产队时期，每年分的黍子只够吃三四顿油糕。

黍子好吃，不仅人知道，连雀儿也知道，种黍子时候首先得想到防雀儿。有些人家春天不留心，只想着吃油糕，兴致勃勃在一片地上种黍子。等出苗以后一看，周围人家地里都是高粱玉米土豆谷子等等，没有糜子没有黍子，这就麻烦了，油糕多半吃不上，反倒会和一群群麻雀儿斗一肚子气。

黍子在灌浆期间籽粒鲜嫩，吃起来既治饿又解渴，还有点儿甜，是麻雀们最喜欢的食物。灌浆结束后，籽粒渐渐变硬，麻雀也就不特别眷顾了。

黍子灌浆先从穗端开始，麻雀们也先从穗端吃起。灌浆的黍穗渐渐发沉，低下头像在思考问题。这个时候，麻雀飞来了。麻雀小腿一伸，轻巧地站在黍穗上面。黍穗上下晃动，但麻雀站得很稳。麻雀瞅准穗尖上灌满浆的黍子，脖子一扭，低头就是一口，小嘴很灵巧地将籽粒从皮壳里啄出，皮壳还完好无损。啄几粒后，它警觉地抬头看看，然后再低头，又是几粒。麻雀啄过的黍穗乍看上去完好无损，但有经验的人看一眼黍穗轻飘飘地仰起了头，就知道籽粒被麻雀吃完了。

一日之内，麻雀吃黍子主要集中在早晨和傍晚，这是雀儿们的早晚餐时间。成群的麻雀旋风般落在黍穗上，一边吃一边叽叽喳喳，如同在开聚餐会。麻雀们的午餐好像不集中，大概各自在觅食虫子，午餐要吃好。

20世纪，防止麻雀吃庄稼的办法是安置假人，俗称"吓雀儿老汉"。用柴草搭一个人形，披挂一身烂衣裳，再戴一顶破草帽，耀武扬威地站到地里。风吹过，烂衣衫飞起来，"风吹仙袂飘飘举"，如同人在舞蹈，麻雀们就有些害怕，不敢落下。那时候，假东西少，麻雀识不破，每到秋天，地里的吓雀儿老汉随处可见。后来，假东西越来越多，麻雀也就识破了人们这伎俩，吓雀儿老汉的破草帽上，经常落满白花花的麻雀屎，人们也只好收拾起了这一套把戏。

今年秋天一个日落时候，我上山散步，在佘家梁村口，一个老太太正往村外走，一个老汉荷锄归来。老太太问那老汉，我那黍子地里有雀儿没有？老汉说，我刚经过的，没有雀儿。老太太说，我还是正要去吆一回雀儿哩，那就不去了。我听着笑起来，这样的防守，只是尽一下心而已，说不定就在此时，一群麻雀已经落在老太太的黍子上，吃得正欢呢！

黍子种得不如糜子多，名字却比糜子响亮，上千年未变。反倒是糜子有时候就丢了旗号，被整编到黍子队伍里来了。糜子在古诗文里未曾看见过，黍子却满眼皆是。《诗经》里有"硕鼠硕鼠，无食我黍"，还有《黍苗》《黍离》。"彼黍离离，彼稷之苗。行迈靡靡，中心摇摇。知我者谓我心忧，不知我者谓我何求。悠悠苍天！此何人哉?"这首诗满含悲怆之情，给后人留下了"黍离之悲"的成语。《三字经》里有"稻粱菽，麦黍稷，此六谷，人所食"。历朝历代，写农事的诗词每每要提及黍。孟浩然有"故人具鸡黍，邀我至田家"，不知这黍是不是做成了油糕。宋人孔平仲也有诗，"百里西风禾黍香，鸣泉落窦谷登场，老牛粗了耕耘债，啮草坡头卧夕阳"，一幅秋季农家乐图画。

黍子名气远大于穈子，除文人吃了油糕嘴软，要念叨黍子外，还有更重要的一点，是黍子能酿酒。黍子酿酒不同于高粱，黍子主要是酿黄酒。单是陆游，就有不少写黍酒的诗："河滨古驿辟重门，雉兔纷纷黍酒浑""里巷鱼餐薄，坊场黍酒浑"，等等。现在，仍有一些酒厂生产黄米酒。黄酒口甜，暖胃，冬天温热来喝，别是一番情趣。

古往今来，人们把小个子担当大任之事传为美谈，其实此类事例并非人间独有，植物界也是常事。除过做油糕酿黄酒之外，黍子还有一个现代人已渐为不知的功用，就是制定度量衡。古代的长度单位以黍为准，1粒黍子为1分，10粒黍子首尾相接为1寸。《核舟记》里写："舟首尾长约八分有奇，高可二黍许。"翻译成白话就是："舟从头到尾大约有八分多长，高二分左右。"汉代班固的《汉书·律历制》中，重量和体积也是用黍子来定的，100粒黍子的重量为1铢，24铢为1两。

想不出古人为何要把黍子作为度量衡准星，或许是因为种植广泛，或许是因为籽粒大小稳定。黍子不管种在何地，也不管丰年还是歉年，其籽粒形体基本不变。这个很重要，如果形体不稳定，绝对不能担当度量衡标准。农作物里面，越大的果实，形体越不稳定，比如南瓜，比如萝卜，大小差异如同爷爷领着孙子，简直无法去比较。就是玉米，籽粒饱满与不饱满差别也是很大的。黑豆也不行，水肥好时籽粒就大，水肥不好长得就次，看上去也算饱满，但无论大小还是重量，都有差别。体型小的果实，形态一般都稳定，但太小了不易操作。如果把芝麻菜籽定为度量衡标准，太麻烦。在众多农作物里面，再还没有听说哪一个做过度量衡标准。

黍子最漂亮时节，是处暑白露之间。满山的黍子抽穗灌浆，纷繁披离，风吹过，飒飒一片声响，那一种风姿绰约，比满山鲜花还要耐看许多。

刘峻梅作品选

　　刘峻梅，曾任《黄河风》编辑、第二轮《保德县志》编辑，爱好文学，闲暇时喜欢用文字记录生活。

泪洒清明节

　　岁岁清明，今又清明。

　　此前每年的清明节，在我的概念里只是农历的一个节气，当然也是民俗中例行上坟烧纸祭拜先祖的日子，对于我来说并没有多少特别的伤感与难过。今年的清明节里，我的心是悲怆疼痛的，眼里也聚积了过多的泪水，因为我亲爱的父亲走了，就在清明节前24天的那个傍晚里，抛下我们永远地走了。

　　清明节里，我与弟弟带了供品和纸钱去上坟。今年的清明节，一改往年或沙尘漫漫或碎雨纷纷的情形，是一个风和日丽、清洁明净的日子。山上的树木正在泛绿，桃花红杏花白，草长莺飞，然而再美的春景也无法消解我心中的抑郁。父亲已与我们阴阳两隔，孤零零地长眠于地下，再也看不到这个世界了。跪在坟头前，想起父亲病中遭受的种种折磨，我的泪水纷纷如雨洒落地上。

去年秋天的时候，母亲对我说，父亲咽饭有时不太顺畅。我详细地询问父亲是怎样一种情况，父亲说，没些甚，偶尔有点噎。我说去医院看一下吧。父亲不去，说要是小毛病自己会好的，要是大病看也不顶事。

过了一段时间，父亲吞咽明显不顺利时，我强迫父亲去医院检查。医生说，要确诊得做胃镜或是病理检查，父亲年岁大了，怕是经受不了检查的痛苦。父亲听了坚决不做检查，说是年纪这么大，查清了又能怎样？医生也私下跟我们说，父亲已近90岁，即便是查清了，也不能做手术，还是保守治疗吧。

医生开了一些消炎以及调理肠胃的药，回家后我按照医嘱为父亲输液。输了一个多星期，病情却没有好转的迹象。我的心情沉重起来，有种极为不祥的预感，医生也说让我们有思想准备，毕竟年纪大了，抵抗力也弱了。我明知道父亲怕是迈不过这个坎了，但实在是不甘心，只要有一丝希望，也不想放弃。我与弟弟商量好，想带父亲去省城的大医院诊治。与父亲一说，老人家心里明镜一般，说没有必要折腾了，去哪里也不好治。我一直做父亲的思想工作，坚持外出治疗。父亲嫌我磨叨，就用了缓兵之计，说是眼见天寒地冻了，他怕冷，要外出治疗也可以，等过了年天暖和了再说。

父亲坚决不走，我们也没办法，只好一边让在省城居住的侄儿找专家咨询，一边在网上查找治疗方法。省城的专家说，根据症状推断食道有阻塞，要确诊只能去医院做检查。我在网上查到了河南某中医院用中药治疗这类病的信息。通过在网上和电话上与专家们多次交流，得知服中药能缓解病情，就网购了中草药、膏药等。服汤药、贴膏药10来天后，病情不但没有丝毫的减缓，还在继续发展加重。父亲绝望地停止了用药，并对我们说，放弃吧，不用费心了，不是医生能治了的病，母亲劝说也不听。

三四个月过去，父亲从吞咽困难到只能吃流食，再到只能喝豆浆牛奶。能下咽的流食越来越清，食量也越来越小，每次只能喝几口牛奶。我与县医院的王大夫商量给父亲输一些营养药，以替代进食。王大夫开了脂肪乳、氨基酸、白蛋白等，让我给父亲交替输用。

此时父亲已极度瘦弱，一米七五的个头，大概不足80斤了。输液时我握着那细瘦如柴的胳膊，内心无比酸楚，两眼常被泪水模糊而无法扎针。这种情况下，父亲还在为我担忧，怕我因他的病而吃不好睡不好，跑来跑去受劳累。劝我不要太悲伤，该吃就吃，该睡就睡，说父母不能陪儿女一辈子，总会先走的，活到多少岁也总有一场生离死别。尽职尽责辛勤工作了一辈子的父亲，还说让我不要因为伺候他而耽误了《县志》的编写工作。父亲不这样劝说，我还能强忍泪水，尽量不在父亲面前流泪。如此一说，我再也无法控制自己的悲情，握住父亲的手，一头栽到父亲的身上失声痛哭。

回天无力，眼见病情不可能逆转。我们也越来越不敢奢求父亲的病能好转，要求一再降低，心里只默默祈望父亲能继续喝下牛奶豆浆等流食的东西。只要能喝这些，再输上一些营养液，维持生命还是问题不大。无助的我每天跪在菩萨面前三叩九拜，烧香上供，祈求神灵能保佑父亲的病情不要再加重，最担心的是怕慢慢连水也不能喝了。

快过年了，除夕那天，我几次伫立于阳台上，双手合十，仰面注视着高深莫测的苍穹，一遍一遍地默默祈祷，求上苍特别开恩以赦免父亲的罪过，不要再施与惩罚。按说父亲一生纯善，与世无争，从没做过违背良心的事，不该有罪吧？但听信仰基督教的朋友说，每一个来到世上的人都是有罪的，之所以来到人世，便是来赎罪。

得病乱求医。求医没希望，我就乱求神。我四处求助信仰基督教的熟人，特别期望这些虔诚的教徒能在上帝面前求情，以减轻我父亲的病痛。有一个信仰基督教多年的亲戚，被我请到家里，为父亲祈祷。我为了表示虔诚，也跪在父亲身边，泪流满面地与亲戚共同祈求上帝。

尽管我求遍了冥冥中的诸多神灵，最担心的事还是不可抗拒地出现了。当父亲连牛奶豆浆也不能喝，一天只能喝几口葡萄糖时，曾几次跟我说，他不想受罪了，有一种安乐死，打一针就会永远睡去。我劝父亲不要那样想，即便是躺在床上受罪，只要能多活一天，对儿女的心也是一点慰藉啊，更何况我们怎么能忍心那样去做。

正月初五，我去县医院找一直为父亲治疗的大夫开营养药。一见大夫的面，我说王大夫，我快要崩溃了。说完这句话，我情绪失控，泣不成声。王大夫有点惊讶，问我怎么了？我哽咽着说我的父亲实在是太可怜了，不知该怎么办？王大夫这才说，哦？我还以为你有什么事了。见惯了生死的王大夫平静地开导我，说每一个人或迟或早都得经历亲人离去的痛苦，没办法，这种伤痛只能自己承受，没人能替你排解。她作为一个医生，在母亲瘫痪在床到去世的时间里，同样也经历了伤痛与折磨。

平时听到别人家的父母生病住院了、去世安葬了，都觉得生老病死，自然规律，平常事。当自己的父亲病重无法医治时，我才痛切地感到对于儿女来说，那是怎样一种无法承受的折磨与煎熬啊！眼睁睁地看着亲人的生命微弱的如同一盏即将耗尽油的灯在渐渐暗淡下去，却无能为力，除了痛苦哭泣，还能有什么办法？

那段时间，我们无奈无助哀伤悲苦到了无以复加的地步。束手无策地看着父亲被病痛折磨，我真是恨不能替他去遭受那些罪。内心极度矛盾，我简直快要疯了，一边盼望有奇迹出现，病情能好转，一边又祈求如果真有上帝的话，那就接走病痛中的父亲吧，不要再折磨我的亲人了，既然不让好好活着，就给个快刑，让老人家解脱吧。

我与弟弟轮流守在父亲身边，我白天，弟弟晚上，两个人交接班。父亲一生爱干净，我每天早上一接班，首先浸一块毛巾给父亲将脸和手擦洗干净，再问能不能喝点东西。即便是水，只要能喝进几口，我的心就能稍微地舒展一些，喝不下去，我的心就会紧缩一团疼痛不已。悲哀似一块黑漆漆的雨布，将我们姐弟以及母亲紧紧地包裹笼罩，让人看不到一丝亮光；心上像压了千斤巨石，沉重、憋气、绞痛，我快要喘不过气来了。

进入农历二月的时候，父亲的身体一天不如一天，水也基本喝不下去，且疼痛得无法入睡，父亲拒绝了输营养液，只求快速解脱。为了减轻父亲的病痛，我们与王大夫商量，用镇痛安眠的药，王大夫开了吗啡针剂，嘱咐我们晚上注射，以帮父亲止疼入睡。父亲也算是知识分子，离休后还不间断地看书学习，深知吗啡的作用，就问我和弟弟能不能给他加量注射，以使他长眠不醒一了百了。我们说这种药是严格限量的，不能随意使用，医生一次只能开两支，而且是当患者交回空瓶时才能再次开药。

父亲是在整整四天四夜滴水不进的情况下走的。在那几天里，我们连给父亲喂水的机会都没了，父亲干渴得嘴唇发白，舌头僵硬，说不出话来。我用棉签蘸水为父亲湿润嘴唇，父亲摇着头指指胸口，意思表示喝不进去，蘸水抹搽也没有多少作用。

父亲两眼深陷，颧骨突出，面容憔悴，身单体薄。静静地躺在床上，对人世没有了任何要求，无力呻吟也无法说话，但头脑依然十分清醒，我问他话时，就用点头或摇头来回答，那种万念俱灰的神情竟是那般的可怜与凄凉。我的心仿佛被一把钝刀不停地切割，切割到支离破碎，鲜血淋漓，疼痛到了难以忍受的地步。我不知道我还能为父亲做点什么？我能做的只有整天地盘腿坐在父亲身边，握着父亲枯槁般的手不停地流泪。

此时我十分悔恨自己平时为什么只顾成天瞎忙乱，而没有多陪陪父亲，总是在为自己开脱，等忙过了这一段再说。总是忙，总是忙，忙到何时才不忙？孝心不能等！如今想多陪陪父亲也没几天了。

农历二月十二的那个黄昏里，父亲双目微闭，神情淡漠。我和弟弟围在父亲身边，不敢离开。弟弟贴近父亲的脸，轻轻地呼唤：爸爸，你睁开眼，再看一眼我们吧。父亲用尽了最后的力气，使劲地睁大眼睛看了我们一眼。此后再没有睁眼，这是父亲走到生命尽头时，最后一眼看他的儿女。

父亲的呼吸越来越弱，被我一直握着的手也逐渐冰凉。那一刻，我痛彻心扉，仿佛听到了自己五脏六腑碎裂的声音。我和弟弟放声大哭。母亲边哭边说，你可再不用受世上那阳罪了。我悲恸欲绝，直哭至手足冰凉发麻。看到父亲还没有完全合上的眼睛，我一边用手捂住父亲的眼睛，一边泣不成声地许念：爸爸，你闭上眼睛安心休息吧，再也不用受病痛折磨了，也不用为我们牵肠挂肚了，我们约好，下辈子还做你的儿女！父亲一定是听到了我的哭诉，慢慢合上了双目。

人生最痛苦的事莫过于亲人的离去。父亲的离去，带走了女儿的心，留下了无尽的思念。被掏空的心，空得隐隐作痛，空得失魂落魄。思念如网，让我无法挣脱；思念如潮，奔涌不息。我不敢一个人待着，独处的时候，不由得要想起父亲，一想眼泪便如泉涌。

几次欲对着电脑倾诉内心的思念，又怕被泪水泡软的心堤一触即溃。清明节跪在父亲的坟头前烧纸，想到一个活生生的人已变成了一堆黄土，我感到无比的悲凉与凄怆，心中的荒芜胜过那一片杂草丛生的坟地。

父亲走后，我将母亲接到我的家里居住。我不想让母亲一个人孤零零地生活，也决不能再重复"子欲养而亲不待"的遗憾。我也不想多去父母住过的家里走动。那个家里定格了我太多的伤痛与酸楚；那个家里到处都是父亲的影子，但又到处都无法找到我的父亲。睹物思人，物是人非。熟悉的家里没有了父亲的身影，让我情何以堪？父亲睡过的床空着；坐着看电视新闻的沙发空着；常坐在餐桌前抄古诗写自传的椅子也空着……

再细看，我为父亲买回的牛奶还没喝完；所输的营养液也没输完；量身定做的棉衣更是穿也没穿；看过的书籍、用过的纸笔依然摆在案头……

柜子上摆放着好几个全家福照片的镜框，父亲坐在中间享受着天伦之乐；写字台玻璃板下面压着更多父亲的生活照，慈眉善目笑意悠悠……

我的手机里也保存有父亲读书写字、看电视、做家务的视频，但我不敢轻易打开看，看一回，伤心一回，哭一回。

不知道人真的有没有来生，我特别希望有，因为来生我还想做父亲的女儿。

我的母亲不识字

星期天，我去看望母亲时，无意中发现母亲床头柜的抽屉里有个红塑料皮的小本子，是几十年前人们时兴用的那种笔记本。母亲不识字，保存这样一个本子有什么用？里面记载了些什么内容呢？

我好奇地拿起本子翻开，才知道那是母亲的通讯录，里面记了许多电话号码。看着本子上有图画有数字的记录，我不禁哑然失笑。每一页的上半部分是一个手工画的图画或图形，图下面是一溜数字。母亲虽说没上过学，认不了几个字，但那 10 个洋码子数字，还是能写出来的。当然有一些简单的字，也能歪歪扭扭地写出来。尽管那字写得耙柳圪杈，也有错别字，但总还是能认出那是一个人的名字。也有的图形我看不懂，但母亲能看懂，说是自己做的记号自己知道就行了，也不需要别人明白。

号码本上的图画是人的名字，数字当然是那个人的电话号码了。比如那个人叫菊花，就画一朵菊花替代名字；那人叫树林，就画几苗树。最有趣的是，母亲有一个侄儿，工作生活在内蒙古，其名字不好用图形表述，就画了一只骆驼站在草原上，来表示内蒙古。还有一个侄儿叫候人，她就画了一个小人人表示。也有的人名字是由图和字两部分组合成的，有个亲戚叫喜林，母亲就先画一个双喜，如同办喜事的人家门上贴的那种红双喜的样子，再写一个林字。这样夹图带字，画文结合，才记清了一个人的名字。

这个本子上，除了亲戚们的号码，还有邻居的、物业的、送煤气的、送牛奶的、送粮的等各种日常适用的电话号码。物业的画了戴大盖帽的人表示物业保安，送煤气的画了用管子连在一起的煤气罐和煤气灶；送牛奶的就画奶牛和奶瓶；送粮的画粮袋子，依此类推，新颖别致。

母亲生于20世纪30年代一个十分穷困的农户人家，自然，在那个食不果腹、衣不蔽体的年代，在那样姐妹弟兄七八个的家庭里，别说是供养母亲读书，就连我那些舅舅们也从没上过一天学。母亲很是羡慕识文断字的人，常叹惜自己是睁眼瞎，因此也十分注重供养我和弟弟读书。我们小时候，父亲在外面工作忙，常不在家，母亲一个人又要参加生产队劳动，又要耕种自留地，还要养猪喂鸡忙家务。但再忙也不用我们姐弟帮，为的是让我们专心上学读书。那时候村里不通电，晚上用的是煤油灯，母亲怕昏暗的油灯影响我们写作业，就买了有灯罩的洋灯，那种灯，火头大，亮度高，但比普通油灯费油。在那个年代，许多人家连普通油灯也耗不起。母亲却是省吃俭用，为了我们学习而不怕费油。当时全村几十户人家，只有我们家有一盏洋灯，别的同学十分羡慕我们姐弟俩能在明亮的洋灯下写作业。

母亲虽说没念过书，但思想不落后，也善于接受新事物。家里逐步添置了电视、冰箱、空调以及许多电器厨具后，母亲一学就会使用。几年前，有一天母亲问我，你们有没有换下来的旧手机？我问母亲要旧手机做什么？母亲说她也想用个手机，有了手机就随时能给我们打电话了。虽说家里有固定电话，但不能随身携带，有时出去外面想打电话时，就很不方便。

是啊，有了手机母亲想我们时就能随时打电话，更主要的是母亲年纪越来越大，一旦有什么需要帮助的事，呼叫我们做儿女的不就更方便了吗？在人人都拥有手机的当今，我怎么就没有想到为母亲也买一个？我十分自责，深感愧疚。大概是在我的潜意识里，认为母亲年纪大了，又不识字，不会用手机这样的现代化通讯工具吧。

我去了手机店，说想为母亲买个手机，服务人员热情地给我介绍了一款铃声高、数字大、有速拨键、适合老年人用的手机。办了卡缴了费后，首先将我和弟弟的号码存在电话簿里，并设置了亲情速拨，母亲只需按手机上的"1"字键，就能打通我的电话，按"2"就能打通弟弟的电话。简单易行，母亲一学就会。手机上还有一个"SOS"紧急求助键，我也教会了母亲使用求助功能。

有天晚上，我的手机上有信息提示音，我一看，是英文"Help me！"求助的意思，再看发送者号码，是母亲的。我有些紧张，赶忙回拨过去，心急火燎地问母亲有什么事？母亲平淡地说什么事也没有啊，反问我怎么突然问她有什么事。我说有求助信息。母亲这才笑着说，手机上电不多了，她插充电器时，可能是不小心碰了那个求助键吧。我这才放下心来，虚惊一场。

有电话号码本子并不奇怪，不会使用手机通讯录的老年人都有这样的小本子，让我惊讶的是不识字的母亲，也能别出心裁地连画带写，记了一本电话号码。原以为母亲联系电话也不多，将我和弟弟的号码输进她的手机里就行了，没想到母亲并不满足只与儿女们通话，还想与孙子外孙、侄儿侄女、亲戚邻居也保持联系。母亲说自己记下号码方便，换煤气、买米面、订牛奶都能自己打电话办妥，不想麻烦经常忙碌的儿女们。

母亲不识字且岁数也大了，但记忆力却比我强。那年我给她办了居民养老保险，并将卡号上的密码给母亲说了，母亲说让我给她记住密码，她怕时间长了记不住。我当时满口答应，说没问题。但到了第二年拿出卡来时，我根本想不起密码是多少，连一点印象也没有了，母亲却记得很清楚，顺口就说出来了。当我惊叹母亲的记忆比我好时，母亲说，你们有文化人会用笔记，就不用脑子了，我们不会用笔记，只能用心记，记住了就不容易忘。说起养老保险来，我轻蔑地说，一个月才给60多块钱，能做什么？连一袋子白面也不够买。母亲立马反驳我说："人得知足哩，咱对国家甚贡献也没，人家还给咱养老保险，这个社会管够好了，过去谁管你？"母亲的知足、感恩让我深受教育。

母亲不识字，但不能说母亲没文化。母亲喜欢看电视，不认识屏幕上打出的字，就坐在电视跟前，专心地听人家说。自己在平时也常能说出些带有文化的古训来，比如：人敬我一尺，我敬人一丈；比上不足，比下有余；使官钱，吃冷饭，病在后面哩；贪小便宜吃大亏；人过留名，雁过留声；早起三不忙等等，有些好像就是《增广贤文》里的内容。母亲说这些警句之后，还要给我们做进一步的解释或举例说明，生怕我们不在乎。看到电视新闻里那些栽了的贪官就说，谨记住：官钱不能使，冷饭不能吃，不要看当时，得往远看，你看，这不是病出来了？

母亲有时候出街买生活用品，怕在家里谋划下该买的东西多出去忘记了，就在纸条上画图：什么挂面、白菜、豆腐、苹果、香油等等，都能用图形画出来，去了超市就照图选购，相当于咱常开的购物单。

母亲血压偏高，时常得吃降压药维持。我给母亲买的降压药是经过县医院医生鉴定的放心药，母亲吃完后自己出去买药时，就将原来吃剩的空药盒子拿上，到了药店就对服务人员说，就按盒子上的这个药买。有时候人家说，没有你这个，但有其他厂家生产的，药名是一样的，都是降压药。母亲就说，和盒子上的不一样不买，药的名字虽说一样，厂家不一样，质量和含量也不一定一样。

不识字的人，真还有些不识字的办法。

对我的书说声抱歉

一转眼，人生已过大半，一辈子没积累下多少钱财，倒是积累了不少书籍。家里除了一个大书柜被塞得满满当当，床头柜上电脑桌上以及床上枕边也常摊散着各种书刊杂志。每当清理卫生时，我总会将乱扔着的书拂去灰尘摆摆四正，以备随时翻看。

书柜里的书，种类比较繁杂。从父亲手上传下来一些明清时期及20世纪四五十年代的小说，我年轻时也买了不少唐诗宋词精品散文之类的书，还有就是多少年来文友们赠送的书以及自己订购的刊物杂志等。搬了几回家，也扔了不少书，但扔掉的大都是些养生保健、专业技术、法律法规类书。文学类书是绝对舍不得抛弃的，必须得随我一路同行，患难与共。

然而，这些年来，我似乎很少认真完整地读过一本书。古人说，三日不读书，便觉语言无味，面目可憎。我已经几年不读书，不知道面目已可憎到了何等狰狞恐怖的程度。语言倒也不觉无味，因为虽说不读书，但我一直在锲而不舍、持之以恒地上网读微信。要知道网上这些趣闻奇闻传闻轶闻是最能丰富谈资的，让茶余饭后闲聊起来多滋多味，貌似说起任何话题都能高谈阔论一番。但细想又觉着这些在微信上传来传去，再由人们说来说去的东西，实在是没有多少实质意义。有文友曾说，网上的东西如同快餐，看似美味好吃，实则没多少营养。我如今是深有同感，网上知识看似丰富多彩，实则泡沫一堆。亦如微信上传的：读了太多的人生警句，突然发现不知怎活了；看了太多的养生之道，突然发现不知怎吃了。最后彻悟：微信只可微信，不可全信。当然微信上也会有部分精品美文，但捧着手机读美文，还是如同旅游途中着急慌忙吃快餐，品不出多少味道来。

我究竟是何时沦落到不读书光上网这种地步的？已持续多长时间了？一时连我自己也不大能说得清楚。大概自从10年前学会上网后，就开始移情别恋疏远那些书了。后来在网上开了博客，仿佛开辟出一块绿色田园。在博客上随意涂鸦，如同培育庄稼，享受着耕耘的乐趣，乐不思书，眷顾书籍的时间自然是少了。又后来手机上开了微信，随着微友数量的持续增长，圈子数量的不断增加，以及公众号的大量关注，再加不争气的自己对微信一网情深的迷恋，对书籍的冷落就越来越到了令人发指的地步。细想甚是惊恐，我怎么能对从小就钟爱的书籍淡漠蔑视到如此程度？

可以说我是读着书长大的，书是我曾经的朋友，也是曾经的最爱。小时候书籍很少，但凡能摸捞住一本书，总要细读，而且不只一遍地读，因为不重复读，再也无书可读啊。记得高中时候还偷过书，当时学校的广播室也是图书室，但那时图书室并不开放，用几个文件柜隔开，里面藏书，外面放了那种手摇式唱片机，在课间操时放广播体操乐曲。我们班里的同学轮流负责操作唱片机。当我和另一个女同学偶然发现里面存放了许多文学书籍时，其惊喜程度不亚于哥伦布发现新大陆。我们一人鬼鬼祟祟地放风，一人胆战心惊地踩着凳子翻过文件柜，拣两本最喜爱的文学书，每人怀里揣一本带出，不敢多拿，揣多了怕露馅。然后回到寝室塞到铺盖卷里偷偷阅读，交换读。读完了，等到下次放广播时再偷偷摸摸换两本新书。就这样在神不知鬼不觉间，我们俩不知偷看了多少本书。后来每每读到孔乙己说窃书不能算偷时，就会回想起那段偷书读的日子而暗自发笑。

记得我刚参加工作的时候，经常读"手抄本"。所谓的"手抄本"，顾名思义就是用手抄出来的书。当时有作家写出作品后，不知是什么原因，并没有印刷成书，而是以手写体形式流传于社会。谁想读谁抄，就连《第二次握手》那样的长篇巨著也是手抄本。当年的我源于对文学作品的情有独钟，为了读书，曾不辞劳苦地抄过许多书。

其时做工厂气体化验的我，在机器轰鸣的车间里枯燥之味很是煎熬，便每天带一本书在化验之余偷偷阅读，因为在岗位上看书是违反劳动纪律的，被查住就扣除当班工资。但厂有纪律，我有对策，我嘱托工友们捎带着为我放风，发现有厂级领导来查岗，大家就会通知我，我就赶忙将书藏起来，有时来不及藏也曾被罚过款。

看看如今床头柜上积压了多少书，被束之高阁无暇顾及的书上落满了灰尘；书柜里那些曾经养育我心智、助力我前行的书，更是早已被我打入冷宫，长久难见天日。其实现在看到好书我也买，但买回家却顾不上读，买书竟成为了却心事。清代诗人袁枚说过，书非借不能读也。文友们购买了新书，我会眼馋地借到手，文友们推荐我读的书，也会欣然接过，说拿回家后仔细看，其实回家也只是大概翻翻，连浏览也算不上，放一段时间后只好书归原主。袁枚先生也没料到200多年后的人变得借了书仍是不能读也。

每每有文友问我近来读什么书时，我深感惭愧，无言以对，只好含糊其词顾左右而言他，搪塞过去。曾经想读书时，书刊匮乏，偷来读，买来读，借来读，依然感到不够读，因为那时没电视电脑手机平板，更无网络，我们有许多业余时间无处打发，只能用来读书。喜欢阅读的人更是在吃饭时、睡觉前、候车时、乘车中都能忙里偷闲挤出一些零零碎碎的时间读书。

然而现在书是多了，能捧书而读的时间却几乎是没有了。这两年我更是连曾经精心耕作过的一亩三分花田——博客，也顾不得去打理而任其荒芜了。究其根源，众所周知，万恶的微信便是罪魁祸首！这让人爱恨交集的微信，如同《画皮》中的妖精，勾人心，摄人魄，浪费了我的时间，耗去了我的精力，使我一有空闲便抱着手机成为旁若无人的低头族，正所谓：两耳不闻眼前事，一心只读朋友圈。

为了控制自己对微信的如胶似漆，我也曾做过一些努力，将微信提示音设为免打扰，将根本不知道是谁的微友毅然删除，将一些普通微友狠心删除，将一些关注的公众号取消关注，从一些无关紧要的群中退出。然而微信来了是悄无声息不打扰我了，我却无法控制自己不去看微信。尽管再三警告自己稍稍看一眼，决不全部看，但只要一打开微信，便会一发不可收拾，这圈那圈，这群那群，这关注那关注，蜻蜓点水般一路浏览下来，大把的好时光早已在指尖的滑动中快速流逝。

有人说，他从没开过微信，也就不存在对微信的爱恨情仇。也有人说，他已从爱恨交织欲罢不能，到烦不胜烦再到狠心卸载，如今已习惯了没微信的清闲。看来任何利弊共存的高科技软件，都会让人由新鲜新奇玩上瘾，再到玩腻玩累玩烦的时候。记得曾经的网上种菜，有人为了不误偷菜而熬夜加班；曾经的游戏让人打到夜以继日废寝忘食。现在网上种菜早已销声匿迹，游戏也不再有当初那么大的诱惑力。

如今微信已给我带来了前所未有的困惑，但愿我对微信也有腻烦的时候，只是立即卸载一时还下不了狠心，毕竟用微信与朋友同事邻居们交流起来，省钱省事又快捷便利。如此就只能暂时对我那些被冷落多年的书籍们说声抱歉了，请书籍朋友们谅解我移情别恋的这些日子里无情的背叛，但也请相信我不会永远沉溺于微信之中，不会长久被网络绑架。我将尽力尽快迷途知返，回心转意，继续再读着书变老。与曾经的朋友、曾经的最爱，一如既往相依相伴直到地老天荒。

岢岚是个好地方

人的情感很奇怪，连自己也说不清为什么，走过一些大都市或看过一些闻名天下的古迹景点也没有多少感受，没感受自然也就没想抒写或记录点什么的想法了。在周边县市或我们曾经生活过的故土上转转，感触反而特别深，会生出许多想记录下来的东西。是对离自己近的地方特别亲切有感情？还是越近的事物越容易与自己心动的频率发生共振？

前几天因参加《岢岚县志》评审会议，在岢岚县城住了3天。会务组还专门组织参会人员，用半天的时间参观了毛主席路居馆、吴家庄新农村建设及考察了宋长城。除此之外，我们清晨爬上南山看森林公园，晚上沿着岚漪河闲逛看夜景，基本浏览遍了舟城的全部风貌，会议结束回来后总想在博客里记下一些感受。

走进岢岚县城，给我的第一感觉是干净整洁。10年前我曾不止一次地去过岢岚，那时候岢岚街上到处是摆摊设点做小买卖的，显得乱哄哄得很不整洁。除了卖小吃、水果、日用杂物的，记得卖麻籽的妇女和老人特别多，面前摆放一个盛麻籽的小笸箩，也不用秤称，用一个小杯子作为计量器具，一杯一块钱。街头的闲人买一杯麻籽，边嗑边聊，致使街上撒满了麻籽皮壳。如今不一样了，几条街上也看不见一个流动摊贩，所有的经商者都在店铺内，所有的商品决不越店门外半步，街上整齐有序，洁净到看不见一个烟头。而且除了广场上跳健身舞的人群放着音乐，所有的门店都静悄悄的，没有一个放音响的。街道两边基本没有停放的车辆，行驶的机动车辆也不多，整个县城显得宽敞清爽又宁静祥和。我想岢岚县一定是经过了创卫验收的，开会时问了这个县的同行，得到了证实，说是在 2014 年创卫就验收合格。我说关键是创卫过后最容易反弹啊，同行说，那就是管理问题了。

走进岢岚宾馆的大院里，首先看到的是大型群雕作品。作品的名字就叫"岢岚是个好地方"，由 11 尊单体人物铜像组成，再现了 1948 年 4 月 4 日，毛主席等中央领导由延安北上路居岢岚时，接见参加岢岚三级干部会议代表的情景。群雕作品简介中说，毛主席当年路过岢岚时，在两日内曾三次盛赞"岢岚是个好地方"。我们走进宾馆，接待大厅里的电子屏上显示的也是"岢岚是个好地方，岢岚宾馆欢迎您"。在岢岚县城里的好多地方能看到毛主席说的这句话，而且都是毛体字。我问岢岚县志办的人，毛体字是不是毛主席亲自写的？回答说，不是，毛主席当时只是这样说过，没留字迹，是后人在各种资料上分别找到这几个毛体字拼集在一起的。

既然来到岢岚，源于对毛主席的无限崇拜，也必须得去看看毛主席路居馆，好在会务组有去路居馆参观的安排。低瓦房、纸窗户、小炕桌、煤油灯……毛主席用过的原物，虽说已经很陈旧，但看上去都是那样的亲切温馨。墙上挂有一块玻璃镜框，里面的白纸上是楷书："谜语：山下有河河无水，山上无风山下风，风顶着山转。打一地名。"大家看了谜语，瞬间猜出这个地名便是岢岚，但并不明白这个谜语为什么要挂在毛主席路居馆的墙上。解说员说，这是毛主席当年为江青出的谜语。兵荒马乱的年代，居无定所的伟人，竟然还有闲情逸致为夫人出谜语。

山下有河河无水，是岢字。实际上岢岚的河是潺潺流水的。最著名的是穿城而过蜿蜒清澈的岚漪河。境内还有其支流东川、南川、北川等河流。蓦然间想起文友曾经写过的一篇博文《山川无煤别样天》，文中感慨那没煤的地方倒有种种好处。是啊，岢岚地下无煤，也是别样的天空，别样的景。地下没有挖煤的，其大地稳固不会崩裂塌陷，山泉河流也不会断脉消失，地上的文物古迹也不至于被塌陷到采空区下面，也才有绵延38公里的宋长城，虽经千年沧桑，至今雄姿依旧。地上没有运煤车，其天蓝云白空气清新无污染，山青水净道路整洁没噪音。在岢岚开会那几天，我还特别留意政府大院及信访办门口，没见有上访的人群。有煤矿的地方纠纷多，纠纷多的地方上访的人多。

一段时期，人们传说，保德因煤矿采空村庄塌陷问题，全县将整体搬往岢岚境内。不知是民间的传说与愿望，还是官方也曾有此计划，总之还很是热传了一阵。看了岢岚的生态环境，倒感觉如果真的搬往岢岚，能在那空气洁净家园稳固的地方生活，也不失为一件幸事。

那天上午，我和神池、五寨、宁武的参会人员搭了河曲老乡的车去岚漪公园游逛，大概转悠了一个来小时出来后，才发现车窗玻璃没关上。河曲老乡当时有些紧张，赶忙查看丢了什么东西，说是他的身份证、工资卡、钱包都在车上。我说，岢岚是治安先进县，不会有事的。经检查，果然什么也没丢失。河曲老乡感慨地说，真有些后怕，要在别的地方就不保险了。神池老乡说，难怪毛老人家说岢岚是个好地方呢，真是山好水好人也好！

李爱民作品选

李爱民，1972年出生，在各级报刊发表小说、散文、诗歌多篇（首），长篇小说《西口遥迢》列入山西作协2015年度重点作品扶持项目。

风景是一棵树

在陕北边地府谷县高寒岭的制高点上，有一棵树龄972年的柏树。超过千年的柏树并不少见，妙就妙在这棵柏树树冠的轮廓像极了中华人民共和国版图，人们称为"中华版图柏"。

972年前，是北宋庆历四年（1044）。这个年代正值历史上又一个"三国割据"的时期。几乎以黄河流域为界，黄河以南为北宋、黄河以北为辽、黄河以西为西夏，三国之间争锋不断。

北宋自从公元960年建立后，为收复后晋时期石敬瑭割让给契丹的幽云十六州，多次发兵攻辽，一直未能收复失地，直到宋景德元年（1004）澶州之战，在宋军获得明显优势的情况下，宋真宗无心交战，与萧太后握手言和，订立"澶渊之盟"，以宋每年赠辽银10万两、绢20万匹的代价议定停战。宋庆历二年

（1042），又增银 10 万两、绢 10 万匹，并改"赠"为"纳"，每年向辽交纳"岁币"，北宋对辽的边疆战事危机才得以解除。

一波未平，一波又起。就在北宋应对辽国战事焦头烂额之际，宋宝元元年（1038），李元昊建立西夏称帝，并于两年后开始向北宋多次大规模兴兵，边疆形势紧张。北宋起用多次被贬谪为地方官的范仲淹为陕西经略安抚招讨副使，赴西线御敌。范仲淹与其他主张实施反击的将帅持不同意见，采取防御战略，筑城建堡，并在宋夏交界处筑起大顺城，以此为中心，构成了边境线上堡寨呼应的坚固的战略防御体系，边境局势大为改观。由于宋廷应付边防的开支极度加剧了百姓负担，各地纷纷发生暴动与骚乱，宋庆历三年，宋仁宗紧急将在西线御敌的范仲淹等 3 名主帅调回京师，令其设法稳定政局。范仲淹等人很快推行了一项重大的改革——庆历新政。他的好朋友欧阳修亦是推行新政的干将之一。然而，新政很快遭到了反对派严重的抵制。恰在此时，宋夏之间订立合约，议定李元昊取消帝号，接受宋室册封，并以宋每年给西夏银 7.2 万两、绢 15.3 万匹、茶 3 万斤的"岁赐"，换来了西北边境短暂的安宁。政局既然稳定，宋仁宗对新政再无兴致，范仲淹心寒意冷，以河东、陕西宣抚使之职离京赴晋、陕一带视察。

说来也是历史的巧妙安排，早在庆历新政遭到反对派打击的时候，参与新政的另一位干将欧阳修就被排挤出局，以谏官的名义出使河东等地视察。

尽管宋夏之间订立了停战合约，双方对边境的防御仍然不敢松懈。当时宋对西夏作战的大本营在河东（即今山西），孤悬在黄河之西的麟州（即今神木）则是刀兵相见的前沿。范仲淹和欧阳修视察陕北边防，对于距离麟州咫尺之遥的要地高寒岭，自然没有理由略过而置之不理。

范仲淹和欧阳修视察陕北的时间，当是在宋庆历四年秋天。这个时节，高寒岭上天高云淡，悲风高悬，阵阵寒意砭人肌骨。不知道范仲淹和欧阳修是携手而来，还是在此不期而遇，抑或各自来去并未谋面，可人们宁愿相信他们是同时来到过此地的。而人们揣测他们的心境，想必也和高寒岭的秋天一样，黯淡而悲凉。这已不是他们第一次共同遭遇仕途上的挫折与失意。早在宋景祐三年（1036），他二人在与朝中权贵的斗争中失败而同时遭到贬谪，范仲淹几乎客死岭南，欧阳修被流放边地。多少年同心同德，患难与共，他们之间已建立了深厚的友谊。为了给他们的这份友谊以一份"佐证"，近来有人在高寒岭上建了一座"范欧亭"，内铸二人对弈铁像。这样做虽不免牵强附会，却并没有人对此行为表示不满。唯一令人遗憾的是，作为一代文人，他二人在各地做官和走过的地方都写下过不少诗文名篇，只是在高寒岭上却没有留下片言只字。

范仲淹和欧阳修视察陕北，到底有没有到过高寒岭，已无从稽考。但在二人视察陕北后，高寒岭上多了一棵柏树，这是千真万确的。据当地人说，这棵柏树就是二人所栽。而人们也宁愿相信就是二人所栽。现在人们想象到，当时二人所栽的这棵柏树定然不是随意的、普通的一棵柏树，树冠的轮廓很有可能就是当时北宋版图的模样，而在树梢顶部必然还多出了未曾收复的幽云十六州。这正是对二人为什么要栽植一棵柏树给出一个合理的解释，同时也道出了他二人栽植这棵柏树的初衷与理想。

范仲淹和欧阳修离开陕北后，这棵"北宋版图柏"就在高寒岭上栉风沐雨，茁壮成长。

一棵树的命运是复杂多变的。在漫漫的时间长河里，如果对一个时段进行限定，比如83年，这个时段对于一个人，足可以够得上是完整的一生，而对于一棵柏树，就只怕连个幼年都够不上。仅仅到公元1127年，因为一场来自北方的浩劫，这棵柏树由上而下，树冠几乎被斩去一半。不管是对幼年的人还是树，这样的一场打击都是残酷的、致命的。如果不能顽强地挺过去，很有可能从此夭折。好在这棵柏树忍受住了巨大的痛苦，在创口上续骨生肌，繁枝衍叶，进而迸发出了令人惊叹的生命力，茂盛的枝叶呈几何倍生长，枝干挺拔，树叶繁茂，在万木丛中，一枝独秀。古诗《下武》有云：于万斯年，受天之祐；受天之祐，四方来贺。一棵有着顽强生命力的柏树是有着它的宏图大志的，它不止有可能成为万木之王，而且有足够的能力成为万木之王，受到来自四方的顶礼膜拜与朝贺。这棵生长在高寒岭上的柏树就成功地做到了这一点，达到了生命里的至极辉煌。

然而，一棵树也跟一个人一样，在它的生命过程里会经历坎坷、挫折、奋争、拼搏、挺立、崛起，然后随着阅历的增长，逐渐走向强大、稳健。高寒岭上的这棵柏树不同于寻常的柏树，它是一棵独特的柏树，也许是由于在幼年时期经历过太多的磨砺，未及壮年即已过早老成。在走过那段光辉的顶峰岁月后，它已异乎寻常地褪去了本该符合年龄阶段特有的青涩与稚嫩，不再像年少时候那样张扬跋扈，它坦然地接受了生命成长的自然程式，接受了肢体机能固有的新陈代谢，接受了平静与安宁，接受了风霜雪雨的裁剪与洗礼。世事的变迁有如天上的苍狗变幻，几百年一个格调，几百年又一个格调，这棵柏树以一个智者的姿态，任由历史一忽儿将它揉捏成这个形状，一忽儿又揉捏成那个形状，直至最终定格成新的形象。

公元 2013 年的秋天，著名作家梁衡来到府谷，听说高寒岭上有一株极像中国地图的柏树，于是上山览奇，当他亲眼看到这株逼真的中国地图柏树，就连其下角的台湾岛都十分传神，不由为之震惊。连续三年，他年年上山观瞻，并遍访当地人士，翻寻史志，搜求典故，以厚重的笔墨写出了《中华版图柏》一文，将这棵藏隐在深山里的奇树展示在人们面前。府谷当地高度重视，在这株柏树前不远树立一巨型石碑，正面书"中华版图柏"，背面镌刻了这篇文章的全文，约 5000 多字。石碑与柏树彼此呼应。柏树本不会说话，在近千年的岁月里都没有说过一句话，因为有了这块载有文字的石碑，人们也就可以明白地读懂了柏树的心声。

国内柏树最高树龄 2600 多年，与之相比，高寒岭上的这棵柏树显然还年轻得很。愿"中华版图柏"万古长青。

白少华作品选

白少华，保德人。闲时喜欢舞文弄墨。

想起父亲

一

偌大的家里，上学的上学，上班的上班。只剩我一个在家。那阵子身体发胖了很多，我的思想和身体都在有意识地抗拒外界的一切。

清明已过，风还是冷嗖嗖的。我一直拒绝谈起我的父亲来。

二

我的潜意识里，他还在世上活着，一直陪着我们，成天缩在沙发里，一刻也不愿去床上躺着。

要不就斜靠在沙发角上打瞌睡，电视的声音震天响。有人过去关掉，他又突然惊醒，然后再打开电视。

要不就是走进厕所里，敞开着门背对着我们，在那里小便。有时还忘了冲厕所，听我们发牢骚也不嗔恼。

要不就是蹲在厨房地上，用豁了牙的菜刀用劲地剁着肉，那个案板经多年洗礼，早已断成两截。至今，半截的案板还在。剁肉这件事无奈地落在了妈妈自己身上。

要不，就是把小孙子举得高高的，和小孙子"咿咿呀呀"地逗着，张开没牙的嘴呵呵地笑。

要不，就是躺在病榻上，手里无目的地捻着那串长长的佛珠。后来越捻越快，越捻越快，根本不像一个没力气的病人。

要不，就是看我从柜里拿出一沓厚厚的钞票一张张地数，脸上露出久违的笑容。那时我想，人类对于劳动创造财富有执着的欲望，对于劳碌一生的父亲或许会有一定激励，然后他在某一天突然能坐起来，站起来，最后健康地劳动。

要不，任由我给他洗头，擦身，换衣服，打吊瓶，涂药，吃药，喂饭，乖乖的，像几个月大的小宝宝。一开始护士在手上输液体，后来，手臂上全是黑青，连一根清晰的血管也找不到了。只好转到脚上来输。于是，换裤子时就有些戏剧了。给他把被子盖好，先脱一条腿，再脱输液的这条，裤子得从吊瓶那里一直褪下来。我经常开玩笑地说："您这腿也太长了啊！"父亲也会跟着笑起来。然后，一家人也跟着笑起来。

三

9 月初，儿子要回重庆上学。我不得不离开他了。

我最后一次离开他，是上午 11 点左右，车在下面的院子里等着，趁他没注意，我把行李箱悄悄地拿到了门口。然后若无其事地给他喂饭、洗脸、剃头。那次花了好多时间。然而，他平静地跟我说，时间不早了，赶紧走吧，要不误飞机呀。我是下午 3 点的飞机。于是，我连一声说我走呀也没说，没有多停留，急匆匆地从房间退了出来。走后给大姐打电话问，结果听见说父亲落泪了。

二姑是父亲的亲二妹，已经 60 多岁了。年轻时就去了呼和浩特市的一个小镇，是一家银行的职员。因路途遥远，便很少回来。5 月份从呼市赶过来瞧父亲，住了二十几天，在我记忆里，那是她在娘家待得最久的一次。每天和我一起照顾父亲，给他喂饭，和他拉呱。走时哭成泪人儿，害得父亲跟着哭了很久。

父亲的病是不能动气的，出不上气来时，非常痛苦。那时，我近乎蛮横地干涉着所有探病的人，不让其哭泣。潜意识里我不喜欢有人在父亲面前哭哭啼啼的。

2012 年 10 月 7 日，噩耗传来，说父亲已然离开了。走时很安详。没有疼痛，没有遗憾，没有牵挂。

消息传来，反而没有初闻父亲的病情时哭得厉害。我默默地坐回桌子，打开电脑，唯一的念头，就是把父亲的祭文写好。

一个阴天的傍晚，我沉闷地带着儿子回家奔丧。随行的车里放着用鲜花做成的花圈，是四姐在忻州订的。满车的花香味陪了我们整整一路。

进了家门，满屋子的人！我走进父亲的卧房，看着空荡荡的床榻，我整个人都是空的。

当我换上白白的厚重的孝服，站在父亲的棺材前，看着弟弟跪着上香，烧纸，磕头，妈妈早已靠近棺材旁，老泪纵横，痛哭失声。我突然感到人生真如戏剧，戏里戏外都是悲伤。那时，我想大声发笑，可是笑不出声。想放声大哭，又觉得非常不愿意哭。那刻，我好像看到了父亲，正慈爱地看着痛哭流涕的我们。父亲，你真的不在人世了吗？

父亲下葬那几日，出出进进，人来人往，都很忙碌。

3 岁的孙孙长得粉嘟嘟的。看到灵前父亲的遗像，就跑过去喊"爷爷"。然后便一个劲地问："爷爷去哪里了？"我们忍着悲痛告诉他："爷爷去旅行了，大概很久才能回来。"……

张罗父亲后事的几日，母亲非常冷静，她默默地处理着很多事，耐心地关照着杂乱的客人。有时会静静地坐下来，抱着父亲的遗像发呆。

我做得最多的是跪在父亲的灵前，磕了无数的头。子女的爱到了此时，能做的只有这样：虔诚地跪着，磕许多的头。如果真的有极乐世界，我希望父亲去那里。众生的爱，香火的缭绕，佛号的颂扬，助父亲早日到西方极乐世界。那里，四季如春，只有快乐，没有病痛。

四

4 月份，父亲在北京看病，一个重庆的朋友，她告诉我，每天不停地念阿弥陀佛，对父亲的病会有帮助的。我不清楚这其中的玄机，所谓病急乱投医，凡是有益于父亲病情好转的法子，我都乐意去一一尝试。于是我给哥哥姐姐们一一认真地发了短信，一起来念阿弥陀佛吧。

后来有个信佛的人送了父亲一个会唱阿弥陀佛的小录音机，放入电池后，在父亲枕头边陪了5个月之久。12月份我参加拓展训练时，爬到8米高的杆子上往下跳时，我似乎又看到了我的父亲，似乎感觉到了他用那双粗糙的大手轻轻地托着我，慢慢从空中落下。落下后，教官问我是不是很害怕，怎么一脸泪水？我哑然难语。我希望父亲应该是得道成仙了。他的生前，他的身后，种种迹象。自从父亲走后，我在梦里一次也没见到过他，无论怎么挣扎。后来，我便不悲伤了。居然能睡好觉了。

五

人民大礼堂有很多跳舞的大妈，震耳的音乐声中，她们疯狂地扭着腰肢，似乎从来没有过伤痛。长椅上坐着一位女人，大概六七十岁的样子。她怀里抱着一张遗像，是个男人。看到我在注意她，便往怀里紧了紧。那一刻，我再也无法止住自己的眼泪，蹲下身子，哭得稀里哗啦。这个世上再找不到了父亲！

第二年，也在清明节的前一天，我对妈妈说，父亲是打先锋的，先我们一步到了一个新天地，他帮我们打下阵地来，然后我们会陆续地跟过去，最后，都会在一起的，永远。

电话那头，妈妈笑了。人世间的很多并不是能轻松地抛弃了的。妈妈是个多情的人，她的伤痛大概无人知晓。

铁轨的声音

一切都缘于这首歌曲《bressanone》。更或许源于起初播它的人。虽然，我一直记不住它的名字，也不会唱它，大家知道我是出了名的偏嗓子。但这些并不影响我听它。

（一）听到

听到铁轨的声音，很真切。有点沙哑有点滞重。

随后是钟鸣的声音，再往后是轻缓的乐声，再往后便是一个男中音，似乎经过了长途跋涉，坐在一根枯树桩上短暂休憩，慵懒而疲倦地弹着手中的琵琶，嘴里轻哼着不知名的歌曲……

孤树、一个远行的游子、一把琵琶、一曲哀伤的歌，恍然定格于我的心灵，无法拂走。

当初在他的新浪博客里听到了这首歌，我不便去询问，也未打算去探究其名称。于是我私自拿过来便一遍一遍地听，铁轨，旅人……交织在我的心中，有时令我沉醉，有时令我潸然泪下！特定的处境，特定的人物，在特定的时刻，这种"踢踏踢踏"的声音曾给过我诸多慰藉。

这个人似乎遇到了爱情。爱情，像毒药？是他的原话："请，请给我毒药！"爱情是毒药！给爱情，这世间再也没有比毒药更好的诠释了。

我似乎还能隐约记起他的面容来。清秀早不存在，略胖、苍白、小胡子、个略低，外表中庸；如果四季如春，可能常年穿一条五分裤，招摇过市。音容颓废，自带三分匪气。然而，这一点也不影响他对文字的驾驭能力。也许正因为之，这个人像柄利刃，无论语言，无论目光，无论不屑的笑容！

我对他的认识，归结于他血淋淋的自我解剖。

霸道、骄横，对同性；

爱怜、宽容，对异性。

或许，在他的内心底里，深藏着一种深情，像火、像雨、像雾一样。那时我在想有哪个女人会幸运地碰到他，会有哪个谁最终享受他……

岁月蹉跎，时至今日，渐渐地很多关于他的传说淡出了我的世界，偶尔关于他的故事还在微信圈被人屡次提起。

还是铁轨的声音，还是那种"踢踏踏踢踏踏"沙哑的声音，嘶喊着从我的心灵扫过。

（二）余香

这一晚，真是美妙。

突然下起了雪。大片大片的，落到衣服上能清晰地看清它的模样。当时我坐在车里，半开着车窗，它伴着狂风卷进来，顿时我的脸上冰凉得厉害。雪花它亲吻了我的脸！

车里除了车的主人和我清醒外，居然有人打起轻微的鼾声。若干年前，这一幕好似也有过。仿佛弹珠般一颗，两颗，三颗，一蹦一蹦地弹起来。好多个记忆，争先恐后地，突然一下子涌上心头，我百味杂陈。

那时，我们不曾谋面，经常在网上拌嘴。围绕着一个话题，又一个话题。一论便是两三个小时。纠缠于一些文字，乐此不疲。固执着自己认为对的东西，卖弄着小小的才情，自我陶醉。

之后，我在想那次也算一个奇妙的旅程吧，晚上大约六七点，一个火锅店，二楼，在座四五个人，我接了个电话回来，面前摆着一杯"茶"，于是端起来猛喝了一口，才发现是竹叶青，立时头昏眼花，只听得闹哄哄的一片，出来户外，冷风凛冽，方醒了大半。一起吃罢饭，便和他们一起搭了车，有朋友住电站，车子便往电站方向而去。3月的春风，昏黄的街灯，低低的音乐声，轻盈的大片雪花，还有轻微的鼾声……

也许，于他，于读者，似乎很微不足道。

然而，于我，意义不同凡响。每每想起，内心要忍不住想笑起来，感激之情油然而生。

我相信自己的感觉，就像在同一个车里，我清醒着，他在副驾座上打盹。于是，我选择不言。

人类之间的交情很是微妙。有些东西，一辈子不会打碎，伴随人的一生一世。在心灵深处，如一碗鸡汤。在自己被生活所累、被世事所缠时，在一个安静而阴郁的日子里，在雪花飘舞的一天，突然再次想起，突然再次发笑。

我已大概有几年没有再见到他，他之前的模样变了许多。虽然还没有成婚，却过早发福了。大概人一出三十，多少有些老样了。借着街灯，我偶尔看到了他的眼睛，他的眼睛依然细长，眼神狡黠，在朦胧的车灯下，闪着亮晶晶的光。

但愿时光静好，待他如初。

（三）生命

一个人独坐着火车，听着铁轨"踢踏踢踏"的声音，想着心事。到一个站，便有人上来也有人下去，脚步匆匆。也有人却在拥挤的人堆中落寞地坐着，这样的画面在电影中、在列车上经常看到。

他独自一人，他的脸色暗淡，眉头皱着。他不会抽烟。

他在隆隆的火车上打来电话，说着3个选项：A 永别 B 逃避 C 面对。他如何在极不痛快的状态下做出3个选项，他如何千思万缕、泪如雨下，我不得而知。他电话那头的笑声很沧桑，里面包含了什么，我亦不得而知。他不善于袒露自己，总喜欢说不着边际的话，说令人费解的话。

后来，我因担心隔几天打个电话，打通了便问一句："你还活着吧?"听到那边的笑声，才放下了心。后来发现人无论生无论死都不容易。生，一日三餐，柴米油盐，繁琐而迷茫。死，有很多双手拉着，不让离开。那是责任，推卸不了。

奶奶，是世上最疼他的人。然而在一个大雪纷飞的晚上，世上最疼他的人永远走了。每隔清明，他一定要去坟头烧纸。

世间有两种人，一种人永远简单地快乐着，另一种人永远复杂地痛苦着；他属于后者。

就是这样的一个灵魂，漂泊在茫茫的人海中，乘坐着生命的列车，思索着今世与未来。时而欢笑，时而哭泣。无论男女，无论老弱，一步步走着自己的路。

再后来，我乘着 K1596 辗转于两地，听着熟悉的"踢踏踢踏"的声音，目睹着上来下去的人群，嗅着无处不在的方便面气味，有时看书，有时假寐，匆匆又匆匆，品着一个又一个故事，陌生的，熟悉的，来哪里，到哪里，接着，终点站也到了。

想起去年春节前，一家人路过榆林，在那个小饭店里围着红红的火炉，突然一下子有了家的感觉。年已经近了，是的，如今已是冬天。

若干年后，我们的灵魂会随着下一趟列车奔赴哪里？我们的下一代，再下一代，正"噼里啪啦"蓬勃地成长着。他们成长，他们开始沉思，开始羞怯，开始有了自己的秘密，开始不说一句话便钻到大人的被窝里，像只在外面玩疯了的小猫。

那年，你的模样

纪念我们的青葱岁月；纪念曾经一起疯过的战友。

那是个陌生的村子，它的名字叫西梁。

2007年8月21日，我们3个人，相跟着一起去的。中午去了安澜楼附近，有很多去往南头村子的大巴。开车的是个老司机，有个30出头的青年人正在招呼上车的客人，人长得还算帅气，一路热情地招呼着我们。客车比较破烂，路面又不好，一路上颠着，在漫天的黄土中终于在下午3点到了目的地。

老乡家的院子很大，生长着一颗梨树，结了一树的果实，看来"8·7洪灾"没有光顾过，真是万幸。另一树枣子，青青的，散着淡淡的粉色，用乡人的话来说就是"红眼圈"了。老乡家里的摆设以简单为主，看电视用的是天线，居然还能收到一个外国台，我们吃饭时恰好有一个黑人美女在主播新闻。中午饭是豆面，挺好吃。吃罢感觉有些肚胀，我们便去村子里转了一圈。

村子里到处是破败的老屋，墙壁的泥坯已脱落了好多，一把生锈的锁孤零零地坠着，一看就知好久没有人摸过。门前长满了蒿草，唯一生机是从墙头里伸出的牵牛花，正斗艳地开着，紫红色，刚下过雨，花瓣上还挂着晶莹的露珠，娇艳欲滴。

在不远的路边，有两只小毛狗卧着，懒洋洋地打量着我们，似乎没有任何兴趣。偶尔能看到几只小鸡在草丛里找食吃，不过到了傍晚，主人家就悲愤地指着一条大嘴巴上粘着两根鸡毛的凶狠的大狗对我们说：又被吃了一只……当我们回过头看它时，它的眼神里不知有什么东西，显得非常诡异，让人感到一种恐惧。夜晚，我一直在脑海里浮现出它吃那只小鸡的血淋淋的画面。

主人家的里屋有一盘大土炕，炕上有一张双人床，炕头角落里堆满了东西。我们便在这个里屋挤了一夜。因不是自己的床，睡得极不踏实，一夜醒来好几次。四周静悄悄的，只有同伴轻微的鼾声。又上了一趟厕所，抬眼处，树的枝芽相当密集，黑压压地扑了下来，我心里腾起一阵莫名的恐惧感，急匆匆地往屋里跑去。其实白天看这些树，似乎能听到它们的窃窃私语声。一棵枯树下，我站了很久，触及处是皲裂的伤疤，也许人心的外表应该也如它吧？天地万物，珍贵的是活的生命，而人的生命是更有灵性的，喜怒哀乐、悲欢离合，人间情恨给世界留下许多念想，令人荡气回肠……

这个村子里的人是村子里最后活的灵魂。年龄差不多都在60以上，统一的装束，统一的旱烟袋，统一的口音，似训练了多年的正规部队，步调一致。下地、晒太阳、闲聊，商量好一样，很守时。听人说，村里原来差不多有1000余人，现在只剩500多人了，他们没事干时就坐在那儿大口大口地抽着旱烟，东一搭西一搭地拉呱着。偶尔碰到一两个年轻媳妇，便是村里最俊的人了，在那群上了年纪的人群中，这一两个小媳妇像被众星拱月一样宠着，心安理得接受着夸赞，手头一针接一针缝着鞋垫或鞋底……

村里也有热闹的时候。

去的那几日正好有施工队居住着，每天有机器轰隆隆响着，马路上经常黄土飞扬。施工队的人大多外地口音，他们若走了大概再也不愿回来这个地方——没有几个年轻人，没有自来水，没有蔬菜，电视节目也只有两三个，手机也没有信号……一切的一切都是那么不方便。

村里放水的时候也会热闹一会儿。

村边马路上有个大水房，村里人喝水到这儿挑，一担水5分钱，隔三五天放一次水。放水这天，大人小孩担着水桶排队买水。这些上了年纪的人担着一担水，晃晃悠悠地踩着绵软的黄土，竟相当地稳当。瞧着那一大桶水有些发怵，但心里想帮老乡担一回水，可是人家不答应，说城里来的娃娃肩膀嫩，只好跟在他的屁股后面，来来回回的，路面上的黄土，盯得久了，变成了大涛大浪，风起云涌的……

村里有个有钱人。是村里的支书，30多岁，样子很精干，守着个小卖部，摆放得都是些小货物。村里人要买个酱醋之类的，就来他这儿。老婆种着点地，还有菜畦，拿他的话说，比进城里强，不用看城里人的眼色，不用卖苦力……还说老家空气好，种出来的都是"绿色产品"，人长寿。只是精神生活贫乏了些……他建议我们去蔡家崖观摩一回晋绥革命教育基地。一听到西梁离蔡家崖不远，我就生出了强烈地想去蔡家崖的念头。我的母亲就在兴县蔡家崖读过书，学校便是在贺龙同志亲自栽了6棵柳树的地方，也就是今天的晋西北革命教育基地。

坡那边经常坐着个傻孩儿，没有人搭理她，也没有小孩愿意和她玩。一个人，孤零零的，在土堆那里爬一会儿，躺一会儿。她冷不防过来就夺走我手里的矿泉水，我又给了她一个面包，看起来她很快乐，喝水喝得很猛，狠狠地弄了自己一身。我竟有了种莫名的快感，好似有种温暖的东西将心脏充满了，不知是安慰了她还是我本人？也许都有。

村子里的小学校也很破旧。由于不到开学时间，没有见着老师和学生。但听村人说只有 16 个学生，从一年级到六年级，教师 4 人。看来跟其他村子一样，也是学生少教师多的状况。村里没有中学，上中学要步行去几十里路以外的土崖塔乡中学就读，两个星期回家一次。

这个陌生的村子，这个我们停留了三五天的村子里，似乎有着无穷无尽的秘密，直至走那天，依然让我感到带走的仅是这个村落的皮毛。

第二天一大早起来，天居然下了一场雨，路上很难走。不过我们 3 人还是暂时离开村子，开启了蔡家崖之旅。

张宇荣作品选

张宇荣，保德新青年编辑，喜欢文字，寻求诗意的生活，想要在柔软的夜晚写出星星般灿烂的文字。在《五台山》《忻州日报》发表作品若干。

怀念母亲

月光透过窗帘缝斜斜地射进来，惨白惨白的，冷清得就像十几年前的光景。

今天去看爸爸了，老院子勾起了我许多回忆。

老院在我的记忆里有两孔土窑洞，没有砖头口子，院子是红胶泥的，每到下雨天，雨水便顺着窑口流下来，院子里的红胶泥被泡软，一踩一个大印，胶泥粘到鞋子上很难甩下，门槛上一到雨天尽是我们刮鞋底留下的一坨一坨的红泥。母亲决心要改造这个院子，平日种地回来的路上还要拣卵石，节衣缩食地在攒够钱之后请人烧砖，拉灰，请匠人最后终于把窑口子接出来了，门前也铺上了砖，雨天我们再也不用担心胶泥粘在鞋上了。

再后来母亲到桥头做了裁缝，家里的地照样种，院子也在缝衣淡季做着点滴的改变。

翻开家中的相册一张一张看，妈妈在新街做裁缝时，隔壁照相馆的玉子叔叔胶卷只剩最后几张时经常叫我们去照相，那时候的照片还在黑房子里冲洗，一卷照不完就浪费了。现在看来那些照片都是那么亲切，爸爸妈妈都很年轻，我们姐弟仨的衣服都不甚干净却也清秀可爱，爸爸妈妈并排坐在凳子上，我在右边靠着爸爸，穿着妈妈做的百褶背带裙，梳着小辫，头顶发间还插着一朵从花枝上掐来的鲜花，笑容里有点胆怯；弟弟妹妹还很小，六七岁的样子，弟弟腼腆害羞斜靠在妈妈身上，白色印花衬衣胸前黑乎乎的；妹妹站在最前面，眼睛黑亮黑亮，一头短发让她看起来更像一个虎虎生气的男孩子。

翻到爷爷到桥头和我们过年时的合影，70多岁的爷爷已显老态龙钟，坐在中间；妈妈烫着时髦的卷发蓬松柔软，穿着淡蓝色的上衣满面笑容和爸爸站在爷爷后面。那时的我好像已经是初中生了，衣服就是妈妈亲手做的黑红色带毛领的呢子外套，站在爷爷右面，弟弟穿的是簇新的皮夹克，在爷爷左面，妹妹扎着两个羊角辫，穿着黄色的新衣服，整个画面人人都从心底流露出喜庆来，眼角眉梢都有笑意。

1991年、1992年爸爸单位组织旅游，允许家属陪同，妈妈到过北京上海苏州杭州等地，这大概是妈妈一辈子中最惬意的时光吧！爸爸妈妈在亚运村的熊猫前，在雄伟的天安门前，在西湖边上荷花丛中，雷峰塔前，在苏州园林的花影墙后，在碧波荡漾的游轮上，都留下了合影，那时候的妈妈年轻漂亮，眉间还没有皱纹，生活的印记还不深。

妈妈做了十几年裁缝，最后几年的生活环境很是艰苦，租住的房子太小了，床铺是专门定制的高低铺，大概一米左右宽窄，上下两层要挤全家 5 口，我真怀疑那时候我们真的全能伸直腿？渐渐地成衣市场完全代替了裁缝，妈妈的裁缝生意也不好做，后来就关门了。妈妈农忙时候回老家种地，农闲时候到镇里给我们做饭。

后来外婆患脑血栓瘫痪了，妈妈接来她照顾，爷爷也瘫痪在床，那时我家的两孔窑洞里这边是外婆，那边是爷爷，直到外婆去世前一个月，9 个月的时间，我真不知道母亲是怎样边照顾老人边种地的。现在想想母亲真不容易啊，尽管那时的我们懂得替母亲分担家务，可我们仅仅是寒暑假星期天才有空啊。

再后来，外婆去世后我参加中考，此后一直到 2003 年妹妹考上大学，母亲一直在贫困的边缘打拼，喂猪羊牛，种别人不种的地，受别人不受的苦，她为我们的前途拼着命，虽苦虽累虽然压力山大，但她却从没有让我们中任何一个放弃读书。其实现在想来我算是自私的人，我那时竟然也没有想到回家帮妈妈分担负担，何况那时的我按村里姑娘来说早该结婚了。

终于我毕业了，妈妈的负担轻了，妈妈又在院子东面请人掏了一眼窑洞，西面盖了两个小石窑洞，院墙围好，大门安上，整齐的一个小院就收拾利落了。妈妈还计划在东面牛棚边上种上葡萄，院子里整理好菜畦，等我们都成家了回来就什么都有了。

我在婚事上的坚决让妈妈伤心了，我的任性、我的执着最终妈妈妥协了，大概那次叛逆让妈妈潜藏的病发展得更快了。

2003 年妹妹考上大学了，妈妈多年的心愿终于完成，但妈妈还不敢放松，直到 2004 年夏天，我带着刚刚两个月的孩子在乡下避暑，给母亲打电话却被告知母亲病得连一根稻草也拿不动，瞬间我慌了，没来由地慌，赶忙通知爸爸和弟弟妹妹回家。县医院的诊断如何我不清楚，但医生的那句"你家到外面看看吧"让我心惊肉跳，医生的话外音我听得出来。

爸爸和弟弟带妈妈去太原诊断后的结果让我悲伤不已，一个夏天我就奔跑在借钱、借钱、借钱的路上，该借的都借了，该贷的也贷了，妈妈还是没有好起来。

农历七月十五，妈妈被医生宣判之后无奈回家，我的心已经凉到了极点。妈妈的衣服、棺椁都是我准备的，我也不知道那时如何承担起来的。通知亲戚朋友们来家见妈妈最后一面，大家都心怀戚戚。趁妈妈还在时留下最后的合影，合影中再没有了曾经的笑容，妈妈蜡黄蜡黄的脸努力地挤出一点点笑意，周围的我们各自的悲伤都写在脸上但又不能用语言表达，妹妹的眼角似乎还有泪痕，姨姨舅舅各种表情各种难过……

那年的中秋节还不是法定假日，我在晨读时间接到弟弟传得噩耗，才 50 岁的妈妈在举家团圆的节日里永远离开了我们，巨大的悲伤包裹着我，挣扎着请假回家，眼泪早已经模糊了我的眼睛。

斯人已逝，只留下思念与我们，在课堂上读着史铁生的《秋天的怀念》我潸然泪下，母亲节来临谨作此文怀念我的母亲！

琴声悠扬

月光如水，夜半的月已开始西沉，实在难以入眠。打开闵惠芬的《二泉映月》，琴声悠扬，低回曲折，幽幽咽咽，如泣如诉。

泉水无声，听者有声，阿炳的生活似这泉水般的跌宕起伏，泉水在他澄澈的心中有了千折百转的声音。这声音只有阿炳能够体会，只有阿炳才能真正理解。《二泉映月》是阿炳的精神，它给了许多像阿炳一样生活坎坷的人以精神的慰藉，如父亲。

父亲小时候并不知道阿炳是谁，但幼年丧母又天生左脚残疾的他却对丝弦乐器情有独钟，只听过村里人拉过二胡曲子，他便迷上了这个简单而又有着悠扬韵味的二胡。

在那个贫穷的年代里拥有一把属于自己的二胡是何其难的事情，但一切似乎不能阻挡父亲对音乐对二胡的喜爱。

父亲的父亲从口外带回来的凤凰琴成了父亲最初的玩具与老师，在玩耍中父亲慢慢地学会了准确辨别出七声大音阶的音高关系，还有扩展开的高、中、低音之间的关系，这为父亲的音乐之路奠定了基础。

不屈的灵魂总会有解决问题的办法的。后来父亲自己做二胡，我总在想，那个物质匮乏的年代父亲是如何克服种种困难制作他的第一把二胡的。二胡看着简单，但制作起来真的不简单，在我看来是很难的，琴筒、蟒皮、马尾、丝弦……一个破衣烂衫腿脚不灵的少年是如何执着地准备这些东西，掏空杨树做琴筒，打磨枣树做琴杆，还要钻孔、打磨、安装，如此复杂的工序他是怎样完成的，最后没有丝弦就用棉线倍粗代替丝弦，可家纺的棉线怎么能承受吱吱咕咕的拉扯呢？父亲说往往拉不到两曲棉线就断了，再续再拉。就这样，父亲凭着他对音乐对二胡的执着学会了传统的指法，二胡已经拉得很有样子了。

父亲到保德中学上初中后加入校文工团乐队，到书店买到简谱知识，没用多长时间系统地学会 d 简谱。又在书店买到一本从苏联翻译过来的《基本乐理》，是五线谱的，都学了过去。

偶然的一次机会，父亲跟学习班长送语文作业到周清和老师的办公室，周老师是河南人会拉二胡，他给父亲拉了一段《步步高》，那一次父亲大开眼界，随即借了周老师那本 32 开很薄一本二胡入门，他把书中的讲义、符号、练习曲、各种弦的指位图全抄在写过的作业本背面，开始按书本的要求练习。

开始父亲没有二胡，用的是同学的或文工团的。学校里每天下午两个小时的活动时间，别的同学参加体育活动，父亲却在教室里钻研二胡。这次算是父亲正式系统地学习二胡，他将自己过去的民间半指处按弦改为指端按弦；将原来中指按弦的位置改为第一把位无名指按或第二把位食指按；将原来的一把抓为移把。父亲的这一改动在当时来说可了不得，练一段时间后风格全变了。放假回村后，人们带着惊异的表情听父亲拉二胡，就连父亲的父亲都没想到他的二胡水平进步得这么突然。

生活总是让人处处碰壁但又让人充满希望，就像父亲练琴一般，没有琴，但一切似乎不能阻挡他，自制胡琴，没有老师就自己学。

在父亲的努力下，他的音乐水平已经达到了班里以致文工团最高，班里边安排父亲预备铃10分钟内，起歌、教歌。父亲当时拿首新歌，看上谱子直接可唱出歌词。在文工团排练节目、演唱歌曲时，确定用什么调、乐队中二胡用什么弦全由父亲来确定。我佩服父亲在吃不饱穿不暖的岁月里能静下心来学习的精神。我经常想，如果不是"文革"不是父亲的富农成分，那么，在现在的社会里会有什么样的发展呢？

成分、家贫、失母、残疾没有影响父亲的爱好，但却影响了父亲的人生。

父亲高中毕业却无法上工农兵推荐大学，尽管他的文化成绩很优秀；父亲无法去当时县里的音乐殿堂——宣传队，尽管他音乐水平已经很高了。父亲因为残疾因为家贫一直没有娶亲——直到33岁。

父亲最喜欢拉的就是《二泉映月》。在那个处处碰壁处处阻挠的灰色年代里，大概唯一能安慰他的便是阿炳这如诉衷肠的曲子了，父亲坎坷曲折的人生经历和阿炳的人生又是何其的相似，失母、学艺、残疾、不得志……他像是父亲跨越时空的知音，在《二泉映月》里他们是相通的，他们是最能相互理解的。

父亲喜欢《二泉映月》还有一个原因便是它把位高，弓法特殊，高音处能控制好音准，没有快弓，拉《二泉映月》的弦比平常的二胡弦低4度，现在父亲对《二泉映月》的演奏技术已经很熟练了。

父亲拉出来的《江河水》《赛马》真的很好听，父亲曾经有意培养我学音乐，我的童年也有凤凰琴，我也曾跟着父亲学过一段时间的二胡，但总是吱吱呜呜的"各灰各灰"，急功近利的我基本功没练完就让父亲教曲子，最后由于我的放弃父亲对我学音乐之路彻底失望了。

"文革"时期父亲高中毕业，但由于成分不好连民办教师都当不了，直到"文革"结束，父亲在县里面的考试中考了第一名才当了教书先生。教书时父亲经常将课本里的内容谱上曲，以音乐的形式表达出来，但效果并不理想。他也曾要我写词，他要谱曲，但至今我都没有给父亲看过我写的文章，更别说专门写词了。

有人说父亲的音乐才能让埋没了，直到现在还隐居山村。我却觉得父亲的一生对音乐的热爱不是想出名，是一种最原始最自由的追求，对艺术的追求，是一种心灵的慰藉。正是因为这样，父亲才能将身外的种种黑暗种种不公平置之度外，悠然自得地在他的音乐中寻求快乐。

退休后的父亲赋闲在家，弹琴拉胡的时间更多了，村里的老人、乡上的文化队、城里的老朋友经常邀请父亲参加各种活动，也经常到我家里和父亲琴瑟相和，家里的乐器多到我已经数不过来了，胡琴有高音低音的板胡四胡二胡，键盘乐器有电子琴手风琴，吹奏乐器有口琴笛子唢呐，弹奏的还有古筝竖琴吉他，拉奏的还有小提琴大提琴，各种乐器相互之间应该是互通的吧，反正父亲一直营造他的音乐世界，就连他的网名也是叫音符。

月亮已经西沉，窗外黑乎乎的，有点睡意，父亲那悠扬的琴声一直在我心里回旋起伏。

白鹿去了

——悼念陈忠实

白鹿终是去了！

一遍又一遍地重读《白鹿原》，我终究不知谁是那只白鹿，朱先生？白灵？白孝文？白嘉轩？抑或另有其人？一度时间我曾以为白灵就是那只白鹿，有时候又将她与《平凡的世界》中田晓霞的影子重合在一起，她们都是那么聪颖，那么执着，那么灵动，那么飘逸，就像塬上那只白鹿，在那一瞬间腾空而去。我也曾将料事如神的朱先生以为是那只白鹿，世事洞明，飘逸空灵，他死后的白鹿原一片雪白，像极了白嘉轩在雪地里看见飞奔而去的白鹿的场景。我也曾以为浪子回头的白孝文当了县长就是那只白鹿？但又觉得他最不像那只纯洁的白鹿。直到今天我才突然明白，我一直寻找的那只白鹿早上已经回归天堂了！

塬上曾经有白鹿，人间自此没忠实。

陈忠实去世了，恍惚间那只白鹿随他而去了，准确地说，他就是那只白鹿。

他的离世让陕军团又失一员大将，从柳青的离世到路遥的病故再到陈忠实的仙逝，这三员大将代表陕西的文学，代表着这黄土地的文化。

陈忠实将关中平原厚重的历史用史诗般的巨笔铸就了一部惊世之作。古老的白鹿原，庄严肃穆的祠堂，严格的《乡约》，白鹿两姓的争斗，威严的族长白嘉轩，虚伪的鹿子霖，叛逆的黑娃，忠厚的鹿三……在这里有亲情有友情有爱情也有天伦之情。

在这里我们领略到了渭河平原上的风俗习惯，领略到了祠堂精神，感受到了社会变更的力量。可以说白鹿原是陕西的代表，白嘉轩是中国古老家族族长的代表，《乡约》是家规的代表，读了这几样我们就可以"窥一斑而见全身"了，或许我的见识是短浅的，或许整个陕西就是那样的，管他怎样呢！《白鹿原》这样写我姑且这样看。

旧社会对女性的禁锢让人感觉到压抑，女人如同地里的白菜，想挖几颗就几颗，扔了也不可惜，完全的男权时代，女性和附属品一样卑贱，像白嘉轩前几个老婆，像白孝文的老婆，鹿兆鹏的老婆，她们红红火火地入祠堂拜堂成亲，最后都悄无声息地离开人世。只有两个敢爱敢恨的却也没有好结果，一个是白灵，她对革命的热情如同飞蛾扑火一样，对爱情也是这样的，然而却遭遇了爱人的离弃，自己也被活埋，伟大的理想在那一瞬间就和她一起埋葬了。另一个就是被众人唾骂的田小娥，一个秀才的女儿本也是天真烂漫的女孩，有好多的梦想好多的期待，结果却成了一个老头的小妾，女性所应该享受的美妙只能在梦中寻找，她遇到了黑娃，干柴烈火，一触即发，一切都是不符合社会道德的，于是双双离开。女性对爱情对自由的追求在她身上表现得淋漓尽致。她勾引白孝文，忍受鹿子霖，最终让她背上了更深的罪名，这些在那个年代是绝对不允许的。她死了，似乎死的很冤屈，死后也让整个白鹿原不安宁，她是那个时代不羁的灵魂的代表。这两个女性是社会转折时期的两种典型代表，但她们都不足成为白鹿的化身。

一代文豪，作品等身，名满天下，一身布衣，终身农民，一碗燃面，朴素本色，没有架子；陈忠实和他的名字一样是中国文坛毫不做作、最不会表演、面对媒体没一点儿演技的朴实的关中农民、作家。他为了写给自己垫棺作枕的《白鹿原》闭关在白鹿原的老宅里，与白嘉轩、鹿子霖对话，与自己对话，与那个时代对话，他的作品也曾遭到误解遭到封杀，但"真金不怕火炼"终于靠着这一部小说他红了，拍电影改电视，未等到电视剧杀青他就去了。《白鹿原》电影导演王全安也发文"大师已乘白鹿去"，他就是塬上那只白鹿，像那只白鹿一样腾过莽莽塬上一路西去了。

默哀的同时愿白鹿永留心中！

读《背影》

少年时代一直没读懂《背影》。

学习《背影》时正是"少年不识愁滋味"时，有亲人陪伴有朋友一起开心。在老师的讲解中明白了那份父子情，但不懂为何分别让大家如此不舍，不懂作者一个大男人为何一再流泪，不懂这份情感是如何的厚重。

上高中读大学时仍然没有懂那份弥足珍贵的感情。那时的我也很自以为是，就像作者说的"太聪明了"。记得那年父亲送我上大学，报名以及准备各种生活所需品时，爸爸很是啰嗦地问相关人员各种细节，在旁边的我总觉得他的话太多，不利索，非要自己插嘴。终于父亲安排好我要返程了，我沉浸在对大学的新奇与兴奋中，没有发现父亲的某种小小的失落，高兴地与父亲作别，目送父亲的背影跨上大巴车后，连他在车窗上朝我喊的话还没听清，就开始为自己获得自由而欢呼。现在想想那时真的很傻，如果不是母亲后来告诉我，父亲对我出门在外的生活很是担心，我一直以为父亲同我一样快乐。

岁月总是匆匆而过，转眼间我也毕业工作结婚了。

结婚那天父亲送我到大门口，等我手捧鲜花坐在装扮漂亮的婚车上向外看时，众多的人中没有看见父亲，朝大门里面看时，父亲已经推开房门正往屋里走，我只看到他低头用右手扶门的背影，背影中那份落寞与周围嘈杂的鞭炮声好似一种对比。我眼眶一热泪便来了，怕人看见赶快拭擦掉，装作很高兴的样子同母亲及各位亲戚再见。婚车开动了，我的眼泪又来了，从此以后我就成了他人妇，未来的生活难以预料，父亲的心情我明白。有一篇文章写道：下辈子不生女儿，就是因为父亲为女儿倾注了太多的心血，最后被一个完全陌生的人带走的那种心疼与孤寂。

中年读《背影》，不能说读懂了，但每读一遍我的感受便更深一层。

那年母亲因病去世了，父亲形单影只，每见一次父亲就更显苍老，两鬓斑白，眼里的孤寂与落寞让人不忍直视，离开时父亲常常送我们到村口，回去时那个孤独的背影更让我难过。

那天下班回家路上，远远地看见有个身影像极了父亲，由于父亲天生腿疾，走路异于常人，即使从背后我也能一眼认出来，年老之后他走路的姿势步态特征更明显。那个背影背着一个大纸箱子，走路每走一步就一深一浅，两肩一高一低很不平稳，但他又极力保持着平稳，有一只手还背过来护着那个箱子，我不由快步向前，越来越近，花白的头发，黑蓝的中山装，黑色的裤子，尤其是那双一只鞋系了带的黑布鞋，那不是父亲还能是谁？我叫一声爸爸，那背影停下了脚步慢慢护着纸箱转过头来，果然是父亲。父亲看见我笑笑说："我估摸着你快回来了。"我忙将他背上的纸箱抱下来，父亲的后背已经湿了一大片，脸上的汗水汇流成一道道顺着脸颊淌下，爸爸拿出手绢边擦汗边说："家里种的蔬菜丰收了，给你送点来。"我嗔怪父亲天气这么热又大老远的拿这些干嘛，街上到处都是卖菜的，方便得很。父亲说："他们卖得不好，家里的全是无公害蔬菜，放心着呢！"我没有答话，内心里早已翻江倒海般的难受，强忍着不让泪流出来。父亲没有发现我的情绪变化，继续说："离得太远，不然还能多拿点，现在老了，背不动太多了，再说摘下来两三天就放不住了，你们连个新鲜菜也吃不上。"我的泪已决堤，擦也擦不完，在那个夏日的街角我与父亲一个擦汗一个擦泪。父亲这个背影承载着太多太多的爱！

再读《背影》，在字里行间我依稀看见父亲那同样蹒跚同样肥胖的背影，再读到父亲来信那几句我更是泪如雨下，父亲现在还健在，我怕哪一天他也告诉我"大去之期不远矣"，我该是怎样的痛啊！

拳拳父爱，浓浓亲情。读朱先生的《背影》让人感动，读父亲的背影更让我落泪，我也似乎终于明白了一个世纪前朱先生的泪。

故乡荞麦香之碗饦

　　每日路过教委口路边的碗饦摊上，总是围着三三五五的人，子承父业的卖碗饦小伙子右手拿起光滑莹润的碗饦，重重地翻扣在左手的碗里，"啪"一声后，拿起黑柄水果刀左三下右三下，转眼间碗饦就被划成好多菱形小块，放下刀子拿起勺子从那个黑陶瓷罐里舀出一勺蒜汤转圈均匀地洒在碗饦上，递给顾客，整个动作一气呵成，连贯自然，让人不禁驻足欣赏。

　　保德碗饦是用精细的荞麦面制作而成。据说中国是最早种植荞麦的国家，农书中关于荞麦最为确切的记载则首见于《四时纂要》和孙思邈《备急千金要方》。这两部书都是唐代出版的。同时，荞麦在这一时期的相关诗文也累累提及。因此，一般认为荞麦是在唐代开始普及的。

　　生在保德，长在保德，贫瘠给这片土地打上了烙印，"河曲保德州，十年九不收，男人走口外，女人挖苦菜"。清朝末年，中国人几次为生计而发生的大迁徙中，山东人闯关东，南方人下南洋，山西人则是走西口，到水草肥美的河套地区寻求新的出路。像候鸟一样的保德人西口之路走了三四代，但贫瘠的土地依旧没有多大起色。春天干旱少雨，等一声惊雷过后一场大雨瓢泼而至，雨过天晴，穷怕了的保德人涌到各个山头，趁着保墒雨补空填闲，将大把大把的荞麦籽洒到了沟沟壑壑里，凡有耕地处就有了荞麦地，荞麦就成了保德人的救命粮，成了保德人的圣物。

在保德，凡有人烟处就有碗饦，这话说得绝不夸张。在保德你看吧，村村都有卖碗饦的，经济贫困的年代卖碗饦可以给家庭增加不少收入。碗饦老少咸宜，又能当零食亦可做主食，最主要的是价钱不贵，人们花不了多少钱就可以吃到美味，碗饦还是与油糕粉汤一起款待客人的上等茶饭。

小时候跟妈妈去锄地，经常经过一大片一大片的荞麦地。正值夏季，荞麦花开得满地都是，炫白炫白的，妈妈让我们猜谜语：红杆绿叶开白花结黑籽的是什么？打一常见植物。我们姐弟仨往地里一看就知道是荞麦了，直到现在我还记着谜语，也记住了荞麦的样子。

荞麦苗可以算上我见过最漂亮的庄稼了，淡红色的细杆立挺挺的，长到二三十厘米高便伸出许多的枝枝杈杈，嫩绿嫩绿的叶就从枝杈间探出头来，扬花时，雪白雪白的花瓣开得肆无忌惮，染白了整个山头，绚烂成河。

荞麦花期长，花香，还是蜜源，开花时节蜂围蝶舞好不热闹。花谢几天后便有籽结出来，不久这些三角棱形的籽由绿变黑，新打的荞麦籽褪了黑皮之后晶莹剔透，稍微带点乌青，像一颗颗钻石熠熠生辉。

荞麦褪下的皮是很好的枕头芯，妈妈缝几个枕头套，装上荞麦皮，新荞麦皮的清香透过枕头套飘散在幽静的夜里，觉也睡得格外香甜。用荞麦面做的碗饦，那才叫美味呢！

保德碗饦是小吃一绝，顾名思义，就是用碗做出来形状像碗一样的面食，有肉碗饦素碗饦之别。做碗饦是需要极高的技术的，将面和起再慢慢用水屡开，化成糊放碗里蒸，这糊不能稠了，稠了做出来的碗饦硬硬的如同嚼蜡；也不能清了，清了做出来的碗饦软软的没有骨力，吃起来也棉糊糊的，不爽口。虽然做碗饦过程一样，但手法不同做出来的碗饦口感就不同，保德县那么多的碗饦没有相同味道的两家。蒸碗饦时做好了直接拿出来凉了的是素碗饦，快熟时撒一层肉末进去，一出锅就被放保温箱里的是肉碗饦。

素碗饦是宾客宴席上必备的菜品，可冷可热，可煎可炒，吃法多样，是保德人最念念不忘的美味，出门久了的人一提碗饦就会流哈喇子。他们在外地吃不到像保德碗饦这样的美味，只有保德这一方水土才能做出那么劲道软滑温润细腻的碗饦来。说也奇怪，就连一河之隔的府谷也做不出这样的碗饦，好多府谷人天天开车到保德吃碗饦。

保德碗饦摊遍布保德府谷的大街小巷，"赵老汉碗饦，批发，一块一个"……小喇叭里的叫卖声经常出没于各个市场各个小区，素碗饦常常是竖列着码在铺着白色笼布的盘子里，一列一列白皙莹润，晶莹剔透，吸人眼球。最主要的是它的韧性，用保德人的话说就是"软颤软颤"的，柔韧性很好，吃起来却是劲道爽滑。教委口志全的碗饦就是以"韧"出名，据说碗饦高高举起重重摔进另一只手拿着的碗里，"啪"的响声穿梭于教委和电影院之间，甚至于花园圪洞都能听见。当然这有些夸张，不过足以说明碗饦的韧性。这是与柳林碗饦最大区别之处，柳林碗饦偏黑，偏硬，是用粗荞麦面做成的而且还是薄薄的一层，硬硬的，不耐摔，不细腻。如果没有好的辣椒油蘸料，柳林碗饦真的是难以下咽。晋中地区也有类似的碗饦，只不过当地人称之为灌肠，很多都是白面做的，味道与保德碗饦不可同日而语。忻州定襄有蒸肉，初到忻州人们说蒸肉和碗饦差不多，我只尝了一个，再不想吃第二个，调味品放太多，又感觉腻腻的，怎么吃都不如保德碗饦爽口。

保德素碗饦初吃感觉一般，但吃后它的味道弥漫在嘴里让你久久回味。碗饦好吃醋蒜汤也很重要。上好的醋蒜最重要的是选盐，要用好的无杂质的粗盐铁锅炒熟，然后用不新不老的蒜，捣蒜时加入盐和适量干姜粉、熟黄油，水必须用凉开水用于稀释醋，制作手法很关键。我吃过铁板煎碗饦，吃过烫碗饦，吃过炒碗饦，也曾因为嘴馋直接掰一块素碗饦不蘸醋蒜吃，淡淡的咸味，细腻的口感，劲道爽滑的体验，无论怎么吃都让人回味无穷啊！

汽车站门口每天早上有专门卖碗饦的，保德人出门也不忘给远在他乡的亲人们带上一袋碗饦，总觉得只有碗饦才能代表保德，才能解他们的思乡之情。

素碗饦凉的好吃，肉碗饦热的好吃。最出名的肉碗饦就数二道街的梁勇碗饦，河滨市场的凤英碗饦，教育局口的志全碗饦，每天一到时间，几家店铺前就会排起长队，争相品尝刚出锅的热乎乎黏糊糊的肉碗饦，大快朵颐后抹抹嘴巴，心满意足地开始一天的工作。

我也是一个肉碗饦迷，也经常排队等候碗饦的到来，在梁勇那两间小屋里和众人挤着端碗肉碗饦，淋一勺蒜汤，抹一点辣椒，四边晶莹白皙的碗饦衬着酱色的肉、白色的蒜、红色的辣椒，不等吃香气扑鼻而来，不觉满口生津，三八两下就吃完了。

等碗饦下肚以后才感觉有失常态，悄悄环视一周才发现吃碗饦的大多都是这副德行，没吃完的大口大口地吃，吃完的有很多还在犹豫徘徊，大概是想着用不用再来一个，吃饱的心满意足地打着饱嗝出去了。

保德碗饦就是这样诱人！

孔子说，"饮食男女，人之大欲存焉。"饮食是放在首位的。几千年来"民以食为天"，在温饱的基础上无论哪个人对美食总是难以抵挡的，就像保德人对碗饦的热爱，就像男女之间的互相吸引，只要对了胃口那就是不舍的牵挂。

工作十几年不事稼穑，好多年不见那红杆绿叶开白花结黑籽的荞麦了，每当吃到可口的荞麦面碗饦的时候总能想起它的俏模样，像小家碧玉一样在那里巧笑倩兮，明目盼兮；想起我家的那片荞麦地在夏天里白花满地香气满山，像偷偷下界的仙女一样超凡脱俗，温婉动人；想起秋日里结满黑籽的荞麦，像故乡的农人们一样淳朴善良，憨厚朴实。

故乡的荞麦香了我童年的山野，香了我少年的梦境，香了我中年的口福。

故乡是荞麦的圣地，荞麦是故乡的圣物，不一样的水土不一样的美食，保德碗饦给这块土地上的人带来了味觉上的享受，给这片曾经贫瘠的土地印上了专属于自己的印章。

我喜欢故乡的山山水水，喜欢故乡的风土人情，喜欢故乡那一年四季从不间断的荞麦香。

康彦萍作品选

康彦萍，小学教师16年，后转行成为一名
新闻工作者，喜欢用文字记录生活。

老　姨

老姨叫外婆姐姐，是外婆的远房堂妹，和外婆住一个村子，因此两家走得很近。

老姨不会生育，膝下无子，嫁给老姨夫时，老姨夫已有一个儿子，于是做了人家的后妈。没过几年，儿子意外去世，儿媳也离家改嫁，留下不满一岁的小孙孙，从此，老姨把全部的母爱都倾注到小孙子身上。尽管那时农村的日子过得艰苦，老姨还是极尽所能给孙子最好的生活。老姨几年也不舍得换一身新衣服，可是每年过年一准要给孙子做身新衣服穿。每逢赶集过会，自己饿着肚子跑10里路回村，一定会给小孙子买点零嘴吃，或是两个大甜瓜，或是一个黄饼子。在20世纪70年代这已经是小孩子能吃到的最好的东西了。就这样直到给孙子娶妻生子。村里人都说，没见过这样善良厚道的后奶奶，真比亲奶奶还亲。

听外婆讲老姨其实有过一个女儿，是过继的亲姐姐的女孩，孩子还在褓襁中时就抱过来，老姨一把屎一把尿拉扯大，还培养上了卫校。后来女子成家立业，却和老姨日渐生疏，到最后，都不来看她一眼。老姨内心的悲伤可想而知。外人都说养了只白眼狼，每每这时，老姨都向着女子说话，不让外人说半个不字。还经常把自己种的各种粗粮托人带给女子。

老姨这辈子付出了作为一个母亲的全部的爱，但却没有享受一个母亲儿女绕膝的欢乐。但她从不抱怨，对人还是那样热情亲切。

正月初五是外婆家村子过古会的日子，村里出嫁的姑娘都会带着孩子们回娘家住几天。这是这个小村最热闹的时候。大人们走亲戚，看故友；孩子们东家出，西家进。各家的老人们费尽心思，把平时不舍得吃的好东西拿出来招待客人。红油漆小方桌往大炕上一扣，茶具摆上来，香烟摆上来，花花绿绿的糖果摆上来，自家种的瓜子、花生，炒得香喷喷的，放在大碗里。到了中午家家请客吃饭，客人有本村平时帮助过自己的，也有来赶会的朋友，主要还是回娘的闺女和带着的小外孙。

老姨家的客人只有外婆的闺女和女婿，还有就是我们一群小屁孩。妈妈和姨姨们每年去外婆家都要去看老姨。给老姨带点吃的、用的。老姨看到我们很是欢喜。我想这多少弥补一点老姨做母亲的落寞吧，看着人家都是儿孙绕膝，欢天喜地，自己家却冷冷清清。幸亏妈妈们都去看望她，和她拉拉家常，叙叙旧情。每逢这时，老姨的脸上总是洋溢着快乐的笑容，我想那是她一年中最开心的日子。

村里大部分人家住在村子北面，只有老姨家的小院坐落在小村的南面，与外婆家遥遥相对。到老姨家必须要经过村前的那一条很宽的壕沟。每逢雨季，沟里会有洪水翻卷奔流；旱季时干裂的红泥土裸露在外面，沟底两侧长满青草，大大小小的卵石散落其中，半坡上野花星星点点。沿着壕沟往西有好几个蓄水坑，坑的底部有细细的泉眼，隔四五个小时，便能蓄满一池水。这些小小的蓄水池像一颗颗钻石镶嵌在这个贫瘠的小村里。20世纪七八十年代，村里家家户户用水全靠这大大小小的几个蓄水池。我经常陪外婆来这里等水，有时蓄满的水刚好被人挑走，就得等一个多小时，有时挑一担水要换好几个地方。对于大人们来说，这兴许浪费了很多时间，因为家里还有好多活干呢，可是小孩子却是极其欢喜，因为每一棵青草、每一块石头下面都藏着我们感兴趣的秘密。

每次来到沟底，仰望老姨家的院子，总觉着那院子有些孤寂。毕竟周围没有住户，只此一家。但再看看门前草木葱茏的壕沟，屋后漫山遍野的树木，又想这是全村最好的院落。外婆家的院子比这实在有些小，周边环境更是拥挤，远已没有老姨家这样广阔的天地任我们疯耍。所以，每次老姨叫我们去吃饭，我们心里是一百个愿意，一千个欢喜。

老姨的请柬别具一格。那时没有电话，更没有手机，在大红的帖子上写请柬也是城里人才时兴的，而且必得娶媳嫁女才用。农村人不兴这个，见面打声招呼，就算是发出邀请。老姨的请柬却由微风带路，山谷传音，给我留下了深刻的印象。

早晨，太阳刚露头，院外就传来了老姨悠长清亮的喊话声。

"姐——"

"唉——"

"中午让咱女子们到我这边吃饭来——把女婿和孩子们都带上——"

"听——见——了——让他们都过去，你再不用说了——忙你的吧——"

这是每次老姨请我们吃饭时，外婆和老姨的隔空对话，两人各自站在自家大门外的街头，都罩着蓝布头巾，右手搭在额前，使阳光不那么刺眼，以便能看清对方。我那时感到真是奇妙，这么远的距离，怎么能听得这么清楚。有时，外婆在屋里做饭，都能听到老姨的喊话声。

这声音孩子们听来自是欢喜，可是姨夫们却不大想去。除感情上来说是远了一层，大约还有别的原因。我们并不关心。等不到中午，我们便飞奔出门，下河沟，爬陡坡，周围的一切是那样熟悉而又陌生，总是让人兴奋不已。

走进老姨家的院落便闻到一股牛粪与干草混合起来的气味。虽说不大好闻，我却一点也不反感。我喜欢看那头老黄牛慢慢咀嚼干草的样子。我看着它，它也好奇地打量着我，大眼睛扑闪扑闪，冷不丁打个响鼻，尾巴悠闲地甩来甩去。老姨夫会不时地给牛槽添一些干草，顺便爱抚地摸摸老牛的脖子，他俩谁都不说一句话，却是很有默契似的，老朋友一般，不，就像亲人一样有一种浓浓的温馨的亲情在彼此的眼里闪烁。

老姨热情地迎我们进屋。中午的饭菜并不丰盛，但老姨已是尽己所能。四菜一汤：西红柿炒豆腐、凉拌豆芽、猪肉炒粉、过油肉，然后是兴县农村待客必不可少的油糕、粉汤。这粉汤既是汤又是主食的一部分。对于吃，我们兴趣并不大，随便扒拉两口，找个理由就疯耍去了。

下午两三点，该是和主人告别的时候了。老姨一定要给每家带点礼物，红枣、杏脯、谷米等，说多少是她的心意。我们都走到沟底，回头望，老姨还是依依不舍地站在大门口的街头目送着我们。

随着年龄的增长，我已好多年不去外婆家那个小村了，老姨离开这个世界也已经有 20 多年了。听说晚年生活很是凄凉，现在更是很少有人提起她来。老姨一生勤劳善良，默默付出，却没有得到老天的眷顾。希望我今天写下这些文字，让老姨的在天之灵得到一丝慰藉。

"姐——"我仿佛又看到老姨罩着蓝头巾站在自家大门口，耳边传来老姨那悠扬清亮的声音。

我的母亲

随着年龄的增长，竟越来越思念母亲。独自静坐时，夜深人静时，漫步公园时，母亲的身影总会不时浮现在我脑海里，甚至与女友交谈时，母亲总会成为我们的话题。为何已成年的我对母亲却如此依恋？仿佛比年少时更多了一份思念、一缕牵挂、一腔爱恋。

也曾几次提笔想写写母亲，然而，提笔的刹那间，种种思绪涌上心头，沉重的、感动的、喜悦的、温馨的……如蛛网一般交织黏合，牢不可破，找不到出口，亦寻不见来路；仿佛汹涌的河水遇到狭窄的河道，一时间竟不能酣畅地喷涌，只是紧紧地堆积在出口处，不停地原地翻滚、跳跃，直至慢慢地平复，重新沉淀。拭去眼角的泪珠，对自己说："罢了，以我拙劣的文笔，怎能写出母亲厚重的一生。"

但是今年，我却强烈地想把这份感情用文字表达出来。因为我突然发现母亲老了，岁月带走了母亲的容颜，掠走了母亲的力量，也渐渐消磨着母亲的记忆。只有文字可以帮我记录这一切，定格这所有。我必不能再犹豫。

（一）

母亲兄妹 8 人，又是姐妹中的老大。在那个重男轻女的年代，母亲不但没有机会去学堂读书，还成了家里的重劳力。每次陪母亲坐在灯光下缝补衣服时，母亲就给我讲述她小时候帮外婆搓麻绳的情景。

"煤油灯点着只闪着黄豆大小的光亮，哪有现在这电灯亮。"母亲说这话时听得出如今能在电灯底下做针线很是满足。

"你外婆一晚上绱三双布鞋，我就坐旁边搓麻绳。12 点睡觉算早的，早上四五点就得起床，推碾子、磨面、担水、喂牲口……"母亲絮絮叨叨。

我听着愤愤不平："妈，那么多孩子，怎么就你一个人做呢？"

母亲笑了笑，右手捋了捋额前的刘海，随手把针尖在头发里贴着头皮轻轻划几下，说："那时候，条件艰苦，老辈人重男轻女的思想严重，啥好事都紧着家里的男人们。穿的、吃的、用的先得紧着你舅舅们，读书更是男孩的专利。"

"那二姨不也读书了吗？她也是女孩子啊。"我疑惑不解，因为二姨不但上了学，后来还成为一名小学老师。

说起二姨，母亲的言语中充满钦佩和羡慕："你二姨脾气犟得很，一门心事就想念书，即使你姥爷骂着要打断她的腿，她也决不屈服，一到上课时间非念书去不可，大部分时间，早上都是饿着肚子去的。所以家里家外的事只好是我自己做，我若不做，全丢给你姥姥，不忍心呀。再说你姥爷那家法，不敢不做，一家

13口人，总得有人为这个家付出。"母亲说这话时，总有点舍我其谁的味道，但也蕴含着深深的无奈与失落。

母亲在絮絮叨叨的回忆中，向我展开了她坚韧苦涩的少女时代，我还知道母亲得到最高的荣誉就是"农业学大寨标兵"。只是那荣誉在我看来太过沉重。生活让一个女子的花样年华穿梭于干裂贫瘠的黄土高原，风吹雨淋、摸爬滚打，生生长成一株仙人掌。没有一丝艳丽芬芳，只有坚韧不拔的意志和强健结实的体魄。

年幼的我自认为母亲嫁给父亲是脱离苦海，奔向幸福。事实远不是这样，母亲的苦难才刚刚拉开序幕。

80年代的农村，男子在家的地位如房梁上的顶梁柱不可替代。传宗接代的观念根深蒂固，父亲也不例外。随着我们姐妹三人的陆续出生，让父母的希望化为泡影。父亲的脸一年比一年拉的长，总是莫名其妙地发火。大年三十晚上本是一家人在一起吃团圆饭的时候，但我的印象里父亲总是在和母亲吵架后摔门而去，而母亲却一边偷偷地抹眼泪，一边为我们做年夜饭。

四妹出生的第七天，离开了这个家。母亲辛辛苦苦十月怀胎，然而她从此成为别人家的女儿，叫另外一个女人妈妈，这让母亲伤心不已。只记得那天，母亲坐在炕上默默垂泪，我躲到厨房偷偷哭泣，那年我7岁，那个令人伤感的情景自今记忆犹新。这成了母亲永远的伤痛。还好，弟弟终于来到了这个家庭。弟弟的出生让全家人高兴万分，父亲大摆酒宴，居然唱起了《红高粱》；母亲在这个月子里得到了最好的待遇，每天可以吃到四五个鸡蛋，而且不用下地干活；8岁的我走在街上都觉得扬眉吐气，脚步也变得轻快起来，仿佛卸下了一个沉重的担子。

短暂的欢愉后，面临的是沉重的生活负担。为了让 4 个孩子能吃饱肚子，为了给孩子们体面的生活，母亲承受了作为一个母亲全部的苦难，也发挥了一个农村女子全部的智慧。

我从不知道母亲早上几点起床，也不记得她晚上几点熄灯。夏天的早晨，太阳还没露头，母亲已穿行于田间地头，耙田拢地、浇水施肥，红豆、西红柿需要架杆儿；白菜辣椒也得间苗；黄瓜、水萝卜结的早，母亲要把它们及时摘回家，变成我们饭桌上的美餐。午后左邻右舍的媳妇们经常聚在一起聊天、打牌、织毛衣，这里从没有母亲的身影，母亲的身影在一人高的玉米地里，在哼哼直叫的猪圈里，在柴米油盐酱醋茶的琐事里。晨露沾衣湿，带月荷锄归是母亲生活的剪影。

母亲的肩头从不闲着，挑着水，背着菜，荷着锄，扛着柴……遇到阴雨天，不能出去干活，母亲背着弟弟做家务，这是最轻松的时刻了。这样的日子屈指可数，大部分时间母亲不在家。

弟弟一睁眼就哭闹着："妈妈，我要妈妈。"妹妹也一次次地问我："姐，妈妈怎么还不回来？"

我只好哄他们："妈妈一会儿就回来了。"我一次又一次抱着弟弟走到大门口探头张望。多么希望过往的人群里突然出现母亲的影子，但希望总是落空。

有时，母亲回来弟弟却睡着了。母亲把摘回来的西红柿、黄瓜放在灶台上，嘱咐我几句又走了。弟弟醒来，又要哭闹。我告诉他："妈刚回来过，就在你睡着的时候。"

弟弟不信。我把一篮子西红柿放到他面前："你看，这不是妈妈刚摘回来的吗？"

弟弟一个一个拿起来仔细端详，半信半疑："妈妈真的回来过?"我使劲点点头。弟弟若有所思，捧着一个西红柿不放下，仿佛抱着母亲，西红柿上依然带着田野的芳香，我想那是母亲的味道。

平日的奔波已经够辛苦的了，若遇上过年过节换季的时候，母亲几天都不能睡个囫囵觉。4个孩子的衣服、鞋子要缝新的补旧的。我是老大，穿新衣服的机会要多点，妹妹们几乎都是穿我顶替下的衣服。母亲总说衣服可以穿旧的却不能穿破的、烂的。穿的破烂受人鄙视，别人也会说当娘的不勤俭。有时，母亲也会把她的衣服改小让我穿。半夜里被缝纫机的哒哒声惊醒，见母亲仍旧低着头在缝纫机前劳作，地上散落着裁剪过的布片，做好的衣服整整齐齐叠放在旁边。

这样的不眠之夜随着春节的临近愈发的增多。年前每人都要做一双新鞋，做鞋的工序极其繁琐。衬布要在夏天入伏时打好，因为那时太阳最毒，几层布用浆糊黏在一起，经阳光烘晒，最结实耐用。到了冬天，母亲抽空自己裁剪黑胶鞋底，缝制鞋帮。棉鞋、夹鞋、浅口鞋，都是母亲多少个不眠之夜换来的。仍是那深夜的灯光，孤独地陪伴着母亲，这样的夜晚我总不能睡踏实，突然就会睁开眼，耳边传来母亲轻微的打鼾声，只见母亲背靠着墙，头低低地垂到胸前，额前的发丝蓬乱地散落着遮住眼睑，双腿盘膝而坐，手中的鞋子滑落在腿边，右手握着的锥子却不曾脱落，手松松垮垮地耷拉在腿上，肩膀随着呼吸轻轻起伏。我多想叫醒她却又不忍心，我知道我们的衣食住行都是母亲用无数个这样的夜晚换来的。

随着弟弟的出生，一孔窑洞对6口之家来说是真正的"蜗居"。父母决心要改变我们的居住条件。建一所新房子成了母亲迫切的心愿，也是我们一家人的愿望。

我亲眼看见父母把一座土山夷为平地。当我看见体格强壮的母亲在那座土山前显得那么矮小，我不禁心生疑问，这土得挖到何年何月才是个头儿？但父母不缺的就是蚂蚁搬家的耐心，拥有的就是愚公移山的精神。他们如蚕儿啃食桑叶般，一点一点，一块一块，土越来越少，空地越来越大。两年后，我们面前赫然矗立着三间窗明几净的平房。这段时间，母亲既要照顾我们姐弟4人，还不能耽误了地里的庄稼，中间的辛劳可想而知。每次回家时，母亲都是灰头土脸，但这并不影响她的心情。我们看到的永远是母亲亲切的笑容，听到的是母亲爽朗的笑声。我们就要有新家了，母亲用自己的双手、自己的力量实现了她的心愿，她怎能不高兴呢。

（二）

母亲不识字，但家里屋外的事都安排得井井有条。她就像一个总设计师，对我们一家的生活既有远景规划，也有短期目标。当我们踏踏实实地住到父母亲手修建的新房子时，母亲就开始着手实现她的第二个心愿——全力培养她的4个孩子上学。把我们姐弟几个培养成文化人是母亲毕生追求的理想。

但实现理想的道路总是布满荆棘与坎坷。4亩薄田对于6口之家填饱肚子尚且困难，更不用说4个孩子的学费及家里的一切开销用度。因此父亲不得不常年在附近水泥厂上班，补贴家用。周围的亲戚朋友都劝母亲："女娃娃，识几个庄户字就行了，4个孩子吃饱肚子就不错了，哪有钱供她们念书，到了十七八把她们嫁出去，还是为小子着想吧。"母亲听到这样的话只是一笑了之。她曾不止一次地对我们说："不要考虑家里的困难，就是砸锅卖铁我也供你们上学。我吃尽了不识字的苦，决不能让我的孩子走我的老路。"

母亲利用一切可以利用的时间去打工挣钱，做午饭的重任落在了我12岁的肩膀上。90年代初，"打工"一词在农村还不太流行，我们本地叫"跑工"。炎炎夏日，母亲跟着工程队挖泥、搬砖，因为长期与石灰打交道，母亲的手如男人一般粗糙，原本白皙的皮肤在烈日的曝晒下变得黑红黑红，鞋子上永远沾满泥灰。尽管如此辛苦，但母亲从不抱怨，对于一天能挣到7块的工资，很是满足。每次回到家面对我们的永远是疲惫的笑容。那笑容在当时的我看来是那么亲切、那么温暖、那么让人心疼。若遇到主家"合龙口"，就会给每一个工人发7根麻花。"合龙口"是我们当地的说法，是指房子修建基本竣工，最后一天打顶完成。为了庆贺新家顺利完工，主家会在这一天宴请宾客，主食是油糕、粉汤。吃饭之前还要在新房前点燃两千响的鞭炮，伴随着双响炮冲天而起，主家在新房顶上如散花一般洒落各种糖果、红枣、一分二分的硬币、如小孩子拳头大小的花样小馍馍。这样隆重的仪式不但对主家来说很重要，就是左邻右舍都会奔走相告。鞭炮的火药味混合着炸油糕散发出的胡麻油香味、粉汤的香辣味，使整个气氛喜庆而温馨。宾客前来祝贺，主家盛情款待，小孩子们争抢着捡拾落在地上的硬币、糖果。该是工人离开的时候了。母亲领到的7根麻花从不舍得吃一口，完完整整地带回家来，给她的孩子们解馋。

有时母亲也会带回别的一些东西，也许是两只蜗牛；也许是用狗尾巴草编织成的小玩物，定是母亲随手在路旁拔几株，边走边编；有时是几棒新鲜的玉米，是母亲路过我家的玉米地时掰得；有时是几株野菊或蜀葵，是母亲路过地畔时用手连根挖起，移植回来，我们及时把它们种到花盆里，这些并不名贵的花草给我们的小院增添了几许生机。无论是什么，只要是母亲带回来的就是好的。它们是4个在家翘首以待的孩子对于母亲一天别离的最好安慰，也是一个母亲在一天的辛劳后能带给孩子们最贫乏、最甜蜜的礼物。因这些小小的甜蜜的存在，孩子们觉得这漫长的一天有了盼头，这微不足道的快乐和甜蜜也冲淡了母亲一天的辛劳。

于是每到中午，约摸母亲快回来了，我们姐弟4人便轮流到大门外的路口等候。寂寞的中午大路上空无一人，绿油油的庄稼也被炎热的太阳烤得抬不起头，一个个晒得发蔫，偶尔跑过一辆汽车，荡起的灰尘遮住了我们的视线。有时母亲疲惫的身影便会出现在这视线中，可有时灰尘散尽依然只有失落。如果谁等到母亲，一定会兴高采烈地先回来通知家里，然后一阵风似的跑出去到路口迎接母亲。于是我在家给母亲准备饭菜，绿豆汤晾在碗里，妹妹们则站在院子里翘首以待，我们就像迎接一位凯旋归来的将军。母亲回来时，已是疲劳至极，有时甚至连饭都懒得吃，这时我多么渴望老天爷下雨呀。

因为只有雨天母亲是可以休息的，那样我们放学一回到家就可以吃到美味可口的饭菜，而不用我亲自动手。尤其是阴雨连绵的天气，放学后，我可以气定神闲往家走去。我喜欢让小雨淋湿我的发丝，我喜欢看烟雨中家家户户屋顶上盘旋缭绕的袅袅炊烟。因雨的洗涤，那炊烟的舞姿更轻柔，形态也更优美。远远地我便能分辨出自己家的烟囱。我看到烟囱上冒出一缕缕青烟而不是浓烟，就知道母亲一定在厨房烙饼，而且一定快要结束了。一进门扑鼻的香味迎面而来，我抑制不住内心的喜悦，迫不及待地轻唤一声"妈"。厨房门口露出妈妈慈爱的笑脸。果然，母亲已把烙好的烙饼扣在盆里，只等着我们放学回来。这是多么享受的时刻，金黄的油丝烙饼，爽口的绿豆稀饭，再配以妈妈牌大烩菜，姐弟几个有说有笑，边吃边谈，母亲则不停地为我们添菜、舀饭。只有这时我才感到家是这样的温馨、轻松。看着母亲在厨房忙碌的身影，我感觉内心是那样的踏实安全、快乐满足。妈妈在，家就是温暖的港湾。

转眼间我和妹妹都快初中毕业了，家里的开销越来越大，孩子们也正是长身体的时候。母亲想尽一切办法增加家里的收入。为此，不识字的母亲做起了小本生意。夏天，卖碗饦、凉皮；冬天，贩卖鸡蛋。有一年腊月母亲到太原尖草坪进了一批儿童玩具。到了正月，村村都有古会，我们全家总动员，兵分三路，走村串巷。居然把那些玩具全部卖光了。我和妹妹一路，那是我第一次离开妈妈独立做事。起先，我总也不好意思叫卖，但一想到母亲如此辛苦，我硬着头皮喊出第一声，发现也没有想象的那么难，心中反而轻松了很多。一个正月我们赚了900多元，母亲高兴极了。不但因为赚到了钱，还说我们姐弟几个都长大了，很了不起，这里面也有我们的功劳。我因此也有小小的成就感。开学交学费也理直气壮跟母亲要钱，好像是花自己的钱。

尽管父母如此努力地经营这个家，母亲也想尽一切办法增加家里的收入，但有时仍然捉襟见肘。又到开学交学费的时候，我很怕这样的时刻到来，因为母亲要支付的不是我一个的学费，而是 4 个。每次我都不好意思跟母亲张口，尽管这钱本应该花的理直气壮，但我仍说不出口。班里大部分孩子都交了，我觉得不能再拖了，要不然没法跟老师交代。

到了上晚自习的时间，我迟迟不走，看看钟表，离上课就剩 15 分钟了，我心急如焚，几次欲言又止。母亲看出了我的心思，走过来问我。

我不敢抬头看她，低着头，眼睛盯着脚尖，手指不停地卷着衣襟，吞吞吐吐地说："妈，学校让交……交学费……"

"交多少？"母亲问。

"70 元……"

母亲从左面衣兜掏出一把，有零有整，数了数，只有 20 多元，又掏右面，只有几张毛票，沉吟片刻，说："你去院子里问问你爸今天发工资了吗？妈这儿不够。"

我硬着头皮去院子里问父亲，父亲正在院子里筛沙，我刚说明来意，父亲劈头盖脸一顿臭骂："整天就知道要钱，70 元，我念了回书也没花了 70 元，老子一天辛辛苦苦才挣 10 块钱，到哪儿去找那么多钱……"

我像犯了错的孩子，泪水在眼圈里直打转，我扭身朝屋里跑去。

母亲闻讯赶来，埋怨父亲："你个当爹的咋能这样说孩子？"父亲怒气未消，铲了一铁锹沙子狠狠甩向沙网。

母亲回来安慰我："你等一下，妈去去就来。"

片刻，母亲返回，手里攥着 100 元，塞到我手里，说："快，拿去交给老师，找回的钱可不敢弄丢了。"我含着泪，使劲点了点头，飞跑出家门。

事后，母亲告诉我，那钱是和邻居借的。多年后，母亲还一次又一次跟我说起："咱可不能忘了人家的好，人家借给你的不只是钱，还有人与人之间的信任。换了别人，看看这么多孩子上学，哪敢借给你钱。"心怀感恩是母亲教给我们的必修课。

（三）

帆船总有一天要驶出港湾，迎击风浪；雏鹰总有一天要离开鹰巢，搏击长空。15岁那年，我面临中考，即将离家求学。我心里充满期待和不舍。我渴望去看看外面的世界，可我更不舍得把家里全部的重担都丢给母亲一人，还有高昂的学费沉沉地压在我的心头。

这一年，母亲开始做豆腐，捎带喂着七八头猪。母亲每天凌晨4点半就起床，豆腐做好已经8点多。父母分两拨去卖。母亲每次都全部卖光，父亲却总要剩一些回来。为此父亲一半无奈一半恼火地说："街上的人不知道怎么回事，明明是一家的豆腐，却只是认人不认东西。"其实是因为父亲木讷少言，母亲快人快语，热情开朗。母亲不但人缘好，记性也特别好，这或许是因为不识字的缘故吧。遇到赶集，母亲总会多做一些豆腐，到集上去卖。虽是小本生意，可是也有赊欠的。所以赶集那天，母亲分外忙碌。有欠账的，有还账的，有拿钱买的，也有以物换物的，来的人上五十里，下三十里，所有这些，母亲都记在脑子里。回家后做的第一件事，就是让我们姐妹几个帮她把这些人的赊欠情况写到账本上，母亲则坐在靠墙的板凳上，一边做短暂的休憩，一边仔细回忆集上与她有过账目的人。母亲总能一个不差地说出来。每到这时，母亲就感叹说："你们要好好读书，看看妈不识字有多难。只要你们愿意读，上到哪我供到哪，决不能让你们受我这样的苦。所有的苦都让妈妈一个人受吧，我的孩子们可再也不能走我的老路了。"说到最后，母亲梦呓一般自言自语，眼睛微闭，像是睡着了，母亲太累了。

一次姥爷来赶集，母亲中午给姥爷包饺子吃。卖完豆腐已经1点半，母亲一边包饺子一边和姥爷聊天，姥爷劝母亲："女子培养半天顶个甚，看看你受的这罪。"

母亲略带埋怨的语气说："我就是因为不识字，没文化才受这样的罪，我的孩子决不能像我一样。"

"你是在埋怨我不让你上学？那时条件太艰苦，实在是没办法的事……"半晌，不见母亲作声，姥爷抬头时，只见母亲身子陷进沙发里，头向后仰着，歪向一边，鼾声起伏，已是睡着了，手中的饺子皮不知何时已滑落到案板上，沾满面粉的手垂落下来……那天，姥爷平生第一次做饭，第一次亲手为自己的女儿包饺子。从此，再没有对母亲说过"女子不用培养"这样的话。

供我们读书成为母亲承受一切苦难的信念和动力。为此母亲恨不得把一天当作两天用，所有的时间都安排得满满的。从早上4点半起床，到晚上11点睡觉，脚不沾地，午不能息。种地、做饭、喂猪、磨豆腐等等，母亲好像一个上满发条的闹钟，不知疲倦地前行。然而，闹钟到了时间还能休息片刻，母亲却从来没有休息的时候。一年冬天，天降大雪，可是豆子在前一天晚上就已磨好。不做，恐怕会变质。无奈，母亲早早起床，仍然做了两大圈。

父亲蹲在墙根，愁眉苦脸，唉声叹气道："这天气卖给谁？"

母亲二话不说，戴上围巾，挑起担子，就像一个即将出征的将军，抱着必胜的信念，奔赴疆场——跨出了门。

门外已是一片洁白的世界，街道上行人寥寥无几，偶尔有一两只夹着尾巴的狗狗穿街而过。母亲挑着豆腐担子小心翼翼在雪中前行，两行深深的脚印追随母亲伸向远方。寂静的街道只有雪花簌簌飘落，我站在大门口望着挑着担子的母亲渐行渐远，最后在一个拐弯处不见了身影，只有从大街小巷传出的那一声声悠扬绵长的叫卖声告诉我母亲还没走远。

"卖豆腐了——"

这声音在空寂的雪地里显得异常的清晰。大约是母亲的执着打动了街坊邻里，或许是母亲的热情融化了家家户户冰封的大门，总之，主妇们纷纷打开门，多少买点回去。走到邻村时，雪已渐渐停下来，豆腐也只剩下冰山一角，母亲早已成了一个大雪人，头顶上、肩膀上、胸脯上堆积着厚厚的一层雪，因为哈出的热气，围巾和眉毛都结上一层冰凌。村子中央的空地上围着一群人，看到母亲放下担子休息，没等母亲开口，有人就热情地打招呼："这么大雪天的，还出来卖豆腐？"

母亲笑笑："没办法，头天磨好了豆子。"

那人随即招呼周围的人，说："快，快，大家把剩下的这点给分了吧，让这媳妇早点回家，她太可怜了。这大雪天的，摔一跤可怎么办？"

三下五除二，母亲的豆腐瞬间都被乡亲们拎回家去了。来回两个小时，母亲挑着空担子回到家。我们都异常惊喜，父亲更是惊奇地问："这么快就卖完了？"母亲只是笑。

母亲说做买卖靠的就是人缘。也因母亲的人缘好，每年过年时，街坊邻里都让母亲帮他们做一锅豆腐，报酬是做豆腐滤出的豆腐渣。母亲喂的七八头猪全是吃豆腐渣长大的，这是我们姐妹学费的保证。只是，那个时候并不讲究什么绿色食品，也没人说吃豆腐渣长大的猪可以卖个好价钱。到现在母亲都说咱没赶上好年头。

初中毕业后，我和二妹相继读了中专。家里的家务全靠三妹和弟弟帮衬。弟弟妹妹年龄还小，我不在，他们能不能照顾好自己？母亲不知操劳成什么样子了？放暑假后，我迫不及待赶回家，可是"铁将军"把门，妈妈不在家。我赶到豆腐坊，推开门，并没有妈妈的影子，只见8岁的弟弟正蹲在锅台上洗豆腐锅。对于弟弟来说，直径一米五的锅太大了，弟弟几乎把整个身体都探进去。我觉得喉咙处涌上一股热乎乎的气流，泪水夺眶而出。我把弟弟抱下来，说："姐来洗吧。"弟弟见到我，满脸的惊喜，说："大姐，你回来了。"我偷偷擦掉眼泪，点点头。弟弟告诉我三妹挑水去了，母亲中午卖完豆腐，午饭后馇好猪食就到地里锄地去了。我愧疚极了，如果我在，这些活根本不用弟弟干。俗话说"穷人的孩子早当家"，如今想来，这些苦难已成为我人生中一笔宝贵的财富。

弟弟升初中那年母亲结束了长达6年的卖豆腐生涯。只因有一天，弟弟回家吞吞吐吐对母亲说，班里的学生家庭好一点的都转学到外地借读了，学校的生源越来越少，都说在村里读书很难考个好高中。

母亲听了思忖良久说："咱也走。太原走不起，咱回县城。"

一个星期，母亲打点好家里，在县城租好房子，带着弟弟开始了陪读生涯。那时候父亲在外打工，并不在家。等父亲回来，母亲已在城里安了家，还找了份工作。在这件事上，母亲真是有"孟母三迁"的勇气和精神。一切以孩子们的读书为主，是母亲做事的宗旨。

3年后，弟弟顺利升入高中。为了攒够弟弟上大学的钱，年近50岁的母亲毅然加入了城市的打工族。在太原浩浩荡荡的打工队伍中，父母用他们孱弱的肩膀，辛劳的双手，为他们的儿女赢得一片天空。弟弟不负众望，高考达到了一本分数线。查到分数的那一刻，全家大喜过望。母亲更是激动万分，因为我们姐妹都是只读到中专，弟弟是我们家第一个真正的大学生。培养出一个大学生，这是母亲多年的夙愿。

（四）

母亲一生敬重文化人，在母亲的心中自己的4个孩子都成了文化人，对此，母亲甚是自豪。母亲说我们姐弟几个是她生活的动力，生命的支柱，幸福的源泉，因为有了我们，她什么都不怕。但在我心里，母亲才是我生命的支柱，是我幸福的源泉，是我生命的信仰。母亲虽说不识字，可她的思想、素养比我们这些文化人都要高。我们在学校只是读会了那些印刷本，母亲的无字书要比我们这些精装书读得更好、更深刻。

母亲说的话总是很有哲理性。对待生活，母亲说"心有多高，路有多远"；遇到困难，母亲说"车到山前必有路"；母亲勉励我们凡事要自立，不可依靠别人，"靠人不如靠自己，跌倒不如自爬起"是她的口头禅；面对别人鄙夷的目光，母亲总能泰然处之，"别人看不起你，是因为你自己不行，你若自己争气，和他站在同样的高度，他自然会平等待你"；母亲待人宽容厚道，教导我们"杀人不过头点地，得饶人处且饶人"；母亲不知道杜甫，却深谙"润物细无声"的教育理念；母亲没听过庄子为何许人，但她用自己的实际行动证明"身教胜于言教"的道理。每每想起母亲的这些话，我就感慨万千，母亲开玩笑说她毕业于社会大学。在这所大学里，母亲绝对是一个优等生。

弟弟大学毕业后，顺利参加工作。我想操劳一生的母亲可以休息休息了，可她仍有操不完的心。不是牵挂弟弟何时成家，就是惦记我身体好不好，最近几年由于身体免疫力下降，总是生病，母亲对我的关心和牵挂比儿时更深。

去年5月，为了照顾我，母亲撇下还在工作的父亲，到我家住了两个多月。自参加工作后，我还是第一次和母亲在一起待这么长时间。为了让我身体早点康复，母亲每天早早起床，6点半就做好鸡蛋汤，每人一小碗。我们晨练回来，7点半又做好早餐。母亲说："体质不好，要少吃多餐。"晚上，煮一锅热水放生姜或红花让我泡脚，母亲尽心尽力，就像伺候一个坐月子的女儿。

两个月的朝夕相处，我真切地感受到母亲老了。她已不再是20多年前那个做事如风驰电掣般干练的女人。母亲的记忆和精力大不如从前，做饭时会忘了放调料，有时坐在沙发上看电视就睡着了，拿东西的节奏也慢了很多。空闲时，母亲经常会忆起往事，就像讲故事似的，有时一开口，我就已经知道结尾了。但我从不打断她的话，我很认真地听着，就像儿时一样，我陪在母亲身旁，静静听她诉说那些年、那些事、那些人。无论伤心的、高兴的、遗憾的、无奈的，母亲都讲得娓娓动听，好像在讲述别人的故事。在初夏的午后，时光如缓缓流淌的小河，载着母亲的故事，在淙淙的水声中渐渐远去。

岁月能掠走母亲的力量，侵蚀母亲的容颜，但却从没有改变母亲那颗坚强不屈的心。相反，苦难的生活只能让母亲变得更坚韧豁达。母亲用她的坚强与乐观影响着我，也激励着我。

我对自己的身体总是很焦虑，母亲时时鼓励我："不要多想，好好吃饭，加强锻炼，身体肯定能好起来。不如你的人多着呢。"

母亲深情地说："母爱的力量是世界上最坚强最伟大的力量，看着自己的孩子，你可以战胜一切困难。"

在母亲精心照顾下，我的身体一天天好起来。为了母亲，为了儿子，我必须好起来。

"五一"前夕，母亲终于实现了她最后一个心愿——为弟弟举行了订婚仪式。自小离家的四妹也回到了这个大家庭，这对母亲也是一个很大的安慰。我看着母亲在订婚宴上端着酒杯，接受大家的祝贺，我发现我的母亲原来是那样的端庄漂亮，宁静慈祥。洗去岁月的尘埃，母亲原来也拥有一个女人优雅的气质。

"树欲静而风不止，子欲养而亲不待"，每次想起这句话，我就感到自己真的很幸运。还好，母亲身体还算硬朗，我还有机会孝顺我那可亲可敬的母亲。

母亲节到了，我们姐妹几个第一次用很正式隆重的形式给母亲送了一束鲜红的康乃馨，表达对母亲深深的敬意与爱意。这是母亲平生第一次收到鲜花。我也是第一次认识到，形式在某些时候是那么重要。尤其对最亲近的人，我们怎能吝啬对他们情感的表达？我知道母亲会心疼，但我也知道母亲一定很高兴。母亲的前半生受尽磨难，但愿后半生，老天能眷顾母亲，让她获得快乐和幸福。

亲爱的妈妈，儿女都已长大，祝愿您能安度晚年，能有时间让我们好好孝敬您！

梦回岚漪河

每日闲暇之余，临窗眺望，只见黄河蜿蜒如带，缓缓西流。遇到雨季，则浊浪翻滚，携泥带沙。尽管她离我如此之近，可我对她更多的是敬畏，而非亲昵之情。这让我总是想起家乡的岚漪河。

对于黄土高原的孩子来说，能享受到河水绕村、绿野相伴的美景大概是一种奢侈。而我居然拥有过这样奢侈的童年生活。

我的岚漪河没有老舍笔下漓江的静绿轻柔，没有九寨沟的空灵秀美，但它却不缺乏活泼灵动的性格，朴实俊朗的风姿。它就像个调皮的小男孩，无论何时走近它，你都能听到潺潺的流水声，日夜不息，永不疲倦。

岚漪河的河面并不是很宽阔，岸上野花野草一簇簇、一丛丛，随意生长开放。由于河水常年反复冲刷、淘洗，岸边的沙土细密干净，用手握一把，流沙就会从手指缝里轻轻滑落，随风飘洒。一些颜色各异的鹅卵石，形状不同的河石镶嵌在河床两岸，平日只是享受着它们特有的静谧安闲，遇到雨季，上游山洪暴发，其中一些石头便随波逐流，被河水冲到下游安家落户。较大的一些石头，则会被人们选做过河的踏石，开始它们一生中较有意义的生活。河岸两边绿野连绵，宽宽窄窄的水道将它分割成无数块水田、菜畦，与岚漪河血脉相连。河水清澈见底，大大小小的鹅卵石铺在水底，细细的泥沙是它们的温床。小小的鱼儿穿梭其间，一般的孩子很难发现它们的影子。因为鱼儿的颜色接近水的透明，最大的也不过两寸长，它们游动的姿势又是那样的轻快敏捷，所以很少有孩子能逮住它们。即便如此，孩子们也乐此不疲。

夏日的中午，小镇是寂静的，大人们都在午休。各家的孩子们都被强迫睡到床上，他们被严厉禁止大中午到河里耍水。在父亲咄咄逼人的目光中，在母亲絮絮叨叨的劝诫中，他们不得不耍出小孩的狡黠，耐着性子在床上假寐，内心却蠢蠢欲动，乜斜着眼看见妈妈的眼皮在打架，竖起耳朵听见爸爸呼吸逐渐均匀进而鼾声如雷。这些小人儿按捺着激动的心情，小心地从妈妈胳膊下抽出自己的身子，踮着脚，提着鞋，猫着腰，溜到门边。

"咯吱——"

门开了一条缝，一个瘦小的身影闪了出来。门口的大黄狗听到动静，支起耳朵，撑起前腿，正想和小主人打个招呼，却看到阻止它发声的手势，只好气呼呼地重新趴下。

各家的大门口探出一个个小脑袋，挤眉弄眼，招手点头，各种无声的信号迅速传播到前街后巷，紧接着，一声清脆的口哨声想起，这是出发的信号。他们像一支训练有素的游击队，悄无声息地摸出大门迅速向河边运动。几分钟后，就来到河滩，一个个像脱缰的野马，奔腾跳跃、嘶嚷吼叫。有的边跑边脱衣服；有的干脆穿着衣服先跳进水里再说。溅起的水花中，映射出一张张灿烂的笑脸，无数的水花向空中抛洒，伴随着清脆的欢声笑语，红日也不再那么炎热。玩累了，闹够了，坐在水里，躺在浅水面上，任由灼热的阳光抚摸黝黑发亮的脊背，任凭温柔的水流亲吻身体的每一寸肌肤，几绺湿湿的头发贴在额前，水珠沿着鬓角与脸上的汗水汇流而下。这里是男孩的天地。

午后两三点，各家的媳妇们结伴邻家的姑娘，三三两两，抱着一盆盆衣服来到河边，顺带找寻自己淘气的小子。听到母亲的吆喝声，男孩们远远的报个到，又溜走了。呵斥声，说笑声，随着潺潺的水声渐渐漂远了。跟着妈妈的小姑娘，可没有男孩子的洒脱泼辣。她们大多坐在岸边的大石头上，把粉嫩光滑的双腿伸到水里，两只脚丫子不停地拍打着水面。年龄稍大点的，蹲在浅水坑边，洗洗自己的手绢、袜子之类的小物件。也有淘气的女孩子，在水边用河底的石头砌一个小水坑，看蝌蚪在里面惊慌失措，到处碰壁。若是遇到色泽好看、形状独特的小石头，她们一定会把它当宝贝似的，在水里洗了又洗，捏在手里反复把玩。快乐是可以感染的。看到孩子笑眯眯、湿漉漉的小脸，妈妈们的脸上写满了幸福和欢愉。她们一个个把袖子和裤腿挽得老高，露出结实有力的胳膊、洁白苗条的小腿。大块平整的青石是现成的砧衣板，衣服在她们手中上下翻飞，左甩右摆，边洗边淘。在愉悦爽朗的说笑声中，河滩边的大石头上就铺满了洗干净的衣服、床单，花花绿绿，错落有致，远远望去，像烈日下盛开的一朵朵五颜六色的大花，与河岸两边绿油油的庄稼交相辉映。暖风熏熏，烈日炎炎，等大人们把衣服都洗完，孩子们玩尽兴了，这些晾晒的衣服也基本上晾干。叠整齐、抱在怀里不由得深吸一口气，太阳的灼热，青草的芳香，河水混着泥土的芬芳，都在被单上留下她们的气息，让人不禁陶醉其中。太阳的脚步移了一大截，公路上传来拖拉机"突突突"的声音，该是下午出工的时间，种地的、做工的、赶路的，道路上顿时热闹起来。于是在呼朋引伴声中，在拖儿带女的吆喝声中，河面渐渐归于宁静。"竹喧归浣女，莲动下渔舟"，表达的可是这样的意境？

夜晚的岚漪河宁静温婉。晴朗的夜空下，满河的星辰明明灭灭，一弯新月羞涩地挂在天边，淡淡的银辉笼罩在河面上。河岸两边的庄稼一改中午的灰头土脸、萎靡不振的状态，一个个精神焕发，昂首挺胸。氤氲的水汽弥漫在夜空，泥土的清香，长长短短的蛙鸣，舒张你身体的每一个毛孔，调动你身体的每一个感官。你不由得仔细聆听：河水潺潺，蛙鸣虫唧，微风习习，绿叶沙沙。让人不由想起辛弃疾的诗句"稻花香里说丰年，听取蛙声一片"。我们总向往诗意的生活，却忽视了生活中处处充满诗意。

即使遇到干旱季节，岚漪河也绝不会亏待这些庄稼。在这片茂密如林的滩地上，绵延几十里，都离不开岚漪河的灌溉。汩汩的河水分解成一条条透明闪亮的蚯蚓顺着大大小小、宽宽窄窄的水道慢慢爬入田间地头，逐渐汇聚、融合，直至占领田地的每一个角落。浇地的时节，整个田野显得忙碌而有秩序。从上游开始，家家户户轮流浇灌。挖开泥封的水道，修整踩踏的地棱，清冽的河水漫延到每一片菜地里。玉米直起了腰，向日葵笑开颜，黄瓜西红柿抓紧时间壮大实力，一夜之间繁衍开花，生儿育女，第二天已是硕果累累。这样的日子，田野的晚上和白天一样热闹。忽明忽暗的手电光在黑黢黢的庄稼地里闪烁，男人们不停地打问各家浇地的情况，沿着水路来回巡逻，以防有不规矩的人家半路截水。地里不时传来女人们的说笑声，问询声。为了不误农时，到秋天有个好收成，熬几个夜晚是值得的。直至凌晨5点多，夜色隐去，晨光熹微，累了一晚上的庄稼汉和他们的婆姨们，拖着疲惫的身体，怀着满足的心情，走到岚漪河边洗洗满身的泥污，回家做一个踏实的美梦。

岚漪河不仅用她的乳汁浇灌两岸的田野，还像一条纽带将两岸的乡亲紧紧联系在一起。河上并没有桥，但聪明的乡亲们总能想出最简单直接的办法。他们就地取材，把一些又大又平整的石头垫在河中，隔两尺放一块，连成简易的踏石桥。过这样的桥速度要快，下脚要准，就如蜻蜓点水般轻快敏捷才能不掉到河里。若是几个人相继过桥，彼此就像有默契似的，前面的抬起脚，后面的跟上去。既不能抢路，又不能随意止步，这起起落落的踏踏声如一支韵律优美的小曲，在河面上轻轻回荡。若遇到胆小的孩子或是年龄大的老人过不了河，路过的人就会主动提出背他们过河。彼此虽不熟悉，可左右不出30里地，相互总有个印象。你若伏在这陌生又熟悉、宽阔又安全的脊背上，心中怎能不漾起圈圈温暖的涟漪？这浓浓的乡情随着奔腾的水流滋润着这片广袤的土地。

倘若你认为岚漪河永远这么可亲可爱，那就错了。偶尔她也会发发脾气。每年夏季，多雨季节，山洪暴发，上游水库如若不堪重负，只好开闸放水。这时岚漪河陡然间就会变成性格暴躁、野蛮无理的一介武夫。河面瞬间拓宽几十米，怒涛无情地拍打着堤岸，有时甚至冲毁堤坝，河水像土匪一样闯进田地，肆无忌惮地践踏着地里的一切植物，然后扬长而去。只留下绿绿的叶子泥泞不堪，个小的青苗躺在地上呻吟，玉米仍像一个个威武不屈的战士，挺着腰守护着自己的家园。等到洪水渐渐退去，田园已是一片狼藉。

我第一次对岚漪河有了敬畏之心，也是因为山洪的暴发。记得当时天刚亮，一睁眼就听到山洪呼啸而过的声音。母亲说因为停电父亲天不亮就去河对岸的村子磨豆腐去了，嘱咐我去街外看看父亲回来了没有，说去时上游的水还没发下来。我焦急地来到街外。我家地势较高，站在街上就可以看到河水携泥带沙奔腾而过的情景。河面上漂浮着上游冲下来的各种东西，有西瓜、木头，有时还会有一只山羊。岸边也有已经搁浅的炭、石头、木板……河岸两边人头攒动，真有观钱塘江大潮的气氛。也有那些胆大又会游泳的壮年男子跑到河里打捞这些对他们有用的东西，发点小财。我钻进人群中，踮起脚向对岸望去，不见父亲的影子。水岸线渐渐退缩，露出数米宽的河岸，我沿着河岸上上下下搜寻，还是没看到父亲。上午8点多，出工的时间到了，人群陆续散去，我正想返回，突然发现河对岸有个人挑着担子往河中心走。我跑到他对面的岸边，仔细一看，果然是父亲，肩上挑着磨好的豆浆。

我大喊："爸——"

父亲抬头看了我一眼，瞬间又低下头，专心致志过河。刚刚还只是漫到小腿的水面，随着父亲走到河中央，河水已漫过膝盖。洪水不停地冲刷着水桶，父亲极其缓慢地摸索着向前。有几次父亲几乎站不稳，肩上的担子不停地摇晃，桶里的豆沫洒出了一些，随即被河水冲走了。

我的心仿佛被什么东西抓住，紧紧收成一团。我带着哭腔在岸边边跑边喊："爸——，爸——"

我不知道该做些什么，该说些什么，我觉得一个不小心，父亲就会被山洪冲走。我只能死死地盯着河里那个摇摇晃晃的影子，一刻不离。

父亲既不答应我，也不看我一眼。他绷着脸，右胳膊探过扁担前边，手死死地扳着扁担一头，左手朝后用力拽着扁担钩子。我无能为力，第一次感到岚漪河让人望而生畏。所幸，几分钟后，父亲走出了河中央，水面慢慢下降，到膝盖，到小腿，到脚面了，父亲终于走了出来。我这才看清父亲的裤腿挽得老高，一直到大腿卷成卷，水滴答滴答往下掉。父亲抹了一把脸上的汗水，这才笑着对我说："别哭了，回家吧。"我边笑边抹眼泪。临走，我又回头看看岚漪河，水势减缓，河水依然浑浊，岸边衰草倾轧，河石零落。这画面深深地烙在我的记忆中。

自从在外求学、工作，直到成家立业，我已很多年没有回到岚漪河的身旁。和她在一起度过的日子经常闯入我的梦中。每次醒来，思乡之心愈迫切。2009 年，我终于有机会踏上久别的故土。然而，时过境迁，物非人非。因为过往的拉煤车增多，路边的房子落满黑色的煤尘，沿河的数百顷良田都成荒地，蒿草长得半人高。岚漪河，我梦中的河，早已枯竭断流，裸露的河床曝晒在烈日下，踏石桥早已搁置不用，结实的水泥桥横跨在干涸的河床上面。

岚漪河，你是心痛到没有眼泪了吗？我默默转身离开。自此，我真的只能在梦中与你相见了。

忆清明

"清明时节雨纷纷，路上行人欲断魂"，从古至今，清明节都是祭奠先人，缅怀先烈的日子，连古诗里都蕴含着淡淡的哀伤，让人陡然想起烟雨迷蒙中走来的那一个个断肠的人儿。然而童年的清明节也并非只有忧伤填满，如今想来大都是快乐的回忆。

清明节大清早，父母就早早起床，各自分工。母亲要做两件大事，一是给父亲准备扫墓时祭奠用的供品，二是给孩子们捏寒燕串；父亲也有两件大事要做，首先是打纸，就是祭奠先人的冥币，然后是架秋千。

母亲在屋里忙活，父亲在屋外忙活。我们姐弟也不闲着。对于扫墓事宜，小孩子是不参加的，但是，母亲捏的寒燕串和父亲架的秋千却是我们早已心心念念、日夜惦记的事情。无论哪个年代，吃和玩永远是孩童生活的主旋律。无奈我们热衷的事情必须为先祖让道。父母必得准备好扫墓用的一切事宜，才能做我们喜欢的事情。

所以，每次父亲打纸，我都侍立在旁边，随时听他招呼，搬板凳、递锤子，为的是早点做完这些事情好为我们架秋千。父亲似乎很用心，打纸时一声不发。我总想这大概是一件神圣的事情，或许是不能说话的，一说话，怕是破坏了这些冥币的灵气，祖宗就不能在阴间花了。于是，我也不说话，静静地看着。只见父亲左手紧握纸钉，使劲摁在麻纸上，右手抡起锤子，有节奏地敲打纸钉，每打一下，麻纸上就印下一个圆圆的币印。一个挨着一个，上面的麻纸币孔已被穿透，底部的币孔里的纸片似乎要掉下来，但总也藕断丝连，没有一个完全脱离整体。一刀纸大约100张，父亲会把它们分成两次打，必须保证每一张纸都打到，所以父亲每次总得打个五六沓。

半个多小时过去了，父亲总算直起腰。我小心翼翼满含期望地问："爸，现在能给我们架秋千了吧?"父亲还是不说话，只是喉咙里发出沉闷的一声"嗯"，这算是答应了。

我强压内心的喜悦，赶紧把这消息分享给弟弟妹妹。他们可沉不住气，叽叽喳喳，像几只快乐的小鸟。于是，拿绳子的拿绳子，搬凳了的搬凳子，弟弟最小啥也不会干，一个劲跟在屁股后头转圈圈。父亲把打好的纸放进屋里走出来，我们已把架秋千的准备事宜做好了。

架秋千其实简单，就地取材。绳子是农家收秋时背东西经常用到的尼龙绳，一块小木板，两边各自钻个洞，绳子的一头拴在大门的横梁上，另一头穿过木板的小洞，打个结。一个简易的秋千就做好了。这时母亲把父亲扫墓用的供品等一切东西准备就绪，父亲把它们小心谨慎地放到篮子里，上面盖上平时蒸馍用的白笼布，就出发了。

父亲刚跨出家门，我们就闹翻了天。我们住在大杂院里，七家八户，小孩子很多。可秋千只有一个，人人都想玩，坐上去的人屁股还没坐热，旁边的就一个个催促。年龄小的眼巴巴地站在下边观望，脑袋随着秋千不停地左右摇动，眼睛里满是期待和羡慕。我年龄最大，总是让着他们，还给他们定了规矩，排好队。邻家的小东子死皮赖脸，好久也不下来，自然引起公愤，我还得做一回法官。要说荡秋千，妹妹玩的最好。别人只是坐着，随周围的伙伴推两下，就让秋千依着惯性前后摇晃，也就心满意足了。妹妹却不满足，她总央求妈妈或大哥哥大姐姐使劲不停地推她。她两手紧紧握着绳子，双腿直直地绷紧，脚尖绷得笔直，全身用劲，越荡越高，头上的马尾辫像一面迎风招展的旗帜很招摇似的，甩来甩去，眼里闪着兴奋的光芒，伴随着她故意夸张的惊呼声，整个上午荡秋千的气氛被她推向高潮。俯身看看下边小伙伴把嘴巴都张成"O"型，她越发得意，乘着惯性，把屁股往下一沉，身体随之向前一抻，宛如一只永远飞不倦的燕子，又一次飞向高空。她从不喊停，仿佛长了一双翅膀，想要翱翔九天。每每这时我就想她的脚尖如果再抬高一点，定能踢破那半角蓝天；再抬高一点，就能勾住月宫里的桂花树吧。如此她还不尽兴，荡着荡着坐姿变为站姿，双腿换作单腿。大概因她技术高超，姿势优雅，转移了孩子们的注意力，没人嚷着让她下来，一个个小脑袋随着她的身影前后移动。

临近中午大家都玩得累了，也饿了，各自回家，这秋千总算是空下来。轮到我玩了，妹妹在后边推我。我虽说也喜欢荡秋千，可没有妹妹的胆量，稍高一些，我就嚷着："快停下，快停下。"她却故意不听，还是一个劲推，我觉着我快要被甩出去了，心中害怕极了，不由自主想要跳下来。结果，随着惯性，结结实实地摔在了青石板上，鼻子、脸都挂了花。尽管心中委屈，却也只是掉泪，并不哭出声，只因怕妈妈听到，再不让我们碰这秋千。虽如此狼狈，并没有降低我对秋千的兴趣。只是央求妹妹，切不要推那么高了。

纸终究包不住火，临近中午，母亲还是发现了我脸上的擦伤。问怎么回事，我只好如实回答。于是妹妹免不了受一顿训斥。好在母亲蒸的蛇盘馍、寒猪、寒羊等面塑都已出锅。姐弟几个纷争不断，母亲只有出面调解，把我脸上的伤便放到一边了。清明节吃蛇盘馍、寒猪、寒羊是兴县的一大习俗，寓意是祈福免灾，家畜兴旺。最喜欢的面塑是母亲捏的寒燕，一只只寒燕小巧玲珑，栩栩如生。燕子的眼睛一般用槐树籽点缀，如果没有就把面掐成米粒大小，把大后锅上的锅底黑沾上，揉匀，也可以代替槐树籽，但没有槐树籽的光泽和亮度。燕子的翅膀用篦梳子轻轻一压就好。别的梳子齿缝太宽，篦梳子是给小女孩梳头发用的，齿缝很细，梳出的头发光溜溜的，所以做小燕子的翅膀非它不可。寒燕蒸出来时只有鸽子蛋那么大小，然后一个一个用笨线串起来，最后两头结在一起，就是一个寒燕串。每个孩子一串，或戴在脖子上，或挂在墙壁上。大部分孩子不到半天就吃光了，我却不舍得吃，但是留到最后，总也逃不了被妹妹偷吃的下场。

如今离开母亲已是好多年，再没有人捏寒燕串给我，我也没有学得母亲这门手艺。现在又嫁与外乡，小县城似乎也没有了这样的习俗，不能不说是一种遗憾。

多年后，我与妹妹在一起荡秋千，妹妹的技术还是那样让我羡慕，我依然不敢荡得太高，只是凭着身体的惯性轻轻地摇晃，闭着眼睛，静静倾听风儿拂过脸颊，撩起发丝，在我耳边呢喃细语，时光仿佛回到了 30 年前。

我和鸽子做邻居

因为养宠物狗，我与儿子发生了争执，最后，在我的威逼利诱下，儿子只好把狗狗送人。为此，他伤心极了，流着泪说："你们根本不喜欢小动物，全是假话，如果真的喜欢，就不会嫌弃它。就像爱我一样，你们嫌弃我脏吗?"

看着儿子伤心无助的样子，我很内疚。他说的是对的，真正的爱是不会嫌弃，不会厌恶的。几天后，卫生间窗外飞来两只鸽子。一公一母，看样子是对情侣。一只鸽子以白羽为底色，左翅膀的羽毛像是用毛笔勾勒出两条波形的黑色斑纹，右边却是纯白色。浑身线条柔美，尾羽细密干净，鼻子上的鼻瘤呈淡粉色，表面就像打着一层薄薄的蜡，我由此判断这是一位刚刚出阁的少女鸽，我给它起名"公主"。另一只羽毛棕褐色，带有灰白色的花纹，浅灰色的尾羽像一把扫帚一样布满灰尘。这并不影响它的形象，反而更增加了它的威仪，仿佛一位历经沧桑、阅历丰富的将军。你瞧它浑身线条硬朗，肩胛稍高，短粗的脖颈上围着一圈紫铜色的绒羽，阳光下闪着淡绿的金属光泽，就像一位绅士戴着漂亮的领结。鼻瘤上布满了厚厚的老茧，我猜它的年龄比白鸽大两三岁吧，看样子一定是白鸽的"王子"。

一连四五天，这两只鸽子站在窗台上，偶尔出去觅食，不大工夫就双双归来。窗外放着一个纸箱子，中午两只鸽子会落进去小憩一会儿。每次都是"王子"先进去试探，感觉舒适安全，喉部就发出"咕噜咕噜"的声音，可能在告诉他心爱的公主：这儿是安全的，快进来吧。果然，公主扇动羽翅，轻巧地落进箱子里。如此四五天，我猜他们肯定是要做巢了。5月中旬正是鸽子交配的时节，想到我将要亲自见证一对雏鸽出生成长的过程，心中不免生出小小的激动。儿子更是高兴万分，这多少弥补了他失去小狗的失落。儿子央求我，这次无论如何不许赶它们走。我暗暗发誓，不管遇到什么困难，一定让这两只鸽子安安心心地在这里做巢，直到鸽宝宝长大成"人"。

一个星期天，我自认为和它们已经很熟悉了。想要表达对他们的关心，就抓了一把小米，悄悄地把窗户打开一条小缝，把米撒到窗台上。没想到，"王子"很警惕，刚听到动静，"扑啦啦"一扇翅膀飞走了。等"公主"反应过来，我早就关上了窗户。她怔怔地看了我一会儿，试探性地啄一粒米，看我并没有敌意，放心地吃了起来。只是爱人不在身边，吃的并不安心，不时扭头朝窗外望去，最后，也展翅飞走了。

我抱着一丝希望，安慰自己，晚上鸽子一定会回来的。可是直到第二天也没有它们的影子。儿子埋怨我："一点也不懂动物的生活习性，自作主张，好心办坏事。它们受了惊吓，估计不会回来了。再说，即使它们吃你喂的小米，也是不对的。它们是野生鸽子，常年自己觅食，你这样会养成它们懒惰的毛病，生了宝宝，也不教宝宝觅食。你会害死它们的。"

看着儿子一脸的愤怒，铿锵有力的质问，我第一次觉得自己像个犯错误的小孩，在他面前不知所措。我一边安慰他，一边也是安慰自己："鸽子一定会回来的，它们要做巢了，短时间内不会找到比这儿更舒适安全的地方，这只是一个意外。我保证，如果它们飞回来，我绝不打扰它们。一定听你的话。"为了吸引它们，我往窗外撒了好多米，我期待着它们飞回来。

一天……两天……三天……一直到五天，还是没有鸽子的影子。我一次次打开卫生间的门，期待看到它们的身影，可每次看到的只是空荡荡的窗台，撒出去的小米丝毫没有动过的痕迹。我心里感觉没着没落，仿佛丢了什么东西，有一种异样的情愫不时拨动着我的心弦，是牵挂？是思念？是惦记？是后悔？我不知道自己怎么了。初恋的感觉也不过如此吧。

就在我日日心神不宁时，中午睡梦中，我仿佛听到是鸽子回来了。先是一声极长极响亮的鸣叫，仿佛在给对方发出信号，接着是扑啦啦扇动翅膀的声音，一会儿变成了"咕噜噜，咕噜噜"的低侬软语，好像彼此在说悄悄话。我从迷迷糊糊中醒来，对儿子说："我梦到鸽子回来了。"没想到，儿子一脸兴奋，一脸神秘地说："妈妈，不是你梦到，而是真的回来了。"说着拉着我的手悄悄打开卫生间的门。两个娇小可爱的身影赫然映入眼帘，真是它们，我不是在做梦。

这两只鸽子果然着急做窝，回来的第二天，就开始衔树枝。短短三天时间，一个简易的窝就做好了。树枝相互交叉，围成圆圈，只是我好奇，为什么他们衔的树枝都是一个颜色、一样粗细呢？乘夫妻俩都不在巢里，我打开窗户，拿起一根树枝仔细查看。天哪，哪里是什么树枝，都是工地上生锈的细铁丝。我不知道它们是找不到合适的材料还是别的什么原因。总之我觉得细铁丝万万不可做雏鸟的巢。我建议给它们悄悄换一个窝。利用星期天，我和儿子还有他的玩伴一起去飞龙山捡了一些软而细的茅草，编成窝巢的样子，来了个偷梁换柱。看着舒适温暖的巢，儿子却忐忑不安："妈妈，万一鸽子发现窝被动过，会不会不回来了？"这种担心并不多余。下午，鸽子终于飞回来了，在窝前探头探脑打量了一番，最后终于钻进去了。当天下午就生下第一颗蛋。我悬着的心总算放下来了。

孵蛋的过程既辛苦又让人感动。鸽子孵卵实行夫妻轮流制度，上午 10 点左右，"王子"准时回来代替公主孵蛋。这期间"公主"外出活动、觅食，下午 3 点左右"公主"回窝，一直到次日 10 点，"公主"片刻不离。夫妻俩配合默契，各司其职。整整 19 天，从不间断。"王子"不失为一个好丈夫，绝没有大男子主义。每次回来，先在窝边查看片刻，这时"公主"迫不及待从窝里钻出来，松松筋骨，扇扇翅膀，互相交换眼神，我想这眼神里有怜爱，有叮嘱，也有彼此的信任在里边。

眼看再过 4 天小鸽子就要出窝了。没想到天降暴雨，狂风大作，当时我正在学校，看着窗外的树梢被风吹得东倒西歪，我的心提到了嗓子眼。小小的鸽子窝怎能经受住如此打击？虽说有窗栅栏护在外面，可是今天的风大得吓人，万一把蛋滚出去……我不敢往下想。好不容易捱到放学，我急忙打车回家，冲到卫生间一看，还好，"公主"依然保持孵蛋的姿势，母子安然无恙。我急忙找来塑料布，准备给鸽子窝做个防水措施，没想到又是一阵急雨，六月天，小孩脸，说变就变。眼看着窝顶滴答滴答的雨点直往下掉，我顾不了那么多，卷起袖子，把塑料布铺到纸箱子顶上。再看看"公主"，一个劲缩着脖子，身子却一动不动，内心柔软的部位一下被她打动了，我与她近在咫尺，伸手就可以捉住她，她怎能没有顾虑？怎能不害怕？雨点噼里啪啦打到窝顶上，她怎能不心慌？可是，为了自己的宝宝，她没有移动半步。我真怕惊扰到她，把蛋踩坏，没想到，她泰山崩于前而面不改色，心不跳。除了伟大的母爱，世上还有什么力量让一只鸽子如此镇定自若？我极其小心地铺好塑料布，轻轻关上窗户，她依然安详地卧在窝里，只是眼神中少了几分惊恐。

经过这次暴风雨的考验，我和这对鸽子夫妇算是建立起真正的友谊，成了最亲密的邻居。即使我贴着玻璃拍照，它俩也没有些许不安。从此，我肆无忌惮地欣赏它们小两口的幸福生活。

千呼万唤中，小鸽子终于出世了。雏鸽出壳的前几天由父母的鸽乳喂养。我惊叹雄鸽居然也能分泌鸽乳，这点可比人类先进，如果人类的奶爸们也能分泌乳汁，母亲们的负担该减轻不少，父亲也能体会哺乳的快乐。大概也就不会出现孕期哺乳期出轨的现象。我急于想知道小家伙长得什么模样，可是整整 5 天，我只能在夫妻俩给小鸽子喂鸽乳时，瞅见它们鹅黄色的小嘴，别的什么都看不清。这期间，它俩分外警惕，哪怕彼此轮班时，也是匆匆插身而过，少了几分悠闲与亲密，偶尔我离得近些，想拿手机拍照，"公主"就显出一副紧张的样子，脖颈的羽毛恣张，眼睛瞪得圆圆的，体型看起来比平时大了一倍，摆出一副随时准备攻击的架势，我只好作罢。

刚出生的雏鸽，体积几乎以成倍的速度增长，5 天后，夫妻俩分泌的鸽乳已经跟不上雏鸽的生长发育。"公主"和"王子"必须出去觅食。我终于等到小鸽子单独在巢的时机。抓紧时间把小鸽子捉回来，拍了几张照片。捧在手心的那一刻，我有一种莫名的心跳，就像捧在手里的不是鸽子而是自己的小宝宝。温热的体温传到我的手心，感觉比人的体温要稍高一些，我想这可能是羽毛还没长出来的缘故。一只雏鸽全身嫩粉色，另一只浑身黑灰色，我猜长大后应该是一只白鸽，一只灰鸽吧。它们的眼睛还没有睁开，四肢软弱无力，只有脖子不停扭动。谈不上好看，可是看到它们，我却满心欢喜。

一个月的时间眨眼就到，雏鸽渐渐长大，羽翼丰满，体态娇小，惹人爱怜。果然是一只白鸽，羽毛洁白似雪；另一只头部尾部的羽毛呈黑灰色，身体却是银灰色，配上红眼圈和红色的小爪子，极其可爱。我给它俩起名"白雪""乌云"。每到傍晚，雄鸽就回来陪伴它们，教它们生活的本领，梳羽、亮翅、啄食。有时它们也互相帮助梳理羽毛、争抢对方嘴里的食物。好长一段时间，"公主"都没有回来，我猜又去孵卵了。"王子"尽职尽责，做一个父亲的本分。如果可以，我真想给它发个"最美奶爸"的荣誉证，

为了邻居一家的幸福生活，我一个夏天都没开阴面的窗户。一来怕惊扰它们，二来它们巢里的粪便引来不少苍蝇。我日日盼着它们能早点离巢，飞向蓝天，我就可以给它们换一个新巢了。10多天过去了，我发现它们已经能飞到巢顶，我猜它们快要离巢了。

一个清晨，我发现"王子"早早回来了。我预感今天是个好日子。果然，只见"王子"率先飞到阴卧窗户外，然后"咕噜咕噜"叫个不停，仿佛在鼓励它的两个宝贝："快飞起来吧，就像爸爸一样，很简单的，没有危险。""白雪"扇动几下翅膀，也跟着飞过来，"乌云"却不敢起飞，只是站在对面看着它俩。"王

子"和"白雪"焦急地来回走动，"乌云"受到鼓舞，先扇动几下翅膀，猛地张开，飞了过来。几分钟后，在"王子"的带领下，一家三口展翅翱翔，飞向蓝天，飞向更广阔的世界。

看着空荡荡的窗台，我怅然若失，我的邻居就这样离我而去了。但转念一想，我又感到很欣慰，因为我的努力和包容，从此，这个世界又多了两只小精灵。它们并不会抢走你什么，只会带给这个世界不同色彩和勃勃生机，我们为什么不能多给它们一些生存的空间呢？

张树荣作品选

张树荣，保德人，公务员，喜欢文学。

黄河流痕

一

在网络中搜索"黄河画廊"，大都是指碛口上游曲峪开阳一带的黄河水蚀浮雕。画是平面的，有了造型就该是雕塑，按照这样的理解，"黄河画廊"就有点言不及义。不过画廊也好，石雕也罢，总之就是黄河峡谷中零零散散的那些怪石峥嵘的黄河流痕。

黄河画廊的出名是近年来的事，而且与碛口的沧桑有关。湫水河从碛口的东北方向斜插下来，在与黄河交汇的时候，连同山洪暴发时冲刷下来的乱石也一并涌入了黄河，这一股大大小小的石头被泥沙淤积，从此便潜伏在黄河浅滩成为"大同碛"。碛是船的克星，船行至此，只好就地卸货，有时候连货带船一并变卖，碛口自然就成为当地河运的水旱码头。

就这样，一道石滩便成就了一个驰名遐迩的黄河古镇。

随着旱路的逐年开发，以河运为主的商贸活动慢慢地淡出了人们的生活，碛口也随之逐渐沉寂下来。

不过，既然是古镇，总会有不少的故事。于是，一些衣食无忧的人们便慕名前往——爬上半山腰的黑龙庙，瞭望金光粼粼的大同碛；走过沿河的那条石板路，追忆桅杆林立、帆船穿梭的古渡口；穿过幽暗古朴的街巷，感受骡马驮队招摇过市的繁华；透过斜阳下斑驳的招牌，张望人声鼎沸、物是人非的时光；抚摸浸满油渍的柜台，似乎闻到了物欲横流货满街的味道；蹲在缝隙凹陷的檐台上，听《说唱碛口》的三弦琴，讲述那些渐行渐远的故事；住在当年脚夫、船工、掌柜、伙计们曾经打尖歇脚的客栈，遥想碛口当年清明上河般的风情古韵……

走遍了，看够了，最后，顺便沿着黄河上游看看峡谷里那些被称之为画廊的石头——在人们的眼里，碛口的黄河画廊其实只是古镇的附庸。

这也难怪，黄河峡谷的这些石头哪有什么故事？即便是有一些故事也无人知晓，只会给那些访古探幽的人们留下一些眷顾的叹息。

二

我也一样，为了黄河岸边的这个古镇，曾几经从曲峪开阳这一带走过，也明知道人们所说的黄河画廊就在路边，但就是没有下去看一看，总觉得旅游的推介有点言过其实，没有生息和故事的景观会有多少看头？况且，自己一直生活在黄河岸边，多少年来的耳濡目染使我对这样的峡谷地貌熟视无睹了。

走开了，就有点后悔。近年来的游历常常出现这样的情况：在当时觉得并不起眼的东西，在离开之后却悔意绵绵。或许，自己的一念之差错过了一片绝好的风景。不过，反过来又寻思：千里黄河峡谷，难道就只有这么一小截遗世独立的旷古奇观吗？我不敢妄自揣测，但慢慢地对沿途的水蚀地貌开始留心起来。终于，在兴县到保德的一个叫圪针笼的沟口看到了这样的景象，由于快要天黑了，所以只是拍了几张照片便匆匆而过。

谁知，就是这短暂的停留，便像是勾了魂似的，再加之自己从小到大就与这样的石头一起守望在黄河边上，多年来累积在心底的这些并不经意的景象，便激发出一种挥之不去的情怀，让我在壶口瀑布的震撼中回想起，让我在一个秋雨绵绵的早晨牵挂，让我在一个冰消雪融的初春留恋。从此以后，竟一发不可收，神差鬼使般地一遍一遍从黄河边走过——为了那灰褐色的深沉，为了那独一无二的俊美，为了源远流长的黄河在切割出晋陕峡谷的同时造就出如此美妙的奇观。

三

在一个天气晴朗的下午，我约了几个朋友，又揣着照相机沿着黄河去了圪针笼。

初冬的河谷看起来有点萧瑟和空旷，汩汩流动的水面漂浮着簇簇冰凌款款而下，西斜的阳光照在东岸的悬崖峭壁上石影幢幢，河滩的枣树林里羊群点点，相隔不远的小村庄寂静而安详，老远还能看到存放在垴畔上红圪艳艳的枣儿。沿途的水蚀地貌非常丰富，只要留心观察，隔三岔五就会看到一些奇形怪状的石头或者疏密有致的图像，于是，不得不走走停停……

其实，我看你不止一遍了，每次看你总要徘徊许久、张望半天，横看了竖看，左看了右看，远看了近看，因为，不同的距离，不同的角度，不同的心境，总会有着不同的形状。有时候，远看是鹰啄长空，近看却什么也不像；有时候，仰视如瀑布飞流，平视却又像农家的篱笆；而有的时候，只要挪移几步，就和先入为主的印象大相径庭。

因为你的自然而然，你是需要反复凝视的；因为你唯一的造型，不二的绝伦，你又是弥足珍贵的。

四

伫立在午后的黄河峡谷，不由得猜想你的身世。

千百年来的沧海桑田是怎样的一个过程？——一场洪水，浩浩荡荡地漫过山川，翻滚的浊浪拍打出你的坑坑洼洼，涌动的激流磨糙着你的棱棱角角，伴随着阵阵涛声孕育着你的雏形；当河水开始消退的时候，自然拉出了一道狭长的河床，于是，你逐渐地成长着；慢慢地，风吹日晒造就出你的阴阳向背，雪封雾锁镌刻出你流畅的线条，四季分明的气候使你的骨骼凹凸有致。于是，幽深的峡谷里便生长出烂漫的石花，巡河的鸟兽……

因为光的照耀，你是有温度的；因为风的吹拂，你是有灵气的；因为水的拥抱，你是柔软的。你的粗糙使人从造就时的细腻中感知到滴水穿石的力量和以柔克刚的哲理；你犹如龙宫遗址般的突兀和怪异自然成为人类的图腾，有谁能够破译你的密码，只有神灵。没有思想或许就是大思想，你的粗糙该是一种大美。你是岁月的创意，你是澎湃的杰作，你是大自然培育出来的精灵。在多少年来风吹雨淋的取舍之间保留下来，说明了你的坚韧；你灰褐色的表面是自然纷争中的累累伤痕，而这样的伤痕愈合后便成长为绝伦的美丽。

矗立在幽暗的山崖绝壁，隐藏在人迹罕至的河谷险滩，不显眼的色调很容易被人忽略。一旦被人发现，企图内敛的秉性便张扬开来。你不属于任何人，贪婪的人无法搬移，浮躁的人无法复制，浅薄的人无法粉饰。

你养在深闺的寂寞让人钟情。不过，以前的那些船工一定早就见过你——拉船的纤夫拽着套在肩胛上的绳索匍匐前行，让他们望而生畏的，不是你似是而非的意象，而是你无法攀援的险峻，生活的重压使得他们对于生计以外的东西感知迟钝了，他们无暇顾及也没有那么多的闲情雅致停留在你的身边；空中的那些飞鸟一定见过你——一溜大雁从你的头顶掠过，或许，你便是它们南飞途中遮风挡雨的栖息地；天上的那轮明月也一定见过你——天高云淡，长河茫茫，皎洁的月光洒满了峡谷，与你一起聆听着浪花里飞出的低吟浅唱，共同守望着北国山川的春华秋实。你水墨写意般的抽象又使人费解。善感的人们总想透过那嶙峋的表面找到一些寓意，但终究还是感觉到自己的浅薄和无知。

五

不管怎样，我们总还是可以做些事情的。

——应该有一个名字吧！仔细端详，总可以从千姿百态的形状中找到与我们现实相关的事物，实在找不到的话，就和神话故事拉挂起来，然后给每一幅壁画、每一尊石雕起一个好听的名字：龙眼石、狮子头、石瀑、蝌蚪文、佛灯、马蜂窝……

——还应该有点诗情画意吧！大漠孤烟、古道驮队、空中楼阁、别有洞天……只可惜我不会作诗，否则就为每幅画卷赋上一首优美的诗词。

可是，转念一想，又觉得文人的润色总是有些矫情，或者我们根本就没必要为此赋予什么，你就是一本无字天书，因为读不懂，所以更具魅力。

其实，你还是有故事的，只是我们没有深入地去探究。这不，几个手执羊铲的老汉就给我们讲述了那尊龙牙石的故事：对面是一座卧虎山，住在那里的村民经常看到从龙牙石里喷出长长的火苗，便认为山上的人家不发旺与这条石龙有关，龙虎相克，镇住了对面的风水，于是，就在一个风高月黑的夜晚，偷偷地渡船过来，打掉了一颗龙牙，从此以后，龙牙石上就剩下现在的一根石柱了……

六

当惊诧的明眸顾盼于晨光暮霭下的峡谷光影，用手抚摸那些粗糙嶙峋的石头，大自然长年累月的这些造化就这样触手可及；当跌宕的心绪穿梭在地老天荒中的沧海桑田，反复凝视这些似是而非的图景，心底不由得升腾起一股由衷的敬畏。

太阳就要下山了，一阵遒河风吹来，寒意渐浓。还是回去吧！也许，过不了多久，我还会再来的。

韩首岗作品选

韩首岗，自幼爱好文学创作，曾参加地方志的编写，担任民间文学集成、音乐集成、文物集成编辑。以散文、诗歌、剧本、歌曲创作为主，作品语言平实，乡土气息浓厚，深受读者喜爱。

那时候，那头牛

　　经常地，经常地在闲暇时闪现，在半夜里惊醒。那是一个难忘的角色，那是一段真实的往事。在人民公社、农业社的时候，在我们村生产队里有一头牛；在六七十年代，在那个红色的岁月，在我们村40岁以上年龄段的人们的记忆里，都知道有一头叫"里成弯"的牛。由于时间太久了，我不知道那头牛是不是就叫里成弯，也不敢确定里成弯是不是就是那头牛。但由于里成弯绝对是头好牛，所以，我这里权且把二者放在一起，完成此刻的、或者说是一直的怀念。

　　那时候，村里有好多牛，长得最帅的是里成弯。它浑身棕黄，体型规整匀称，走路潇洒矫健，眼里透着和蔼的目光。尤其头部的每一根、每一簇毛都是色块纯正、纹理清晰。两只犄角先向外长，再向里弯，最后回到脑门处。犄角粗细适中、走向对称、又长又弯，既显得威猛有力，又对人形不成任何的威胁，也许这就是叫它里成弯的缘故？记得人们在批评其他牲畜的时候就会说："看人家里成弯，看你那狼吃样子！"

那时候，村里好多牛都有这样那样的缺点，最没缺点的就数里成弯了。其他牛耕地的时候，不听话，累了就发脾气，甚至离开犁场，丢下主人往回跑。它没有这样的坏习惯，犁地时走得正，不趔场，速度均匀，叫走就走，叫站就站，叫回就回，从不生气。人们对它最大的警告就是用鞭梢在空中轻甩一下和空气擦出"唰唰"声，或者鞭杆在犁身上敲打一下，让它听到就足够了。那个忠厚劲、踏实劲，真让人夸了还想夸。

那时候，村里的牛有的适宜拉车、有的适宜驮物、有的适宜耕种，但他却样样能干、样样出色，可谓是多才多艺，就是让它踩场碾场、拉碾围磨都不成问题。在用牲畜拉碾围磨的时候，头上都要给蒙上一块布或者什么东西，把眼睛给遮了，怕晕？其他牲畜需要主人不断地喊着、不断地打着，不断地给口令督促，可是里成弯不。它又自觉又懂事，干活时人们一给它唱曲子，它的两只耳朵就会不时地动动，表示它的专注，尾巴随着节奏和调子扬来扬去，显得兴奋异常。唱歌的人并没什么规定的旋律，也没什么特定的内容，随口唱到："我的那牛咩子，你给咱好好的耕哟，咱们都是那受苦的人呀——"它好像在说："耕着呢，我们一样——"唱歌的人唱到："听话的牛咩子，好好的耕呀，耕完了让你休息！"它好像会说："放心吧，我也是这样想的！"

里成弯很具组织领导能力，牛群集体行动，比方说自己去井边饮水，里成弯总是领头走，领头回的。当时水井在沟里面，养牛的老爷爷一般不需要跟着去，只是站在圪梁梁上呼唤着就可以了，如果发现哪一位不走正道，去吃庄稼，叫一声它的名字："谁谁谁，你干啥呀?!"就是再不听话的也得收敛。有个别贪玩的家伙喝好水后还不想回，这时只要里成弯扬起脖子"哞——"一召唤，其他的成员都会拧过头来看它一眼，然后乖乖地跟着回来。我不知道是老爷爷管教有方，还是里成弯在做榜样，在队伍里树立了自己的威信。里成弯的突出表现换来了人们对它的特殊关照，给草给料时，里成弯享受到的是好草精料，同伴无可奈何，这是它自己努力的结果呀！

　　关于里成弯的性格其实已经涉及了好多，但它的和善、它对人的友好不得不另拿出来说说。有一个成语叫"童叟无欺"，而里成弯的为人处事比这还好，叫"童叟都欺"，当然不是它欺负人了。我们知道好多牲畜是认人的：男性指挥它，它听，女性指挥它，不听；大人指挥它，它听，小孩指挥它，不听。但里成弯不这样，见了老人，干活走路变得十分沉稳，好像生怕老人们跟不上它的节奏而造成不必要的伤害；见了青壮年又不乏迅捷刚猛，无需担心和里成弯配合拖了别人的后腿、拉在别人的后面；见了孩子则活泼慈祥，还逗你玩呢。印象最深的是，一些调皮的孩子老喜欢去拽它的犄角，甚至将自己的小屁股坐在里成弯的角和脑门构建的平台上。本来对于任何人来说，这都是特冒险的一件事，因为只要牛头一扬一抖或者犄角一摆一动，都会把孩子摔下来伤着，可是在里成弯的身上，绝对没有这样的担心。是呀，父老乡亲们太了解里成弯了，里成弯太让人信任、太让人称颂了。

　　里成弯是我的救命恩人。有一次，牛群去井沟饮水，我们一大群孩子为了骑牛也追着去，在一个下坡的地段，我站在路边一个高处准备扑到领头的里成弯的背上，结果不小心一下子滑了下来，掉在了牛的肚子下面，我当时被彻底地吓呆了。结果里成弯前蹄一刹步，猛然停了下来，一动没动。直到让后面的七八头牛从它的身边跑过之后，它才从我的身上跨过去。太危险了，太不可思议了！如果不是老里在那里站着保护了我，我孱弱瘦小的身体早让后面来的牛踩成肉泥了。退一万步说，即使牛群都避开我走，哪怕是有其中的一头牛不慎将我误伤一下，都会产生不敢想象的后果。有句话说："骑牛好比坐轿，跌下来就是放炮！"天呀，它确实已经通了人性、有了灵性，甚至已经成为比我们人类更具优点的一员了。

随着年龄的增长，我的主要时间放在了学校里，我的主要精力放在了学习上。不知过了几年，突然听到说村里要杀牛，而且杀得就是里成弯！我简直被惊呆了，怎么会这样呢？怎么能这样呢？村里召开社员大会，其中一项就是研究杀牛的事情。一种人主张杀，说里成弯太老了，已经几年不能干活了，尤其是卧下起不来，走路吃草都非常困难，纯粹让它老死也不是办法，村集体的经济十分紧张，给村里带来的是不必要的负担。杀了，还能让困苦时月的人们吃顿牛肉，改善一次生活，也免得里成弯活受罪了。另一种人极力反对，说里成弯太好了，绝对不该杀掉，不吃牛肉也过得去。两派人形成了激烈的对峙，最后争执到相互开骂："里成弯是你爷爷，你养活去！""不是我爷爷也没留下个杀它，这是造孽，天理不容！"各有各的理由，但就是主张杀牛的人对牛的感情都溢于言表。终于还是没有形成统一的决定。

又过了两天，突然说牛还是要杀，我想可能是有人执意要杀。当时不是冬天，天出奇的蓝，有好多的云彩经过，很空寂的感觉、很压抑的感觉。里成弯站在一颗几百年的老果树下，它掉泪了……第一次？最后一次！村里人都在，人们没有走得太近，只是远远地、默默地、痛痛地为它送行……

那时候，那头牛走了……

我一直记得，相信村里人还记得，希望更多人记得、记得……

我的动物情结

当今社会，经济浪潮汹涌异常，把芸芸众生推到了峰头浪尖。有的人立场不稳，被打得东倒西歪，迷失方向；有的人耐力不强，被呛得几近窒息，难以自拔；有的人则抓住机遇，借力发展，被历练成了名副其实的弄潮儿，展示实力，感受风光。而我却无所事事，随遇而安，生活在自己设定的空间里，默默地、静静地、坦然地、专注地将一些皮皮草草、零零碎碎的事与物紧紧盯住、死死咬住不放，试图从中找到什么、得到什么，并形成文字，接受读者评说。不写不甘心，不吐不爽快呀！下面要咀嚼的陈芝麻、烂谷子的事情，也可能像白开水索然无味，也可能似臭豆腐食后留香？

老辈子人留下一句俗语，说："雀儿穷燕富，鸽子来了开当铺。"在很多时候、很多人看来，这是老婆唇舌，这是封建迷信。其实当我们细研中国文字，细品中国文化，那可是有什么字就有什么事，有什么说词就有什么道理。

祖先历经磨难，历尽艰辛，但始终摆脱不了积贫积弱的窘境，因而勤俭节约成风，置家兴业成瘾。到土改伊始，曾祖父手上开始用十几石粮食换了一个破产地主的宅院，同时还买了30

来垧耕地，差点闹到一个中、富农的成分，享受阶级斗争年代那特别的待遇。合作社以后，我家的土地充了公，但那财主的院子却成了我们家的骄傲。爷爷在外工作，奶奶时常带着我去看祖上原来的去处（这里的习惯特指房产），破窑烂窟、破败不堪，于是会说："这会儿这去处来得不容易呀！"多少辛酸、多少感慨尽在其中。社会上有人说我们家是"进了大门进二门、进了二门进三门"，只是没有"金石狮子把大门、银石狮子把二门、歪蹄老虎把三门"而已。厦子道、花栏墙、砖铺院、仰尘房，确实显得比较阵势、排场。但我却除了感觉压抑甚至森严之外，轻松不起来、自豪不起来。记得每到春回大地的时候，和我家相邻的大娘大爷、叔叔婶子家的门头上、窑洞里的椽眼间，成双成对的燕子从南方回来，开始筑巢产卵，呢喃之声不绝于耳，一段时间后，四五只小燕子孵出，叽叽喳喳，一派生机盎然，一派和谐安逸。难怪自古以来人们总有"春燕报春""莺啼燕语报新年"之说。虽然燕子巢下难免脏乱，但还是乐于让燕子在自己的房屋中筑巢，生儿育女，并当作是吉祥、有福的事。看着人家享受"片片仙云来渡水，双双燕子共衔泥"的乐趣，我却只能是：无可奈何失落去，祈求燕住自家来。

是呀，我家的门头上小燕子为啥不垒窝呢？我们的家里面小燕子为啥不光顾呢？倒是那曾经被列到"除四害（六七十年代指苍蝇、蚊子、老鼠、麻雀）、讲卫生"行列的麻雀在屋外的厦子道里，街头的老榆树上，外院的粪堆周围，在东房、南房的檐头脊下，成群结队，嘈杂一片，刺激着我的神经，搅动了我的生活。无论春夏秋冬，无论是雨是雪，每天天不亮，麻雀的叫声就打破了黎明的寂静，击碎了贪睡的我那童年的梦境。麻雀窝里的麻雀蛋、小麻雀有时还招来蛇类，掉到院子里来，能把人吓个半死……

"为什么呀？"拽着奶奶的手、扯着奶奶的衣襟问来问去，老人家只是摇摇头，无可奈何、无话可答。因为"雀儿穷燕富，鸽子来了开当铺"的理念是奶奶传承给我的，想必她老人家的心里自然也明白什么，或者不明白什么……

我还真有些不服气，我还真想改变点什么。于是，自己鼓足勇气，冒着摔下来的风险，把旧纸箱、废篮子、破柳筐等可以停留飞鸟的器件，趁家里人不注意，从厦子的明柱爬到厦子横梁处，将自制的鸟窝吊挂好，期待那带着吉祥平安的鸽子飞过来，住进去。然而冬去失望，春来依旧。鸽子总是从宅院上空飞过，从我的眼前飞走。有一次，也可能是一个极其偶然的事件发生了：两只鸽子不知是一念之差，还是私奔出来，飞进了我挂起的一个有盖的箩筐里，盖子自然掉下，把两只应该是一公一母的鸽子困在了里面。这时，我刚好放学回家，简直高兴坏了。马上让爷爷和父亲帮忙，爬到明柱上面，小心翼翼地把两只鸽子捉了下来，决定好好喂养，直到把野鸽子喂成家鸽子，也期待通过自己虔诚地厚待鸽子，给没有太多起色的家境带来福气，带来好运。结果仔细一看，这两只鸽子颈上系着小风铃，脚上套着小红圈，不是信鸽也是有主的家鸽。我一下子像泄了气的皮球一样，瘫坐在地上，太失望了！可爱、漂亮的鸽子没有体现太多的惊慌，似乎看出了我的心事，亲切地、认真地看着我、安慰着我。我开始了激烈的思想斗争：朝思暮想、盼望良久的鸽子却是有主的客，家里人虽然看到我爱不释手的神情，但意见却特别地统一："放了吧，这是人家的呀！"我自然无可奈何。是呀，哪怕爱得再厉害，别人的东西是万万不能据为己有的。从未有过这样近距离，并可以控制的情况下观察过鸽子，尤其是这种和蔼善良的家鸽。我恨不得把自己的心掏出来给了这鸽子。于是拿来了玉米粒、黄豆粒、小米粒，舀了水盛到碗里，让这尊贵的宾客吃饱喝足，可人家理都不待理，瞧都不待瞧。过了一个多小时，我担心丢鸽子的人家着急，恋恋不舍地放飞了这对幸福美满的情侣鸽，还鸽子以自由。这次虽然没养成鸽子，但我心里却有了一丝慰藉、一丝安然，心里想：鸽子终于来过了，家境想必也会慢慢地好起来，"开当铺"的期盼或许会在不远的将来变成现实。

鸽子放了，麻雀还在，岁月轮回，生活照常。我人虽小，可也有自己的念想。于是，嚷着喂养起兔子来。兔窝是爷爷修的，饲草是妈妈捥的，兔食是奶奶从猪食里分的，我的任务就是上学前跟小兔打打招呼，放学后趴在兔子窝边和小兔做交流的同时，观察兔子的生活习性，比方说成年的兔子如何打洞、母兔多长时间产崽，小兔子多长时间出洞……最开心的是小兔子出洞的日子，毛茸茸的小黑兔、小灰兔、小白兔傻乎乎地、胆怯地露出小脑袋来，用自己的小豁嘴学着吃青草，一有惊吓，迅速逃回洞内，不一会，好奇心驱使它又探出头来，观察所要面对的世界……我在大人们的辛勤里、在小兔子的成长中，感受着亲情的珍贵和童年的欢乐。同时，我还觉得，在兔子养得健健康康、蹦蹦跳跳、憨态可掬又活泼可爱的那些个日子里，家里也显得生机盎然、顺风顺水、平安如意、时运日佳！

20世纪80年代，草草告别了学生时代，早早地走向了社会，早早地开始为争取自由幸福生活的我，也在刚到法定年龄的时候早早地娶了老婆成了家。两口子从乡下回到县城当临时工、租房子住。两小卷铺盖、一半个纸箱就是全部的家当。几平方米的小房子被房东占了三分之二，照样显得空空如也。现在提说起来，仍觉得酸楚难耐、不堪回首。妻子是一个有梦想、不服输的性格。她自己省吃俭用、节衣缩食的同时，成天拼着命揽活赚钱，勒着腰带支撑度日，经常是眉心紧锁、怨声不断，我劝她乐观点、开朗点的时候，她势必会说："嫁汉嫁汉，穿衣吃饭。咱们穷成这个样子，连得了病都得硬着头皮做事。尤其这寄人篱下的感觉，真不是滋味！什么时候能有自己的一个家该多好，哪怕是只有公共厕所那么大面积也行……"我着实觉得这要求不高，心里万分的愧疚，也下了狠心：一定要在县城有个属于自己的家……

　　1994年到1995年期间，县城拉开了市政建设的大幕，好多机关单位的办公室优惠卖给单位职工。我马不停蹄打问、千方百计筹钱，终于花一万多块钱买下了一套几次倒手的房子，开始了自己新的生活。当关心我的人们问我的父母说："大小子在哪里典家？"父母会说："我们孩子买下家了！"当关心我的人们问我说："哪里买下家了？"我会用幽默的手法传递一种自豪："天安门城楼！"其实在当时，原保德县委、政府旧院算得上是最好的建筑，因山势而建，层层叠叠，门洞回廊，楼梯石阶，应有尽有。我的房子加上过道还不到20平方米，但就坐落在这县衙所在的风水宝地上。

　　自己有了家，连走路都轻飘飘的，精气神全上来了。我开始种花养鱼。值得一提的是，自己在这套小房子里，栽种什么花都能很快成活，都能够长势很好；养金鱼，一般情况下很难养活，而我养得鱼儿却能活一年多。记得有一次半夜时分，我在里阁子睡得正香，恍惚间觉得似有红光一现，猛然惊醒。略加思忖，觉得不大对劲。于是拉着灯，慢慢走到外阁子一看，发现一条金鱼从鱼缸里跳出来，摔倒了地上，已经一动不动了。我大吃一惊，慌忙把这脆弱、可怜的小生命放回鱼缸。小金鱼初放进去时，没有任何反应。我以为这下出麻烦了，心顿时收得很紧，尝试着在鱼缸壁上敲了几下，又把鱼缸里的水摆动了几下，结果，小金鱼又奇迹般地扭动身躯、摆动尾巴游了起来，最后活了过来。小金鱼没有死，我非常高兴。我无法解释的是：为什么迷糊中会见红光？为什么突然间会有警觉？为什么我会起来细查？为什么我会想到金鱼？为什么……

这时候小屋房檐上的鸽子非常多，叫唤声、飞动声、嬉戏声、打闹声接连不断、充斥于耳。窗台上的鸽粪时常有手指厚一层，有了就清理掉，清理掉又有了。鸽粪的气味挺浓，时而随风飘到屋内，妻子说："鸽子这么多，脏的不行，咋办？要不赶走吧？"我家孩子的反对直截了当，而我只是会心地、甜甜地一笑，没有做正面的回答，而是用废木箱做了鸽窝，固定在屋檐上，让这象征和平、友好、团结、圣洁且灵气十足的鸽子，一直住下来繁衍生息、红红火火，与我不离不弃，伴我好运一生。

2002 年新春来临之际，我乔迁到了单位集资修建的楼房。2010 年春节刚过不久，阳台外的下水口处住下了一对鹁鸪鸟，孵了两窝共 4 只小鹁鸪鸟。鹁鸪鸟住下好还是不好？多心的妻子持怀疑态度，我和孩子则坚定地告诉她说："好！动物觉得适合生存繁衍、适合发展腾飞的地方，就是我们正确选择的验证！"当我们担心小鹁鸪鸟羽翼未丰，不敢出巢，被父母生硬地推出窝，然后，带着去实习、体验生活的时候，我们还在这不请自来的老师示范下，学会了如何用正确的方法培养和教育孩子长大成人、自谋发展的道理……

今年是 2011 年，正月的几天，天气回暖、春意浓浓，鹁鸪鸟又在阳台外飞来飞去，似乎试探着看主人会否欢迎，可还没有住下来，我担心鸟儿不选择我，我期盼鸟儿选择我，因为我有一种情结在里头、有一厢情愿在心头、有多少寄托在前头……

刘希云作品选

　　刘希云，教师，固执于文字的世界里，寻一方属于自己的天地。

端午记忆

　　今年终于能和父母在一起过端午节了。往年因回家路途遥远，不能成行，实是遗憾。去年老父老母搬离了故乡，回到儿女们身边生活，如今一切都是那么方便可行。记得自从我少年外出求学、成家立业以来，有多少个端午节不和父母在一起了，真还记不清了。时隔这么多年，可我对儿时的端午习俗还有许多的记忆。

　　现在的吃粽子、赛龙舟是最为人们所熟悉并认知的了，其他的习俗已经慢慢隐退江湖，销声匿迹。吃粽子、赛龙舟是南方的端午习俗，是最为隆重的活动。南方人吃粽子是那么文绉绉的，慢条斯理地剥开粽子，去掉苇叶细细品尝。而北方没有苇叶的粽子，其实也就不是粽子了，老人们叫"浆米粥""凉糕"。北方人有的是豪爽，吃什么东西就像水泊梁山的英雄好汉，盛一大瓷碗浆米粥，胳膊一抡，就风卷残云般地进肚里了。也许南方人只有在赛龙舟的时候才能唱一曲《好汉歌》，和北方人竞比风流。赛龙舟也好像只是南方人的端午盛事，北方的黄土高原更没有赛龙舟的传统，因属于干旱少雨地带，不像南方有湖泽水域，龙舟才有用武之地。在历史上被称作吴、楚、越的地方，赛龙舟这一习俗尤为隆重。据说是纪念屈原的，有的地方传说是纪念伍子胥的，说法不一。

在初中时读过一本《山西民间故事》，文章称：端午节是纪念朱元璋手下大将常遇春母亲的说法。大概意思是常遇春的母亲是山上的母熊，父亲在进京赶考的路上，被母亲强掳到山洞里，强迫成婚生子。后来母亲外出猎食，父趁其不在，携幼年的常遇春逃离山洞。母亲回来，看到人去洞空，急忙追赶父子。待母熊赶至江边，父子已渡江而过。母亲悲痛欲绝，投江而死。力大无穷的常遇春成人后，练就了一身好武艺，帮助朱元璋夺得天下并封为鄂国公，死后追封开平王。朱为了厚待常遇春，下令举国上下于农历五月五日，投粽子于江中以祭常遇春之母。这个故事对我印象最深刻了，也许是对民间故事钟爱的缘故吧。其实在端午节里人们纪念屈原是公认的说法。

端午节的时候，我模糊记得喝雄黄酒最怕人，有一种扑鼻的刺激怪味，据说是驱五毒的。母亲捏着我的鼻子，往肚子里灌，呛得两眼直抹眼泪，因此我没齿难忘。其他的钟馗捉鬼、拴香囊、荷包包就不记得了，但父亲割艾草驱蚊，母亲搓五色线、焖浆米粥，这些记忆是最清晰的。

父亲不见日头就把浑身泛着灰绿色的艾草割倒，然后扎成辫子似的长条，短的挂在门头上，叫"挂菖蒲"，用于避邪。长的挂在其他房梁上，任它晒着，远看就像一条条灰色蟒蛇在排列蠕动着，攒着以后用得着。母亲说，自从我生下来，每逢端午要把晒蔫的艾草叶子揉成一团，在我身上从头到脚反复擦拭，以便祛除邪气。这样不仅蚊子不叮你，而且一年四季顺顺当当、无灾无病。老人们说，艾草含有一种别的植物没有的天地之正气，让邪气不敢靠近，看着就闻风而去了。端午小孩子戴的荷包、百索等，怪不得里边都缝裹着艾草呢，原来是为了呵护小宝宝的，"荷包包"也摇身变成"荷宝宝"了。我当然也是母亲的心肝宝贝了。母亲说，给我拴的荷包包是外祖母用各种零星的花布片儿缝合成的，但并不是每年端午都缝，因为那时国家贫困，花布片也是稀缺的，所以每年过完端午后，母亲就把荷包包洗干净藏起来，来年端午再把艾叶儿塞进去缝合好，拴在脖颈上让我开心。我到5岁的时候就不用艾草擦身、不喝雄黄酒、不拴荷包包了，因为我已经长大，五毒不侵了。母亲说的这些"童话故事"竟然发生在我的身上，简直不可思议！父亲用燃着的艾草驱赶蚊子的事情却不是童话，是我记忆中的事。夏夜乘凉时，蚊子特别多，耳边嗡嗡直叫。父亲把晒干长辫子似的艾草燃着，冒起缕缕白烟。但不能有火焰，否则就达不到驱蚊的效果，而且燃烧得快。只有烟缕徐徐升起，扩散到空中，把蚊子熏得四散奔逃，不敢靠近庭院半步。水火无情，可蚊子不怕水，最怕烟熏火燎了。沈复在《童趣》一文里的"使之冲烟而飞鸣，作青云白鹤观"，我们可以断定蚊子惧怕烟火是自古就有的。如果烟缕不是很大，如纱如幔，袅袅升起，弥散在夜空中，一股股淡淡的香味，比现在大街上的烤串串、臭豆腐的味道好多了。所以艾草又名"香艾"，在针灸时经常用到它，看来是一种浑身是宝的药材了。如果用现代科技加工艾草，也许它的身价会倍增的，能够重新回到人们的生活中。

我知道，在夏夜父亲用艾草驱蚊是怕叮着我的。小时候最怕蚊子了，在我身上叮一口，就是个大包，如果一段时间里伤口不卫生受到感染，竟然会流黄水，甚至会化脓。我从小不怕蜈蚣、蝎子之类的东西，偏偏就怕蚊子，就像狮子怕蚊子一样。前几年夏间，我回去看望父母，在院子里晚上乘凉时，父亲还用艾草为我驱蚊，淡淡的艾香让人回味无穷。

端午节我最希望的是拴五色线。姊妹们绕在母亲身边，噘着嘴，嚷嚷的，要拴五色线，其也叫"花绳绳"。母亲为了给我们姊妹们有花绳绳拴，总要忙乎老半天。80年代初，我已经记事了，国家还很困难，没有现在发达的商业，那时的供销社根本没有花绳绳，只有白、黑色的线。母亲买回白线，再用各种染料染成各色的线，这种染料也叫"洋胭脂"，带了个"洋"字，它和"洋盆""洋火""洋锹"的叫法是一模一样的，旧中国洋胭脂是进口货，是洋玩意儿。80年代，中国工业虽落后，但制造这种染料还是容易的。这些日用百货是中国造，可许多地方这种叫法还没有完全改过来呢。记得洋胭脂还有毒性，所以平时放在安全秘密的地方，怕孩子们出危险。

有一回，母亲没有买到黄色洋胭脂，就用一种叫大（dai）黄的植物替代这种染料。大黄顾名思义，它的根茎是黄色的，叶子硕大无比，就像片片荷叶。其不择地势土壤，房前屋后、路边都可以种植。一到夏天，真有"莲叶何田田""接天莲叶无穷碧"的感觉。我们姊妹们抬水的时候，常常摘下叶子，放在水桶里，像给水桶戴上个绿帽子，防止水从桶里漾出来。其实在暑伏天里，放羊汉用大黄来给牛羊清火解毒的，怕牲口上火不肯吃，不长膘。大黄和艾草一样，也是一种药材，不过它是清火解毒的，可能功效不一样吧。

记得每到暑伏天大清早，放羊汉们在大院里支起一口大锅，加水烧火，把洗净的大黄放进锅里熬煮。不一会儿，锅里就黄水滔滔了，熄火捞掉大黄。中午回来歇晌的羊儿一天没喝水，口渴难耐，都抢着喝。其实这是放羊汉们一天里不让羊喝水，故意给它们下的套，不然羊不会喝苦水的。这是给羊儿专门吃去火药的。

端午节母亲把大黄刨回来后，摘除残叶、削掉杂根，洗净泥土，切成薄薄的片儿，和白线放在锅里煮沸煎熬。过十几分钟，水变成金黄色的了，一白一黄在锅里上下翻滚，真有大浪戏白鱼的感觉。不一会儿，白线也慢慢变成黄色，捞出锅晾干，色线就这样做成了，只是颜色淡了点儿。虽然没有洋胭脂染得色泽好看，但毕竟是端午节，花绳绳还是要拴的。

搓花绳绳也挺有趣。母亲坐在炕头上，挽起裤管，把红、白、黄、绿、黑5种色线拃在一起，摆弄梳理好，放在小腿上用手掌用力向下一搓，而且每搓一下，就往手掌上"呸"一声唾唾沫，以防干燥不好搓，如此循环往复地搓，不一会儿，粗细均匀的花绳绳魔术般地从母亲的巧手里源源不断地涌出来。我们在旁边目不转睛地看着，生怕花绳绳被别人抢走。完工后不得见日头，母亲首先给我拴在手腕、脚腕、颈上，真有"彩线轻缠红玉臂"的感觉，其实我的手臂和腿被太阳晒得黑不溜秋的，太不般配了，那红玉臂也许只是女人的专利吧。母亲处处总是偏爱我，姊妹们也总是让着我，剩余下的花绳绳才给姊妹们只拴在一只手腕上，或者干脆不拴花绳绳。有时我学着母亲的样子搓花绳绳，总是走样，把握不住，不是粗，就是细，要么线就打结了，乱作一团，不成样子。过了几年，姐姐在母亲的影响下，搓花绳绳的手艺比母亲的还好，搓花绳绳时的动作更自然，更流畅，真是青出于蓝胜于蓝呀。现在姐姐的好针线手艺，和母亲的指教是分不开的，是因为从小就打下了好底子。

浆米粥是端午的重头戏。浆米粥也叫"酸米粥"，它应该和河曲的酸米粥有一定的渊源，因为两县水土相连、上下毗邻。河曲人吃酸米粥的习俗可能不是纪念屈原的，据说是为迎接李自成大军渡过黄河的。

相传李自成起义大军准备打到北京，首先要渡过黄河。当地老百姓非常高兴，家家户户泡米，准备做饭迎接大军。因情况有变，大军临时改变路线，绕道而行，可老百姓泡的米太多，一时半会儿吃不完，放的时间长了就发了酸。贫困老百姓也舍不得扔掉，就用发了酸的米煮成粥吃。谁知意外地发现这用发酸了的米煮的粥并没有影响其食用价值。后来人们便故意将米泡酸做粥食用，慢慢地发现这种酸粥能开胃健脾，护肤美容。难怪河曲女人即使不用化妆品，皮肤也白嫩细腻，河曲便成为晋西北众口皆碑的美女之乡。在河曲家家户户的炕头上都放着一只浆米罐，一年四季里，吃着酸米粥，唱着不再忧伤的走西口，也别有一番滋味。

对于中国人来说，吃饭是头等大事。母亲在搓花绳绳的同时，就为过端午全家能吃到浆米粥做准备了。浆米粥的主要原料是黄米，黍子在碾子上脱皮以后，因颜色黄色而得名，是用来专门吃粥和糕的。黍子的种类很多，表皮通常有红、白、灰、黑4种颜色。我记得改革开放初期，父亲种的是灰黍子，个头大，穗子小，产量不高。后来换种，种的是黑黍子，但坚性、软性不好，没几年就改种红黍子了，父亲一直种着。父亲说，红黍子虽然没有灰黍子身材高，但穗子大，颗粒多而饱满，软性又好。如果黍子没有软性，硬邦邦的，口感不好，连谷子、糜子的吃法都不如。

当我们吃着香喷喷的油糕或浆米粥，脸上充满灿烂笑容的时候，父亲却在田地里给黍子锄草施肥呢。父亲从小眼力不好，锄地特别费神费力。暑热天气，半蹲在地上，身子向前躬，头探下去，眼睛瞅准黍苗，用指头把黍苗周围的草轻轻连根拔起。在选优苗成活时，特别小心翼翼，怕伤着小苗，父亲放下锄头，分析好黍苗上下左右的间距后，两手分开幼苗，拔掉多余的没用的苗儿。用手培土，拢住黍苗，便于以后扎根成长。父亲再直身锄掉垅与垅之间的野草，平铺空地上，让火辣辣的太阳狠狠地晒，不能让野草复活。我在初中读书时，常常和父亲给黍子锄草，看到父亲脑额、脸颊上涔涔的汗珠，在太阳底下闪闪发光。原来书本里的"锄禾日当午，汗滴禾下土"的情景真实地出现在我眼前。父亲半蹲时间长了，腰酸腿疼受不了，直立起身子，捶捶背、揉揉腰、擦擦汗又蹲下身子继续"薅苗子"，准备打一场持久战、消耗战。有时身子实在挺不住，就干脆双膝跪在地上，继续他的细活儿。每锄完三两苗，身子就向前移动一点，垅壕里留下膝盖前行的累累痕迹，每前行一步，就好像是对上苍的一次虔诚膜拜。一亩黍子，一个人至少得锄好几天，如果草长得比黍子大了，那不知得锄多少天呢。整块黍子锄完之后才有看头。原来和野草混杂在一起，七零八落乱糟糟的，分不清哪是黍子，哪是野草，没看头。现在睁大眼睛一瞭，个个精神抖擞，一垅一垅的延伸到远方，像一个个正在茁壮成长的婴孩，清风徐来，还高兴得手舞足蹈呢。此时父亲才如释重负，长长地出了一口气。农人自己心爱的庄稼，就像自己亲生的宝贝一样，悉心照料，百般呵护，生怕它受到伤害似的。

黍子历经两三个月，由原来一个个小不点儿的嫩苗苗长成了少女般的芳姿，昂首挺立，身材窈窕。秋风来临之时，露出了绯红，羞涩地低下了头。微风吹过，真有"喜看稻菽千重浪"的感觉，不过是红浪滚滚了；风一静，成熟透了的黍子又像父亲夕阳中古铜色的脸，熟了也老了。黍子和糜子的生长特性是一样的，"秋风糜子，寒露谷"，口松不能等的，须赶紧收割。割倒的黍子背回场院里，一码一码的，一字长蛇阵摆开，风吹日晒，湿气蒸发，颗粒干燥后，打场开始了：父亲牵牛滚碌碡，拿起耙子弄扫帚，放下梿枷拿木锨，忙碌一整天，堆积如山，红红的黍子终于归仓了。一年的辛苦总算没白费，我们似乎隐隐闻到端午浆米粥的味道了。

平时里母亲就够忙的了，一大家子人的一日三餐是一家之根本，节日里的辛苦就可想而知了。在端午节里母亲忙前忙后，为了全家人的吃饭把灶台前转来转去。这时母亲把父亲打下的最饱满的红黍子拿出来在石碾上碾压，脱皮成黄灿灿的黄米，再用温水浸泡在一个大盆里，搅拌均匀每粒米必须充分浸泡。过一两天母亲就或闻或尝，端午这天黄米正好发酸了，母亲脸上就会露出微笑，我知道黄米正式能下锅了。

那时因我和姐在家中最大，常帮母亲做家务。姐担水，我砍柴，母亲在灶台上往锅里下米。不一会儿，锅里米煮沸了，母亲不时用勺子捞米尝尝，看米硬还是软。此时家里弥漫着淡淡的甘醇酸米味，妹妹们叫嚷着要吃，都围到灶台旁，看着锅煮开的水和米。我和姐把她们拉开哄住。锅里的米水越来越稠了，不再稀了。这时母亲把锅严严实实地盖住，把炉火用灰蒙住，火变小了，只听见锅里"嘟嘟"的冒泡声，任它焖着。

过了大约二三十分钟，母亲揭锅气浪冲向窑顶，妹妹们早拿着碗筷嗷嗷叫了。我们每人一份，大的吃多，小的吃少，吵嚷声终于告一段落了。我们吃着父母亲种的五谷杂粮渐渐长大，一个个陆续飞走了，家里的嚷嚷声没有了，浆米粥的味道似乎被时光的流水冲淡了。

一晃父母亲老了，那些撂了荒的黍子地，那些能染花绳绳的大黄、驱蚊的艾香，还有那些碌碡、耙子、椎枷……都丢落在故乡了，不知什么时候才能把它们重拾回来呢！

多年来，我就像一只候鸟，在外地和故乡之间飞来飞去，今年的端午节，我和父母终于重新在一起，再也不用孤雁单飞了。今年我想好好品尝一回母亲亲手做的浆米粥，我心足矣，仅此而已。故乡的端午记忆可能这辈子找不回来了，永远伴着父母，还有我、我们，一同在流年岁月中慢慢老去。

土豆不了情

暑期间，我回来和父母住了几天，乡里不像城里人多，稀稀疏疏的，能劳动锄地的，大都忙去了。大街上坐着七老八十的老者拄着拐杖无事闲谈。村子里的人少，但空气好，少了几分喧嚣，多了几分宁静。

前天，和母亲去了地里。庄稼长得很是茂盛，玉米已有房檐高了，玉米棒子很结实，正抽出棕红色的毛毛，一株一株甚是好看，很有精神。土豆长得更是喜人，蔓子有膝盖来高，密不透风，连锄头都伸不进去了，只能小心翼翼伸进手去挽野草草，生怕把绿油油的蔓枝弄折，好在我对锄地还是不陌生。最好看的数土豆花了，铺天盖地的白花花像日本的樱花那样烂漫，幸亏我在农村长大，否则真认不得是什么花了。如果城里的孩子看后，以为是什么名花呀。我不由得低下头，去闻了闻，好香啊。回想过去，人们应该对土豆玉米有一种特殊的情感。我们这一代人是喝着山泉，吃着玉米棒子和土豆长大的，身体里还流淌着它们的血液。所有的庄稼里，我最喜欢山药了，因为它朝朝夕夕伴随着我以及我的家庭，直到今天已一刻也离不开它了。

土豆其实是马铃薯，酷似马铃铛而得名。如果把土豆倒挂起来，真有铃铛的身段，似乎听到悠长的铃声从远方飘来，诉说着古老的传说。华北地区管土豆叫山药蛋，真正的山药是铁棍山药，有很好的保健作用和药用价值，是山中之药，食中之药。

据史料记载，土豆原产于南美洲，16世纪传入我国并大量种植。现在黄土高原是最重要的种植区域，源于这里的土壤气候最适合土豆的生长。它是继小麦、稻谷、玉米、高粱后的第五大粮食作物，在人们的生活中扮演着越来越重要的角色。可以说，自从中国人吃上土豆，中华民族才生生不息，人口不断壮大，成为世界上强大的民族。土豆在黄土高原上，它的声望极高，是因为它养育了一方水土。土豆比其他粮食重要多了，在贫穷饥饿的年代里，土豆发挥着别的作物不可替代的作用。农人不种其他粮食作物，也要用镢头刨种几分土豆。故乡的人一天也离不开土豆，好像是最亲的人了。

从我记事起，顿顿饭都离不了土豆，由于我家家大人多，更是靠土豆来填饱肚子。每天早卜，母亲把洗得干干净净的土豆放在大铁锅里蒸熟给我们吃，姊妹们都抢着吃蒸熟笑开嘴的土豆。我吃土豆一直吃到现在，却说不出土豆是什么味道，故乡人只是说"沙"的味道。我认为家乡土豆的味道是无穷的，和各种菜蔬荤素搭配均可，它的脾性是中和的，和谁搭档也是和谐的，有情有味的。

世间万物的体态及生长特性实在是令人叹为观止。红高粱的果实是在顶端，秋天里它涨红的脸，再加上颀长窈窕的身材，在黄土高原之上很是霸气，一点也不收敛，独领风骚。莫言的《红高粱》一出，更是让它出尽了风头。玉米的果实却挂在腰间，就像出征的将士，鞘插宝剑，虽有豪气，但免不了有些许的傲气。

身材矮小的土豆只把果实深深埋藏于地下，从来不炫耀，不争名夺利，就像《落花生》一文里许地山对花生的描述："……有一样最可贵，它的果实埋在地里，不像桃子、石榴、苹果那样，把鲜红嫩绿的果实高高地挂在枝头上，使人一见就生爱慕之心。你们看它矮矮地长在地上，等到成熟了，也不能立刻分辨出来它有没有果实，必须挖起来才知道。"虽然花生是豆科类，土豆是茄科类，但我觉得它俩在万物中够低调的了。大多数农作物都没有一颗收敛的心，总是高调得很。

秋天里，刚刚出土的土豆灰头灰脸的，没个看头，爱干净的人远远地躲着，生怕弄脏自己的衣服。其实有经验的农人说，越是这样的土豆，口感才越好，越受人们的欢迎。如果土豆的表皮是光滑鲜亮的，那就口感不怎么好，甚至是涩麻的味道，令人作呕。无论哪样土豆，都是物尽其用，绝对没有浪费的道理。个头大的、没有受损的入窖储藏，以便平时食用；个头小的受损的磨成粉面，白生生的粉面是人们的最爱。

人们乍一听土豆的名字以为是豆类作物，如果真把它重新归类，成为豆类，我想可能是世界上最大的豆类作物了。没有哪类豆子敢胆大妄为地和土豆媲美，就连大豆也无地自容，简直是蜗牛和犀牛相比了。

记得刚出土的土豆堆成小丘形状，太阳晒掉湿气后，我们全家拣土豆，分装在袋子里。在我10岁左右就和父亲背土豆了，因力气小，只能背十几粒土豆，和父亲背着土豆，背着这个家庭直到今天。

现在父母老了，只种了些土豆和玉米。我和母亲给土豆施肥、锄草。荷锄归来时，我好像觉得和玉米土豆的距离越来越疏远了，因为再过几年，那熟悉的土豆田地会离我而去，成为历史的记忆。我忽然明白了一句话：城市是农村的梦想，农村却是城市的精神家园，进了城忘了本，忘了那熟悉的土地。

生在农村的孩子，父母经常教导我们好好读书，长大后进入城市才能找到好工作。现在我好像找到了父母所期望的梦想，包括我的。有时面对着如潮的人群，四野的高楼，不知何处是他乡，真是高处不胜寒啊！也许灰头灰脸的土豆是我精神家园里心底最后的朴实。

尽管我们离故乡越来越远，越来越陌生，但我由衷感谢土豆给予我们生命。因为那里有我的根，我的命！

远去的故乡

2015 年的冬天，我的父母搬离了我及姐妹们出生和生活的小村庄，再也不回去了。今年的冬天好像比以往更寒冷，尤其搬家的那天更冷，老天爷也不想让我们全家搬走，想挽留我们。

一大早，我和妹夫外甥们开着几辆车从县城出发，一路上，我根本无心去观赏黄土高原的美景，心事比以往回家看父母更沉重，有一种难以名状的东西在碰撞着我的胸膛。

近几年，每当我回去看望父母的时候，因生活的重担，岁月的折磨，父母明显苍老了不少。尤其老父眼睛深陷，没有了神采。老父亲的视力一日不如一日，听村里人说，他自从生下来就视力不好。妈说生下我那一年，父亲的眼睛突然什么也看不见了。幸亏大伯父拖引着他四处求医，吃药、针灸所有的办法用尽了，老天有眼才让他重见光明。2013 年，我带着老父去县城、省城检查治疗也没有效果。医生专家一致认为是年轻时候得的葡萄膜炎侵袭损坏了视网膜，无法根治了。之后我怀着一线希望，在省城眼科医院给老父做了手术，情况比我想的更糟糕，可惜手术不成功，视力下降的反而更快了。每每旁人说起他的眼病，老父总是黯然神伤，我们姊妹们也跟着伤心。

当我们搬家的队伍快进村的时候，我的内心深处更加沉重起来。

我的故乡是一个很小很小的村子，四面环山，在一条窄窄的小沟里，路两面山坡上的树叶早已枯黄，露出了斑驳的土地，山上有不少的树木，一到夏天漫山的绿，是放牧的好地方。进村的路只能容一辆三轮车通过，正是这一条不宽的路，把村子和外面的世界连起来，这条路我不知走了多少回了。在我十几岁的时候，村里有六七十口人，都是以种地、放牧为主，再没有其他经济来源。随着城市化的进程，村里人为了生存，都举家搬迁了，村里只留下了3户人家，包括我的父母。他们根本没有能力种地了，只靠政府的补贴和儿女的接济。

我们进了村，我一眼就望见我家的那两孔土窑洞，老爸老妈早就在院内等我们回来。他们前几天就把该搬的东西整理好了，妹夫和外甥们装车的间隙，我在全村转了一圈，人去屋空的院子围墙早已坍塌，小房子裸露的椽子横七竖八地指天画地，狼藉一片，砖瓦石头抛了一院，到处布满着半人高的已经干枯的蒿草和一些不知名的草。大量错落凌乱的房屋，窑洞呆呆地静立着，好像有好多话要说。有一孔窑洞让我伫立良久，因为那时曾经是我读书的地方。我趴在窗子上向里瞅，里面的桌子、凳子已经七零八落了一地。地面上的灰尘，墙上的蜘蛛网，纷乱了我本来不宁的心绪。

30多年前我还在村里小学读书，那时村里人多，学校里也有七八个学生，同时配备了一位老师。我在村里小学读了3年的书，从四年级开始上了乡中心小学，离村里有10余里。记得在村里有两位老师教过我。一年级时是一位从宁武来的女老师，个子不高，小家碧玉般的，很清秀，并不像人们所说的，宁武人被西北风吹得黑黝黝的。村里人对这位美女老师很好奇，因为她的穿着得体，让村里的婆姨们羡慕，再者她的宁武话也吸引了不少人的眼球，以为她是北京来的大家闺秀，满口的北京话。她第一次教会了我《学习雷锋好榜样》《社会主义好》两首歌曲。她的教学方法很独特，最有趣的是下午的课，谁先写完作业背会生字课文，谁先回家。这样所有的学生都拼命地读写，有的没等放学就可以回家玩了，不像现在有安全责任的说法。她教了我一年就调走了，听人们说她回老家宁武了。她给村里人留下深刻而美好的印象，老人们也常常会谈起她。直到现在我也常常想起她，她的名字叫郭爱婵，应该到退休的年龄了。

另一位老师是男老师，叫王富国。他手里经常拿着一根汉烟锅子，铜嘴子、铜锅子擦得闪闪发亮，煞是怕人。因为学生中间有人不会背写课文生字，就用吸烟发热的铜锅子烙烫你的脑门顶儿。有一位同学叫赖赖，这是他妈给他起得奶名，官方名字叫白明清。他天生舌头短，不够尺码，读课文经常闹笑话。有一次，他读"比一比，认一认"时，读成了"低一低，认一认"，引得哄堂大笑。王老师重新让他读，还是那样改不过来。他读"b"拼音的汉字就要读成"d"拼音的汉字。这位同学自然让铜锅子给烧烫了。我从来没有被烙烫过，因为我的舌头够尺寸。我记得王老师就惩罚过赖赖一人。我现在才明白：根据我多年当学生和老师的经验，总结出王老师的铜烟锅子是纸老虎，专门吓人的，并不可怕。王老师退休了以后也进城了，和儿女在一起了。

宽容善良的郭老师和严格认真的王老师把我送进读书人的行列，我们全家甚是感激，因为我们家族男系中我是唯一的读书人。

我在村里转了一大圈，然后我爬上我家对面的小山峁，用手机拍下即将离开的故乡。老窑洞、树木、沟壑……儿时的好多记忆一股脑儿全蹦出来了。

不像现在，那是个没有电视、网络的时代，然而可玩的花样不比现在少。

春天里，黄土高原的风还是有它的余威，我们毛孩子一群四处乱跑，刮野鬼，不着家，一天玩回来，满身满脸满头的黄土。除了眼睛是黑的，都是黄的了。记得大人们在掏羊粪，赶着牛骡驮粪，准备春耕。我们在一旁捡一兜兜羊粪珠珠，颗粒绝对是又大又圆的，然后和赖赖们选一块较硬的黄土，用小刀刀煊一个别致的小炉子，有灶台，有烟囱。然后弄一些软柴火放在小炉子里，小心翼翼地把羊粪珠珠苫在上面。接着，我们齐声吼"点火"，好像要发射神舟飞船似的，吼声响彻整个山村了。一股浓烟升起，伙伴们尖叫拍手，那个狂欢劲不亚于明星们出场。晚上脱衣服睡觉时满身的羊粪味自不必说了。

夏天里，在河里耍水，逮青蛙，在树上掏鸟蛋，编草帽；秋天里，在山上放牛，烧山药；冬天里，修冰车，进行一场年终滑冰大赛。

少年的无穷乐趣浸透了我身体的每一个细胞。

可现在河水早已干涸，白净净的河冰已成为过去。在此次回乡，我和迅哥儿的心情是否一样呢，我不知道。萧索的情景依然可见，不一样的是和我儿时玩耍的"闰土"也都不在了；耍水的地方依然还在，但早已干涸，裸露出凹凸不平的岩石；掏鸟蛋的鸟巢也许早已不复存在，我知道鸟儿们带着自己的孩子去寻找心中的梦想了。留下的只有破屋，蒿草，老人……

妹夫外甥们把车快装好了，其实只是一些父母亲近几年来打下的粮食，还有今年刨下的30多袋子山药，另外还有一些家什。所有的柜子和农具原封不动地留下，准备封藏在老屋里。老父创下的家业塞满了屋子，家里的农具柜子很多。我知道这些东西对于我来说已经没用了，可我不想卖掉或扔掉。我只好用手机拍下每一件东西的原始面貌，装在我的记忆里。假如有一天父母永远离开我的时候，把这些东西原封不动放在老屋里，看到它们，就会想起离去的父母，想起父母过去的艰辛岁月。那时我望着眼前的父母亲一生的全部心血，能勾起我儿时最美的记忆的一角，永远留在我的生命里。

我不由得想去摸一摸家里的东西，看看这件，摸摸那件。我记得很清楚，那时父亲年轻有力，因政府对林木看管得紧，不让村民滥砍滥伐，父亲半夜三更摸进深山里，把树砍成几截偷偷地背回来并藏起来，等木头干了以后，请来木匠打造成衣柜躺柜之类的家具。记得有一次因父亲进山偷木头，把脚碰坏了，在家闲了3个月，什么也不能做。老父为建设这个家付出了很大的代价。家具上布满了厚厚的灰尘，也许尘封了历史，但永远尘封不了我的清晰记忆。

多少年来，我和故乡被父母这根生命之线紧紧捆绑在一起。今天这根线即将被行驶在这条小沟里的搬家车拉紧、撕断。身后的故乡渐渐地远了，黄土高原的寒风在我耳边呼呼地响着，好像在不断地拽住我的身，我的心！

可我的每一根神经每一个细胞还在故乡的意象中。

故乡的炊烟已越来越少，昔日可亲的老师、可爱的玩伴、可敬的长辈都已不在了，只留下沉寂的山村，静得让我心疼。守巢的父辈用他们最后的生命去呵护着即将或已淡出历史的故乡。我努力想把故乡的一草一木装在我的行囊中，去重温儿时的故事，唤起我童年的记忆。尽管竭力寻找过去的印记，可故乡和故乡的人渐渐模糊了，是谁给她了这么多的馈赠，是历史？是现实？还是忘恩负义的我？我无从知晓。我只知道我们不回去了，也回不去了。

老哥俩

今天正好是保德的传统古会，城区学校放假两天，我利用休假之余回老家看望老爸妈。大伯也来看望老父，正好相遇了，我心里自然高兴得很。他虽然和老父在一个村，但由于大伯年后已84岁高龄，行动不方便了，来看望一回也很吃力的。按理来说，老父应该去看望他的哥哥才对，可惜老父近几年因病行动不便，只能委屈大伯了。

大伯和老父能够常在一起，是我最想看到的事情，他们毕竟是一母同胞，手足相连。当他们在一起的时候，老父亲也是最开心的时刻，他们海阔天空地拉呱回忆过去的事情。他们记忆中的人和事是他们绕不开的话题："日本人""毛主席""大跃进""文化大革命"……许多许多的往事在他们嘴里传说着。

我看到他们谈得如此开心，老父脸上有了喜色。于是我让老哥俩端端正正地坐好，并给他们整好衣帽，拿起手机给老哥俩拍了照。忽然我觉得自己做了一件非常有意义的事情，在我的记忆中，从来没有见过他们哥俩合照过一张照片，多么令人悲哀啊！只觉得这张照片太珍贵了，虽然他们哥俩穿着打扮不得体，一副老态龙钟的样子。这也许是第一张合影，也许是最后一张。他们在一起开心谈论的时间还能有多少呢？老父也已75岁了，况且还有病在身，不知什么时候……我真不敢往下想。

拍完照片后，小心翼翼地把它保存起来，并发布在家族微信群，让多时没有见老哥俩的孙子、外孙们看看。我不知道他们的心情是如何。老哥俩脸上留下了太多太多的沧桑。老父的眼睛实在是什么也看不见，几乎只剩下眼眶了，眼睛里的瞳孔也几乎没有了，成了灰暗色，跟他没有表情的面相搭配在一起，就像一尊塑像。大伯脸上虽有一丝的喜色，但也是苦涩的，无情的岁月在他脸上写下许许多多的历史符号。看着苍老的老哥俩，我的眼泪不由得流出来，慌忙出去院子擦干了眼泪，生怕他们看见，特别是怕大伯看见，盲人老父是看不见了。

老哥俩虽然有儿有女，但他们都经历了很多苦难。特别是大伯，他的一生是漂泊不定的一生。大伯因年长老父9岁，自然记忆的事情也多。每当我们小辈们在他身边时，就传说过去的事情。

据大伯说，爷爷奶奶在日本人扫荡保德县城的时候，害怕殃及到老家，就带着几岁的大伯逃荒到岢岚的小山沟里。这些日本鬼子扫荡的事情，我只是在电影电视里看过，不想让爷爷奶奶、大伯给撞上了。离开家乡时，爷爷担着两只大瓷瓮，奶奶背着大伯离开了他们祖祖辈辈生活的地方。那比走西口凄凉得多了，走西口是在吃不饱的情况下，被迫无奈离开家乡的，而大伯跟随爷爷奶奶逃荒是在异族入侵、亡国灭种的情况下离开家乡的。直到现在，大伯一看见电视剧里的日本人就恨不得吃他们的肉，喝他们的血，骂日本人骂得唾沫四飞。

之后，爷爷奶奶就在岢岚西北的小山沟里，用镢头掏出几孔土窑洞就长期居住下来。老父、姑母、三伯也是在这里陆续出生，长大成人，结婚生子。所以对于我们姊妹们、堂姐堂哥来说，岢岚的小山沟才是我们的家！我也是毕业以后鬼使神差地回到保德工作的。其间几十年的时间里，大伯经历的凄苦不堪的事情最多，经受了别人没有经历的酸甜苦辣。

大伯在岢岚长大成人和大妈结婚后，两口子离开岢岚又返回保德老家定居下来。"河曲保德州，十年九不收"的历史不断轮回，这又轮到大伯身上了。后来在保德老家，大妈生下了堂姐堂哥，那时候国家工业不发达，保德的煤炭产业自然没有现在火，人们生活很贫困，只靠那一亩三分地养活不了全家，再者受"大跃进"以及三年自然灾害的影响，大伯大妈更无力养活全家人了，尽管老父经常从岢岚翻山越岭给往回背送粮食，也是杯水车薪无济于事。于 20 世纪 70 年代又返回岢岚，想回到爷爷奶奶的身边生活（那时爷爷奶奶还健在）。我们村虽小，但在那时却是很吃香的地方，因为周边邻县的人要生存，有很多保德、河曲甚至是陕西的人来这里定居谋生，山旮旯旯一下子变成了香饽饽。蛮横的村委领导在爷爷奶奶和老父的央求之下也没有收留大伯全家。无奈之下，只好在离我们村西南二里地的木瓜棱定居下来，以便互相照顾。紧靠木瓜棱还有一个村子叫青涧疙瘩。这两个村都属于保德地盘，合起来也没有 10 户人家，不是光棍，就是寡妇，一点风水也没有，保德南乡的人都知道这两个地方，不过现在已经没有人住了。我们村里的人给这两个穷村子编了一套顺口溜："青涧疙瘩，木瓜棱，十家人家九家穷，剩下一家捣叮铃。"可见穷得叮当响。

大伯全家在木瓜棱一住就是好几年。人们都说这两个村子是鬼地方，一点也不假。大妈在木瓜棱先后生了二男一女都早年夭折了，这给大伯全家是不小的打击，几年都一蹶不振。其中有一个叫杏杏的男孩，和我年纪相仿，我都记得。有一次爷爷家里杀猪，大伯全家都来了，也带来了杏杏。过去农村人杀猪宰羊，全家人都要聚会庆贺。只见杏杏虎头虎脑的，颈上围着一条灰色的围巾，脑后有一根细长的小辫子，比鲁迅笔下的闰土可爱多了。听大人们说这小辫子是拽命毛，有了这毛鬼都拽不走。就在杏杏7岁多时，一场大病夺走了他的生命，脑后的拽命毛也无济于事，没有拽住他的命。杏杏的不幸离去是对大伯全家很大的打击，我记得爷爷奶奶也哭得死去活来，木瓜棱成为大伯一生的伤心之地。

爷爷去世后，老父再次向村委领导说情，大伯全家离开木瓜棱才搬回我们村里居住。后来国家改革开放，我们也慢慢长大，许多事情就记得更清晰了。

大伯种地、锄地不是好手，毛毛糙糙的，这也许是祖传吧。爷爷奶奶就是这样的，老父还是这。大伯不管在保德还是在岢岚，放羊是他的唯一的特长。在包产到户前，村里只放羊不种地，放了一辈子羊的他在家庭里是最辛苦的。

在不同的季节里，放羊的辛苦程度也不一样。"二、八月放羊，顶如坐轿，"这是老人们常说的一句话，言外之意是在这两个季节放羊如当官了，怪不得人们把放羊的叫羊倌哩。尤其在八月里，天气不冷不热，放羊是最舒坦自在的营生，秋收后地里的庄稼没有了，羊儿们吃了秋收丢落的谷穗子、豆荚子以及一些被霜冻而没有成熟的庄稼，膘长得好自然不说，羊倌也可以或坐或睡，不用费太多的精力。

可夏天就不能清闲了，是放羊最为受罪的季节。大伯放的是山羊，这山羊的生活习性很古怪。天气越热越晒，它们才越能吃草、长膘。所以大伯上午是锄地，虽锄地不是好手，锄死大草的本事还是有的。中午12点的时候，太阳正炙烤着大地，大伯背着雨具、干粮、水壶吆喝着羊出坡了。如果遇到雷雨天气，雨具就派上了用场。有一年，大伯在南山上放羊，天气突变，黑云压城雷雨交加，羊儿们经不住雷雨的考验，就往家飞奔，人哪能追得上羊呢。羊儿们顺着山沟而下，想不到山洪暴发，把十几只羊冲走了。大伯眼睁睁地看着自己的心头肉被洪水猛兽夺走，没办法呀。他躲在大树底下，等雷雨过后准备再回家里。羊儿们先回去圈里，大伯却在山上，这可急坏了家里的人。大妈号啕大哭，以为大伯出事，被洪水冲走了。我们全家人进山寻找大伯，他在山里回应了我们，家人们才松了一口气，真是谢天谢地啊！

在冬天放羊，虽然没有夏天凶险，但可得经受严寒的考验。冰封大地的冬天，大伯穿着厚厚的山羊皮袄，拖着铁壳般重的鞋子，戴着黑油的帽子，只露着两只眼睛，就像蒙面大侠一样。大伯放羊的工龄比西汉时期的苏武长多了，苏武在北海牧羊19年为的是民族的气节，国家的至高荣誉，那只是史书上说的，历史的东西，人物是真的，情节有时却是假的，统治者为了塑造英雄形象罢了。大伯放羊一辈子，为的是儿女子孙，这是事实，是我们亲眼所见的。

大伯有四儿一女，就凭着放羊挣的钱，陆续给他们成家立业，完成了他的历史使命。儿子们陆陆续续脱离了岢岚小山村，回到大伯曾经出生的保德老家定居下来。大伯大妈和老爸老妈还在岢岚小山村里种地养老。

2002年，堂哥三儿意外遭歹人暗害，给大伯的打击最大，同时也是我们家族的最大损失。大妈向来是很坚强的女人，可大伯就怕经受不住这样大的打击。已经有二男一女在木瓜棱这个鬼村子夭折的打击，够他老人家受的了，毕竟70岁左右的人了。堂哥被人暗害时已是37岁，70岁的父亲送37岁的儿子，是多么伤心的事情啊！后来我们不动声色隐瞒大伯，安葬了堂哥。后来嫂子又找了一个男人，也和堂哥一样很善良的。妈妈在背地里经常把嫂子又找的男人比作"续三三"，我觉得还挺好听的，因为这毕竟是老妈对侄儿的一种最朴实的怀念吧。前几年，周边村子里脑子进了水的好事者，将三儿堂哥的死讯告诉了大伯，家人们的心都悬起来，以为大伯受不了，会出什么事，万幸的是大伯也坚强起来，没有倒下。

可自此以后，大伯再也不能放羊了，内心再强大的男人也只是把痛苦装在心里，内心还是受了不小的打击。走路跟跟跄跄的大伯终于拿不动他的羊铲棍了，所有的羊全部都处理卖掉，变成钱币以便养老所用。也许苏武的气节鞭早已抛在匈奴人居住的茫茫大漠了，而大伯把羊铲棍的铲子卸掉当拐棍拄，继续伴随着大伯的夕阳岁月。

前几年，我们弟兄们费尽周折，在保德老家让风水先生相了一块墓地，花大价钱买下来，作为老父大伯将来的安息之地，这也许是我们弟兄们对老人们最好的感恩吧。前几年我们商量着想让他们回保德老家居住，如果有个三长两短有个照应，可老哥俩死活不肯回来。因为保德老家在二老的心中是不毛之地，没有口粮的饿人地方，不敢回来。去年老父又得了脑梗塞，大妈关节炎发作，他们都不能种地了。冬天里，在我们多方规劝努力之下，老哥俩才先后都搬回保德老家。所谓的老家，其实是大伯的老家，对于我们很遥远，岢岚的小山村才是我们这辈人永远的家。我唯一的希望是：等老父大伯去世后，我能就近给老哥俩烧几张纸钱。老哥俩搬离岢岚，回到保德后，我情郁于中，写了《远去的故乡》，算是对儿时故乡的挥手告别，也是献给老哥俩最好的礼物。

今天，老父大伯老哥俩又在一起了，这是我最愿意看到的他们老哥俩一生的美好谢幕。我相信他们将来在天堂也是永远在一起的。

秋日白菜香

秋天是黄色的季节，一年中积淀了厚实而充满诱人的黄橙，蔓延在角角落落。每到这个时候，远山秋叶挑逗了多少驿动的诗心。万山红遍，层林尽染，那是毛主席笔下的秋色。而真正黄土高原的秋色，皆是被秋风里里外外染成的黄色。玉米、谷子……这些再普通不过的农作物是这个秋天最为闪亮的色彩，是黄色中过滤出来的金色。

唯有母亲经营的园子却风景异样，这个不知名的角落，它的主色调还是绿意盎然。

母亲种的园子特别大，有一亩左右，既是果园，又是菜园，杏、梨、桃树等均有，黄瓜、茄子、西红柿等各异。蔬菜在秋天这个季节里也开始凋零，黄瓜三伏头就身退了。辣椒、西红柿也已陆续下架，一拨一拨地隐退。母亲摘下的辣椒晾晒在笸箩里，有的老而发红，有的嫩而发青。西红柿们个个红彤彤的，像红灯笼似地蹲卧在阳台上，特别惹人喜爱。偶有零落摘剩被弃的西红柿挂在支架上，蔫缩着身子，正窥视即将逝去的清秋。晚秋好像时日不多了，任何人都不能挽留它。在这逢秋寂寥的时光里，母亲在下架了的黄瓜地里种的白菜却拉住了夏天的手，更延续秋天的生命。它满身散发着的绿，丝毫没有感觉到秋天的来临。因为白菜是最耐寒的蔬菜，微霜奈何不了它，只有严寒才能让它回头枯萎。

每年母亲都要在下架的黄瓜地里种一方白菜作为全家过冬的口粮。可以说白菜是老百姓的当家菜，是"百菜之王"，瓜菜半年粮，这是农人常挂在嘴边的一句话，单是白菜就得支撑人们半年的蔬菜供应。在吃不饱的年月，它是生命菜。

白菜的种类颇多，有按地域分的，有按季节分的，有按形状大小分的，不一而足。我只听过什么"包头白""黄芽白""卷心白"，其他的品种就不知道了。它可变着花样吃，或汤或烹或腌，都是人们满意的吃法。只记得母亲在中伏或三伏天就下种了，当白菜冒出三四片叶儿时，人们说那是小白菜，味道极好。那时的人们根本不讲求营养味道，什么蔬菜长大能吃，就吃什么，所以母亲就挽着给我们吃米饭烩菜。

母亲做的烩菜种类很多，但以白菜、山药为材料做成的烩菜最让我念想不忘。家乡人叫糊糊菜，其实最具乡土味的叫法是然然菜。烩菜只有绿白两色，真是小葱拌豆腐——一清二白，如果真有豆腐，味道就甭提了，可惜那时的农村人平时吃不起豆腐，只有在逢年过节才能美美地吃个够。虽没有豆腐，但黄油小葱还是有的，有了这些佐料的加入更是扑鼻的香，和现在饭店里飘出来的味道截然不同，油烟味十足，让人作呕。

夏秋间，密密麻麻的白菜拥挤着的时候，就间隔着吃。起先吃大的，让小的长着，赶到大的吃完了，小的也争先恐后地长大了。而且因为吃了大的，小的生长空间剧增，水分肥料也争抢的少了，所以比起先的长得更加蓬勃硕大。如果在夏天，吃完了白菜，再改种其他蔬菜，如果是秋天，就不能吃光，按株距行距留着菜苗继续浇水施肥，让它保持旺盛的生长速度直到霜冻。初冬，有的入窖贮藏，有的腌渍，这些白菜将成为人们度过漫长冬季的佐餐。

前几天回去看到母亲种的白菜，已经很壮实了，不知是什么品种的白菜。叶子如扇如盖，蹲下身子直视，貌似荷叶。一缕清风吹来，摇曳舞步，风姿绰约，几乎把人醉倒。我不由得想摘一颗，但又舍不得，远观不想亵玩。母亲看到我的心思说，咱们中午吃白菜米饭，任选一颗，我心里自然高兴。于是不由分说弯腰双手用力卡住拔了一颗，除去围叶泥土，切掉老根，让其蹲坐在案板上。一看活脱脱变样了，像刚刚出浴的胖小子，恍惚间，让我想起了小妹妹家两个月大的胖儿子。除去顶端有一点点绿意，全身洁白丰腴，比出水芙蓉还水灵。尤其是菜帮，绝对没有一点点杂质，不知是翡翠，还是神仙的玉枕。

中午，母亲做了然然菜，辅以豆腐，味道特别香，而且是淡淡的，没有丝毫的浓烈，如同它的身段那样简洁，这种泰然穿越了四季。它没有春天鸟语花香的百媚千红，更没有夏天骄杨翠柳的高傲视物，只是静静而平淡无奇地生长在乡间田园。它只有在深秋来临之际，万物凋零逝去的时节，用最后的绿意带给世界悠长的回味。

是回味人生，还是岁月，早已浑然不知；只知道母亲菜园里的白菜熨帖过曾经饥肠辘辘的我，萦绕在灵魂深处的是母亲和白菜的一平一淡、一清一白。

高跃科作品选

高跃科，山西西府海棠酒业总经理。

西府海棠之春

不觉得，春又到了，没有感到她来得这样快、这样静、这样浓。

局促于一隅，看书写字、喝茶品酒、谈天说地、迎亲访友，日子一天天这样过去。

无意间，感觉天明亮了，水池里又有了绿波，睡莲何时已舒展开那么多嫩叶？池中的各色鱼儿像吃了兴奋剂，游得那么畅、那么欢。

黄河金鲤故意把鳞片迎着春阳，带来一片波光；而七彩锦鲤更是上下翻腾，彰显着魅人的韵律；红黄鳞鱼飞速划过，炫耀着运动版型；黄河沙椎、白条、鲫鱼各种野生名目如八仙过海各显其能。小小的山水间，全让春姑娘给搅活了。

坐在亭下小憩，品上一杯春茶，晒着懒洋洋的春阳，听着假山上的真泉，有点慵懒，有点昏昏欲睡。

可就在此情此境，一股幽香悄悄来访，不是香茗，不像酒香，撩拨得你只能睁眼寻芳。原来左有丁香，右有海棠。丁香已大放，白的、紫的满树绽开，一点也没有让绿叶相陪的意思，还煽动春风相助，把自己的体香吹的满庄皆是。

海棠虽是娇媚，但相对内敛一点，较比丁香的奔放，多少还有点少女的羞涩，含着苞，白中透红，露出一丝的娇羞，给人犹抱琵琶半遮面的感觉，这反而更让人着迷。西府庄主绅士般嗅着她的脉脉幽香，沉醉在这春韵之中，似乎他的生命已融进了她的生命中。蜜蜂、蝴蝶就不那么怜香惜玉了，肆意地在她的玉体上扑打、吮吸、吵闹。

既然兴致调起来了，就索性四处走走吧！

酒庄不大，但精致。一处一角皆景，一步一履关情。这是他的作品，又像是他的孩子。

所到之处，草坪已大绿，野草野性十足，肆意疯长，三叶草的枝蔓也已清晰可见，一些不知名的小花自顾开放；牡丹、石榴、扶桑已打上花苞；月季的嫩芽长出了不少；兰草亦已绿意翩翩，蓄势待放；毛竹临风摇曳，脱俗清雅；黄杨小檗黄了，红叶女贞红了，绿篱更是绿了，而院中培育的小海棠苗已长成大后生，一片葱茏。

院子里蔬菜也已经成了气候。小葱在抽苔，菠菜一行一行在给人明送"春波"，水萝卜亦已成形，但不够丰满，给人"绿肥红瘦"之感。地膜覆盖下的瓜菜也长得茁壮，准备脱胎换骨了。

漫步酒庄，除了流水声、蜜蜂嗡嗡声外，不时也听到机器的和鸣声，除了各色花香外，就是浓浓的酒香。海棠酒香既不同白酒的浓烈，亦不像黄酒的馥郁，啤酒的轻淡，葡萄酒的平实，那种果香夹着酒香，酒香融入果香，且是时隐时现，忽浓忽淡，或聚或散，不疾不徐，仿佛让人身处威尼斯水城乘着"贡多拉"在欣赏意大利的名曲。

身在江湖，免不了追名逐利，跳出三界，逃不出五行六合。独处酒庄，远离尘世的喧嚣，似乎清净了许多，可商场亦是战场，下海不免呛水。好友曹君云，修行不止于庙宇，红尘中亦可修炼，我深信不疑。

春到西府酒庄，情因海棠而生。只要春风吹拂，那海棠花定然年年开放，那海棠果定然岁岁飘香，而那西府海棠美酒定然世世代代留芳！

张霞作品选

张霞，保德县人，现居天津。爱好文学、诗词歌赋，著有随笔《我叫张小旭》、作品《故乡与远方》《心中的耶路撒冷》，诗词赏析《妙笔生花》等。

寻找词城

（一）开封

宋代的词在文学历史上有很高的造诣，不论是直抒胸臆还是温婉隐晦，都有一种耐人寻味的美。这种美在我看来，是难以复制与效仿的。即使纳兰容若再造辉煌，写出"一生一代一双人，争教两处销魂"的佳句，也难比"衣带渐宽终不悔，为伊消得人憔悴"的经典。那真是一段无法复制的千古风流——后世只能叹为观止……

宋代的开封（当时称汴京、东京）鼎盛时期人口达150万，而当时世界上另外一个最大的城市英国伦敦，也只有5万。汴京商贾往来、楼宇交错、街道锦绣、垂杨紫陌的盛况着实是文人骚客永不枯竭的创作源泉（当然青楼红颜、百花争妍、觥筹交错也是必不可少的要素)。

千年之后，我独自一人从街的这头走到那头，企图找到一些那个年代的繁华盛世莺歌燕舞的遗迹，或者在这个曾经孕育出美丽文字的摇篮里拾掇出一些大师们的牙慧，以慰对宋词的热爱与渴望。直至今日，我依然难以想象自己怀着怎样的心情去观摩这座古城。

唯一确定的是，我失望了，我尽量走得很慢，但还是在短暂的时间里，不觉间穿越了这座城池。在城的另一边，我难过地回头望，歇斯底里地召唤：那些享誉后世的千峰万秀啊，那些沉淀了上千年的文字精华啊，那些悠久传诵的千古绝唱啊，你们在哪里……

古老的汴京城，抑或如今的开封城，静静地守着属于自己的骄傲，不肯出声，即使我眼泪夺眶，它还是静默如素。

我甚至怀疑，我想寻觅的是神灵之地，是不是误入人间烟火。

我一定是遗忘了什么，错过了什么，于是我想再一次详细地踩踏汴京的每一寸土地，仔细寻找我深爱着的那种种……无奈腿如灌铅，动弹不得。

我倔强地不忍离开，难道纹丝不动的铁塔、不解风情的龙亭、古板肃穆的包公祠就是那个年代留给我们对汴京的记忆？难道那一本本古著一页页宋词中的只言片语就能代表空前绝后的宋代词？

不，一定不能。我印象中的人间词一定是伫倚危楼烟光残照中的浅唱低吟，杨柳拂堤古道西风的依依之情……是什么磨灭了印象中那一幕幕经典，难道泛滥无常的黄河水一次次洗刷了古城的辉煌？真的仅仅如此吗？

我安慰自己：绚丽的汴京已经走了，带走了它的富丽堂皇，把后人所仰慕的魅力都定格在历史的那个瞬间，如今我所看到的开封，已是汴京留在人间的躯体，忍受着平凡与琐碎。

离开开封的一瞬间，我又一次落泪，感受到自己内心深处的功利与庸俗仍在不停地呼唤——佳丽地，宋朝盛事谁记？此时此刻，我似乎依稀触碰到柳永当年痛离汴京的伤感与心酸……

寒蝉凄切，对长亭晚，骤雨初歇。都门帐饮无绪，留恋处兰舟催发。执手相看泪眼，竟无语凝噎。念去去、千里烟波，暮霭沉沉楚天阔。

多情自古伤离别，更那堪冷落清秋节！今宵酒醒何处？杨柳岸晓风残月。此去经年，应是良辰好景虚设。便纵有千种风情，更与何人说！

与爱人离别的句子，我固执地认定他是对这座城池的难舍难分。于是，我释然——我难以在这样的情境之下附庸风雅，而只是一名顶礼膜拜者，在芸芸众生中守望着前人的美妙绝伦，亦爱得如痴如醉。

（二）南京

初到南京的时候，烟雨迷蒙，扑面而来，无所保留地带来江南独有的景象。在南京的岁月里，找到了诗词融入了情感，因此经历了一生中缠绵悱恻的时光……我想金陵也是如此，它的经历，无疑是历史上一些风花雪月的集锦。

唐代，李太白曾有"钟山抱金陵，霸气昔腾发"的句子，写金陵的大气磅礴，依山傍水的金陵有种不屑权贵的气质，在各大古都中别具一格。亡国之都是巧合也好，误解也罢，丝毫不影响我对这座城市的钟爱。

婉约之词，当然非词帝李后主莫属。不爱江山爱书画诗词的后主，无奈之下于金陵登基，即使是"故国不堪回首月明中"的亡国之君，我也是那样热爱他，更何况朝代更迭是注定的，怎能责怪后主未尽匹夫之力（因为热爱词，热爱他笔下行云流水的千古佳句，不去计较他政治上的过错，是不是过分极端）。但时过境迁，而今雕栏玉砌均已不在，后主的词余音袅袅，绕耳不绝。

　　可是，亲爱的后主，你是如此忧伤，以至于诸多后人的词延续了你的感慨幽怨……"想得玉楼瑶殿影，空照秦淮"，想必后主亡了国，总是难以释怀，无心世间的轻歌曼舞。爱国文人同样触景伤怀，写下"伴人无寐，秦淮应是孤月"之句。

　　里十三外十八的城门层层包围着金陵城古典的韵味，城墙石砖苔绿斑驳雕刻着这个城市苍老的痕迹，或者是完好地记载着老去的故事？在南京的几年里，肆意地流连于这个城市的山山水水，大街小巷，无拘无束，从不觉疲惫。一心想，在这座城池里，一定要留下经典的记忆。

　　论及金陵的别致，"秦淮八艳"不得不提。史上大都，烟花巷陌无数，长安汴京青楼林立，但"秦淮八艳"如此才貌双全，明智远见的女子却是绝无仅有。单就这一点，不得不赞叹金陵地灵人杰，风尘女子亦能如此出类拔萃，惹得八方文人慕名荟萃于此。管它世事兴衰，美酒佳人，丝竹跌宕，书写千年的风流快活——千年后的今天夜游秦淮，伫立桥头，放眼望去，水雾迷蒙暧昧，桥下游船往来，仿佛有种回到古代的错觉——秦淮河岸张灯结彩，浓酒笙歌，桥上风情万种的女子与桥下灯船之上的文人骚客吟诗作对，一派世尘之境却不失典雅。难怪当时的文人骚客不惜万里跋涉，来此一游，一时风流也不枉才子虚名。

一时间回不过神。

历史如此之长，过了千年，我是否仍在苛求那一段繁华可以重演。"朱雀桥边，何人会道，野草、斜阳、飞燕?"乌衣巷口斜阳依旧，王谢堂前秦淮河流淌，一如千年之前。古老的痕迹古老的风情一直蔓延开来，沁人心脾。

词，金陵。

金陵留给后人的何止这些许的诗词歌赋。只是我在这座古城生活的时间太久，无可管中窥豹，言谈语述概括它的内涵，反而无从说起。无论是"千古龙蟠并虎踞"的帝王之气，还是"往事悠悠君莫问，回头，槛外长江空自流"的感慨，无数风流人物的赞颂与叹息，都是这座城池的魅力所在。

在燕子矶上俯视长江，拜读古人刻下的文字，"燕子夕照"4个字赫然悬空，仿佛真的是太白当年酒醉欲仙，飘至悬崖处挥洒下的真迹。

离开南京前后，一直想用一些美妙的句子将它的美丽一点点地托出，也不枉我对这片土地的深爱。古典柔媚的秦淮河畔、巍峨秀丽的钟山、肃穆挺拔的中华门，甚至是街道边屹然直立的法国梧桐……

词穷如斯。多情的南京在我离开的时候小雨淅沥，银灰色的雨雾丝丝不绝，一如我情感的纠结。能想到的竟然是一曲《蝶恋花》。

梦入江南烟水路，行尽江南，不与离人遇。睡里消魂无说处，觉来惆怅消魂误。

欲尽此情书尺素，浮雁沉鱼，终了无凭据。却倚缓弦歌别绪，断肠移破秦筝柱。

花语人生

　　七八月份，去南大的马蹄湖看荷花，已经成为每年的必修课。哪怕在我读书的人生里，没有必修的专业的、非专业的课程，都随性而为。马蹄湖里的荷，像是沾染了南大的书生气，不会有"接天莲叶无穷碧"的豪放，清静淡雅，低调内敛，白的、粉的、浅红的，无刻意安排，气质倒像极了在大山深处与世无争的晚春桃花。升大四那年，决定考研，提前结束暑假回到南邮模范马路校区，开始漫漫的复习之路，巧逢南邮的小池荷花绽放，覆盖面不大却盛气凌人。每每在亭廊早读，都深受感染，丝毫不敢倦怠。

　　莲，最美的赞扬莫过于出水芙蓉，远观而不可亵玩。水植，花、叶、藕、籽均可为食、入药。冰糖糯米藕，浓香馥郁，犹如热恋中人，怎么甜腻都不为过。莲子之薏，味蕾清苦，入药消火，入粥祛湿，顿时联想到母亲一生清苦自持，平了家中多少难事，未到花甲之年离世，如今念来，甚至是一点为她打抱不平的碎言碎语都觉得会让她无私无畏的人生蒙羞。

　　大西北的老家，看不到荷这么仙女般的花，有的只是牵牛花这样易生易养、落地生根的花种。刚上学那会儿，校园一角有个两三平方米大的土制花台，爱美的高年级女生随便从家里捎几粒花籽撒下，得空洒点水，到了炎夏就会呈现"百"花争奇斗艳的局面。乡里，按照花朵大小，取名"大花""小花"，正经八百有名字的，也就是牵牛花。走过这么多城市，富丽堂皇的牡丹、纯净典雅的郁金香、妖娆惊魂的曼陀罗等诸多关于花的场景，竟也比不上启蒙中那些无名花草，倔强倨傲，有着不加粉饰的原始的狂野与坚韧，一直鼓舞着人生中的脆弱与不安。有年在周村的长椅上休憩，背靠的古老沧桑的建筑逐渐被重新记起，正有几株牵牛花在废弃的花盆中不卑不亢地盛开，竟也勃发了与古韵相得益彰的生机。适时，翻山越岭，观赏了"一线天"，阳光穿过狭长的缝隙中洒在脸上，年少轻狂时关于希望、憧憬美好的画面就此定格。

很小开始奔波于路上，如今却明白了那些所谓大江南北的走走停停，简言之，都为"讨生活"。每逢金秋离开故乡，路过宁武山，公路两边即会出现大片大片的沙棘，老家话称"醋溜溜"。北方的深秋，草木皆衰，凉风瑟瑟，甚是荒凉，沙棘在这时也落了叶，橘红色的沙棘果实饱满艳丽，严严实实盖满了枝丫，尤为抢眼，也不由得感叹，它在百花争艳、万树蒙荫时默默无闻，却在大势已去时，揭竿而起，召唤众生来挽救即将入冬的秋。一个小人物的英雄主义，带着一颗非同寻常的心，在一时成了大气候。如今在城市的餐厅里、商店里，看到被包装的沙棘雍容华贵，独树一帜，心情有点欣慰有点难过，铺天盖地的沙棘占山为王，在锦市繁华里总显得无所适从。我明白，这种格格不入正是人生中关于"讨生活"的无奈，在追逐梦想的途中，偶尔惋惜被打磨了的天性。

在青海与婺源看油菜花，心情总会不一样。青藏高原天寒，油菜花自然来得晚一些。我去的时间早了些，没赶上青海湖五彩纷呈的壮观，也没赶到油菜花期最旺的季节。再加上多云多雾，没有湛蓝天空的映衬，自然没有欣赏到完全绽放、花浪翻滚的油菜花海。笔锋一转，又像是一纸含蓄的邀请函，暗示适逢其会之时，务必再来。油菜花之于婺源，是大自然之神赋予的属性，浑然天成，宿命难逃。不像开在北京郊外的油菜花，先天就为抚慰城市浮躁之音而来，或多或少沾染了世俗之气。微风拂过，满金流动，犹如仙子一时撒欢，在山间田野抛掷下的轻纱，引来翩翩起舞的蝶。近看某一株，绿油油的叶子衬出楚楚可怜的金色花瓣，恰似豆蔻年华、娇羞欲滴、初心萌动的少女。

"去见见世面""在大城市生活"是父亲对我一直的期望，我无数次揶揄过父亲的迂腐守旧，此时却无法不钦佩他的远见。我想，这种"见见世面"不单是去过很多地方，欣赏过多少景致，更是聆听过多少风雨，参阅过多少古今。只是，父亲年迈，不能守在身边尽孝，终生愧疚。2003 年，父亲送我去南京读书，10 月的南京到处散发着桂花绵长的幽香，心驰神往的大学生活即将开启。江南的风情摇曳，处处皆诗，《嫦娥》中作"月宫秋冷桂团团，岁岁花开只是攀"，于是在灵谷寺欢呼雀跃寻觅桂花本尊时，看到父亲略带焦愁的面容。同年底，在南京的各处欣赏到了各具风姿的梅花，再也不难理解"疏影横斜水清浅，暗香浮动月黄昏"的佳句。

在江南烟雨中看花赏景，总有一些淡淡的哀愁，有一阵看了安妮宝贝的作品，整个人变得忧郁沉重。2007 年来津，北方天高日晴，情绪也开朗起来。在泰达图书馆潜读诗词歌赋，倦了去市民广场溜达，路边的马齿苋与野菊花红黄相间，开得清新明亮、热情奔放，苦与乐都直入眼帘，不容回避，恰如其分地激发了骨子里不肯认输的性情，坚定向前。

杨宇龙作品选

杨宇龙，"90后"人民警察，喜欢旅游，爱好文学，思维敏捷，文字清丽。

我的江湖

每个人心中都有侠义，都有一块干净纯粹的江湖，别让太多的声色物质将你的江湖侠义蒙上灰尘。

有人的地方就有江湖。人多的地方就会发生故事。客栈里，散客稀稀拉拉地坐着三两桌，没有络绎熙攘的喧闹，没有了推杯换盏的吆喝，客人们都在小声絮语地聊天，静得出奇。风情万种的女老板在柜台里整理着账本，客栈里暧昧昏暗的烛光将女老板照得更加的妖娆，高挑的马尾，额前几根散落的长发，看得出，老板娘今天化了淡妆，涂了胭脂红的唇彩，昏黄的灯光照在老板娘露出的雪白的脖子上。她从容地迎接着来自天南地北的行者商旅、剑客游侠，有条不紊地招呼着，不时露出会心一笑，洁白整齐的牙齿，不带一丝职业化的微笑，偶尔的嘘寒问暖，好比给了赶了一天路的旅客一盆温热滚烫的洗脚水，是那样的合乎时宜，恰到好处。约莫三十四五的老板娘，还有这所名叫"西夏"的青年旅舍，让我想起了大漠黄沙中龙门客栈的金镶玉。

"老板娘，有什么酒？"寻声望去，两位年轻的旅客走进了客栈一楼的大厅，找了个桌子便坐了下来。老板娘将一打百威放在了桌子上，便起身继续接待客人去了。那两位年轻的旅客身上的背包还没来得及拿去客房，满面疲惫，风尘仆仆，便坐下对饮起来。老板娘看到两位客人饮酒，随即转身过来：敢问二位从哪来？其中一位回应道：山西。这时，正在轻声细语饮酒的人，都把目光移向这位年轻的旅客身上。蓦地，那位年轻的旅客站了起来，端起酒瓶，面对众人："在下来自中原山西，本是官府的巡防捕快，奈何钟情于山水之间，故卸甲归田。此次欲出关外，特路过河西，留宿张掖。大家叫我老杨就行，有缘识的各位，四海之内皆兄弟，今天在座的各位喝酒，我请了！"众人无不拍手称快叫好。我不禁细细打量了这位年轻人：体格健壮，气定神闲，双目炯炯，粗布简衣之间乍一看没有英俊的公子气息，但是举手投足之中涌动着一股飒爽的豪气，用古龙的话来说：剑眉星目。我心想：北方男人多孔武，山西男子更重义，好一位年轻的少侠，想必是慷慨悲壮之士！而另一位，神情淡然，面色和悦，一袭白衣，脸上满是胸有成竹的自信，犹如张良，恰似萧何，一副运筹帷幄的样子。

这时，昏暗的灯光下，角落里发出了一名女子的声音："我看你也就二十多岁的小伙子，为何自称老杨？"接着便是几声咯咯的笑声，笑声银铃般清脆悦耳。那位自称老杨的少侠厚实一笑回应道："自称老杨，老，与年龄无关，关乎的是修为和阅历。

在下虽然年龄尚浅，可是自问经历颇丰，斗胆自称老杨!"我心里不禁一怔：此少侠虽然年少，但胸中一股自信满满，绝不轻狂，绝非等闲之辈，便心生敬意。那位刚刚在角落里和老杨对话的女子缓缓地走到那位杨姓少侠的酒桌前，豪爽抱拳："小女子苏昱熹，蜀中人，有幸认识杨大哥。"我顺着便打量过去，但见此女子皮肤白皙，生得婉约玲珑，面容姣好，风姿绰约，但气度不凡，大有不让须眉之势。那位少侠一挥手："不用客气，你我皆是出门赶路之人，自是朋友，如不嫌弃，可同桌共饮。"随后环顾客栈四周："四海之内皆兄弟，在座诸位，可否共饮?!"声如洪钟，气定神闲，众人皆面色舒缓，微笑致意，无不流露敬意，皆被此晚辈后生的豪气干云所动容。

这时，一句话打断了我的思绪："杨大哥，你为什么离开繁华的城市，抛弃红尘功名，只身浪迹天涯呢?"问话的是苏昱熹，她身上南方女子的温婉中却有着一丝刚强，她带着期待和崇敬的目光在问老杨，句句入心。少侠老杨莞尔一笑，嘴里抿着半口酒，若有所思地蹙紧眉头一怔，既而面色舒缓和悦，唇间迸出几个字："灵魂的归宿，找自己。"苏昱熹似懂非懂地点头，继而追问："杨大哥，你一个人路上这么久，不会孤独寂寥吗?"这时，老杨没有笑意，只是幽幽地说："会，当然会孤独，只是我把孤独酿作美酒，一醉便可自救。""好一句孤独酿酒，一醉自救! 这才是写意人生，快意江湖!"这时，角落里的一声赞叹传了过来，循声望去，一袭白衣，翩翩公子，气宇轩昂，人中龙凤："在下肖敬川，陕西汉中人，刚刚听闻杨大哥的旅途经历，小弟仰慕得紧呐。"双手一抱拳，"杨大哥，小弟愿与你彻夜共饮，不醉无归!"老杨回敬道："岂敢，我方才在人群中注意到敬川兄弟，任凭喧嚣嘈杂，敬川兄弟却气定神闲，面色淡然，仍能淡定独饮，必是经见过大场面，胸中自有百万胸兵之人！失敬！"肖敬川言道："小弟本厌恶喧闹，热衷清幽，奈何杨大哥豪气干云，令小弟折服。来，一醉方休。"说罢，便与老杨对饮起来。

话音未落，零散的几桌五湖四海的朋友都端起酒杯走到那位少侠老杨的桌前坐下，仿佛被一股磁场吸引而至。整个酒馆里，没有了彼时的零星冷清，大家围着那位自称的少侠，宛如众星拱月，瞬时推杯换盏，谈笑风生，讲述着彼此的故事和江湖的奇闻轶事。他们或是行侠仗义的剑客，或是赶路过往的商人，或是情路失意的多情女子，或是叛逆谈婚的富家千金，有贩夫走卒，有吟游诗人，有风尘女子，有屠狗之辈，偌大的河西走廊，喧闹的夜市，嘈杂而又冷清的小客栈，皆湮没在这繁华和苍凉都不彻底的张掖的月色里。

而在这座毫不起眼的小客栈，江湖里的各路众生，刚刚还素昧平生，却因这名唤作老杨的少侠的豪气和热情，便如同各路正义之士为了统一崇高理想，不约而同地顿首聚义，共谋大业。此时我在想：若不是今天这位山西姓杨的少侠的慷慨和豪爽，点燃了各路豪杰心中久违的侠义之火，诸位江湖儿女又怎能共坐一桌，把酒言欢？也许在多年后的一天，在回想起路过河西走廊的张掖郡时，你不曾会记得繁华的集市，不曾记得苍凉的地域，但你一定不会忘记这位姓杨的少侠和那晚的宿醉。在觥筹交错之际，透过婆娑的灯影，我的思绪被拉了很远，以至于后来的情景都被遗忘在那晚的宿醉里。

我只记得那天晚上老杨与我们共饮至很晚，次日清晨，天还没亮，当我从客栈的房间下来时，那位唤作老杨的少侠已经准备牵马上路了。我走过去问他，为什么昨天饮酒的各路豪杰没有为你来送行？老杨说："天地之大，众生渺渺，相见别离皆为缘分，不必强求，昨日能与诸位江湖朋友共饮，在下很是欣喜，相濡以沫，不如相忘于江湖罢。"我不禁在想：如此慷慨侠义的少年，来的时候轰轰烈烈，走的时候却是趁着夜色悄悄上路，这大概就是江湖上最美的相遇和离别吧。

老杨说他要沿着河西走廊一直出关外，下一站便是嘉峪关。我想：自古雄关要塞是英雄冢，也只有天下第一雄关嘉峪关的气魄才能配得上他的豪气干云吧。正当我要和老杨告别，蓦地，一回头，我看到了昨日共饮的各位江湖朋友。老杨很意外，但却没有说话，只是厚实一笑："走了，各位朋友有缘再会!"一拍马，向众人一抱拳，便扬鞭而去。只看到一个侠气纵横的骑马少年，渐行渐远地消失在张掖繁华和苍凉都不彻底的夜色中。有道是：但见少侠人惆怅。为何？仗剑天涯人断肠。

大个的炒"块垒"不仅仅是一碗"块垒"

经典这玩意儿，不会随着时间的流逝和岁月的洗涤而褪色，反而会因时光的磨砺愈发的光彩夺目，熠熠生辉。

——题记

伟大的黄土高原在历史的长河中孕育了璀璨夺目、无与伦比的文化和文明，在这个历史上最最古老悠久的农垦土地上，也孕育了中国极其重要的农作物：土豆。正是由于土豆的出现，才让人和文明在那个战火纷争、饿殍遍地的年代，不至于沦落殆尽，才让食不果腹、饥荒四起的中国人解决了至关重要的生计问题。真是由于土豆的出现，才诞生了一个衍生的特色食物：拔烂子。

"炒拔烂子"，是黄土高原上的一种民间特色食物，主要原料是由面粉、土豆、淀粉混合蒸熟制成，拿油炒之。尤其以山西最盛，太原、吕梁、忻州为最常见地，文水一带称之为"锅蕾"，而在我们老家忻州保德，它有一个独特的名字"块垒"。

保德，山西西北部的一个边陲小镇，地处晋陕蒙的交界，文化底蕴深厚，正如黄河之水一般，源远流长。这里的人喜欢吃炒拔烂子，也就是我所说的"块垒"。提起炒"块垒"，不得不提的一个人：大个儿。大个儿，何许人也，知乎其微，很少有人知道他的真名，只因大个儿的个儿头高，一米八几，身强体壮，虎背熊腰，他炒的"块垒"，堪称典范，家喻户晓，妇孺皆知，而且回头客那是络绎不绝。一说吃炒"块垒"，那必须是要吃大个儿的。有道是：一上桥板，便见不远处人头攒动，熙熙攘攘，走近一看，门庭若市，摩肩接踵，但见人群中有一黑脸大汉，左手持铲，右手颠勺，上下翻腾，左右搅动，时而迅猛翻勺，急火快炒，时而静待火起，浇油翻腾，宛若交响乐的指挥。炒勺和铲子在他的手里，好比指挥棒一样，节奏收放自如，快慢恰到好处。炉子里的炭火通红，将那黑脸大汉的脸照的通红。整个过程，一气呵成，流畅连贯，让人叹为观止。这，便是大个儿在炒"块垒"。大个儿将一碗碗雪白的"块垒"倒入滚烫的炒勺内，配以葱姜蒜、香油味精辣椒，再辅以青椒胡萝卜丝，在炒勺里翻炒，光是炝起来的香味已经让人垂涎三尺。吃一碗大个儿炒的"块垒"，那真是让人大快朵颐，大呼过瘾。

　　一个三轮推车，一个炉子，一把铲子，一个炒勺，一个大的长条木桌，几个小板凳，这便是大个儿"块垒"摊的全部。但凡坐到这小摊上吃"块垒"的主，有贩夫走卒，有达官贵人，有市井小民，有莘莘学子，无不被这来自民间的小吃所折服。在寒冷的冬夜，三五成群，围着大个儿的"块垒"摊，哈着冷气，蜷缩着脖子，不畏严寒，不辞辛苦，纵然等上一二十分钟，也只为品尝一碗这传说的佳肴。大个儿那两条碗口粗的胳膊，那一双孔武有力的大手，从早上炒到深夜，也算是对这些热爱"块垒"的人们的一种回报和馈赠吧。

记忆依稀，岁月恍然，2004 年我考入保德中学，16 岁的叛逆期悄然而至，逃课，上网通宵便成了每日的必修课。那时青春的全部便是大话西游，骑士，还有 CS。每日逃课去网吧到深夜或者早自习时，恰逢大个儿在炒"块垒"，一大碗油淋淋、香喷喷的炒"块垒"，将我的饥肠辘辘、精神萎靡一扫清光，宛如游戏里萨满祭司圣光复活的补血，将一名身受重伤的战士满血复活，为我次日通宵上网提供了能量，成为我高中逃课上网的最好食粮。而且，大个儿一看我们便是学生，一边念叨着让我们不要瞎混好好学习，否则将来对不起爹妈，一边乐呵呵地将我们吃到一半的碗填满，关爱地看着我们，然后深深地吸一口烟，望着远处。大个儿那忧郁的眼神，唏嘘的胡茬子，那满脸沧桑硬朗的棱角，微微谢顶的头发，那壮硕的身板，孔武有力的双臂和那长满老茧的大手，是我年少时光，叛逆青春里曾经凝视过的回忆片段。后来我高中毕业，考上了一所三流的专科，离开家乡，听说大个儿后来不卖炒"块垒"了，从那以后，再没有他的消息。后来，我每次放假回家，都要去路边摊吃炒"块垒"，但却再也无法让我大快朵颐、酣畅痛快了。再后来，市场统一规划，所有的小吃路边摊都搬进了大棚和蓝天市场，再也找不到在寒冬的深夜排队吃大个儿炒"块垒"那种激动、满足和快慰了。

　　一晃 10 多年过去了，我毕业后辗转奔波，最后回到了家乡，成为县城公安派出所的一名基层干警。一次无意的机会听说同事的车钥匙被一个大个子捡到了，同事想给人家几百块钱的酬劳，然后将钥匙要回来。后来见面居然是卖炒"块垒"的大个儿，大个儿见面将车钥匙归还我同事后，我同事拿钱酬谢，大个儿摆手拒绝。我同事再三要求要请大个儿吃饭后，大个儿说：要请请我抽根烟，憨厚质朴的一笑，便走开了。我听说这件事后触动良久。近日得知大个儿又重拾旧业，开始在蓝天市场摆摊卖炒"块垒"，我喜出望外。瞬时，青春岁月的片段历历在目，我便专程开车前往，只为看一眼那个卖炒"块垒"的大个子，看一眼自己青春年少时的回忆片段。在蓝天市场二楼，我看到了，我看到了大个儿，我见到了时隔12年之久的炒"块垒"摊，看到了那个在我高中母校门口炒"块垒"的身影！12年了，时光的刻刀将硬朗的脸庞雕刻得愈发沧桑，略微的驼背和发福依然难以掩盖那伟岸坚挺的身姿，头发比原来更加的稀松，可是那两条钢筋铁骨的臂膀依然线条分明，依然叼着半截烟，在热气腾腾、熙熙攘攘的人群中颠着炒勺，专注地将一碗碗美味的"块垒"炒出锅，不时地深吸一口烟，注视着远方，轻轻地吐出去。我站在熙熙攘攘的人群中注视了他良久，他一抬头也看到了我，在目光相对的那一刻，他硬朗沧桑略有木讷的脸上漾起孩子般的纯真。他对我没有印象，但是看出我在注视他，我俩对视了大概两秒钟，然后他冲我礼貌的点了一下头，继续去招呼客人了。待客散去，我坐到边上，大个儿客套地上来招呼我，我摆摆手，我说我只是来看看你。大个儿的脸上先是诧异，继而是一阵爽朗憨厚的大笑。我掏出两根烟，为大个点上一根，自己吸着一根，心情没有波澜起伏，没有喜出望外，我只是将我所见过，我说认识的大个儿的故事给他娓娓道来。我只记得那天我给大个儿讲了好几个大个儿的故事，我俩坐着抽了好多烟。我只记得那天大个儿被我的故事深深地吸引打动了。我那天心情很好，就像二战时候苏联红军攻克柏林一般。我俩抽着烟，分享着彼此的故事。吞云吐雾间，我仿佛回到了中学的叛逆时代。我和大个儿互相拍打着对方，兄弟相称，把酒言欢，无所不谈。那一刻，我看到了大个儿眼里闪烁着干净清澈的光。后来我起身走了，他握了我的手，我走了出去，我猛然转过头，我说："大个儿，我走了!"他没听到，说："你说什么?"我对他大声说："大个儿，我知道你的名字，你叫郭建刚，建设的建，刚强的刚!"那一刻，大个儿沧桑木讷的脸笑得像个孩子。

安小渔作品选

安小渔，山西保德人，喜欢文学，毕业于山西大学文学系。从小在这片土地长大，也曾去过远方。现在专职公考培训，闲暇之余，用文字记录生活，以笔为剑，以梦为马，相信文字拥有改变人的力量。

我不要你富甲一方，我只要你健康

一

一盏白炽灯静悄悄地开着，照得屋里的东西发白发亮。茶几上放着一杯温热的豆浆，一个咬开一角的面包，一盒未开启的烟，还有打火机，茶几旁边坐着我和小薇。

我揽住她的肩膀，轻声劝慰，让她多少喝点豆浆，吃点东西，她只是哭，一句话都说不出来。白色的病历单突兀地放在她粉色的床单上，分外扎眼，她颤抖着手，在键盘上敲下"囊肿"两个字，试图做一份假的病历报告给她爸爸。

我帮她照着原始报告，一个字一个字地敲击着键盘，原模原样地做了一份病历。这时候，小薇的情绪已经稍微平静，她拍下改好的病历，试图发给认识的学医朋友，让其帮忙寻找病历上的破绽，这一切都做得小心翼翼。这时，她爸爸电话打来，她瞬间慌乱，赶紧擦干眼泪，清清嗓子，并不停问我，"我说话声音没有不对劲吧?"我反复确认，觉得可以后，她爸爸的电话早已挂断。她打了回去，嘻嘻哈哈地跟爸爸说让他别着急，明天就取上报告了，一般做完检查就是得等好几天呢。此时，她爸爸估计已经隐隐觉得病情可能不太乐观，催着她让赶紧预约大夫。她宽慰着她爸爸，说大夫已经约好了，明天就能住院了，就是小病，不要担心。

挂掉电话，小薇抱着我就开始号啕大哭，她说，前两天给她爸爸做了炸酱面，以前都能吃一大碗，现在只吃了一点就饱了，可她做的饭明明很好吃。她说，她领着她爸在学校里逛，她爸忽然跟她说，听说国外得了不治之症可以安乐死……她爸说这话的时候，她忽然一滞，感觉天都要塌了，可是镇定之后，她必须继续伪装平静。她哭得泣不成声，忽然看到茶几上的烟和打火机，她说，4年前做阑尾手术的时候查到有癌细胞，那时候怕她爸爸多想，隐瞒了他，她爸照样抽烟喝酒戒不掉，可是这次她爸两三天都没怎么抽，而且还主动说，这次病好了再也不抽了。

她给我翻看他们家人的合影，都是这两天她爸来看病时拍的，她和她弟弟紧紧搂着她爸的胳膊，笑得开心，满脸依恋。

她爸爸身形依旧高大，是个仪表堂堂的中年男人，微微笑着，只是看起来非常消瘦和疲惫，肚子鼓得厉害，小薇说那是腹水，得赶紧住院，抽掉腹水之后可能得做化疗。说到化疗两个字时，她情绪再次失控，我紧紧抱着她，眼泪也掉的噼里啪啦。我说，小薇，尽其所能吧，人生有很多无能为力，我们只能选择被动地接受或者好好地接受，别无他法。

只是，大道理谁都懂，此刻任何安慰都是虚与委蛇，任何安慰都显得苍白无力，唯有默默相陪。

大约晚上 10 点，病历已经做好，准备去楼下打印店打印时，忽然发现断网了，于是我们两个人就这样干坐着，沉默，她间或叹息一声，说谁能想到这种事掉到自己头上呢？是啊，每个人生下来，就一头扎进命运的森林，森林里有时候风光旖旎，风景秀丽，但有时候又感觉树木遮天蔽日，野兽出没。我们不知道会遇到什么，只是苍茫地走着，只有探索和感受，哪些才是真的。桌子上摆着一本书，书名叫《看面相识命运》，是小薇爸爸的，小薇爸爸会看相，并对此颇有研究，只是终究没能参破自己的命运。

二

大约 11 点的时候，小薇男朋友老赵打电话来，起初小薇不想接，但电话一直响，于是接了起来。两个人聊了聊她爸爸的病情，就挂了电话。之后，小薇忽然跟我说，如果我爸这次能好起来，我想跟老赵分手了，他给不了我希望，连现在也只是例行公事地关心，我要赶紧结婚了，不能让我爸为我天天操心。

老赵在我和小薇眼里是个很优秀的男孩子，家庭条件好，而且人上进，文艺气息浓厚，拍得一手好照片。老赵和小薇是在去西藏旅行时认识的，两人徒步了很多地方，互相照顾，生了感情，后来便恋爱了，相处了三年。小薇很珍惜老赵，爱得有点患得患失，但随着结婚事宜提上日程，现实力量便呼之欲出。小薇家庭条件一般，在知识分子出身的老赵面前感觉很自卑。前不久，小薇弟弟跟小薇说，她爸爸整天打麻将，小薇还跟我发牢骚，觉得家里一点自信都给不了她。我知道，她如此不自信，一方面是因为她深爱老赵，相处着相处着，便感觉低到尘埃里；一方面是家庭条件方面的差异，小薇爸爸这几年谈的项目都不成功，而且还赔了不少钱，现在经常去打麻将，让小微在物质方面更觉得看不到希望。

可是，忽然就传来她爸爸病重的消息，那一刻，什么门当户对，什么物质自信，她甚至连老赵都不想争取了。她说，哪怕我爸他现在一分钱不挣，哪怕看病需要花钱，她都不怕，她再也不要她爸爸富甲一方，只要他健康。

三

生老病死，是每个人都绕不开的话题。前不久认识的一个读者，他母亲也被检查出得了癌症，食道癌晚期。看着他发过来的病历报告，图片上两张蠕动的胃，让人心惊。

他说，长辈的遭遇，是儿女的罪过。他母亲现在 57 岁，以前想过给他们做体检，可后来他母亲怕花钱一直没做。如果每年做体检，也不会发展到现在这么严重，也能早发现早治疗。还有一个罪过，就是他们的生活习惯，总是吃剩菜剩饭，吃腌菜，变质的馍还烤着吃，说他们总是不听，我有难以逃脱的责任。

而他母亲之所以一直省吃俭用，就是想给他攒钱娶媳妇，可是，儿子媳妇还没娶，自己先病倒了。他说，如果可以重来一次，我一定要好好看护他母亲，我不要她给我多少物质，我只要她好好的活。

我能感觉到手机那端的他，坐在母亲面前，一定是一边笑着面对母亲，一边在心里流泪自责，借以抒怀。

四

我们每个人，从出生开始，便学着慢慢远离父母。我们与父母如两列背道而驰的火车，朝着相反的方向一路狂奔。我们逐渐强硬，父母逐渐虚弱，我们逐渐远离，父母停留在原地。社会走得太快，我们也一路狂奔，我们不再信奉"父母在，不远游"，因为，成功仿佛就必须要远游。我们一边抱怨着别人"拼爹"，一边却也暗暗希望，自己也能"拼爹"，但毕竟不是人人都有幸成为王思聪，于是，有时候抱怨应运而生，我们嫌弃父母不够有本事，希望自己走得更远，逃离父母的世界。殊不知，父母也在不知不觉离我们越来越远，甚至会忽然消失不见。

小薇她爸说，他最近在谈一个大项目，肯定能挣钱，等病好了回去好好跟进。刚开始小薇爸爸担心手术费，但想到回去谈项目，立刻又信心满满。小薇说，其实不管项目能不能挣钱，只要他能多陪我们几年，活着看到我和弟弟结婚，就心满意足了。

是啊，比起那些巨大的财富和物质的丰盈，活着才是命运最好的奖赏，只要活着，一切才感觉真真切切，只要活着，那拥抱才实实在在。

我不要你富甲一方，只要你健康。

别再忍了

一

同事安安离职了，出其不意但又意料之中，她说，早就想离开了，就是自己太懒了，懒得出去适应新的环境，于是便一边抱怨一边凑合地混日子。

安安是一个小部门的负责人，做事认真，为人面面俱到滴水不漏，在单位虽不算如鱼得水，但也乐得舒适，没有大成绩，纰漏也不好找。

但这次离职，离得猝不及防。领导在部门检查中发现了她隐瞒的工作上的失误，找她谈话，她忽然就像一颗埋伏很久的炸弹，对着领导咆哮，说你并不信任我，两人终于僵持。

领导感觉被驳了颜面，很久回不过神来，给安安两条路，要不在全体同事面前道歉，说出工作错误原委，要不引咎辞职。安安选择了后一种，是一种无奈，但也是之前思量过无数次却没有勇气实行的选择。

安安说，干一行，恨一行，她早就想辞职了，业绩压力太重，领导天天克扣工资，还吹毛求疵，忍了 4 年了，今年终于被迫地做出了这个决定。做出辞职决定的那一刻，有终于解脱了的喜悦，但是也有前途未卜的迷茫。安安现在 30 岁了，没谈对象，还要重新找工作，最重要的是这 4 年，除了天天被迫应付，承受各种业绩压力以外，她并没有锻炼好离职的本领。无数次想过飞翔，却不曾锻炼过自己的翅膀，等到被迫坠落，才知道，原来自己还是那只幼鸟。

她一直在想，这 4 年到底收获了什么，从刚入职时的热血沸腾，到后来的宠辱不惊，她唯一锻炼的能力，就是越来越能忍了，觉得什么时候都能将就，甚至不高不低的工资，领导不时的尖酸刻薄，逼仄的环境都变成了一种习惯。

二

王茜今年 27 岁了，仍然没有男朋友，家里催着结婚，每次打电话都跟她说，眼光不要那么高，差不多就行了。刚开始王茜不以为然，但那种话听了，潜移默化地让人觉得有点道理，而且年龄那个虚幻却又真实的数字一直在如狼似虎步步紧逼，于是王茜最终答应家人去相亲。

相亲的男生是个大学老师，名牌大学博士，据说年底马上升副教授。

第一次见面，看着远处走来那个男生，个子不高，脸上皱纹明显，略微驼背，王茜就想落荒而逃，但是想起人是个大学教授，想起那些知识的力量多么无穷，于是强迫自己镇定地等着他走近。

后来相约去吃火锅，教授神采飞扬地只顾着谈论他的某某课题、某某学生，一点也不关注王茜的感受。

王茜回来跟父母交代了一下，说男生形容猥琐，实在无法继续相处，但母亲一直劝她，长相只是一个人的附属品，要全盘考虑，试着相处相处，说不定会发现他的精彩可取之处呢。

王茜将信将疑，而且眼下也没有更好的相处对象，便又开始试着相处。

教授热情不减，天天约见，王茜能躲则躲，躲不过去就赴约，然后听教授抱怨，仍然是某某学生、某某课题，或者听那些漫无边际的社会学理论，谈恋爱变成了一种痛苦。

每次王茜听教授高谈阔论，说年底要升副教授，最近又有新课题等事情的时候，她心里都非常难受，但是因为自己年龄大要结婚，因为那些世俗意义上的条件好，又继续忍着。

于是，王茜每次约会，都是一边走神，一边表现出心领神会的样子，可这样的她，自己都讨厌自己，一点也不可爱。

后来，她终于选择主动结束，虽然现在没有更好的相处对象，但生活却不仅只有爱情啊。

王茜说，我之所以因为忍，是因为那点近在眼前的现实利益，因为人是大学老师的标签和身份。可是因为忍，得过且过地将就，说不定错过了欣赏路边的一朵花，以及头上的一弯月亮，浪费了时间去变得更美好，从而主动吸引更美好的人。

其实，每个能忍的人，理由千奇百怪，但都殊途同归，指向一个物质的利益所在。

忍的背后，是一个个可能得到的现实利益，但忍本身便不是一个很好的状态。因为能忍，便在很多时候放弃挣扎和努力；因为能忍，逐渐变得圆滑世故，失了本心；因为能忍，生活便只是一袭爬满了虱子的华服。

但如果不能忍，便会更加努力去摆脱现状。因为不能忍，便不甘心，便会用尽全力去挣扎，如大多数成功者那般，其实都是不甘于某一种生活状态，积极寻求改变后的结果。

三

我亦是一个能忍、能凑合、能将就的人。

大学毕业后找了个房子，采光并不好，搬过来才发现，即使白天看书也需要开灯。刚开始的时候很不习惯，感觉像是住地下室，嚷嚷着要搬，但是因为考虑到搬家所带来的麻烦，愣是没有搬，于是一住就是两三年。

因为房间比较暗，周末特别能睡懒觉，冬天的时候一起床就是 10 点左右了，于是看书便被迫延后，同时，也因为房租支出较小，我并没有工作方面的压力，日子也就缓缓地过着。

当然，房子采光不好换房子的怨念一直在，直到有一次，洗脸池支撑的铁架生锈烂掉，砸在我脚上，鲜血直流。我蹲在地上无助哭泣、不知所措的时候，我才知道，这房子其实早该换了。

早该换，却没换，必须付出血的代价，必须被砸疼，必须被抛弃，才恍然，当初何必忍着，该采取主动。

工作、恋爱、生活，哪个不是呢？

忍耐并不是对付困境一本万利的方法，因为生活总会有让你忍不下去的时候。

很多情况下，当你觉得在忍的时候，这种生活已经不适合你了。

所以，逃离、割舍是最好的选择，剩下的便是自己跟自己的交锋，失败也好，胜利也罢，自己都会越来越成熟。

四

王小波曾经说过，中国文化对于物质生活的困苦，提倡一种消极忍耐的态度，不提倡用脑子想，提倡用肩膀扛。他说，假设一切现实生活中的不满意、不方便，都能成为严重的问题，使大家十分关注，恐怕也不至于搞成这个样子，因为我们毕竟是些聪明人。

话虽如此，但是忍耐还是无处不在，而我自己对忍耐的感受更是由来已久。记得最早流行纹身的时候，县城的孩子们赶时髦，都会在手臂上刻一个"忍"字，"忍"字上刀下心，刀刃放到心上，还要忍，忍得鲜血淋漓，于是，忍变成了一种生活态度，不管我们遇到什么，都习惯性地告诉自己，也告诉身边的人，你要忍。

遭遇失恋，亲戚朋友会劝你，忍忍吧，时间是最好的良药，过去就好了。

工作不顺心，父母会告诉你，哪有一份工作是十全十美、毫无瑕疵、称心如意，适应适应就没问题了。

生活不满意，周边人告诉你，比上不足比下有余，别总是这山望着那山高，调整心态，就会幸福。

诚然，这个世界上有很多的"心灵鸡汤"励志者，写了很多文章，说了很多道理，总是要告诉你，有一种人嫁给谁都幸福，有一种人怎么都过得好，问题是你是不是那个人吧？

现实教给我们太多，我们在还没学会挣扎之前，先学会接受，在没学会改变之前，先学会了顺应。

有人说，改变不能改变的，接受不能接受的，但大部分人都是直接跳过改变不能改变的，就接受了不能接受的。

然后，就是漫长的忍耐，忍受一份无聊的工作，却不锻炼离开的能力和飞走的勇气；忍受一份无趣的看似条件好的男人，却不真正提升自己去遇到更契合更适合自己的男人；忍受毫无新意的波澜不惊的生活，却不曾想过平静背后所付出那波涛汹涌的代价。

忍受，虽然可以换得一时的利益，或者衣食无忧，或者出双入对，或者安稳假象，但是因这无谓的忍耐，我们失掉了多少时间和斗志。当然，我们并非要放弃忍耐，只是希望忍耐之前，先去改变能改变的，如此方能痛快接受不能改变的，而使得人生尽可能不留遗憾。

爱无力

一

文慧是我的大学同学，她又怀孕了，二胎。

她一个人挺着 6 个月的大肚子，带着一个刚满一岁的姑娘在县城住，丈夫在市里打工，只有周末回去。我周末去看她，她老公不在家，说是回村里帮她婆婆公公种地了。孩子刚学会走路，爱哭闹，寸步不离地跟着她，她稍微一走开，孩子就哇哇大哭，于是文慧便赶紧返回来略微艰难地弯下腰抱起孩子，拍着孩子的背喃喃地哄，宝贝，别哭。

看着文慧，我心很疼。

她穿着的粉色防辐射服，黑色的宽松裤子，趿拉着红色的塑料拖鞋，在房子里转悠着拖地，孩子在脚边跟着拖布走，偶尔被绊倒，她心疼地直喊，宝贝、宝贝。

我说，文慧，歇会吧，别拖了，有孩子家里就是乱，等孩子大点了就好了。

她听我的话，把拖布放回卫生间，刚出来陪我坐沙发上，就又听到孩子的哭声，文慧边慌乱地往卫生间冲，边用身上穿的防辐射服擦着湿漉漉的双手。

又是一连串的宝贝宝贝宝贝……

她把孩子从卫生间里抱出来，不停哄着，孩子终于不哭了。

我说，你太惯着孩子了。文慧说孩子才多大啊，教育她，她也不懂。我无话可说，看着她左右晃动孩子，想着她胳膊一定酸疼了吧。我说，我帮你抱抱吧，你歇会。刚把孩子抱过来，孩子就又开始哭了。于是文慧就抱着孩子一直晃啊晃啊，半个多小时，直到孩子睡着。

文慧看孩子睡着，轻手轻脚地站起来，把孩子放到卧室里，小心翼翼地把门带上。

二

我们终于一起坐在沙发上开始聊天，这时候已是我到了她家一个多小时后的事情了。

我说，文慧，我真没想到你们俩最后走到一起。

她说，走到一起就走到一起了呗，过日子不跟谈恋爱一样，哪还想那么多呢。

文慧俨然一副饱经生活历练的女子，变得荣辱不惊，或者说浑浑噩噩了。

可是，他们俩真走到一起了，并不是因为真的爱的火热，而是因为文慧怀孕了，在跟她老公相处不到3个月的时间里她就怀孕了。

我是在一个清晨接到文慧的电话的。她说，我怀孕了。我当时还愣愣地不明白，文慧上周还在我这说着男的不靠谱呢。记得那个星期她跟我聊，这男生认识没多久，就跟着文慧去了娘家，而且去丈母娘家啥礼物也不带。我当时在想，我的妈呀，女婿去未来丈母娘家两手空空，也是绝了。最重要的是，这个男生还口气颇大地说，文慧，咱给你爸妈带这带那。问题是带这带那你把钱拿来啊，光嘴上呼噜有意思吗？丈母娘是靠嘴哄的吗？

那时候我和文慧都是刚毕业，觉得这男的挺不靠谱的，不是绝顶小气，就是绝顶低情商。

文慧老公是个销售员，以前在新疆，卖钢铁器材。认识文慧以后，马上辞掉新疆的工作，跑到文慧身边。我不认为是真爱。男人可以随随便便因为刚认识没两个月的女孩子抛弃事业，不是不成熟，就是事业不咋地。

文慧老公好吹牛，说话虚空得很，满嘴跑火车，这点文慧自己也清楚。

她上周还犹豫不决要不要嫁给他呢，这周就检查出怀孕了。

文慧认命了，第二天让她老公去他家提亲，决定订婚。

文慧老公的姐姐很精明，一直在强调，按照 T 县的礼俗，文慧的新嫁衣、首饰、洗漱用品等等一应用品都需要由女方来承担。于是，等文慧父亲把这些置办好后，彩礼钱都花得差不多了。

婚纱照是在县城拍的，妆化得很土，我看着就火气冲天，替文慧不值。

她老公是配不上文慧的，要学历没学历，要工作没工作，而且最重要的是光会嘴呼喝。

而文慧读的是本科，除了文学专业外，辅修了会计学双学位，在毕业之后就到一家不错的公司做会计，看起来前途光明。

三

文慧的婚礼是在村里举办的，我和我男朋友都去了。

那个时候文慧的肚子已经开始隆起了，我摸着文慧的肚子，想象着文慧未来的日子。文慧老公跟我男朋友晚上睡一屋，文慧老公说，文慧非要在市里生活，压力很大之类的，貌似因为这怨气冲冲，认为文慧不懂事，不体谅他。

文慧婚礼结束后辞掉了工作，回到农村，让婆婆照应着，专门生孩子。村里人很少，她婆婆公公说方言，文慧听不太懂，又没网络，只能看电视打发时间。

年底，文慧生了姑娘。

孩子大约五六个月的时候，我去看她，她穿着的衣服还是我们上大学时候一起买的，因为在村里，也不收拾，刘海卷曲着，脸上已经有好多黑色斑点。村里实在无聊，我们一会坐到树荫下聊天，一会捣核桃吃，感觉时间用不完似的。

第二天我就回市里去，我想象着文慧一边哄孩子、一边看电视的样子，就觉得时间漫长。

四

孩子7个来月的时候，我给文慧打电话，她说她又怀上了。

我气得跳脚，可是，我能说什么呢？从文慧选择跟她老公在一起，选择结婚之前做爱，选择允许她老公做爱不带套套，选择因为肚子里的孩子而结婚，那么这一切就仿佛都注定了。

我对文慧第二次怀孕耿耿于怀，觉得她老公太不体谅她了。文慧身体一直不好，上大学那4年，她没间断地去医院，现在连着两胎，能吃得消吗？而且在北方农村也吃不上新鲜蔬菜，更没啥滋补的。

其实电话里，我真想骂文慧傻，你说现在又不是旧社会，也不是少数民族，还能这么没有节制地要孩子，人没上过学的也知道避孕，你生孩子上瘾了，这么没节制？可是，我忍住了，我想她也挺难受的吧，如果第一个是不小心怀上的，那第二个呢，就不会采取避孕措施吗？人生处处意外，就不能过有规划的自己意愿的人生？人家有钱人，要怀孕提前一年就开始调养身体了，嫁给这么个人，难道连命也不值钱了吗？真憋屈。

五

晚上文慧老公回来了，坐下来一起吃饭。热的馒头，熬的稀饭，调了个黄瓜丝，算是我来了招待我的加餐。下午电话里就听到文慧老公故伎重演，不停地说让文慧给我炒几个菜，怎么怎么样的。实际上，等晚上自己回来，菜毛都没买回来，冰箱里也只有她婆婆包好的满满两大袋胡萝卜肉馅饺子和馒头。

饭桌上，文慧老公又开始吹了，说他某某同事在市区买了房压力多大，言下之意自己现在压力小，活得开心。

我不想闹得不开心，顺着他的意思说，是呢，县城生活压力确实相对小。

没想到人一拍桌子，跟我说，不是相对小，是根本没压力。一个月电费40块，煤气费30块，水费10块，菜都从村里带下来，然后又说幼儿园、小学都免费云云。文慧在旁边不置一词，已经没有了当初非在城市奋斗的决心。

我不想跟他争辩，匆匆吃完放下碗回屋睡了。

第二天又是一大清早，他回村里帮他爸他妈干活去了。文慧讪讪地说，他就是周末回来在家也待不住，都是早出晚归，不是办这事就是办那事。

我火气又起来了，说，你老公倒是轻松，趴你肚皮上爽快了，生下两个孩，难道是给你和他妈生的吗？他怎么不考虑你一个人是否忙得过来，他怎么只考虑那一刻的欢愉？

文慧哭了，她说，你别只顾着说我，自己过好就行了，我犯贱我愿意。她轻轻地啜泣，我拍着她的背，她啜泣声连绵不绝，噎得她喘不过气来。

这时，里屋睡着的孩子醒来哭闹着，文慧眼泪都没擦干便慌不迭地冲进卧室，抱着孩子，喊起了宝贝宝贝……

六

周一要上班，我赶下午的火车回市区。走的时候文慧还在吃饭，小姑娘非要坐在妈妈腿上，文慧担心压到肚子里的孩子，哄着姑娘说，宝贝坐凳凳，才是乖孩子。没想到孩子好像没听懂，又好像任性，一碗小米粥倒在了文慧怀里。文慧分不开身去拿抹布，我赶忙递毛巾帮文慧擦，弄得手忙脚乱。出门的时候看到孩子仍然钻在文慧的肚子跟前，拿着刚才倒掉稀饭的空碗在晃着玩，剩余的汤汁溅了文慧一脸……

我赶往市区，赶往那个天天被雾霾笼罩着看不清方向的城市。我不知道自己有一天会不会也因为坚持不下去了而放弃掉城市的生活和当初的梦想回到县城，会不会为了父母催婚草草地决定自己的婚姻大事，会不会因为意外怀孕而认定一个男人，然后被这个男人拖着离开这里原来的生活轨迹。有的时候，我很迷茫，看着那么多在城市里艰难生活的人，比如在清洁车上睡着的清洁工，比如大冬天在路边卖糖葫芦的阿姨，一想到他们如此艰辛，就想逃避，但转念又想，他们都没有因为辛苦而放弃在城市里努力，我又有什么资格谈放弃呢？

我们每个人就这样走啊走啊，被时间的洪流推着走，被命运的选择推着走，被生活的意外推着走，可是，我们终究要学着自己做选择。

选择努力留在城市，选择自己认定的人，选择为了梦想而努力，而不是逃避城市的压力，或者因为无奈而结婚，因为懒惰而放弃。

文慧说，等生了这个孩子，就出去工作。我知道，三四年不出来工作的文慧在将来找工作的路途中肯定会遭遇很多的拒绝和困难，但是只要她能迈出第一步，就一定可以有更多的选择余地。

希望我们结婚，一定是因为爱，而不是因为怀孕。无力谈爱就不要匆忙去结婚。因为掌握我们人生的选择的就是自己，而不是听从意外的安排。

不等不磨，哪来美好爱情

一

朋友小舞失恋了，为了摆脱失恋带来的痛苦，她注册了各类婚恋网站，同时也拜托亲朋帮其介绍，一周下来接触了不少男人，却感觉没一个靠谱的。

男人 A 刚加上微信聊，便问：你姊妹都有谁啊？小舞对这种问题简直欲哭无泪，直接粗暴地回复：你还没了解我呢，就先关心我的兄弟姐妹了。男人 B 也是，上来直接问小舞身高多少，并让她多发几张照片，看是否要进一步约见面。气得小舞花枝乱颤，心说以后男的再问这种问题，她也不会客气，直接问他：你买房了吗？买车了吗？全款买的还是贷款买的？你一个月挣多少钱啊？

小舞就这样一个个 pass 着还没谋面的男人们，也被这些素未谋面的男人们 pass，每次跟男人聊天，就像在进行一场工作面试，年方几何，家住哪里，姊妹几个，父母做什么工作，诸如此类问题让人不胜其烦。

小舞经过几天的疯狂试水以后，便决定偃旗息鼓，这种例行公事式的相亲问答让她无法习惯。她甚至感慨，现在自由恋爱还不如古代省事，古代往往指腹为婚，一指定乾坤，即使一指定不了也有媒婆在前头冲锋陷阵，自己哪用操这份心，跟这些男人你来我去的废话呢。

她彻底注销了在各类相亲网站上的信息，并叮嘱亲朋好友不要随便介绍男人了，要介绍就介绍真正有涵养、有品位的优质男人，不要介绍只盯着女生身高体重胸围，家世收入姊妹的男人。

她想，或许自己最初的想法就是错的，想着靠不断地接触新人来缓解失恋带来的痛苦。可是，有些伤害，其实是需要自愈的，没有人可以帮到她，而且这种情绪状态下接受的男人又有几分是自己真感觉呢？不过是寻求一种感情上的替代品和心灵上的慰藉而已。如果遇到不靠谱的男人，反而更会加深失恋带给自己的痛苦，因为不断地对比，她会更怀念那个分手的恋人，而失恋带给的痛苦则越来越甚。其实，女人终其一生该考虑的并不是要单身状态还是恋爱状态，而是如何不断地提高自己。

二

同事小六感情上是那种飞蛾扑火般的女孩子，在微信上认识了一个男生，两人在异地，聊了一段时间以后，男生觉得时机成熟了，便约小六去省城见他，小六当时义无反顾地就去了。

见面的地点在男生所在的自营公司里，公司大概有十几个人，两人见了面，男生显得很随意，简单叫了外卖，吃完后男生便建议带小六去酒店休息，小六有点警觉，表明要找同学老友去叙旧，男生当时并未显露过多任何情绪，说自己下午正好要出差，送小六去了公交站后便急匆匆地走了。小六跟我说起男生的感觉，觉得男生挺优秀的，年纪轻轻自己开公司，想着跟男生进一步发展。其实，哪里是太优秀，这个世界上优秀的人太多了，只是因为我们总是不努力得过且过，所以见个男人就觉得难以企及。

小六回去以后，跟这个男生继续保持联系，但是也不断去赴不同的相亲饭局，同时联系的还有两个男生，一个在国企上班，朝九晚五挣着死工资，家庭条件很不好，但是人老实心细对她好；另外一个自己跟朋友合伙开个酒吧，家在市里条件好，但是说话娘炮受不了。我说，这么多男人，你倒是选一个呀。她说，这根本不多，这还是经过初步见面筛选出来还算靠谱的，我见了不下 30 个男生了。我说，你赶紧挑一个吧。她说每个男生都有他不能容忍的缺点，不是合适的结婚对象，等她下来见见那个自开公司的家伙再说。我说好吧。过几天小六给我打电话情绪激动，她说，这个自开公司的男生不见面的时候天天喊着让她来看他，等她来了，人在电脑跟前打游戏打个没完。

我说，打游戏这个男生估计自我感觉良好，觉得自己特厉害，优秀的人自然等着别人先付出，如果要想让别人先付出，只有两种办法，一种是甘心委身不甚满意的生活，嫁一个不很优秀的男人；一种便是让自己变得更出类拔萃，让更多的人慕名而来。

现在这社会，人们都太浮躁，都在等着对方先付出，或者等着自己稍微付出一点，便得到巨大回报，稍有一点不尽如自己心意便放弃，换个聊天对象，反正成千上万人等着去撩呢。看某网站上教人如何回复陌生人第一封印象时谈到，大家同时给很多人发信，也同时收到很多人的信件，你回复的晚一点，这人有可能就跟别人聊热乎了，或者回复的不恰当，这人已经开始跟另一个人谈情说爱了。大家都着急地忙着认识，忙着拥有更多的选择，忙着广撒网钓大鱼，却从不曾愿意花时间真正用心地去了解一个人。

<h1 align="center">三</h1>

小六一直在男人之间周旋，业余时间不是在相亲，就是在相亲的路上，可是到现在依然单身一人，别说结婚对象了，恋爱对象都没有。可是小六明明长得眉清目秀，性格也温柔可人。

我正纳闷呢，小六打电话跟我说，唔，这个也不靠谱，说完她还特神秘地跟我说，其实我除了见这个男生，还见了另外一个男生……

或许，只是因为我们一直在找，而不知道我们要什么，我们一直在挑男人，而忘了男人也在挑女人。或许真正好的恋爱关系中，资源、地位、见识一定是相当的，自己总是跟不同的男人见面，也就无法避免地见的都是到处见姑娘的男人。

与其一直寻找，倒不如安静做自己，等着缘分上门，而等待从来不是被动地守株待兔，也不是刻舟求剑，而是我站在这里，逐渐修炼，变得越来越好，而你正好看到我的好，看到我身上的明亮，彼此吸引。正像德国志愿者卢安克所说的，做好自己的事，改变自然会发生。

因为我们无法预知缘分，所以才有了对的时间，错的人，以及错的时间，对的人。铁凝在 40 多岁待嫁的年龄去看望冰心，冰心对铁凝说，女人的爱情不要去找，要去等。铁凝终于等到了她的另一半，或许真正好的爱情，从来不是找到的，而是在缘分的无涯中，你遇见我，我遇见你，说一声，哦，原来你也在这里。

女孩活得洒脱自信，好的爱情自然会到来，如果只是找，而不提高自己，即使遇到明亮耀眼的男人，也没有与之相配的分量，只能成为廉价的信徒，而没办法成为终身至交。

王俊芳作品选

王俊芳，胜利小学教师，文学爱好者。

父　亲

　　父亲节到了，朋友圈里的一则留言触动了我的心弦——明天就是父亲节了，人们都说父爱如山，是的，在父亲身上我切实感受到了，尽管父亲已离我远去，但时间隔不断女儿对您的思念，天堂里的父亲，你还好吗？想您念您……朋友那种"子欲养而亲不待"深情的呼唤让我想到了我的父亲，虽然已近凌晨，我却毫无睡意，脑海中像放影片一样，一个个画面定格在记忆中，不自觉地我已是泪眼婆娑了。

　　父亲兄弟五人，排行老二，是一名泥瓦匠人。就在父亲即将进入花甲之年，自己组建了一个小工程队，哪家盖房子，哪家围院墙，砌石堾，只要知道父亲的总会让我父亲的工程队来做。最令我们自豪的是，我们桥头村的水泥路大多是父亲带领工人们修筑的，桥头村的自来水入户，新桥建设，旧桥修缮，都有父亲的功劳！如果我们要夸赞父亲，父亲总会说：修桥补路，造福子孙，我只是做了我力所能及的事情。

几十年了，父亲总是这样，说话只说重点，要么干脆一句也不说，只用行动教育我们怎样做人。我4岁时，一天在奶奶家和奶奶聊天，现在也记不清是因为什么，我开口骂了奶奶一句，谁知没等我回家，姐姐就将我骂奶奶的事告诉给我父亲。我一进门，看见父亲的脸阴沉沉的，我自知理亏不敢作声，可还是没能逃过父亲的惩罚：那天父亲不问青红皂白将我像踢皮球似的，从东屋踢到南房，又从南房扔到院子，我害怕极了，慌不择路，鞋都没来得及穿就闯进我三婶的月子房中。好在奶奶听见我的哭声，急忙赶来问明缘由后，把父亲骂了半天，我像是抓住救命稻草似的，紧紧拽住奶奶的衣襟不敢撒手。奶奶厉声喝道：有你这样打孩子的么，她才4岁能懂个啥？我忍受了皮肉之痛，体会到苦涩的父爱，从那以后，不仅是我，我们姐弟4人没一个敢骂人、敢说脏话的。不过，我敢说父亲杀鸡给猴看的教育方式还是有效的。

转眼间我到了入学的年龄。一天父亲兴冲冲地回来，手里拿了两个精美的笔记本，我和姐姐每人一个。姐姐随手拿了个粉红色的，就拿起钢笔来端端正正地写上她的名字，我拿起另一个米色的笔记本，一看封面上是《红楼梦》里的林黛玉，她手里的一把折扇遮了半边脸，那娇羞的模样、摄人心魄的眼神像真的一样，把那个三寸见方的笔记本衬托得分外精美。可翻过背面来却看见有个绿豆大小的黑点，我用手指沾了点唾沫搓了一下，那黑点似乎更黑了，我赶紧拿来毛巾擦拭，可怎么擦也不管用。我说："我不要这个脏本子。"母亲闻讯赶来，也帮我擦拭，我嘟着嘴就是不要，母亲说："那把姐姐的给你。"我一看有名字，就更不乐意了。这时在一旁没有发言的父亲，突然冲过来把两个笔记本一把夺过去，伸手就扔进红红的炉子里，刚白了头的炉火瞬间火舌舐动，疯狂的火舌将两个笔记本层层包围，说时迟那时快，我伸手将刚烧着的米色笔记本迅速地拿了出来。也不知哪来的那股勇气，等我再次伸手要拿另一个时，那粉色的笔记本已经被红红的炉火紧紧包围，慢慢吞噬……最后在我们眼巴巴地注目礼中，笔记本化为一层层灰烬。向来乖巧的姐姐吓懵了，只是默默地抹眼泪，父亲却一言不发坐在炕塄上嘤嘤哭泣，母亲见状也不停地揩泪，一边劝我父亲，一边数落我不懂事。两个弟弟没见过这种场面也跟着哭了起来，我手里拿着那个烧焦了封面的笔记本，泪如雨下。后来的一段日子里，每每看到那个烧焦的笔记本，我的心就会落泪，我越来越读不懂父爱，他如高大而巍峨的山，让我望而生怯不敢攀登。后来才得知，父亲一天的工钱是两块钱，他用两天的工钱才买的笔记本，从那以后我们姐弟4人学会了分享，懂得了谦让。

父亲虽没有读过多少书，但每翻一页都让我们记忆犹新。父亲初中毕业，那个年代要上高中就是老师推荐、选拔，本来已经被选拔上了，可爷爷是石匠需要帮忙的人手，所以就没让父亲继续上学，爷爷的理由是：书又填不饱肚子，识几个字就行了。每说起念书，父亲总是唉声叹气，后悔当初没有继续念书，每天做工回家再累，也不忘拿起笔来在我们写过的作业本上写写画画，有时还会给我们讲他们念书时，自己怎么用草纸制作练习本，怎样用锅底灰和蜡泪做蜡笔，父亲说着写着，我们听着也跟着一笔一画写着，练着。慢慢地我们觉得写字、学习其实是一件很轻松的事儿。就这样，父亲陪着我们姐弟4人一直从小学到初中，虽然我们学的内容父亲大多不会，甚至见也没见过，但是有父亲在身边，所有的烦恼都可以化为动力，父亲如同一盏不灭的指路明灯指引我们一路前行。

我要去读师范了，父亲把我送到学校，话没说几句就匆匆离开了。他没有教我怎样去融入大家庭，甚至连哪里打热水，哪里打饭都不曾交代就匆忙离开了，对于从来没有住过校的我来说，这比做几道几何题难多了，幸好有老乡帮忙，才让我尽快融入了这个大家庭。整个学期父亲频频来信，信中嘘寒问暖，而我却迟迟不给回信，要回信也是三八两句，说些不着边际的话。那时的我似乎变成了脱缰的野马，展翅欲飞的雏鹰，我甚至不顾父亲的牵挂。寒假时，第一次回家，我早早地就给父亲打了电话，那时候邮电局局长张伯是我同学的父亲，有什么急事我都让张伯代为转达。我说我坐晚上6点的大巴，到家时估计得凌晨2点。那年偏巧下了好大一场雪，父亲和母亲一晚上没睡，硬是等到1点就到公路上等我，从我家到公路上还有二三里地，白皑皑的雪地里焦急地等待是怎样的一种煎熬。由于没有协商好在哪下车，父亲怕我车上睡着错过下车的站点，更害怕接不上我，所以只要看见有大巴经过，父亲就会追着大巴跑两三里路，由于着急追车，父亲一脚踏进没膝的雪堆里也毫不在意，一晚上追了好几辆大巴，在凌晨3点终于接到了我。那一刻我看见父亲满脸通红，胡子上挂着冰碴，头上却冒着热气，看见我从车里出来，父亲双手捂在嘴上哈两口热气，缓解一下冻僵的双手，赶紧接过我的包，那高兴的样子好像是迎接一位凯旋的上将。寒假里母亲才告诉我，父亲之所以急匆匆地离开，是害怕分别时难过，怕我担心他。父亲回来时火车上人山人海没有座位，是在车厢里挤了整整一夜，一进门就瘫坐在炕上，嘴里默默地念叨着：唉，好像把个孩子也丢了！父亲两天两夜没吃没睡竟然不知饥饿，不知疲惫。

父爱经过岁月的洗礼、沉淀，没有了白酒般的辛辣、热烈，它像咖啡，苦涩而醇香，更像茶，平淡而亲切。现在即将踏进花甲之年的父亲似乎又多了几分细腻。六一前父亲突然来学校找我说，让我给他复印几张身份证复印件，我要去跟学生排练，就随便叫了个同事，让她帮忙给父亲复印一下。父亲说："你要忙就不用了，街上复印一张才一块钱，我不是舍不得花钱，我是好久不见你了，就想见见，其实桥头也能复印了……"父亲后来说了什么，我一句也没有听见，只觉得不争气的眼泪在眼眶里打转，我赶紧把眼泪抹了一下，转过头来说："我不忙，有人照顾学生，不用我也行的，我给你复印吧。""复印两张就行了。"我知道父亲的用意，他就是想找个合适的理由来看我。而我呢，披着这张工作的"狼皮"，总是说"等我有空了去看你""等你外孙不补课了去看你""等星期天，等放假，等……"总是用一个个"等"来敷衍父亲，可曾想过他们多么盼望我去看他呀！有多少个星期天他站在门口翘首以盼，有多少个夜晚想起自己的儿女们……我拉起父亲的手说："走吧，今天我回家给你做好吃的。"父亲说："你忙去吧，你妈妈天天做好吃的，我们不缺吃，不缺穿，就是挨个看看你们就行了。"

我紧紧握着父亲的手——那是一双粗糙不堪的手，手指像用火烤弯的竹节，蜡黄的茧子布满双手，像一颗颗五子棋在粗糙的手掌间整齐排列着，手背上凸起的血管像一条条蚯蚓，盘曲而上一直通向臂弯，我知道这是父亲年轻时一手拎瓦刀，一手拎砖头，一天就要让2000个砖头从手里拿过，然后全部砌在墙上，为了6张嘴，为了供4个孩子上学，繁重的劳作使父亲的手严重变形，现在手指已经伸不直了。再看看父亲古铜色的脸，清晰地记载着他含蓄的丰收的喜悦，额头上那一道道深深浅浅的皱纹像刀刻一般，分明是他饱经风霜的见证。

爸爸，还记得，我得了急性阑尾炎时，您焦急无奈的神情吗？您嘴上说不担心，不要怕，可密密的汗珠早已将您出卖。爸爸，还记得，弟弟被车撞碎膝盖时，你假装镇定的神态吗？您强装笑颜，不就是怕弟弟害怕嘛。可微微颤抖的嘴唇却成了您的叛徒！爸爸，还记得，端午节我去看您，您手里捧起我给您的粽子，眼里却藏着晶莹的泪花……离别时，父亲手捧自己种的绿色蔬菜，一包包塞进我的手里，嘴里还乐呵着：什么时候我去东关再给你拿，别看我的蔬菜长得不好看，纯绿色的，你花钱也买不来……向来不善言辞的父亲，这时却像开闸的水坝，滔滔不绝。我只是静静地听着，拿出手机给父亲的菜园拍照，将父亲摘菜时的一举一动定格在手机的图库里，深深地烙在心里，这下反倒父亲觉得不好意思了。此时我终于读懂了父爱——深邃的、伟大的、纯洁而不可回报的父爱。

父亲，您那匆忙的碎步走得慢些吧，让我再看看您那坚实的臂膀吧。您的叮咛我已牢牢地记在心间，您的牵挂我也深深地印在脑海。小时候，您是我们的大树，现在我们是您的拐杖。愿您能健康长寿！

苹果往事

又是一年苹果泛滥的季节，穿梭在人来人往的河滨市场，"苹果5斤10块，苹果5斤10块……"的嘈杂声，不绝于耳。走近一个摊位，我仔细端详着每个苹果，看她们或骄傲、或挺拔、或谦逊、或做作地待在属于自己的空间里，我的目光慢慢地游离着，我在寻找属于我的苹果。从不同的包装盒就可以分辨出苹果的三六九等，有小碗大小的蛇果，果实呈圆锥形，果面富有光泽，十分鲜艳夺目，闻一闻，一阵清香扑鼻而来；其次是烟台红富士，她们一个个红扑扑的，上面印着"恭喜发财""健康平安"，一看就是金贵之物；也有拳头大的金水苹，她的纹路清晰，仔细看，红白交错的纹路那是大自然给穿的外衣；有黄澄澄的黄香蕉苹果；有金元帅，它是金黄色的，上面有着像梨一般似的斑点；也有红绿交错、满脸麻子的国光苹果……老板见我端详着每一种苹果，急忙笑脸相迎："美女，要哪一种？买几斤？给你便宜点儿！"老板不断地追问。"有那种绿色苹果吗？""我这里的品种够齐全的了，红的，黄的，半红半绿的……"我摇摇头，轻轻地离开摊位，"唉！现在这买卖不好做，红彤彤的苹果不要，偏要绿的……"

离开熙熙攘攘的河滨市场向花园街往上走，"苹果5斤10块，苹果10块5斤""……"挨挨挤挤的水果摊位像竞赛似的，苹果的叫卖声如同海浪一样，一声高过一声。我慢慢地走，仔细地寻，在药材公司外一个不起眼的角落里，我看到一位耄耋老人面前堆放着小茶杯大小的绿苹果，我急步走上前去："大爷，这苹果怎卖呢?"大爷一愣，干裂的嘴角叼着早已熄灭的旱烟锅差点掉下来，或是因为我的突然出现感到诧异，或许根本没人注意他和苹果的存在，显然他这苹果不受欢迎。"哎，俺这苹果是自家的，你给上一块一斤吧，都是自家的秤上给你再高些……"我拿起一颗来放在鼻前嗅嗅，苹果味儿十足，我能闻到25年前那酸涩的味道。

25年前的我是个9岁的黄毛丫头，是远近闻名的假小子。早听7岁的堂弟说，糖葫芦就是用南梁上的果子，蘸白糖水制作成的，但是必须先把果子在糖水里煮熟，晾凉了才能吃，吃起来就是糖葫芦的味道，酸酸甜甜的。堂弟说完将他那滚圆的身子一扭，胖嘟嘟的胳膊一甩，圆圆的脑袋一昂："不信! 不信你试试!"向来我们桥头村是工业区，铁厂、煤厂、两个水泥厂，人们大多在厂里找活干，耕地少，花果树自然也少，对于我们桥头的孩子来说果树是极其稀有的，不过我瞅准了张爷爷家南梁的那棵苹果树。

终于有一天趁妈妈不注意，和好朋友琴一同来到南梁的苹果树下，只见琴不费吹灰之力就爬到树上，一颗一颗绿绿的苹果摘下来装在兜里，装满了从树上轻轻一跃稳稳地站在地上。我说："给我分几个吧!"琴说："谁摘的谁吃。"我费了九牛二虎之力才爬上去，可没等我站稳脚跟，就不知哪来的一股大风，吹的树叶哗哗直响，我的双手紧紧拽住树干，双腿不自觉地跟着树枝摇晃起来。好不容易等到风停了，刚伸手摘了两个苹果装在兜里，就听见远处有人喊"偷苹果咧——偷苹果咧——"我吓坏了，可上树艰难，下树也不轻松，再看琴早撒腿跑了，我闭住眼睛向下一跃，差点来个倒栽葱，我可顾不了那么多，赶快爬起来甩开腿跑了起来。顿时，南梁尘土飞扬，风驰电掣般的风里夹杂着尘土无情地砸向我的每一寸不受保护的肌肤，眯眼看到的都是黄压压的一片。我的心似乎到了嗓子眼，砰砰的心跳声、呼哧呼哧的喘气声、呼呼的风声好像在我耳畔捣乱……前面是两米高的梯田地，我也毫不在意，照跳不误。再看看琴，飞也似地跨地埝，跳壕沟，一点儿也没有停下的意思。我正准备迈开大步跟风赛跑，追赶琴，可一个趔趄栽倒在地上，原来看上去平坦的耕地里有个地鼠洞，惊魂未定的我顺势躺在软软的黄土地上。琴也累坏了，跟跟跄跄地瘫软在地埝上。我俩休息了半天，琴倏地起身叫到："我观察了半天，是几个坏小子吓唬咱们呢，你看把咱吓跑了，他们上树了，你看那黑影子像不像男生?"我坐起来定睛一看，果不其然。我在心里把自己骂了三遍，好不容易爬上树去，被一句咋呼的话就吓跑了，差点还来个几个"狗啃泥"……不过好歹摘了两个苹果，可一伸手，兜里的两个苹果早飞了，也不知道是从树上跳下来时掉了，还是飞奔时苹果跟着风跑了。我拍拍瘪瘪的口袋，无奈地叹了口气。琴从她的兜里掏出一个来说："嗯，给你一个。"她又掏出一个来用手左右摸摸就吃起来。我拿起苹果来嗅嗅，狠狠地咬下去，本来是准备多摘几个拿回去，做一次堂弟说的糖葫芦，在弟弟面前露一手，唉，看来计划泡汤了。

苹果还没有成熟，酸酸的，涩涩的，琴边咬边吐，还说：

"难吃死了，这是苹果吗？"我嚼了嚼酸涩的苹果，将那酸涩的汁水吞进肚子里，这算是对自己的惩罚。我跟琴拉钩谁也不许泄密，要是让我妈知道我这种偷杏儿摘果子的行径，一定会在我的屁股上印几朵花的。可事与愿违，正准备打道回府时，才发现我的脚脖子扭伤了。结果是：琴搀扶着我一瘸一拐回家，妈妈审问，琴坦白从宽，条件是千万不能告诉她妈。偷苹果的惩罚因为我的脚脖子受伤，免去屁股开花。最后妈妈语重心长地对我俩说："张爷爷是孤寡老人，秋天还得卖苹果赚钱呢，现在苹果还没有熟就让我们摘了扔了，真是不道德。"我暗暗下决心，再不吃那酸涩的绿苹果。至于糖葫芦，等我长大了才知道根本不是那样做。

面前卖苹果的大爷看着我，说："闺女，先尝后买，先尝后买，自家的东西没有农药，放心吃。"我哑然失笑："不必了，大爷给我称5斤吧。"大爷乐呵呵的，手拿起一个皱巴巴的食品袋递给我："你挑，你挑，选好的装。"我只是随手装，有疤痕的，有虫眼儿的，有斑点的都通通装入袋子，大爷喃喃地说："这个不好，那个也不好。"他边说边往外捡。我说："没事，我就爱吃这种苹果。"走时我给了大爷10块钱，我说："您不用找了，买的喝口水吧。"大爷说："要不再给你些苹果。"我说："让你的开市买卖图个吉利吧。"

回到家里，我随手拿出一个苹果，坐在桌前我像把玩一个工艺品似的，仔仔细细地端详着：这是一只普普通通的苹果，在它绿色的皮肤上，有几个大小不一、星星点点的"雀斑"。短短的柄藏在苹果上方凹进去的地方，好像陷进泥潭中的可怜人儿，又像是羞羞答答不愿见人的少女。把它放在桌上，发出"咚咚咚"

的声响，好像运动后的人急促的心跳声，还左右摇晃着，像个不倒翁。等她停下来时，一个圆圆的、黑黑的小洞映入我的眼帘，那是虫子的杰作，圆圆的虫眼在我眼前不断放大，似乎我看到了深邃的虫眼里有张圆圆的、红扑扑的、苹果似的笑脸……

与她相识纯粹是个偶然。

在二年级教室里听课后，我看见她就坐在教室的最后排，头发乱蓬蓬的，粉色的上衣已经没有原来的色彩，一块儿黑，一块儿灰，我走到她跟前，她抬头看我时甜甜地叫了一声"班主任"，我忍俊不禁，还没有谁这样称呼过我。她脏兮兮的脸上镶嵌着一双亮晶晶的眼睛，双眼皮上那长长的睫毛自然上翘，会说话的眼睛看看我，又急忙收拾起自己的学习用品来。看着她的样子，我不由地问："你几岁了?""9岁。"我又问："你长得这么漂亮，怎么不洗脸?""……"我意识到自己不应该这么直截了当。"你妈呢?""到太原打工去了。""你爸呢?""没了。"她弱弱地说。"哪去了?""没了。"她从我的眼神中看出我的疑惑，"我爸爸死了。"她的话犹如晴天霹雳，不像是从一个9岁的孩童嘴里说出来的，是那么镇定自若，那么的理直气壮。一丝怜悯油然而生，她是个多么懂事的孩子啊！"那谁给你做饭吃?""我二哥。"我正要说什么，她又继续说："我二哥开铲车，天天五六点就走了，晚上七八点才回来。""哥哥走了，你怎么办?""我……我自己吃饭，就来学校。""那晚上呢?""我回去家里等他回来……"我的心好像被针扎似的，不知是为那无情的母亲而气愤，还是同情这副娇小的身躯……从那以后，每次经过她班的教室我就会从后窗户看她那乱蓬蓬的头发，课后她遇见我时总是甜甜地叫一声"班主任好"。

因为有她，我特别留意她班的老师，给她上课的是一个刚从大学毕业的实习生，恰好她的名字里也有个"芳"字，所以我成了她和她的好朋友。芳初出茅庐，信心满满做什么都很认真，没过几天就对班里每个学生情况了如指掌，其中也包括对她云妍的了解。自那以后，芳经常给云妍梳头、洗脸、买零食，单独辅导功课，像呵护小妹妹一样照顾她，要是云妍迟到时，会及时跑到她家问情由。云妍也很争气，以前不会写字，现在也慢慢地会写了不少，以前脏兮兮的，没有人愿做她的朋友，现在穿得干干净净的，身边的朋友渐渐多了起来。不知不觉芳已经在学校待了半年，接近新年了，学生给老师送苹果的节奏不亚于学校如火如荼的新年活动。在平安夜的前三天，芳告诉我云妍的妈妈回来了，云妍说准备了两个大苹果要给芳芳老师，还要给我。没到圣诞节，苹果节先到，我说实话有以前那不光彩的"偷苹果"经历，我着实不喜欢苹果，所以我根本没在意。

圣诞节那天上午，我正看着办公桌上的几个苹果盒发呆，芳突然闯进来说云妍没来，让我帮她去照看一下孩子们，说她要到云妍家里看看。离开时说讲台上有切苹果器，让我把孩子们的苹果切开给孩子们吃。我想还是年轻人，办事雷厉风行。一进教室，讲台上堆满了大大小小、花花绿绿的苹果盒子，那一个个精美的盒子是孩子们一颗颗童真的心，她们并不知道送苹果的含义，但还是觉得给自己敬爱的老师送一个苹果是一种荣耀。我佩服芳的用心良苦，她虽然是个实习老师，但她将一腔热忱奉献给学生，把爱心播撒，让每位学生都能感到关爱。从这一大堆苹果盒上就能看出学生对她的爱戴。按照芳的要求，把苹果清洗干净给学生分享，洗也洗了，分也分了，吃也吃了，还不见芳回来。

终于挨到放学，芳回来了，她踉踉跄跄地回来了。她肿胀的双眼、满脸的泪痕、一蹶不振的样子告诉我，这一上午肯定不平静。果不其然，芳抽噎着给我说出了她所看到的一切。她急匆匆地跑向云妍家，没等进大门就听见院子里传来嚎哭声："快！快！快掐人中……快叫医生……赶紧救救俺妞吧……"她三步并作两步跑进院子里，门口围了一大圈人，她跑过去一看，躺在地上身体不断抽搐的正是云妍。云妍怀里紧紧地抱着一个苹果。她不敢相信昨天还活蹦乱跳的孩子，今天怎么就变成一个四肢抽搐不停、双眼不断上翻、牙关紧咬的一个危重病人，芳发疯似的叫着云妍的名字，那七大姑八大姨有的给掐人中，有的给掐虎口，有的给在脚底按穴位，还有的联系医生联系救护车……可惜云妍的眼睛越来越大，嘴角渗出淡淡的红色，即使众人再怎么大声地呼喊，却也回天乏术。云妍在母亲的哀鸣中离去了，在众人的千呼万唤中离去了。云妍的母亲边哭边说是她害了孩子！她常年不在家，前两天回来发现家里遭了鼠患，她把涂有毒鼠强的半个苹果放在锅台上忘记塞柜子下就去上厕所了，回来就看见云妍躺在地上，口吐白沫……芳抬起头来，眼睛红红的，嗓子也沙哑了："王老师，云妍真的没了，我亲眼见的，她说好给我送苹果呢，她怎么说话不算数……"

自从云妍离开后，芳的爱依然在，笑容却没了。她坚持完最后几天，离别时她说她再也不教书了，她说她忘不了云妍，忘不了云妍怀里那个带有她体温的苹果。芳去了大城市，在企业里找了一份工作，彻彻底底离开了这个伤心之地。我却将一切罪责归于无辜的苹果，我开始厌恶苹果，为什么云妍吃的那个毒苹果就不能像卡在白雪公主喉咙里的那块儿一样，一磕一碰就吐出来呢？如果是那样，芳也不会背井离乡，远离故土去逃避那颗"苹果"！

随着岁月的增长，青苹果会呈现出它应有的红色。现实总归现实，老了青春期，老了岁月，不老的是苹果中的味道。其实，人人都知道，青苹果是酸的，红苹果是甜的，只有经历过生活的人才会品尝到。"妈，这是你买的苹果？真是稀罕。哝，送给你个大苹果，这是我们老师给我奖励的。"孩子一语惊醒梦中人，原来我不觉间在桌前已经坐了半天了，舔舔嘴角那咸咸的味道，我知道每年的此时，不管我身在何处，总会想起一些苹果往事，总会想起她，还有她。明知道罪魁祸首不是苹果，可我依然会怨怪她。

杏香旧事

清明小假，我有幸随友人一同到神木杏花滩公园游玩。车窗外那一片花海，如霞如雾。打开车门，那鱼鳞般的杏花瓣洋洋洒洒似乎在欢迎我们的到来。走进杏花林中，恍若置身于铺锦流霞的桃花源仙境一般，香风过处，杏花们呢喃细语，沁人心脾的杏花香肆无忌惮地闯进我的心田，思绪飞扬，让我不自觉地想起童年时疼我的那两位邻家奶奶。

与张家奶奶、李家奶奶成为邻居是我3岁的时候。那时，我家乔迁新居——告别了四面漏风的破瓦房，住进了父亲、母亲花费了5年时光才修起的新窑洞。用妈妈的话说就是她不生孩子，家里不修建，怀姐姐时做窑腿子，家里的积蓄没了，第二年便没了动静，第三年怀我时，手头似乎又宽裕了，开始起窑面，过窑顶……我3岁那年我妈又怀了弟弟，我家的新窑洞才开始上白灰，安装门窗，历时5年，一波三折，现在总算住进新窑，街坊邻居纷纷前来道贺，其中就有张家的奶奶和李家的奶奶，她们俩都是小脚，第一次见那么奇怪的脚，我跟在张奶奶后面问个不停，而她呢，答非所问，老是岔开话题。

与张奶奶家仅隔100多米，由于我家地势低些，走出大门还有几级青石楼梯，还要爬一段缓坡才能到张奶奶家，所以与张奶奶接触仅限于她来我家串门。关于张奶奶小脚的问题，我总是打破砂锅问到底："奶奶，你的脚怎么那么小啊？怎么你的脚和我们的不一样？"我问多了，许是问烦了，张奶奶说："小时候怕脚长大了就没人要了。""你妈妈也不要你吗？""是啊……"我全然不顾张奶奶悲伤的眼神，还是一个劲儿地推搡着张奶奶："那我的脚长大了，妈妈会不会也不要我？""你的脚是怎么变小的？""李奶奶也是怕没人要才把脚变小的吗？"我刨根问底的问题问得张奶奶哑口无言。她用手捋了捋被风吹乱的白发，摇摇头，喃喃地说："你7岁了吧？我7岁时已经裹了两年脚了。""噢！我明白了，你的脚是用布条裹出来的。张奶奶，那你给我裹裹脚吧。"张奶奶笑了，褶皱的脸上笑起来像一朵花儿似的。

自那以后，每当妈妈做些好吃的食物的时候，我总会偷偷地拿一些送给张奶奶，每次给送完吃的，我就说：张奶奶什么时候给我裹脚？张奶奶只是颔首微笑，不给我个准话，从此，我便成了张奶奶家的常客。张奶奶家院子是标准的四合院，正面三眼石窑，南面两间瓦房，东面是用木头搭起的柴炭房，西边是用石片、泥沙堆砌的院墙。张奶奶总是干干净净的，走到她身边总会闻到一股股淡淡的皂香。她那苍苍白发总是梳理得那样整洁，没有一丝乱发，一双大眼睛深深地陷了下去，嘴里的牙也已经快脱光，那饱经风霜的脸上刻满了皱纹，像是记载着她70年来的千辛万苦。她不但自己干净，而且家里的一切都被她收拾得一尘不染。每次来张奶奶家，总能看见她挪着碎步，粗糙的手里拿着扫帚在院子里收拾落叶。原来在与张奶奶家仅一墙之隔的李奶奶家的院子里有一棵古老的杏树，听大人们说那棵杏树大概有五六十岁了。虽去过李奶奶家几次，但从不观察五六十岁的杏树有多大，只要有杏儿吃就行了，反倒伸过张奶奶家的这一枝有种"满园春色关不住，一枝红杏出墙来"的意境。每年2月，那白色的面庞、粉色的花心，向人们嫣然而笑，安安静静的，你看它也好不看也罢，它依旧在墙头灿烂一片。当春风掠过时，张奶奶家的院子里就会飘落那粉嫩粉嫩的花瓣，张奶奶不厌其烦地扫，不厌其烦地把扫好的花瓣掩埋于墙角。我的脑海里又是一连串的问题，张奶奶看出端倪，笑着说："杏树根深，落叶、落花掩埋在墙角，是让它们认祖归根吧。""那您直接倒在李奶奶家的杏树根下多好呢？"我仰起头看看张奶奶，张奶奶的笑容消失了，只是唉声叹气。

　　随着时间的推移，我与张奶奶越来越亲，而与李奶奶却还是有些生分。7岁那年我家的自留地大丰收，收了一躺柜夹糜米。第二年春天，几乎天天吃糜米酸白菜捞饭，到了后来我一看见妈妈拿勺子，揭柜盖时，我就扔下一句"不吃糜米饭"后飞也似的跑了。我全然不顾妈妈的叫骂声，直奔张奶奶家，可张奶奶家大门紧闭，我害怕吃那糜米饭，硬着头皮闯进李奶奶家。李奶奶一看我哭哭啼啼的样子，问都没问，就安顿我坐下，只见李奶奶拿出一个碗口粗细烟熏过的油漆桶，盛半桶水放在炉火上，那炉火红红的火苗舔着黑乎乎的油漆桶，不一会儿就发出滋滋的响声。李奶奶打开涂满红油漆的躺柜，小心翼翼地拿出半把子挂面，把挂面煮在漆桶里，用筷子不停地搅拌，不多时，挂面熟了，李奶奶把各种调料放了些，最后拿起黄油瓶子往里滴一滴黄油，嘴里还念叨着："少吃一点油香，放多了就不好吃了。"我可管不了这些，天天酸白菜糜米饭早吃腻了，端起碗来一口气就吃了个精光。饭后，李奶奶拉我到杏树下，和我聊起了往事。原来她家和张奶奶家在30年前因为地基问题吵过架，虽说现在老了，可总是抹不开这个面子，几次想去和好就是话到嘴边又咽下。听着李奶奶的叹息声，我细细地打量着眼前这位善良的奶奶：如果说张奶奶是大家闺秀，那么李奶奶就是典型的小家碧玉。她个儿不高，头上蒙着一块白头巾，脸上的五官都可以用小巧玲珑来形容，牙齿全落光了，一道道皱纹像美工刀刻过一般，身上穿着藏蓝色的斜对襟盘扣夹袄，黑色的粗布裤脚紧紧地裹在脚腕上，她的小脚只有3寸长，但走起路来却很有精神。李奶奶说："张奶奶是个可怜人，我真不该这样……"没等李奶奶把话匣子打开，我就被妈妈拎了起来，说时迟，那时快，我死死地抱住院子里的那棵杏树就是不松手。妈妈连拉带拽不管用，只好使大招。妈妈连扭带掐的大招在我胳膊上留下紫色的梅花印，最终我还是被妈妈拖回家。妈妈告诉我，家家都不容易，我吃了李奶奶家的饭，李奶奶就得饿肚子。后来我想通了一个道理，虽然吃了人家一顿饭付出了不小的代价，不过我还是有收获的，李奶奶那"少吃一点油香"的经验之谈，给我们后来的生活起了很重要的作用，每次吃米饭时趁妈妈不注意，就拿起黄油瓶子给我和弟弟们的饭碗里滴一点油，并告诉他们千万不能多倒油，少吃一点油香！看着弟弟们那高兴劲儿，好像糜米饭也没那么难吃了。

因为妈妈的善良包容，我家和这两位奶奶相处甚是亲密，只不过张奶奶来串门时，李奶奶就不来；李奶奶在我家时，肯定找不见张奶奶的身影。她俩像是商量好一样，今天这个来，明天那个来，可最近一连三天都是李奶奶来我家，李奶奶告诉我们张奶奶的身世：原来，张奶奶真是个可怜人，她的父亲是个赌博汉，她8岁时，父亲终日不着家，因为赌钱输了，把她的母亲抵了赌债，家里她还有不到3岁的妹妹和奶奶过着衣不蔽体、食不果腹的生活。8岁的她只好做了人家的童养媳，可婆家嫌她太小不会干活，她又寄人篱下，在姑妈家长到12岁。12岁本是无忧无虑的年龄，可她却开始和年长3岁的老公一同抬水，一起干农活，她是小脚走不快，婆婆说她偷懒，出来一脚，进去一脚，专门踩她的小脚，可怜她那"三寸金莲"又肿又痛，十指连心，真是锥心之痛啊！她举目无亲只能忍气吞声地生活着。她的奶奶去世了，妹妹再次被父亲卖掉，卖给一个身染重病的人，不久妹夫去世了，阴阳先生将妹妹的镇物、生辰八字都埋于棺材下，妹妹天天做噩梦，最终没活过15岁就病死了。张奶奶说她命不好，她恨赌棍父亲，恨她的母亲不来看她们，让妹妹白白断送性命，让她一生孤独。李奶奶说到这已是泪流满面，"唉！也怪我，老了老了还要什么面子，虽是近邻，可……"李奶奶又一次哽咽地说不出话来。李奶奶转头问我妈："那张奶奶几天不出来了？"原来在她们家的街口能将我家的院子一览无余，我妈说："这是第三天了。"李奶奶拍拍身上的尘土，步履蹒跚地走了。我目送着她那略弯的脊背，在我的视线里慢慢变小变小……咦，李奶奶怎么走进张奶奶家了？

我和妈妈也跟过去，一进张奶奶家的大门，向来干净整洁的院子变得一片狼藉。我和妈妈、李奶奶推门进去，迎接我们不是满脸笑容、和蔼可亲的张奶奶，而是她在外打工的儿子，看着他疲惫的眼神，就知道他几天几夜没合眼了。张奶奶躺在床上，双眼紧闭，呼吸急促，我轻轻地叫着："张奶奶，李奶奶来看你了！"张奶奶慢慢地睁开眼睛，空气似乎凝结了，只有张奶奶呼哧呼哧的喘气声。"老姐姐，你还好吧？一直想和你说话，就是拉不下这张脸。"李奶奶打破沉寂愧疚地说。"妹子啊，老早就想叫你一声妹妹，可我……"张奶奶吃力地说着，从被窝里伸出那双满是老茧的双手紧紧地握住李奶奶那瘦弱的手。两位奶奶老泪纵横，我的心好像被针扎一样，嘴里全是咸咸的泪水。张奶奶指着橱柜说："妹啊，那里有我给你还的东西，你自己去拿……"呼哧呼哧的喘气声再次响起。李奶奶轻轻地打开柜子，里面有一个鼓鼓囊囊的白面袋，一股清香的杏味儿充满了整间屋子，李奶奶把那个白面袋拿出来，捧在手里，张奶奶说："这是我晒的杏干儿，每年有杏儿掉下来，我想给你拿过去，就是迈不开这第一步，我一颗也没吃，就把它们晒成杏干儿，现在物归原主了，你拿去吧""姐啊……"李奶奶泣不成声，把那装有杏干儿的袋子紧紧地抱在怀里。

没过多久张奶奶就驾鹤西去了，张奶奶家也只剩下铁将军看守门户了。李奶奶含着泪拿出那金灿灿的杏干儿分给街坊吃，每分一次，李奶奶就会说："这是我那老姐姐晾的。"我仿佛看见张奶奶挪着小脚，将杏儿晾在通风的阴凉处，风雨交加的下午她会颤颤巍巍地把它们请回家，风雨过后又会踉踉跄跄地把它们端出来，不知过了多少个白昼才会积淀下这饱含爱意的杏干儿啊！又过了半年李奶奶的儿子也将母亲接到城里。李家大院、张家大院空无一人，只有那年过古稀的杏树依然挺立着……

前段时间我回老家看望母亲，母亲告诉我张奶奶家的院子空置许多年了，没人打扫，院子里杂草丛生，南房也经不住风雨的侵蚀已经成了残檐断壁，而李奶奶家的房舍也更名改姓变成他人财产了，那棵活了 70 岁的老杏树也随主人到了地下。没了杏树的院子是不完美的，再也看不到那别样的风景：曾经远远地望去，那一树的雪白，渲染着春天的活力；走到近前，每一片花瓣都抹了一丝胭脂，粉嫩粉嫩的煞是可爱，细细的花蕊呈现出一片灿烂的黄色，让人能真真切切地感觉到春的温暖。而如今却是"昔人已乘黄鹤去，此地空余黄鹤楼"般的凄凉。

又是一年春草绿，又是一年杏花白，那杏干儿的味道似乎还在唇齿间游走，两位奶奶的音容笑貌又重临于我的心头。

叶落无声

　　"啪""啪"，响亮的声音在幽静的夜里划过一道道弧线，穿过云层，惊醒天幕上仅有的两颗残星，耳光打在叶子的脸上，叶子的脸顿时青一块儿紫一块儿的。"啪""啪啪"，又是一阵儿猛抽，叶子的脸麻木了，似乎在一块儿橡皮上击打，面对男人阴冷的眼睛，冷漠的眼神，叶子的胳膊抢累了，手也打麻了，浑身的气力全用在自己打自己的耳光上。此刻的叶子瘫软得像一团泥一样，重重地瘫在枕头上，号啕大哭起来。哭了许久，却没有一滴眼泪，只是在那儿孤独地干嚎着……

　　15年来的往事一桩桩、一件件再次萦绕在叶子脑际，浮现在她眼前。那年她20岁，身材苗条，面容娇好，父亲母亲又是双职工，刚从师范院校毕业回来，就赶上分配工作，同学们大多分到村里，而叶子被分配到一个乡镇中学任教，叶子觉得自己是最幸运的。初出茅庐的叶子，有种初生牛犊不怕虎的气势，整天有使不完的精力。向来开朗的她人缘也特别好，在学校争着抢着去帮助别人，真是个快乐的小天使。可小天使也有苦恼的时候，每到周末，叶子回家时就会经过一条铁路，那时铁路上会有铁路工人在工作，一个大门不出二门不迈的姑娘从未独自走过那么远的路，现在对她来说真是个极大的挑战。每次经过人多的地方，那些人就操着外地口音说笑，时不时地发出怪异的口哨声，那声音尖锐刺耳，叶子只觉得脊梁骨凉飕飕的，两腿不自觉地颤抖起来，虽然心提在嗓子眼儿上，但脸上却故作坚强，强装镇定地从他们面前经过。那段10余米的铁路是那么漫长，她好像走了好久，她想加快脚步尽快脱离这是非之地，无意间一回头瞥见一个男生在跟踪自己，她那刚放进肚子里的心再次提在嗓子眼儿，她头也不敢回，飞也似的跑起来。路基上飞扬起来的尘土瞬间把她包围起来，她可顾不了这些……心里默默地想着，学校800米的体能训练没有白练，一个百米冲刺的速度跑到了临时的等车点，边喘着粗气边想这下终于安全了。等她坐上回家的公交车时，在车窗外她看见了他那温和、没有恶意的眼神。从那以后，叶子每次回家总有一个身影在远处跟随，总有一双温和的眼睛照顾着她，什么时候等叶子坐上车了，那身影才慢慢远去。就这样她认定了他，叶子不顾父母苦口婆心的劝告，百般的阻挠，甚至以死相逼的威胁，她就认定了他——虽然他长相一般，但有一双温和的眼睛；虽没有稳定的工作，但他是中专毕业，找个工作并不难；家境虽然不是很好，关键是他勤劳……父母长吁短叹想给叶子找个门当户对的，有铁饭碗的，叶子却横竖有理。父母拗不过叶子，最终叶子成了他的妻子，他成了叶子的男人。

叶子在镇里教书，男人贷款买了一辆大车跟着亲戚跑起了大车，那几年叶子的父母赌气不帮她，婆家经济不好也无力帮衬，只有两个人横下心来打拼，勒紧裤腰带攒票子，凉调土豆丝、稀饭就成了他们的家常便饭。眼看着同学们都进了城，买了房，叶子和男人一合计，心一横也进城也买房。没有钱四处借，借不来贷款，男人勤勤恳恳、忙忙碌碌从来不耽误一天活计，叶子兢兢业业、认认真真生怕扣了工资，就连生病了也从来不请假，在那段日子里，叶子和男人忙碌着享受甜蜜的生活。

终有一天，男人要当爹，叶子也要当娘了，可等到 7 个月时，叶子独自一人出门时不小心从楼梯上滚落下去，医生告知这个孩子保不住了。这个晴天霹雳的变故，让叶子在一个月子里整日以泪洗面，男人却自责，怪自己对妻儿关心不够，没能好好照顾叶子，那温和的眼神宽厚的臂膀给了叶子莫大的安慰。又过了几年，儿子出生了。本来日子一天天好起来了，为了多赚钱，男人起早贪黑、争分夺秒地赚钱，终有一天由于疲劳驾驶和一辆大车相撞，男人侥幸受了轻伤，而那个人却受了重伤，车没了，钱也没了，再加上近几年经济萧条，男人彻底失业了。

为了安抚失业的男人，叶子不管在学校多累、多忙，总会给男人做可口的饭菜，把家收拾得井井有条。可男人却性情大变，时不时来个冷战，为点鸡毛蒜皮的小事都能把叶子晾个十天半月的。叶子闲暇之余只能看看手机，在朋友圈里感受一下来自朋友的问候。男人变本加厉的冷暴力，叶子也只是睁一只眼闭一只眼，对于叶子来说，男人是有尊严的，让他耍耍性子也无可厚非。

可即便如此，叶子还是没能逃过那晚的噩梦。那天叶子的初中同学打来电话说是要聚聚，叶子高兴地去赴约，同学们 15 年不见了，在一起谈天说地，胡吃海喝，还有聚会的必修课——去 KTV 嚎几嗓子。等到 11 点了，同学们依然兴致盎然丝毫没有散场的意思，叶子找了个理由，不顾闺蜜的盛情挽留，急匆匆地往家赶。可迎接她的不是温暖，而是那冷冷的眼神，她抱歉地笑笑说："不会是没吃饭吃醋了吧？"男人没吭一声，把叶子一把推倒在床上，没等叶子反应过来，就拿出事先准备好的绳子把叶子的手脚绑起来，叶子一动也没动，只是一脸愕然。只见男人拿来钳子、改锥、剪刀还有各种刀具，像是医生要给病人做个大手术。叶子蒙了！要不是男人把刀具摆在她面前，她真不知道家里什么时候多了这十八般利器。她不相信她倾心爱慕了 15 年的男人会对她下毒手；更不相信《不要和陌生人说话》那部电视剧的情节会在自己身上重演。可是她错了！男人骂骂咧咧地把叶子的手机扔在地上，手机的碎片在光滑的地板上跳来蹦去，紧接着男人开始撕扯她的衣服，心爱的小西装被撕成布条，裤子不好撕直接用剪刀剪成布片。他暴怒的像一头狮子，叶子的眼前只是雾蒙蒙的一片，她不敢为自己狡辩，只能眼睁睁地看他像发了疯似的把衣柜里的衣服都撕成布条、剪成碎片散落在地板上，衣服也撕了，难听的话也骂了，该收手了吧！叶子，又错了……

男人拿起薄薄的美工刀片，在叶子的胳膊上轻轻一拉，鲜红的血液汩汩地流出来，流在她最喜欢的粉色床单上，床单上出现了一朵花瓣，慢慢地晕染开来。叶子竟然忘记了疼痛，忘记了开口辩问，双眼一会儿模糊，一会儿清晰，死死地盯着床单上的大作，盯着那人那近乎狰狞的脸。男人不紧不慢地在叶子的胳膊上，腿上用锋利的刀片划拉着，他一言不发只是划着划着，像是在雕刻一件作品，叶子紧咬嘴唇，生怕自己忍不住叫出声来，惊醒隔壁卧室 5 岁的儿子。此时叶子的嘴里咸咸的，鼻子里酸酸的，心里苦苦的，像是打翻的五味瓶。婚前的誓言、婚后的约定是多么的苍白无力！不知过了多久，粉色的画布上已经呈现出朵朵牡丹，不需要调色板，先流出的血迹已经变成暗红色，新流出的血迹一层层叠染上去，有花纹，有花边，有轮廓，不需要专门勾勒，已然是一幅国色天香的牡丹图。叶子默默地看着，看着，没有了说话的力气，没有了吸气的力量，眼皮沉甸甸的，眼前的一幕幕慢慢变成漆黑一片。

叶子醒来时，刺鼻的消毒水味儿还弥漫在静谧的白色空间里，她静静地躺在白色里，床卡上清晰地写着：叶子，女，35岁。利器划伤，浅表性伤口，没有伤及筋骨。处理大小52个伤口无感染。再看是母亲那焦急慈爱的神情，父亲那深邃的眼睛里满是疼爱。看见叶子醒了，母亲立刻抹去眼角的泪水，父亲则深深地叹了一口气。再看病床前跪在地上的男人，胡子拉碴的，好像过了几个年头，苍老了许多，他的手紧握着叶子的手，叶子竟然没有觉察到。"这是怎么回事？问他，他一言不发，只是在你床前跪着，跪了一天一夜了。"母亲哽咽着说。叶子看看男人，看他一脸虔诚，看他那依然温和的眼睛，有气无力地说："都怪楼上那家，小孩儿扔东西竟扔到我家玻璃上，满窗的碎玻璃散了我一身……"母亲一个劲儿地抹泪，父亲却一个劲儿地叹气。

经过那件事，男人变得勤快起来，他央求叶子原谅他，还送给叶子一身藏蓝色的运动衣。叶子最讨厌蓝色，冷冷的色调没有一丝温暖的感觉，不过男人的用意她心知肚明，男人说他怕失去叶子，害怕她花枝招展的衣服。叶子将胭脂水粉打包在一个男士的鞋盒里，她穿起运动鞋，穿起了令她窒息的藏蓝色运动装。同事们说：叶子一般不生病，生了病就是不一般，连穿衣风格都变了。叶子总是笑着说：穿运动装利索，现在不是时兴减肥么，咱也赶赶时髦。叶子嘴上说着，脸上笑着，心里却默默地流着泪。男人不再颓废，积极找工作，不再无所事事，而是抢着分担家务。叶子虽不穿花裙子，但心里总有些许安慰，她想将那噩梦从记忆里删除掉，重新复制美好的生活。可美好的时光总是那么短暂。男人谋得新工作，继续干起了老本行，在一个车队里当司机，每天时间不定，休息时间也不确定，每次跑车回来叶子总能看见父子俩嬉戏打闹的画面，多温馨呀！不过嬉戏过后，男人的情绪却时好时坏，脸色也阴晴不定，事后叶子偷偷地问儿子："你爸爸跟你玩什么游戏呢？"

儿子神秘地说："玩侦探游戏。"

"告诉妈妈，怎么玩呢？"

儿子把嘴贴近叶子的耳畔悄悄地说："爸爸问我，妈妈天天跟谁说话？"

"那你怎么说？"

"实话实说呗，我可是侦探！"

叶子恍然大悟，原来男人阴晴不定的脸色，忽冷忽热的态度，是因为她跟别的男人说话啊！自此，叶子尽量不再跟别的男人交流，哪怕是男领导、男同事，包括学生的男家长。

日子一天天过去，平静的湖面下总是暗流涌动。那天叶子带儿子在广场上玩耍，恰巧碰见一位老同学，叶子带的那个班里有这位同学的孩子，叶子本想低着头溜过去，可热情的老同学又是握手，又是夸赞，弄得叶子有些不知所措，好不容易搪塞了几句，脱离了老同学的热情。晚上男人的脸色开始阴沉，叶子只是按部就班该照顾孩子就照顾孩子，该洗碗就洗碗，她不想做过多的解释，如若张口只能是越描越黑。又过了几天，男人由冷漠晋升到冷战、冷暴力。那天晚上天分外黑，黑黑的天幕上只有一两颗孤寂的残星，似乎在努力地闪烁它那微弱的光芒。晚饭过后，男人径直走进书房，生起闷气来，又是摔键盘又是扔花盆，叶子推门进去，地上一片狼藉："怎么了？我想和你谈谈。"冷战了半个月，叶子主动和好，男人的眼睛红红的，似乎有一团火焰在燃烧，男人狠狠地瞪着叶子，此情此景叶子似曾相识。"做了什么好事，你自己清楚，竟然跟我玩起了冷战！"男人越说越气愤，越气愤眼睛越红。叶子的眼泪像断了线的珠子，簌簌地流了下来，她没什么好说的，只觉得自己正在用善良、宽容、忍让一层一层地把那颗支离破碎的心慢慢地、慢慢地包裹起来。

她伸出手想去给男人一巴掌，可觉得他不配，叶子举起的手重重地打在自己的脸上，不为别的，只为将自己彻彻底底地打醒悟，彻彻底底地从自己编织的美好梦境中拉回来，她不想过这行尸走肉般的生活。叶子像一个上了发条的木偶，双手一左一右不停地挥舞着，不停地落在自己的脸上，"啪""啪"的响声有节奏的在狭小的书房里回荡着……叶子的脸火辣辣的疼着，黑黑的长发裹着泪水散乱地垂在脸上。男人头也不回走了，只扔下冷冷的眼神，冷冷的鼻哼声……

叶子不知打了自己多少下，双手麻了，脸也麻了，她瘫在枕头上，双眼已经没有了眼泪，只是干涩地嚎着。没人管她，只有冰冷的一切。她抬起头看看卧室里熟睡的儿子，嘴角漾起一丝笑意，多乖巧的儿子。叶子又看看与他朝夕相处了 15 年的男人，曾经那温和的目光已不复存在，只剩下冷漠……叶子把书房的门闭上，和衣躺在被窝里，那藏蓝色的运动服令她作呕。她用最快的速度把它们撕扯下来，重重地摔在地上。叶子讨厌冷，讨厌一切与冷有关的色调。她重新盖好被子，这被子还是前几年得模范教师给发的奖品呢。粉色缎面上绣着精致的百合花，浅粉色的花蕾正含苞待放，淡绿色的丝线绣着浅浅的绿叶，一片绿叶在花径上，另一片绿叶好像被风雨侵蚀过一样，蜷缩着落在地上……叶子拿出抽屉里的美工刀，在自己的手腕上重重地划了一道口子，那鲜红的血液喷涌而出，血滴在纯洁的百合花上，流在蜷缩的叶子上……叶子再次看到一大瓣一大瓣红红的牡丹花晕染着，只不过这次层叠晕染血色牡丹的速度更快些。叶子睁着空洞洞的眼睛，死死地盯着天花板，书房的吸顶灯是他俩一同挑的，灯的质量是仿羊皮，灯罩上"珍爱一生"依然清晰可见，旁边是一朵红红的玫瑰，还有两个圈在一起的戒指。现在看来那妖娆的玫瑰是那么可怕，那精致的戒指是那么刺眼……叶子累了，她无私的付出换来的仅仅是无端的猜忌，无声的冷漠；她无休止的包容只能助长男人的"尊严"；她无止境的退让只能让自己的心走向绝望，情殇莫过于心死！她害怕那满窗的玻璃会落在年迈的父母身上，怕那暴怒的火焰会烧到弟弟的身上，怕自己被撕碎千百次的心再次黏合……叶子已经感觉不到皮开肉绽的疼痛和血液枯竭时的痛苦了，慢慢地，叶子的眼前越来越模糊，她仿佛看到几年前夭折的女儿已经长大，看到她去世的奶奶正张开双臂欢迎她的到来……

叶子在万物欣欣向荣的阳春三月无声无息地凋零了，谁也不曾想过年仅35岁的她内心有多少酸楚，谁也不能理解美工刀割在手腕上时她无奈的挣扎，谁也不曾想到她身体里的血液慢慢流干时的绝望……

叶子落了，男人疯了……朋友圈里又有了新闻《年轻女教师突发疾病去世，情深义重的丈夫一夜间变成疯子》……

张宇冰作品选

张宇冰，银行职员，散文爱好者。

天渐凉　滚拌汤

　　天渐凉，气象信息中看到霜冻预警。前两天还是单薄衣衫，转眼，便成了满目秋光。落霜了，庄稼收完了吗？想起乡下，秋夜弥漫的柴火味，热乎乎的晚饭后，仰头看见分外明亮的星星。

　　秋收时节，庄户人家通常一日两餐。我做过的农活太少，参与秋收，图个新鲜感。和二姨掰过几回玉米，掐糜谷，刨山药蛋，打枣。秋夜那顿晚饭来得好晚，饥肠辘辘背起果实，盘桓在山路上，家特别遥远。

　　终于挨到院，小孩子们个个累得东倒西歪。二姨最辛苦，在地里干一天农活，上树打枣，背着东西一遍遍从山脚到山顶，还要忙着收拾柴炭生火做饭。

　　新出土的山药蛋，院里随手摘下的西红柿、圆白菜、辣椒、芫荽，二姨准备着蔬菜还要征询大家的意见。晚饭吃什么呢？拌汤！一致通过。变戏法一般，二姨很快将一大锅拌汤做好了。喝过多少拌汤，二姨的拌汤最香。

在保德，最通俗的说法叫滚拌汤；烧一壶水，叫滚一壶水。以前我做饭不"咬文嚼字"，像"滚水"一样做拌汤，简单，迅捷，会开一壶水的人就会做，也难怪人们在评论一个又懒又笨的小媳妇时总是叹着气说："唉，连拌汤也滚不利索。"有个南方人初到山西，佩服山西女人会做许多种面食。她炒菜做海鲜很拿手，可就是不会和面，黏糊糊的，说山西人做面食简直像在表演杂技。

拌汤，是一种省事的面食。不用和面，配菜随意，可用少许油炝锅，菜略炒，添水，将面粉拌成小碎絮，或玉米粒大小的面疙瘩，倒进翻滚的汤水中，不到三分钟就煮熟了。要么直接开水，煮菜，加调料，煮入拌均匀的小面疙瘩。说来省事，但拌面最关键。适量面粉，一手将水像细线一样缓缓滴入面粉中，一手用筷子拌，面粉包裹了水珠，成为小面疙瘩，彼此独立，不会粘在一起。拌面时，水与面的比例恰当，拌面的劲要巧，要有耐心。这样，汤汁清亮，面疙瘩细碎，吃起来还有一点点筋道。如果面粉拌不均匀，要么有很大的疙瘩，要么干面粉就下到锅里，煮成一锅浆糊，还容易糊锅，那才真是"笨媳妇"了。

饭店的拌汤种类多，最常见的是西红柿鸡蛋拌汤和豆腐拌汤。豆腐拌汤，不单单要用细条豆腐，还加一种红腌菜丝，加了它，汤呈深绛红色，滑嫩的豆腐，咸中微酸的腌菜丝，喝一碗，暖遍全身。拌汤中最讲究的应该是西红柿鸡蛋拌汤，西红柿、鸡蛋、木耳、菠菜，既好看又有营养。在家乡，豆面拌汤也很受宠，拌面用豆面，或将豆面与白面掺到一起。豆面不像白面那样精细，拌豆面更容易成形，不粘，汤汁清亮。豆面拌汤和着酸菜丝最好，酸菜是用紫红的萝卜和橘黄的胡萝卜、芹菜还有大红的辣椒腌制成。然后将胡麻油煎的葱花倒入拌汤中，撒芫荽，拌汤上边飘着红的油花，汤里白、红、黄、绿，色彩纷呈，还未端起饭碗，香味已满怀了。

拌汤是典型的粗茶淡饭，有的地方叫疙瘩汤，但我总觉得拌汤更生动。在家乡，新婚第一天要喝拌汤。电视剧《乔家大院》中，乔致庸新婚也喝拌汤，叫做和气拌汤。相遇红尘，相依相伴，喝下拌汤，心都暖了。

街头，拌汤烙饼村的招牌很多，这样的饭店用很有乡土气息的村字为名，格外亲切。正是：心近了，和气了，喝拌汤也乐意。

和西红柿过夏天

　　西红柿有个别名，叫爱情果。据记载，16 世纪，英国有位名叫俄罗达拉的公爵在南美洲旅游，很喜欢番茄这种观赏植物，于是如获至宝一般将之带回英国，作为爱情的礼物献给了情人伊丽莎白女王以表达爱意，从此，"爱情果""情人果"之名就广为流传了。

　　但是，那时人们都认为西红柿是有毒的，只作观赏，不敢食用。一直到 17 世纪，有一位法国画家曾多次描绘番茄，面对番茄这样美丽可爱而"有毒"的浆果，实在抵挡不住它的诱惑，于是产生了亲口尝一尝它是什么味道的念头。他冒着生命危险吃了一个，觉得甜甜的、酸酸的、酸中又有甜。奇异的是，躺到床上等死的他居然没事，于是"番茄无毒可以吃"的消息迅速传遍了世界。爱情果从山野进入寻常百姓家，为大众所喜爱，代代相传，生生不息。火红的西红柿属于夏天这个火热的季节，夏花灿烂，绿叶疯长，而西红柿一点儿也不逊色。多边形的深绿色花托托着吹弹可破的圆脸蛋，若带点水珠，更显得妩媚又不乏清爽。

　　有人亲切地称土豆为兄弟，那么，西红柿可称作小妹吗？西红柿虽是小妹，却火红热烈，不扭捏，和谁配到一起，都大大方方。西红柿豆腐，西红柿鸡蛋，西红柿茄子，西红柿茴子白，甚至西红柿牛腩，西红柿火锅。盛夏来一盘白糖拌西红柿，看似如雪里红梅，吃起来酸酸甜甜美到心底。或者干脆像咬苹果一样囫囵咬开，遇到沙瓤的西红柿，堪比西瓜；说到底，西红柿随手可拿要比西瓜好接近。大棚技术让西红柿成为四季蔬菜，不过，大棚里的西红柿硬邦邦一个空壳，怎能跟阳光下生长的西红柿比。保持西红柿新鲜，一可冷冻，二可做成酱封存。秋天选大小合适的西红柿冷冻到冰箱里，冬天或第二年春天拿出来，稍解冻，带着冰碴切开，西红柿又复活了。不过，若遇大停电，冰箱里的西红柿融解，即使重新上冻，也因失过水分，皱皱巴巴的，不大好吃。再说西红柿酱，以前的做法有些费功：收集小口的装葡萄糖或装医用盐水的玻璃瓶，清洗，煮过。西红柿用开水烫了，剥掉皮，切碎，费劲地装进小口玻璃瓶，上大锅蒸，蒸得西红柿一半像水一样澄在瓶底，另一半腾云驾雾般升起直抵瓶口。抢着盖上胶皮盖，晾冷，存起来。待冬天来临，西红柿酱炒豆腐，西红柿鸡蛋炸酱面，味道不比新鲜西红柿差。不过，这两年学会一个新做法，更省事又容易保存，经年不坏。首先西红柿要选立秋以前的，理由是，立秋以后的西红柿口味酸，立秋以前的西红柿熬过后做成酱味道甜。每年立秋前，选光鲜的西红柿，逐一清洗，逐一用开水烫一烫，剥皮，切开，集中到锅里熬，一直熬到水气尽失，颜色越发地红了，装到敞口的罐头瓶里，最后上锅略蒸五六分钟。有人省了最后上锅蒸的程序，直接拧好盖保存，保质期也可以很久。论西红柿酱的营养价值，自不比新鲜西红柿，若非要选择反季蔬菜，只吃感觉的话，还是选择没有添加剂的西红柿酱吧。

西红柿又叫番茄，而且番茄酱似乎更雅。有人说做番茄酱的番茄不是普通品种的西红柿，这种番茄要甜一些，更容易被大众接受。一次，我见识了家乡的碗托儿有种惊艳的吃法：菜端到桌上，初看，众人以为是普通的红烧茄子。一尝，才知小饭店创新，将碗托切块，用鸡蛋淀粉液裹了，油炸出一层金黄色脆皮，再配番茄酱尖辣椒等配料一起炒，类似红烧茄子的做法。绿的辣椒丝，红的番茄酱，咬一口，金黄脆皮下露出洁白的碗托儿。如此折腾一回，别有一番滋味。我自己炒过碗托儿。从超市买种特殊的甜辣酱，就是番茄和辣椒做成的酱，把碗托切成小方块，不用油炸，保持它的本色，与甜辣酱一起用少许油炒了，装盘撒葱花，绝对的美味。许多晋西北人觉得少了土豆不会做饭，在我看来，如果夏天没有西红柿，会非常乏味。

张剑飞作品选

张剑飞，男，现为保德县委办工会主席，党刊《保德工作》执行总编，《保德文化》主编。

保德历史上的名将父子

戴辰，（约1528～1558年）明代保德人。父亲戴冕曾为保德所千户，嘉靖二十九年（1550）调陕西镇羌所后，戴辰承袭父亲职位，继任保德所千户。

嘉靖三十六年（1557）九月，蒙古俺答部举兵围攻大同右卫（今山西右玉县一带），明军守将王德战死，右卫城中烽火断绝，柴水不通。内阁首辅严嵩与兵部尚书许论，谋划放弃右卫，世宗不许，命诸臣发兵饷，并令兵部侍郎江东代替杨顺，出任宣大总督，力图解救大同右卫。其时参将尚表奉命转饷入城，悉力抗御，粮尽，食牛马，拆屋为柴，士卒始无异志。

尚表时出奇兵突战，俘获俺答孙及婿与其部将各一人。于是总督江东、巡抚杨选、总兵张承勋等各严督将士先后出击。俺答兵侦知城中守备益为坚固，于嘉靖三十七年四月十五日解围而去。

右卫围攻始解，俺答又转而兵犯丰皁城（今河北丰宁县），大军围攻历时5日，一时间朝廷边患告急，先后檄文各处军马解围。时任保德所千户的戴辰奉檄带兵驰援，临行前知道此次解围九死一生，嘱咐妻子赵氏："后事畀尔，谨奉舅抚孤。"意思是：后事交代给你，小心侍奉公公抚养儿子。其时，父亲戴冕已届70岁，儿子戴延春年仅3岁。临行托孤奉老，戴辰已抱定必死信念，言辞慷慨悲壮，颇显英雄气概。

一路上戴辰振甲跃马，带兵疾驰，3日后到达丰皁城下。面对如蝇敌军，戴辰并无惧色，随即带兵攻打俺答军外围，直扑营帐。刀光剑影之中，戴辰勇武骇人，连斩多名敌军头领，直战到天昏地暗。

日暮时，戴辰因兵少将寡，始终难以冲出包围圈，但仍不忘提示城内守军，以坚其心。最后在矢尽力竭的情况下，战死在敌军包围圈中。历经戴辰出其不意的攻击，俺答大军惊惧不已，入夜竟悄悄撤兵而去，丰皁城围困始解。

第二天天亮后，戴辰的尸体被找到，浑身上下刀砍箭伤17处，惨不忍睹。事后朝廷追赠明威将军指挥佥事，时人对戴辰将军的勇武战死之事多有纪念，定兴人张栋曾撰挽诗一首《挽戴将军战殁》：

> 匈奴十万寇边城，赴敌捐躯一羽轻。
>
> 死事封疆臣节在，将军芳躅继真卿。

戴辰死后，遗体运还保德所，全家人陷入悲痛之中。妻子赵氏伏尸痛哭，三日水米未进，甚是凄凉。后搬迁独居，以柔弱之躯担负起养老抚孤之职。经受丧子之痛的戴冕也在两年之后撒手人寰，赵氏只身一人埋葬两位亲人后，历尽艰辛把抚养儿子戴延春作为告慰丈夫的唯一重托。48 岁时她因长期积劳成疾竟英年早逝，被公认为节妇。时人对赵氏含辛茹苦的事迹曾留诗一首《戴夫人赵氏苦节》：

> 亲收战骨付新阡，茹蘖深闺二十年。
>
> 俯仰那堪心力竭，国风重咏柏舟篇。

母亲去世之时，戴延春（号少泉）已 23 岁，继父事任大柏油守备。看着坎坷一生的母亲去世，戴延春以节女之名向朝廷上疏，虽历经先例阻拦，但最后还是争得一席之位，三院旌其门。

34 岁时，戴延春升任入卫游击，次年升石塘岭参将。万历二十三年（1595），因白马关战役获得大胜，戴延春升任蓟镇总兵，成为明代九边重镇中位高权重炙手可热的人物之一，并与抗倭名将戚继光开始共事。

在长期的军事锻炼中，戴延春文才武略兼备。他的箭术堪称百发百中，被时人称颂。升任蓟镇总兵期间，有边情奏报，能快速决断，一挥而就。万历二十六年，在抗倭战斗中，戴延春因长于指挥，勇敢善战、机动灵活，升任署都督金事管总督标下中军。二十七年，当地倭患平息，升都督金事。二十九年后，升任山东备倭总兵。

41 岁时，因战功赫赫，戴延春已授骠骑将军，同时被朝廷诰封两代镇守孤山。次年，又继任阳和军门标下中军。他的升职如此之快，除了父亲的影响之外，可以说正是因为身经百战，以军功攫取的结果。

追溯当时，三代人皆以效忠朝廷、平息边事为己任。父亲戴辰勇敢赴死的事迹尤为感人，戴延春更是勇武智慧兼备，逐渐成为国家的栋梁之材，更兼赵氏苦节抚孤之事，赢得了时人的极度推崇，"父以忠死，母以节显，一门贤孝，于时罕匹"。客观地说，连同戴延春的两个儿子戴天宠（武进士）、戴天职（副总兵），四代从军，并建功立业之事，确实世所罕见，因而名声显赫的戴氏一族在保德明代的历史上熠熠生辉，惜墨如金的《保德州志》中也才会有关于戴氏家族的大段记述。

保德人到底来自哪里

历史上的保德，地瘠民贫，梁峁起伏，生存环境恶劣，然而这块土地上，春秋时期即筑有林涛寨，可见很早就有人居住。

从全县的古遗址村落看，大多零散穴居，并无成规模的村镇；从现有村子的形成历史和传说看，大多新村在明代的集中移民时期逐步形成。

那么保德人到底来自哪里？翻阅寥若晨星的古籍，仅发现有两处明确记载，这大概记述了保德人的两个重要来源。

一处是《保德州志》中的记述："旧芭州，在黄河西北，今口外河套内。苏武庙、李陵碑在焉，故址园圃、碾磨犹存。今保德人大都皆芭州臼窟它村人移居于此，故老犹多传。"

从这一记载来看，保德人的一个重要来源就是古芭州的臼窟它村。古芭州早在元代以前已经形成，后在明代因水源枯竭逐渐废弃，大概这一时期一批相对较大规模的移民涌入保德，成为大多保德人的先祖。古芭州的具体位置在哪？从记载中看是口外河套内，但《保德村名录》中有一笔记载，括号中专门加注为：今府谷县东北 90 里处，不知如何得此结论。如此看来，保府两县确实地缘、人缘关系紧密。

然而从一个村子出来的移民毕竟是少数，但值得如此记述，就反映出两个问题。一是保德原来居住的居民分散，来源不清。二是旧有村子规模较小，人数不多。

保德州志中记述了胡楠州官的一段评论。胡洵阳曾说："昔五都，共九十村。今二百九十一村。非和市日久，生齿渐繁之一验欤。初不知每村不过二三家，多亦不过一二十家。相距俱五七里，或一二十里，号召不相及，声势不相倚，且岩居穴处，一望不见人踪，尽一片荒凉境界也。观曰沟、曰焉、曰塔、曰峁、曰岭、曰窊，别无美称焉。"这一记述即可印证以上所说的情况。

另一处保德人来源的重要记载出现在《保德州乡土志中》。书中记述如下："本县无大姓巨族，户口零畸，同姓不宗。有江南人由前明宣德七年置保德所，额兵一千余名皆自江南诸地调来，以御西乱，积久遂家焉，是为所民今散居城内及五都地方。"

从这一记载来看，保德原州城中的驻军竟来自江南各地，后因久住，便落户保德，成为当时保德人的另一个重要源头。从1000多士兵的去向推测，因戍守任务重，时间久（治所一直延续到清代），遥隔千万里返乡的毕竟少数，大多数选择了本地安家，扎根生存。待后来便分居境内各处，但州城内应该居多，如此看来，城内村的大部分住户应是江南人的后裔。

对于设所驻军这一事件，县志中摘录有较完整的记录：明宣德七年置守御千户所。原设掌印官1员，佥书1员，世袭正千户2员，副千户2员，百户10员，镇抚2员，总旗21名，小旗24名，旗兵1156名。至万历年间，裁减为316名。所治在保德州城东南隅，明宣德八年千户戴锐建。弘治十四年千户孙裕、万历十八年千户孙光祚、三十一年千户王维城俱重修。清顺治六年守备牛化麟拆毁。

综合来看，保德人的来向就较为复杂了。虽有本土的居民一直存在，但外地移民应是人口来源的主体。这就是虽同姓，但不一定同宗的原因。芭州的移民虽较为集中，也略成规模，应为明代初期移民的主要部分；后来的江南驻军千余人，也应是明中后期移民的主要来源。这样看来，也就明白了保德弹丸之地，居民大多汉族，但姓氏颇多，更兼有一些不多见姓氏的缘故。

王旭艳作品选

王旭艳，女，山西保德人，现居北京，自由撰稿人。创作长篇小说、诗歌、散文、歌词若干。

留寸净土在心间

2012 年在呼和浩特去往西安的火车上，我写下"自古天涯客，心字早成灰"，文字带着华丽的矫情。2013 年我留在北京一所学校当老师，暑假回太原的火车上我写下几句话，其中一句是"车过忻定原，酬志再回还"，语气饱含迷茫的固执。也是那个暑假我考驾照，开着朋友比我还落魄的奇瑞 QQ，沿着黄河回到我生活过的村庄，顽童、老人、生锈铁锁、破败院落、新堆的坟头，我又写过一句"老翁倚门盼儿归，一袋旱烟诉相思"，心情是别样而不做作的沉重。那也是我第一次有写这个故事的想法。2014 年的中秋节，我还是穷酸地写下"不敢西望朦胧月，相思乡思据心头"，情感真挚。2015 年 4 月在太原的雨水中告别母亲前往北京，那次也是我所有告别中唯一不敢回头的一次，动车在保定稍作停留，我写下内心苍茫真实的独白，"早已厌倦漂泊，但却无法停止流浪"。到后半年有首诗里写过"立尽斜阳千山外，时近中秋月半亏""直把他乡作故乡"，之后，再没有动笔写过任何东西，自然也没有关于故乡的一笔一画。匆匆30年，我们无一例外地抗争，走很远的路，忙很多的事，来不及记起，顾不上遗忘。我们为了生存在物质世界里气喘吁吁，内心焦躁到无所适从。很多东西始终那么悬着，无处安放。从村庄到城镇到小城市到大城市再到大都市，确实光彩夺目，眼花缭乱。漫长的漂流让你学会了与自己握手言和，与生活温柔相对。万水千山，远行的终极意义应是回归，我们渴求温暖，而爱是抵达的唯一途径。在心中打扫出一寸净土，把自己的守望铺陈到生命的尽头。所以我放下曾经对文字年少轻狂的表现，醉心于内心深处温柔动情的表达，把笔记本带在身上，在每一个专职兼职的间隙写下一些字，竟成了《生在保德》。也许一切皆源于内心不分青红皂白的爱吧。

谨献给保德——我20岁之前的家乡，20岁之后的故乡。

献给保德"80后"。

是为序。

回首向来萧瑟处

——《生在保德》后记

　　这无疑是一次深情的回眸，因回得太久而脖子酸困。回首完即是转身，转身意味着告别。带着"保德"这块胎记走了很远的路，直到有一天我觉得写一本《生在保德》应该是件有意义的事。故事在非死即伤、非伤即残、非残即难中结束了。当自己煞有介事地写下"终"字时，仿佛故事里的所有至此一笔勾销。朋友说，老王，别写成一个悲剧让结局太惨。而我无法给这个故事定性，它到底是什么。真正的喜剧在于你笑着笑着哭了，因为生活很难圆满；真正的悲剧在于你哭着哭着又笑了，因为你终将坦然接受生活的不圆满，继续前行。当然，很多时候生活也令人啼笑皆非，哭笑不得。生活中的错位往往令你措手不及而异常烦恼，就像你可能会就着大个的碗托吃一碗梁勇的炒山药丸子。这看似荒谬，其实也没什么不合理。于是，你需要打破，并在调侃中安慰一下自己，如此也好。我曾拎着鞋子赤足走在黄土里，包括干燥滚烫的，也包括湿润冰凉的；我曾在故乡的山路上伸手拦下一辆农用三轮车，在到达目的地的途中认真观察；我曾坐过不同时刻的火车，看春夏秋冬、白天黑夜中的黄土高原，那时候我们近在咫尺；我曾坐在飞机上，在高空触目惊心地俯瞰那种支离破碎、沟壑纵横。这不知道是一种情愫，还是一种情怀。漂泊久了，身上早已去除了那种娇气的水土不服。在他乡常住，在故乡投宿，自己似乎也习惯了这种安排。对许多事情的讲究逐渐变得将就，而那种将就却始于对一碗面的迁就。外乡"刀削面"像"刀砍面"生硬难以咀嚼，点了手擀面端上来的却是挂面，卤是粗鲁的卤，慢慢地便不再期待奢求，默默吞下。到后来连无限稀释低浓度的兑水醋也原谅了。这像极了生活。坚持做或者坚持不做一件事情都是比较难的，所幸的是这本书没有以"未完待续"结尾。高原峡谷、黄土农具、耕牛农人、窑洞院落、梁峁沟壑、家畜家禽、男人女人、老人顽童、饮食起居、生老病死、婚丧嫁娶、美丑善恶……坚守、选择、得失、欲望、挣扎、勇敢、懦弱、背叛、原谅、隐忍……想说的很多很多，许多埋下的伏笔一直埋着没说，也永远无法出土。保德被锁死在晋陕蒙交界，这里和别处也相同也不相同。没有褒贬，我只是提笔将故事从时空里移到纸张上。时光汹涌过去，30 年改变了很多，潮退后留下痕迹。蝉声沉落，蛙声升起。有的人现实地活在理想中，有的人理想地活在现实中，有的人在理想和现实的夹缝里游刃有余。毋庸置疑，每个人都在与生活死缠烂打。表达的方式有很多种，而写作是最省钱的文艺。写一部 15 万字的长篇，你只需要配备 500 页稿纸，七八十支中性笔，一些水，奢侈点可以有咖啡和茶叶。没有大纲和草稿，在各种可能的时间地点，利用一切可用的空闲书写。合上手稿，那些人会跳到你桌子上和你交流，面容鲜活。这是虚构的真实。若说爱好，写作可能是排在驾驶、音乐、摄影、厨艺、运动之后的，但因为它简单易行，所以一直常伴左右。零零散散的文字，密密麻麻的故事，然而再多的文字也讲不完流变的故事，时间流逝后就是繁衍生息过的痕迹，分分秒秒印在这块土地上，印在每一个人心里。也许从文学的角度来讲，这是一部经不起推敲的作品。然而，这并不重要，我从未想过成为一个作家抑或一个文学家。我只是从一个"80后"的视角看了看这片土地以及这片土地上的人们，看了看被现代文明野蛮入侵的村庄，看了看这30年人们在急剧变化的时代中的彷徨……然后情真意切地讲述了一番，但只是极其微小的一部分。在每个人的生活中想做的太多，但能做的太少；我们想做到极致完美，却往往有差强人意。对于这本书、对于写作、对于我自己我所能做到的便是人品始终比作品好些吧。俯首柔情万种，仰头豪情万丈，俯仰之间是横陈左右的山梁。回首中少不了反思，少不了修正。而反思和修正使得内心安宁，灵魂清澈。愿故乡安好。走出被现代文明过分打扰的村庄，我们心怀良知与爱，背负苍茫继续前行。至此，再见。不再叙，不再续。谢谢读者。

韩俊义作品选

　　韩俊义，保德县韩家川乡人。1990年7月参加工作，中共党员。大学本科学历，主治医师职称。喜爱文学，偶有作品见于报端。

那矿，那山，那人……

　　又是·年杨柳青，又是·度春风来……

　　初春的时候，我又回到了远在矿山的家，生于斯，长于斯，恋于斯。远远地看见矿区东面的大青山，开始泛出淡淡的绿色，矿区街道上的垂柳也已伸展着她嫩绿的枝条，哦，家乡的春天来了。

　　风不算小，却没了往日的黑土飞扬。走在矿区的街道上，看着一张张似曾熟悉的笑脸，我开始重新审视这个我非常熟悉却又感陌生的地方。

　　家在矿山，每次回家，都要到井口看看。小时候，和几个伙伴偷偷地跑出来，就到井口边玩。几个小屁孩儿不时被井口的大人们斥责，越是不让去，就越想去，偷偷躲在墙角看那车来车往人出人进：运煤的小电车"当、当、当"响着的铜铃，车顶上"啪、啪、啪"闪着蓝色的火花入井，升井，川流不息，一列列的原煤源源不断；一班一班的工人们头顶着一盏盏明灯下井，采煤，掘进，支棚，放顶，开车，挂钩……耳边不时响起"下山、1248 机头、1023 工作面"等等一些熟悉而不解的话语；看着叔叔们一脸的煤黑——只有眼白和牙齿显得格外的白……有时冷不防屁股上挨一下子："你看看谁谁谁家的灰小子，又跑到井口作害甚来？赶快回去！再上来看不打死你呀这灰货！"尽管是满耳的斥责，但是叔叔们是好心，害怕我们在这里出了危险——于是三四个孩子马上作鸟兽散，自然，回家还免不了一顿皮肉之苦，因为除了两只黑乎乎的脏手，出门时才换过的衣服上面早已挂满了煤灰。遇到井下运出矸石，我们几个小孩就在调度站附近的停车线上一节一节的矸石车里捡煤块、炮线、破板，当然最想要的是大轴承里的铁蛋蛋，煤土堆里擦几下圆滑通亮，捡到的当然是越大越好玩，当然有时也能捡到没有爆响的火药，得赶紧扔掉……

其实，留在心头最难忘的，还是我那次井口遇险的那一幕：

煤矿井口调度室门前，人来车往，川流不息，谁也没有注意到，三四个小孩向一列运送煤矸石的电车跑去，其中一个五六岁左右的小男孩趁电车驾驶员下车报单空间，爬上了电车头，先是摇了几下车头上的铜铃铛，尽管叮当叮当地响个不停，还是没有人注意到这一险情；这孩子后来又想把电车顶上磨着电线的架子拉下来，就用手去拉那个架子，"啪！"伸上去的那只小手被带电的脚架牢牢地吸住，吱吱的冒烟……另外几个孩子吓得哭喊着跑了，这个被电牢牢吸在车头的男孩便是我。

"啊呀，这娃娃要命了，这才是要命了……"一个刚刚升井下班的叔叔大声喊着跑过来，断电，把我揪下来，掐人中，直到我"哇——"的一声哭出来，叔叔长长地舒了一口气："哎呀，天爷爷呀，这娃娃总算过来了，不咋了……"他紧紧地抱着我，这时，我看到了那张普通而又特别的脸：满脸的煤灰已经看不清他长什么样，汗水趟出的两鬓已经斑白；头盔上那盏雪亮的矿灯还没来得及关上，一双炯炯有神的眼睛焦急地望着我。当我的母亲风风火火上来时，救我的那位叔叔已经走了，旁边只有那个电车司机在照看我。望着那烫黄起泡的手，妈妈吓得大哭。事后爸爸曾经四处打听那位救我的叔叔，想感谢人家……救我的叔叔却始终没有打听到。事情过了多年，留在我心底的永远是他安全帽上那盏一直亮着的头灯，那双明亮的黑眼，那满是煤黑的脸上汗水冲刷留下来的道道，和那身走路都能掉下煤粉来的工作衣里高大的背影，那是和父亲一样的矿工的背影，渐渐地越走越远，越来越高大……

多少年来，我就这样回了又去，去了又回，矿山永远是我的家。弟妹们都各自成家，做着各自的事业，而家里只有我那做矿工的父亲和作为家属的母亲，他们依然守恋着矿山。我曾动员他们和我一起住，但父亲已经不习惯离开矿山了。20世纪60年代后期"文革"开始以后，还是毛头小伙的父亲走出高中的课堂，高考体检都过了，就是不考了，国家不考了！一介书生，没别的出路，只好来到矿山做了一名矿工。采煤、掘进、皮带、通风、劳资、材料等十几个岗位都留下了他的足迹，他干一行，专一行，在采煤队的时候，曾因工作面冒顶塌方砸断过左腿，矿山里有他流过的血和汗。40年过去了，母亲伴随着父亲把最美好的年华抛撒在这矿山，矿山的一草一木，早已成了他们生命中不可缺少的一部分。

　　眼前的矿区路宽了、灯亮了、树绿了。清晨，东山上霞光四射，矿区的广场上，晨练的人们渐渐地越聚越多，健身操、毽子、羽毛球、太极拳，人们三五成群闲聊着最近的热门话题……

　　回到家里，母亲告诉我棚户区改造工程竣工了，咱们也分房子了，你爸运气不错，抓了个 A 区三楼呢！过几个月我们就离开矿区，到新房子住了，那里离市区也近多了，新生活就要开始了。下午，我们开车到了新居，远远地就看见蓝天白云下，一幢幢楼房拔地而起，"把省委省政府对煤矿工人的关怀送到千家万户，把吉祥花园建成平安优质和谐文明小区"的标语在春风中飘动，小区内的收尾工程在紧张地进行着，小区人家的装潢工程也紧锣密鼓地开始了，不久的将来，全市最大的小区将亮丽地展现在世人面前。

　　"看！那是矿工号列车！为了方便矿工上下班，矿区到小区还开了专列呢。这可是全省首家啊！"回来的路上，一列火车和我们并行，同行的妹夫告诉我。我回头看时，列车鸣着汽笛，载着我们新一代矿工飞快地驶过，目的地——我们的矿山！

南中逸事

（一） 南中

南中，就是南河沟中学。成立于 20 世纪 60 年代后期。当时，保德县有两所高中：一所是位于县城东关的保德中学，另一所便是位于南河沟乡南河沟村的南河沟中学。

提起南中，人们就说：南中，难中！很难考中；保中，保中！保证能中。无论从师资水平的高低还是交通的便利方面，南中似乎都不及保中，就连招生也是等保中挑完后，才轮到南中。于是，分到南中的老师都想着法子往回调；考到南中的学生，都四处找关系往保中转。南中的老师、学生都留不住，连续数年升学率为零，南中岌岌可危！

1984 年 8 月，县教委提出一个救急的办法：两所高中按地域招生，具体办法就是以朱家川河为界，河南面的学生统一招到南中，河北面的学生招到保中；新毕业的师范院校大学生不准留县城，全部下乡。

就在这一年秋天，我被南中录取了。9 月 4 日开学。其实我心里很平静，中考成绩是 439.5 分，按当时的成绩，就是不按地域划分，我也是南中的客。只是看着村里与我同时中考的彪儿和鹏飞已经被五寨师范录取，想着人家 3 年后就是国家干部、人民教师，能挣钱养家了，而当时的我很茫然，3 年后的我会是个什么样子呢？到了南中，我能考上一个理想大学吗？对于一个农家子弟来说，能考上一个大学，那好比鲤鱼跳龙门，从此脱离苦海了。

（二）南中上学

南河沟中学起先为二年制中学，后来改为三年制中学，到了我这一届已经排到了 24、25 班。

开学的日子一天天临近了，母亲忙着给我准备行李，我也早早把自己的书本收拾好。从我们村到南河沟有两个途径：一是步行到达。村边谷底有条河，名叫石塘河。过了这条河，到了小圪堆，再过了秦家寨，就算过了第一座山；再经化树塔村到了南王家岭，一直到了土门，就算过了第二座山；由郝家塔经潘家坞到达石且河，就算过了第三座山；接着由石且河翻到南河沟，就算过了第四座山。总共 4 座山 80 里山路。第二条途径：坐车到达。1984 年已经有从县城通到南河沟的班车了。得按时到有班车经过的村里等车。唉！这 4 座山 80 里山路，不带行李走也会累得够呛，何况我还带着一大卷铺盖和一个木头箱。罢了，坐车吧，好在我的姥娘家就住在桥佚线旁，一出门就是班车经过的那条公路。

头一天，我坐上了村里到孙家沟煤窑拉炭的骡子车，拉着我的行李，从早上 6 点一直晃悠到中午 1 点，总算到了姥娘家里。

第二天又在早上 6 点到了公路上，站在路边等县城到南河沟的班车。这次是二舅送我。他过去也是在南中上过学，毕业已经好几年了。

"老二路熟，学校说不定还有熟人，舅舅外甥在路上有个照应，你送狗子吧。"姥爷安顿二舅一声，就到地里锄山药去了。我和二舅在一个小时后终于等到了班车，上了车，车上早已没了座位。我好不容易抓住一根钢管柱子，站稳了脚。慢慢地，开始迷糊起来，由于路很不好，车子一路颠簸，那种说不清的难受、苦闷的滋味，刺激得我直想呕吐。一心盼着能早一点到。谁知道，更郁闷的还在后面。班车过了袁家庄后停了下来。嘈杂的吵闹声把我从迷糊中惊醒来："路断了！路断了！走不成了，给大家退票吧！"跟车的售票员大声地招呼着乘客。昨夜那一场大雨，山洪冲断了公路，班车只能返回县城，大家只好无可奈何地退了票。

坐在空荡荡的公路边，我和二舅傻眼了。一卷铺盖，一个填得满满的三合板箱子。"这该怎么办呢？要不返回去吧？过两天再走吧？"我问二舅。"过两天？人家学校不等你吧？明天就开新课呀，那哪能哩。我到下面的村子里借根绳子，咱背上走！"二舅说完就向公路下面的村子走去（后来才知道是叫桑林村）。不一会儿，就见他手提着一根麻绳回来了。"二舅，咋才借了一根？我也能背，多借上一根绳好吗……"我着急了，二舅看了我一眼说："你还小，那点东西，二舅一个人背。咱走吧，迟了要误课了。"于是，二舅把所有的东西放在箱子上面，就和秋天背收割好的庄稼一样，用那根麻绳捆起来，背在背上。

起先，二舅在前面走，我在后面跟着，赶到了郝家塔的时候，二舅便走在后面了。我看到二舅低着头，拱着腰，每走一步都要喘一口气，汗水顺着面颊淌下来，头发全都是湿的。到了歇下来的时候，我看见靠在二舅背部的三合板全部湿湿的，要不是中间的木架的支撑，早就被汗水泡散了……就这样，二舅把我的行李一步一步地从桑林背到郝家岭，经过潘家塌，再到石且河，下午4点，我们终于到了南河沟中学。

当时的南河沟还没有饭店，学校也没有开饭。我们到了仅有的一个小卖部里买了10个月饼、5根麻花，回到宿舍就着从伙房打来的一碗开水，开始吃那天的第二顿饭……下午5点半，二舅给我铺好了铺，安顿了我一句："狗子，好好念书，我回呀。"便又踏上返回的路。那时的我，不知该跟二舅说什么，只是默默地点了点头。

半个月后，我放学回家，见到了二舅。二舅才说："送你去南中那回可把我累着了，回来睡了三天才歇过来。"我说："二舅，我心里记着呢。"……我想：我到死也忘不了，有朝一日，我真的能有点出息了，我会好好回报您孝敬您……

12年后的1996年，二舅因胰腺癌匆匆离去，年仅41岁。二舅留给我的，远比朱自清先生《背影》中的背影更高大更久远……

（三）南中的"难"

高中的生活开始了。

我们住的是窑洞，寝室里有一盘大土炕，是个可以睡10个人的大通铺。同学们都来自农村，勤奋老实，能吃苦。我们没几天便混熟了，吃干粮不分你我，每天除了吃饭就是上课。早饭是小米山药焖粥，中饭是糜米捞饭加山药烩白菜，晚饭是小米稀饭。每天 5 点半起床，早操、早自习、上课、下课、晚自习，下晚自习，10 点半熄灯睡觉。枯燥的学习，贫瘠的生活。

一条小河弯环抱着南中。水是红色的，难道水中的铁盐超标了吗？河水从东而来绕了一个弯弯，又向西缓缓流去。学校四面环山，周围有乡政府、医院、邮政局、电管站、粮站等单位；离学校不远还有个供销社，南河沟逢五还有自由集市，初五那天非常红火。

半个月下来，我就饿得发慌了。

我们喝的就是那条红水河里的红水，肚子也难受。

姥娘给我带的干粮不到 5 天就全部吃光了，吃的人不止我一个。余下的日子多亏了彦平同学的莜面糊糊，逢五赶集的时候也会偷偷溜出去到集上买两个碗饦或者麻花来吃。其余的大多时候得用冷水来顶着。早上的小米焖粥里经常发现有虫子，扔吧，舍不得那点粥；不扔吧，又吃不下去。后来，眼一闭吃下去了。直到今天，教育孩子的时候，我还常说：米里的虫子是干净的，我以前吃过好多呢。

在长期吃不饱的情况下，我的身体素质每况愈下，而我的胃肠功能却一天天得变好。红河水喝进去，肚子居然不困了，不管是啥吃的，吃进去总能消化、吸收、利用。直到现在，我的胃口一直很好。这得益于南中那一段挨饿的日子。

记得有年夏秋之际，已到高三，我们饿得实在受不了了，哥几个商量了一下：出去搞点吃的？老师们在河边的畦地里的茴紫白一夜之间被连根拔去，弄了个精光；学校对面的一大片倭瓜被一个不留地全部摘完；还有一次我们跑到石且河那条沟里掰过玉米。

第二天中午，学校教导处着人专调查苘紫白事件。直到晚上熄灯了，我们才从各自的箱子里拿出那倒霉的苘紫白吃了几口……没想到，查夜的刘主任已经到了门外，他听了一阵大喝一声："9号窑洞的习生（学生），群起（全起）！你咪（你们）吃甚哩？乐（狼）啃断你咪的红肠系（南乡话：喉咙）……我就不信两畦子苘紫白一夜就吃完咧？"后面的事情可想而知：10个人站了两个小时，尽管各人的箱子里都有苘紫白，可愣是没人承认是偷的，异口同声说是我们的一个同室同学家里捎来的。唉，想起这些灰事，又是那羞愧来又是那恓惶，可怜的孩子们……

1995年的一个夏天，凉风习习，一院子的人都在外面乘凉。我在大院里给人们讲我们高中偷瓜菜的事。正说起得劲，忽然隔壁王大夫慢慢悠悠走过来打断了我的话："人常说贼不过三年自露！你知道你偷得那倭瓜，是谁种起来的啊？那是我和你嫂子春天担水荫的瓜窝子，夏天担水浇的瓜苗子；还说到了秋天么，可能吃上几个大倭瓜，哎！没想到啊，连颗瓜子也没磕到！头一天后响还看见那倭瓜在地里呢，晚上你嫂子还念叨说该摘一个倭瓜尝尝了，谁曾想到第二天早上就一个不剩被偷了个精光。原来是你干的？好后生么！"满院的人都"哗哗哗"地大笑起来。笑得我好不自在："唉，咱那不是饿得发慌了么……哎王哥你那时也在南河沟……"

（四）南中的恋

南中虽然饿得慌，但南中确实是个学习的好地方。

没有外界的干扰，信息相对闭塞。没有电视机，只有个别老师有收音机，报纸更是奢侈品，公社的机关干部才能看到，根本轮不到我们，外面的世界再精彩，我们也不知道。

在南中，因大多数同学英语成绩差，我们那一届的英语课干脆从初一的课程开始学起，我认认真真地跟着学，居然把英语补了起来，并且学完了高中的英语课程。这其中，陈维德老师付出最多，也数他最辛苦，用3年的时间教了我们6年的课程。数理化3科老师都是刚从忻州师院毕业的大学生，人人敬业，个个认真讲课，课上对我们严格要求，课后和我们打篮球、羽毛球……师生打成一片。在南中，老师同学们之间是那淳朴的师生情谊，同学与同学之间更是亲如弟兄姊妹。老师成了我们学习上的严师，生活中的兄长朋友，这种患难与共的情谊一直延续到如今。在南中一起上过学的同学，如今成了我来往最频繁的朋友、弟兄、姊妹。就连当时伙房的大师傅也和我们结下了深深的情谊——10年后的1994年，我在街上遇到"大友"，他一眼就认出了我，还叫出了我的名字，拉着我的手问长问短，好不亲热。

到了高二后半学期，同学们渐渐地混熟了，男女同学之间也发生了微妙的变化：由起先的不说话渐渐变得话多了。我们中的个别男生甚至和女同学天天说个没完没了，不论在课上还是课下。男同学中居然也有人开始用雪花膏了，洗球鞋的时候还偷班上的粉笔当鞋粉用。在异性面前，开始注重个人形象了：班里渐渐地有了早恋的苗头。这可急坏了我们的班主任老师，他一个一个找过去谈话，晓之以理，动之以情，苦口婆心。记得我同室的一位哥们回来给我学着老师的样子说："你如今的主要任务是学习，考上个学校，你那媳妇子屁股后头跟了一哨！一哨是多少啊（古时军队量词：一哨为15人）！那时候你又看不下人家了，嫌人家是农民。你要是考不上个学校，人家那女子也不给你，好歹是个高中毕业，人家不会嫁你个土农民。收回心来好好儿学习吧，你坐在这凉窑洞里念书哩，你爸你妈在哪里了？一个汗珠子摔八瓣，娇红阳婆底下种地——含辛茹苦地养活你哩。"

要改变一个农家子弟的命运，唯一的出路就是读书。

书中自有黄金屋，书中自有颜如玉。老师这样说。

（五）离开南中

1986 年 11 月 15 日，我们接到保德县教委的通知：南中的高中班全部撤回保中，南中改为初中。

教委要求所有高中班一周后在保中开始上课。我们也要回保中念书了！几个高中班的学生便开始想办法搬送自己的行李回县城。同宿舍的同学一商量：如果坐班车，这么多的行李非得买票——那得花多少钱呐？得另想办法！功夫不负有心人，18 日下午，我在南河沟供销社遇见一辆县外贸来收购兔子的解放牌卡车。管他呢，试试看——全宿舍集资花了 3 块钱买了一盒烟，站在卡车旁边等了好久，终于和刚吃饭回来的司机搭上了话。得知我们几个学生的难处，司机说："这还用买烟？往上搬，我愿意给你们拉行李！"我急忙招呼宿舍的同学们把我们 8 个人的箱子、铺盖装到车上。因为我大舅在县城里住，同学们一致要求我跟着车回去，好照应东西。下午 5 点钟，卡车拉着一车兔子，还有我和我们的行李，往东关回去。

太阳已经快要落山了，一抹淡黄色的阳光照着枣林塔坡上那几眼窑洞，阳光轻柔地抚过我的脸颊。初冬的北风已经寒意袭人，我扣紧了棉衣的扣子，放下了火车头棉帽的护耳，双手揣在棉衣袖子里，缩紧身子靠在两卷铺盖上，望着南中那一大片校舍，渐渐地淡出了我的视野……

（六）梦回南中

再一次回到南中的时候，已经是 20 年后了。2006 年的夏秋之际，我随局里下乡去南河沟医院检查。那天中午，我又站在南中校园里。物是人非，校舍比过去干净整洁，窑洞里粉刷得白白的。学校大门已改到南面了。孩子们在上课，老师们不时地进进出出，那些一个个熟悉的面孔都看不见了。再环顾四周，老师们的菜畦子早已被村里的人们盖了房子，开成门市，一家挨着一家。唯一没变的是，每月的初五还是集市。抬眼望去，学校对面的坡地里今年又种了倭瓜，好大的倭瓜！

"如今的孩子们该不会再去偷倭瓜煮着吃了吧？"放学回家的南中学生从车前正开心地笑着掠过，车里的我在默默地想着……

李格作品选

李格，"90后"，本科就读于福建师范大学，现为陕西师范大学研究生。

山药蛋情结

在媒介上乍读到"马铃薯将成为我国第四大主粮"的消息，一时不觉哑然失笑。

在我的老家，马铃薯其实早就是最重要的粮食作物之一了。

我的老家地处晋西北黄土高原，在历史上曾是水土肥沃、五谷丰登之地。明朝时候，这里"春秋两熟""果实菜茹，一望如秀"，主要的农作物有稻、黍、稷、麦、菽，即是典型的五谷。后来随着气候变化以及水土流失原因，稻、麦这两种主粮作物逐渐从农业生产中退出，过去种两季庄稼也变成一季。打那以后，这里的百姓就只有靠种植一些杂粮作物维生。

马铃薯，又名洋芋、土豆，在我的老家称作"山药"，也叫"山药蛋"。有限的历史资料显示，清朝的康熙年间我的老家尚没有这种作物。而据1985年编辑完成的县志记载，山药早已属于当地的特色农作物之一。据此可以断言，应该是在清朝中叶至民国年间，山药来到这里安家落户的。这个阶段正处于"走西口"的年代，我的老家因土地瘠瘠，天干地旱，百姓生计维艰，无数饥肠辘辘的父老乡亲被迫奔赴遥远的内蒙古逃荒谋生。他们依靠出卖苦力，换回粮食将养老小家口。因此山药这种作物极有可能是这个时期由走西口的老乡从口外携带回来的。

在相当长的时间里，我的老家粮食严重匮乏，山药这种作物生长周期较短，易于田间管理，产量也相对较高，因此人们除了把它当作主粮食用，再无别的选择。

早期，山药的吃法非常简单，只有蒸、烧两种。蒸，即是把山药洗净，上锅清蒸，熟透后去皮可食。烧，即是把山药置于柴火或炉灶里烧炙，熟透后食用。为了节省粮食，当时人们每天一般只吃两顿饭，早饭在半前晌，晚饭在半后晌。通常情况下，蒸山药是当地人家不可或缺的早餐，而烧山药可算是"宵夜"。因为晚饭吃得早，夜里人饿得睡不下，就随手拣几颗山药放进未熄灭的炉灶里烧熟充饥。

单一的味道令人生厌。久而久之，人们逐渐发明了山药的多种做法，烩、炖、炒、炸，无不各具特色。其中有一种食物最是令人记忆犹新。当地人用"擦子"（一种铁制的有孔的用具）把山药擦成细丝，拌上面粉蒸熟后食用。因其形状细碎，像极了一条条流淌的眼泪，故名"哭泪"。每次见到这种食物，我都会不由自主地联想到无数先辈曾吞咽着自己的眼泪维持生存的画面。

后来人们学会了用山药加工淀粉。自从淀粉问世，山药的吃法变得更加丰富多样。淀粉直接制作的粉条，可炒可烩，用粉条做成粉汤，味道香美，在当地属于一绝。与"哭泪"相似的一种食物叫作"丸子"，同样是把山药擦成细丝，拌上淀粉揉成团，蒸熟后蘸上汤料食用。也有人沿用制作淀粉的方法，把山药磨成粉糊，加上淀粉形成固体，蒸熟后蘸汤料食用，叫作"粉拍子"。

与"粉拍子"相似的一种做法，是把山药磨成粉糊，加上淀粉定型后，一片一片揪到锅里煮熟，类同于揪面片，这种食物叫作"粉圪垯"。还有的人把山药蒸熟后揉烂成泥，加上淀粉制作饺子皮，这种饺子出锅后通体透明，能清晰地看到里面的馅，故称作"玻璃饺子"……

用山药制作食物的方法还有很多，不一而足。每一种用山药制作的食物背后，都映照出当年百姓生活的清苦与窘迫，同时也折射出他们不甘屈服，顽强地向命运挑战和抗争的精神与毅力。

我是一个地道的"90后"，头脑里从来没有过贫穷与饥饿的记忆。睁眼看到的是餐桌上丰富多样的鱼肉蔬菜，大米白面更属家常便饭。这个时代家乡的主妇们已没有人再会为没有吃的犯愁，而是经常为吃什么犯愁，但在经过一番激烈的思想斗争后，做饭时依然绕不过山药。说实话，山药土里土气，味道粗糙、艰涩，我对它一直怀有抵触情绪，每次吃饭都尽量把它从碗里挑出来。我甚至打定主意，长大后要走到一个没有山药的地方生活。高考让我如愿以偿，走到了千里之外的南方。南方美味的海鲜和多种新鲜的美食着实叫我的味蕾狂欢了好长一阵子，可后来也渐渐地归于平淡。直到有一天，在饭堂里突然发现一道菜品，色泽莹白、形状纤细，在一些青的红的辣椒丝的陪衬下，显得那样清爽可人。我像在陌生的人群里遇到了久违的朋友，毫不犹豫地打了一份。当我揉起这道菜放进嘴里时，眼睫却已不自觉地被泪水打湿。这道菜在我们老家就叫作——炒山药丝。

不知道从何时起，山药已悄无声息地融进了我的灵魂，成为我割舍不断的思乡情结。

晋院故事

旧时院里景

　　我从来没有去过那座院落，只是小时候听爷爷无数次说起过。长大后当我想去亲眼领略那座院落的风采时，它已经在岁月的长河里终结自己的使命，被充满躁动与激情的现代人遗弃在尘封的一隅。没有人不知道那座被誉为"清代北方民居建筑的一颗明珠"的乔家大院，也没有人不知道那座"王家归来不看院"的王家大院，可是有谁知道在晋西北黄河岸畔的这个小城还有过一座叫做"李家大院"的院落呢（也许称不上"大院"，仅仅是一座精巧玲珑的"小院"）？尽管在清朝和民国时期大名鼎鼎的晋商成百上千，尽管规模宏大的古建院落枚不胜数，我们李氏一家还是一眼就能从中辨认出来。高悬的门匾上镌刻气势恢宏的大字，古老的朱漆大门在阳光下熠熠生辉，高大的围墙伫立在院落四周，青灰色的砖石透射出一种厚重与庄严。透过岁月的孔隙，那位身穿绸缎衣裤、留着长辫子的爷爷的爷爷，吱的一声推开大门，跨过高高的门槛，迈进庭院。

　　大院坐西朝东，内竖影壁，左右各设一道二大门，分东、西厢。两所院落均为四合布局，除二大门衔接处设有耳房，其余三面房屋犄角均开天井，内置偏房。堂屋高耸，房舍林立，门楣绘彩，窗棂镂花，好不气派堂皇。有道是"肯指肯望受天恩不比浮云富贵，美轮美奂绵世泽异乎阀阅家严"。只可惜，美好的祝福和心愿总是经受不住时间的淘洗，而今我只能在爷爷的故事里看见它曾经存在过的样子，以及它的庄重与繁华。

火红的灯笼在每一间房屋的门楹年年摇晃，屋里的油灯透过纸窗投射在院子的空旷处，涂抹出一片片温馨与安详。爷爷说，他小时候就在那样的灯光下写字、读书，累的时候，总会趴在窗边休息一下，用手指一点点地描摹木头窗框上那精雕细刻的图案，或者去抚弄那些窗纸上姿态各异的妍红的窗花，那些木制的或剪纸的花鸟、鱼虫，似乎有一天都会鲜活起来。院子很宽敞，由整齐的砖石铺就而成。墙角堆叠着一些日常生产工具和生活用具，常常会成为小朋友的玩物。我想，爷爷的爷爷，爷爷的爸爸还有爷爷，他们小时候，都曾在那个院子里与同伴嬉戏玩耍，定是满怀喜悦的吧！

我小时候跟着爷爷奶奶长大。爷爷总喜欢给我讲那座院子，院子里的一砖一瓦，一草一木，他都记得非常清楚。可是当时我却不很在意，很多爷爷讲过的细节都被我遗忘了。只是后来我常常会想起那座院落，那是一座用青灰色的砖瓦堆砌起来的青灰色的院落，院里有无数的红色做点缀，楹联、灯笼都是火红火红的。我常常臆测，从天空的角度看，那片院落是不是一片被历史的烈火烧灼过的灰烬，上面依稀还有些零落的火星，伴随着夜空中的星星，一起不停地闪耀着？

旧时院里事

这座院落里发生过太多的故事，甚至可以说，李家几百年来祖祖辈辈的故事都和这座院落有着脱离不开的关系。据故老相传，我们李氏人家的祖籍在陕西省神木县。神木县古称麟州，范仲淹主政延安时在这里写下了著名的《麟州秋词》。在我们北方人眼里，神木还跟"乞讨"划有等号。神木地处陕北黄土高原，土地贫瘠，百姓生活维艰，外出行乞是一种谋生的手段，以至于成为一种常态。后来有一年，我爷爷的爷爷的爷爷行乞到黄河的这边，一个巧合的机缘，就在这里扎下了根。只是他没有想到，黄河的这边并不比老家神木强过多少。这里地处晋西北黄土高原，同样土地贫瘠，十年九旱，百姓生活亦十分清苦。"山高露石头，黄河往西流，富贵无三辈，清官也难留。"相传这首诗是康熙皇帝西巡时所作。康熙皇帝的诗篇封定了此地世代贫瘠。但是康熙皇帝在西巡中了解到当地人民生活艰难，毅然决然颁布圣旨，打开"走西口"的大门，允许百姓"出口"到蒙古地区从事垦殖。跟福建人"下南洋"山东人"闯关东"一样，山西人"走西口"，也是同时期形成的几股较大规模的移民潮之一。随着这股历史的潮流，我们李家的祖宗再度背井离乡，远赴蒙古谋生。走西口的人在口外主要从事农耕生产和手工业生产，也有部分从事商业贸易。我们李家的祖宗一辈又一辈，前赴后继，在口外摸爬滚打，终于挣回了大笔大笔的银两，并且用这银两修筑起了气势恢宏的李家大院。

李家大院曾经阳光普照，但也曾经历烽火洗劫。1938 年 2 月

28 日，5 架日本轰炸机飞临保德上空，轮番轰炸，房屋倒塌无数，人畜死伤遍地。3 月 19 日至 20 日，日寇连续两日放火，将百分之九十以上店铺和民居烧毁，保德大地破败狼藉。侥幸的是，我们李家大院竟然奇迹般地保存下来，虽然小有破损，经过整修又恢复如初。转眼进入新政权时期。一批武装人员持枪携弹，进入李家大院，将我爷爷的母亲和我爷爷关押在其中的一间房子里，要求交出家里的银钱。一连关押好几天，不给吃不给喝。当时我爷爷还只是个几岁的孩子，饿得都快没命了，可他的母亲只是一句话"没有"。武装人员动动脑子，想想天下哪有不要儿子命的母亲，看来是真的没有银钱，于是将母子释放。他们哪里想到，竟然"聪明一世糊涂一时"，被一个心肠坚硬的小脚女人给骗了。旧时院里故事太多，每一个故事都是一个时代的烙印。太久远的恩恩怨怨都已经随着时间的流逝而湮灭，几十年前发生的故事依然历历在目。

旧时院消亡

那座院落的消亡，是一个家族的消亡，或许也是一段历史的消亡。然而这个消亡的故事里却没有那么多的悲伤和慨叹，甚至在幼小的我听来，更多的是令人忍俊不禁的笑料。爷爷有兄弟四人，老二过继给没有子嗣的四姥姥为子，爷爷在三兄弟里排行最小。爷爷的父亲去世后，靠爷爷的母亲支撑着这个家族的点点滴滴。但是家族的事业越来越颓势难挽，无法可想之下，也只能变卖家产。于是偌大一个李家大院，一间一间地舍，一间一间地弃，十几年间，消亡了多半。直到最后这个家族唯一的脊梁也摇摇欲坠了。

爷爷的母亲躺在炕上奄奄一息的时候，只有一个儿子和三个儿媳守在身边。大爷爷早就去世了，爷爷正外出求学，没能赶得上见母亲最后一面。但刚嫁进来的奶奶却亲眼所见了那一切，目睹了那个为孩子们操劳了一辈子的可怜女人最后的光景。爷爷的母亲抬起瘦如鸡爪的手指，指向墙角的一处，用虚弱的声音断断续续地说："白、白……"唯一在场的那个儿子说："妈，你咋死呀死呀，还想吃碗白面哩？"老人接着又说："羊、羊……"其中一个媳妇说："婆婆，你咋死呀死呀，还想吃羊肉哩？"老人一翻白眼，顿时咽了气。其实这个故事并不发生在我们李家，不过在我们老家真的发生过。我之所以把它引用而来，只是为了给下面那个故事打个伏笔。老人的后事办完，三个媳妇坐在一起商议，当中就有我的奶奶。她们不相信老李家这么一个大户人家，就没有留下一点财宝。其中一个媳妇想起了那天老人去世时，曾指着一个墙角说"白洋"。白洋即是银元。三个媳妇大为亢奋，当即找来镢头挖墙脚，挖得也很辛苦，深达数尺。只是一连挖了三个墙角，也没有挖到一片砖瓦石砾，大是垂头丧气，只以为上了当，于是甩手不干了。

大奶奶年轻时候就守了寡，含辛茹苦，把两个儿子和两个闺女抚养大，到了大儿子结婚的年龄，从家里一个墙角挖出一瓮银元，换成现钱，做彩礼娶了媳妇。三奶奶听说后，一口气缓不过来，疯了。一大窝子人家，从此也垮了。只有我奶奶，虽然当时气不过来，但是慢慢想通了，一间房子四个角，谁叫你挖了三个，剩下一个就不挖了。有时候命运就是这么让人无奈，又让人哭笑不得。该是你的，终究是你的，不是你的，总落不到你手里。爷爷奶奶供养四个儿子，受尽艰辛，后来四个儿子逐渐长大，自有建树，成为李家新一代的顶梁柱。

旧时的院落后来也被几个兄弟分的分卖的卖，渐渐地也没剩下些什么了。旧时的院落就这么消亡了……我偶尔会想，旧时的院落或许就像一丛茂盛的花，在时光的土壤里盛开太久，终是会化作春泥的吧。总归，旧时院落就这么消亡了。然而，我却一次都没有去过。

黄河的鱼

　　远离了黄土高原的干燥，走进了浙闽丘陵的雨雾。初来时曾因沿海地区品种繁多的海鲜而垂涎三尺，日久之后才渐渐发觉，东南的海味再美，也终究没有故乡的鱼更合我口味。

　　故乡的鱼，看着就叫人心动不已。两寸深的盘子，一条肥壮的黄河鲤鱼横陈其中。鲜黄色的汤汁泛着淡淡的油花，堪堪漫过鱼的脊背，翠绿的香菜、嫩黄的姜片、火红的辣椒堆叠在鱼身上，葱花点点，蒜蓉朵朵，绽开在被刀锋划开的鱼肉缝里。浓浓的香味在空气里四处飘荡，所有的味蕾都随着为之歌唱。

　　故乡的鱼，尝着更叫人享受。鱼肉极嫩，但很有嚼劲。用筷子轻挑着肉块蘸点汤汁放入口中，汤的鲜辣和鱼的鲜香融合到一处，在细细品味之间，无须咀嚼即慢慢消解。只一口下腹，一种独有的香辣浓醇立即勾起人的食欲。不够，还不够！拿起一只瓷勺，将鱼汤一勺一勺淋洒在白饭上，淡黄色的汤汁随之浸润了整碗米饭。这时就别再克制了，挥动饭勺，盛满放入口中，大口吞咽。用不了几口，一碗白饭便见底了。只留下些许汤汁覆在碗底，在瓷器的亮色中闪耀莹黄的光泽。

　　这道鲤鱼或许是我这个口味挑剔且变化无常的人一生也吃不

腻的一道菜。至少从现在看来是如此。18 年的每个生日里，我总是要吃这条鱼的，妈妈也总是要做这条鱼的。我常回想起每次过生日，爸爸总是提前就蹲在门外盈红的灯笼和春联旁褪着鲤鱼的鳞片，完工之后一声吆喝，妈妈匆匆接过，扭身进了贴满红色窗花的厨房。我多次想跟进去看看，可妈妈总是说油气太重，手一推，即将门关个严实。可怜我至今也不知道这鱼到底该如何烹制。只记得我和家人坐在门外的小椅子上捧着碗筷汤勺焦急等待时，那厨房里噼里啪啦的炸鱼声和源源不断溢出的香味所带给我们的别样的幸福感受。

这道黄河鲤鱼是家乡的名菜，曾经是进贡清朝皇帝的贡品。然而对我来说，它所承载的并不是太多的荣耀或历史，而仅仅是从幼年到青年的记忆中那份家的温暖，那种故乡的感觉。在这遥远的南方，我始终忘不了黄河鲤鱼的美味，忘不了妈妈系着围裙在厨房里忙碌的身影，更忘不了渔夫们在黄河激流里一遍又一遍撒网捕鱼的壮观场景。这道黄河鲤鱼来自黄河，而我的根也在黄河岸畔。

王海荣作品选

王海荣，"70后"，爱好文学，喜欢摄影，作品散见于各报刊，出版散文集《镜子里的自己》，现为《晋陕蒙信息联盟》执行总编。

雾迷浪情歌

一

壶口归来，夜里睡不着，耳畔依然回响着瀑布的惊天轰鸣，回声不绝，仿佛自己仍置身于陕西宜川腹地，眼前呈现的仍然是瀑布飞旋的壮美与震撼之景。没来由，脑海泛起三个字：雾迷浪。像是突然受了高人的点拨，入了故里苍茫的冥想，心海荡漾起歌唱的期望。

曾有一首令人心酸的民谣如是说：雾迷浪前浪滔天，神人见了心胆寒，船碎人亡无音信，九死一生来闯关。由此可见雾迷浪的凶险。传说几百年前，有人不畏凶险，攀上礁石，在石峡两边竖根铁杆，为船导航，群众称之为"轩门"。过往船只都要对准

"轩门"航行，一旦稍有偏斜，即有船碎人亡之祸。可见雾迷浪的悍戾，可见激流飞溅的卓越。

"千里雾迷，泪眼危楼凭栏望。滚滚尘浪，垂首空悲怆。长路渐稀，把酒拟狂放。清浆荡，心却惆怅，怎把相思忘？"已无从记起这是出自谁人之手？而今吟哦，雾迷千里，巨浪翻飞，故里黄河绝景扑面，禁不住润笔描绘，再寻百年旧梦，再闻长河悬崖坠落，急流奔腾之生命绝响与回音。书语雾迷浪，别名吕梁洪，晋西北翘楚之威名，山河阻险、滚滚西行、气势恢宏。又道郦道元所著《水经注》笔墨呈现："其岩层岫衍，涧曲崖深，巨石崇竦，壁立千仞，河流激荡，涛涌波襄，雷奔电泄，震天动地。"方知天桥峡谷岩石犬牙交错，谷涧深而曲折，很多的巨石立于河谷，望上去，好似云南石林入水般壮观，又如元谋土林水漫半腰的奇妙，像有千万丈之高。河水冲扑到这里，由于峡谷的陡峭高深，加上谷底巨石的隔挡，顿时涌起数丈高浪，其声音像电闪雷鸣，响彻天地，观之闻之，人生只领略或感受一次，想必定是终生铭记。不为别的，只为雾浪的举世无双，壮丽辉煌。

二

这本是一条母亲河，却也是一条要命的河；这本是一条伟大的河，却也是一条毫无人情的河。都云水火无情，无情之处却有情。纵然情却难分，但这一刻，你还是真正领教了什么是置若罔闻的无情，什么是饥焰中烧的怒火，什么是鬼哭狼嚎的咆哮，什么是歇斯底里的爆发，什么是不近人情的冷酷，什么是面目狰狞的吞噬。平日，你看惯了它温和纯美的一面，此刻，你见证了它愤怒变态的瞬间。不在沉默中死去，就在沉默中爆发。黄河，当它流经到天桥峡这里，它似乎也失去了一路而来应有的温顺，失去了娇柔，以盘古开天之势现出了雄性的原形。它愤怒了，暴跳如雷，像一个被女人甩掉的汉子，被人欺骗的老妇，像死了丈夫的婆姨，它彻底变得神经错乱起来，失去了对自我矜持与庄重大气的操守，它崩溃了、绝望了、疯狂了！它完全失去了控制，在峡谷中肆无忌惮地抓狂，尽情地舞蹈、飞翔、跳跃、攀趴、撞击、怒吼、撕扯着、张牙舞爪着，咬牙切齿地呐喊，勃发，蓄积能量，释放心中的恨意。

仿佛钱塘潮汹涌澎湃的叠涌，腾浪驾雾于壁立千仞之罅隙，回旋于烽堠耸立、梁峁逶迤之高原，以排山倒海、地震山摇的威力狂嗥怒吼。一个闪回的画面，切入晋陕大峡谷奇险神惊的曾经，滚滚激流融合着胡笳和箫，融合着万马嘶鸣的刚劲，共谱雄浑交响乐章，好似黄河魂显影的激越情怀，矗立亘古不倒的金色丰碑！也只有这样雾浪的绝对，才可拥有人生的残缺与完美。夫意已决的凛冽，死不回头的壮烈。可惜，浑黄的大水有时候不解风情，被两岸万仞硬朗的山岭夹击之后的能量提升，更加积蓄了无处爆发的委屈，势要在这一关隘突破心中的秘密。水上漂的生灵，注定要在这无法绕离的龙潭虎穴立下披荆斩棘勇往直前的口令，望着已经风起千堆浪的前方，最有威严的艄公狠狠抽了一锅旱烟，将生死的决然维系在激流，一条已经脏兮兮的毛巾临时成了头巾，紧紧地裹在额头，昭示为一种不败的象征。号子一喊，大山回应，大河轰鸣，巨浪滔天，似巨蟒吐舌，吞雾吐浪，虎视眈眈。角逐，在人与自然对峙的峡谷，在秋色宜人的碛口，一场生死决就这样又一次拉开了伟大的帷幕。

用力！用力！再用力！！

怒吼！怒吼！再怒吼！！

势如破竹般勇猛无敌、冲刷、拍打，比破罐子破摔都让人感到彻底，像是雪上加霜的重压，更是伤口上撒盐的肆虐，如落井下石的背负，如祸不单行的打击，不再有收敛，不再留有余地，掏空整个的自己，交出所有的激情、血液、肢体、气韵！使尽全力的咆哮，使出浑身解数的怒吼。摧枯拉朽。势无可挡。征战、申讨、迫不及待，敞开整个胸膛，张开整个怀抱，拥抱所有的悬崖，扑向所有的巨石、帆船、铁锚、汉子的肌肤，扑向被岁月雕刻的过早沧桑的脸庞，铁一样坚硬的肉身，任凭咸涩的泥浆飞溅、雾化、升腾、挥发！从有形到无形的转化，从生到死的刹那，仅仅是以秒为计的瞬间，形成旷世的景观，现出被世人传诵千年的雾迷浪真容，获得后人永远的仰慕与赞扬！

然而，当你在温习久远的从前，温习那自然之力之下的冷傲壮观，冥冥中以为，在壶口的滔天巨浪中，自会见到了你"已经失去"失去多年的身影。哦，呼天喊地的歌咏，穹宇决堤的倾倒！给我错觉，似乾坤翻转天地的倒灌，是海水抬头成人的先兆！我甚至，立足壶口迷魂夺魄的悬崖，就真的认定，真的从心里感叹和喃喃自语过，你就是天桥峡走失的"雾迷浪"，你就是气吞山河、波澜壮阔、雄霸回归的吕梁洪！这种错觉不只在壶口瀑布面前我有过，在云南丽江虎跳峡的面前，面对滔滔金沙江与澜沧江我也有过，甚至，在贵州的黄果树瀑布面前、在长白山里面的瀑布面前、在葛洲坝排洪闸口我有过，在黄河小浪底我有过。当然，回望家园，我更是在河曲龙口，在偏关万家寨水利枢纽，甚至原回到真正的，我要诉说的雾迷浪的腹地，吕梁洪的中心，在天桥水电站的大坝泄洪现场，我也有过，有过对早先人们传说的"雾迷浪"的景致的刻画与描绘，有过我脑海的构想与重叠，有过复合与回位，还原与再现。深知，我再怎么的虚设也不能等同于曾经的动容，也无法真正再现远古的震撼与浩荡，但仍然还是不止一次地去追溯，去探询，去求证，去尽力地还原那曾经无比震慑的浩瀚猛烈。

但我却想说，这一切并非真的错觉，而是现实曾经映照过的大地。当我在祖国各地游走所能领略的大水之美、之势、之威、之猛，那激荡胸怀的画面无不也是与远去的雾迷浪共有的一种。只不过，当下所有的大水也许只有在长江奔腾的地域，才会有和天桥峡异曲同工、凶险壮观的景象。可是，我却只认可故里的雾迷浪，只钟情天桥峡的神魂生死碛，只有它才能真正唤醒和激发我对人生豪迈的畅想。也许只有经历过大浪淘沙的锤炼，才可见证滩涂上无垠的锦绣。在曲折蜿蜒的河路上，也能会意人生之美的精髓注定，也是曲折呈现的别致与丰富。我愿意一百次、一千次、一万次地与雾迷浪重逢，重逢在峡谷的断崖，重逢在秦晋的冰桥，再造的旷美，定格的水，凝固的爱恋，发着寒光的忧伤。绕谷三日，又怎能哀而不伤！何况这是永恒！我又怎能不痴心地领略、感受、见证与骄傲！

哦，好一团雾迷浪的奇观，好一段胜似急流勇退与高涨重叠与撞击的惊世传奇。再回首，浪潮汹涌，情歌悠悠，却硬是听出了一种"失去"的哀愁，那再也不能呈现的雄浑过往，不能澎湃如昨的怒吼巨浪，我们也只能在眷恋与神往的追忆中聆听并勾勒那曾经的壮美与辉煌。声浪滔天的画面，惊涛拍岸的景象，几回回，也只能在我幽思的梦里面萦绕翻滚，却不能触摸与拥抱的怅然若失之感，平添了对故乡山河"顿失"的落寞。而今，茕茕一人站在天桥峡高端眺望南北，眺望黄河干流第六坝蓄积的梦想，铸就的辉煌，神思飞扬。此刻，平缓澄明的大河，像一个巨大的漂流瓶、盛满爱恋的酒樽、河神豪饮的陶罐、故土商代潜光走泥的铜贝、片光零羽的玉戈、刀耕火种的器皿、粗砺的藤瓢，统统泛着斜阳的余晖醉卧山川峡谷，在波光潋滟的水面激荡着浓烈浩渺的情歌旋律，更有着不能回避的哀伤漩涡，如挽歌一首，见证岁月的沧桑与辽阔。

午夜，闭眼听闻那日夜不停地轰响，仿佛就是故里脚下曾经河流奔腾的真身再现。分秒不断的自然景观，震惊了世界，吸引了全球的目光，我深深浩叹，自然才是永恒的设计家，伟大的雕塑手。它给予黄河不一般的容貌，却也会被人类的进程，在创建新的文明的时刻，埋葬或者毁灭自然得天独厚的真容。关于对错，关于得失，我似乎一时又无法获得真正的答案。作为一个酷爱自然河山的旅者，我似乎不能从时代的光与电的足音中寻觅人类价值的完美体现。我只是单单地从失去的涛声里，找寻那惊涛骇浪的传奇，领略并感受那故里山河曾有的摄人景色。而这被文人歌颂吟咏的雾迷浪，似乎也是留下简短而不足百字的抒情，反复被人念叨，却不曾再有延伸与挖掘的深刻。我有一种莫名的、深深的失落。

仅仅为了弥补这种失落，我也只能徒然地用自己力所能及的文字，做一些慰藉心灵的弥补。仿佛，在心灵的最深处，总有着一个关于雾迷浪无法愈合的缺口，缺口里却流淌着美丽而动人的传说与故事，这些传奇却和自己的热血一样鲜红而烘烫，使我每一次不经意地想起，周身都颤抖热辣，心口温热而激荡。有时候，情不自禁地一行热泪悄然滑落，任它在风里飞，顺着家门口这条远古的大河一如既往的方向，纷飞……

三

"急流腾飞沫，回风起江濆。"

魂飞魄散的水啊，宁为玉碎、不为瓦全的水啊，有那么一刻，我臣服于浪的果敢与决绝，也赞美于雾对浪的迷恋与跟随。在悬崖间的飞崩、跳跃、升腾，更像是一种虚设而美丽与神奇的转身，以蒸发的名义飘散与雾化，但仍然在向上与向下的对撞与交错中跌宕、翻滚、撞击、破碎、飞散，存在与失去，坠落与飞翔，以不可更改的姿势，不曾犹豫的念决，不曾退却的徘徊，勇往直前，视死如归，浩荡刚烈。似蛟龙出水的勇猛，带着少见的鲁莽，冲击着幽深的峡谷，扑向河心的犬牙、尖刀的鼻祖。交错而对峙屹立，云雾的隐现，凶险的迷蒙，险象环生中成就天下奇景的赞叹美誉。水雾腾空的水寨，遮天蔽日的石梯，沿着乡村的美名，20公里的奔腾咆哮，其景无不令人胆寒生畏。但真的黄河汉子们，依然直面湍急的水流，不做逃兵，英勇面对。像是对母亲河全心地抚慰，犹如战马飞奔的桀骜不驯，硬是在力量的对决中被西北粗犷而暴烈的汉子们驯服这狂妄的困兽，直至禹门，让动荡的山河交出它全部的温柔。

难道，这就是你九十九道湾里百折不挠的蜿蜒？勇往直前的膜拜？是你九十九条船上跌宕起伏的汹涌，扑朔迷离的布阵？是你对人生博大厚重的重新酝酿与再次洗牌？抑或，更是你九十九条汉子亢阳鼓荡、血脉偾张的生命绝唱，在天桥急流中奋力摇橹奏响命运的乐章！

　　哦，好一个我不曾真正揣摩和用心丈量的豪放，雾迷浪，被苍天之手涂抹的洪荒，金色的绸缎，动容的思量。好一个雾迷浪，好一个浪打浪；好一个浪迷雾，好一个雾锁雾。汹涌澎湃的吕梁洪啊，浩荡在历史的长河中，浪花滚滚，淘尽多少英雄事。又是多少次，翻阅远去的诗篇，我捕捉你并非浪得虚名的狂妄。你原本就是痴狂而肆虐的大蟒，如动物王国的百兽争锋获取无上至尊的推崇。你之浪有狗咬浪、鸡啄浪、蛇缠浪、虎扑浪、象压浪、鳄鱼浪；雾有白水雾、黑水雾、黄水雾、云浪雾、蒸发雾、上坡雾。故里艄公穿浪破雾，浪里飞舟，穿越雾迷浪，犹似复过鬼门关。过河为过碛，故里又名之为跌碛。提起碛，老艄们如数家珍，出口成章。从老牛湾开始，一路向下，有名的大碛依次为：老牛湾的老牛碛、龙口的砂石碛、天桥峡的天桥碛（又叫雾迷浪）、林遮峪的灰条碛、冯家川的肖木碛，再下有五米碛（又叫软米碛）、小黑叶碛、黄黑崞碛、罗艺碛、佳芦碛、大同碛（碛口）等等。碛又不胜雾迷浪，过碛为简单。跌碛始得初衷，穿行雾迷浪，却有"跌"的阵势，这乃为雾迷浪勾人心魄的传神。跌为摔、跌为跃、跌为跳、跌为飞、跌为坠；船摔、船跃、船跳、船飞、船坠，一如冲浪奇妙，却比冲浪震慑人心，无不令人为之胆战心寒。冲浪是雾迷浪的缩写，冲浪是雾迷浪的引子，它只是一个曼妙的序幕，只是一个华丽的过门与出场。它是大江大河上上演生死劫的热身前奏，只是一个没有凶数的浅薄卖弄。而真正穿越雾迷浪，却是浩大雄浑的壮举，是九死一生的传奇。它有百万雄师过大江的壮观辽阔，也有郑和下西洋的豪迈冲天。一艘大船，一艄掌舵，万众撑船。瞄准穿越的靶心，没有仪器的先行，只凭借感觉，凭借所谓的经验，凭借天地的召唤，凭借气象的指引，当然，更要凭借万众一心的齐整，凭借求生欲念与渴望的呼声，凭借生活的本能，凭借家中婆姨锅中的粮食，凭借炕上嗷嗷待哺孩子的啼哭，必须穿越，铁定穿越，穿越雾迷浪，冲出雾迷浪，这是他们人生的注定，是活在这片土地上生存的首要本领。唯有死，也不能吓倒的奔突。今生不与水征战，又怎能成为浪尖上的鹰啊！

——穿越吧，迎着晴天的浪雾涛声，迎着早已经被雾浪打湿的腰身，裸露的肌肉，黝黑的肌肉，泛红的肌肉，结实的肌肉，青筋暴露，充满着无上的力量啊！鼓起的脊梁，长河的丰碑！

——成功穿越吧！从绷紧的脸上，凝重的脸上，获得最后欣慰而快意的笑容，获得人生痛畅淋漓的感动！

古往今来，能人寥落，大凡乘风破浪得之幸存者少，有之便是能人，是英雄，是真正黄河上的飞鱼，是天桥峡的传奇。多数情形，我们只是看到了雾迷浪凶险与神奇同在的震撼，殊不知，这一浪不休的咆哮沸腾曾经是怎样吞噬与沸煮了无数河边的英雄。向来靠天吃饭的乡亲，靠河而生的子民，生来要与天斗，与地斗，还要携带与秉承着没有回头路的决绝与蛮荒的大河决斗。与河斗，唯一的竞争对手、唯一的强劲敌人就是这天桥碛，就是这神迷意夺，让人魂驰梦想甘心首疾却又湿身惊厥的吕梁洪！就是这生生死死，让人欲罢不能，让人梦中惊醒坐立盗汗的雾迷浪！

你可知，有多少不屈的英魂就这样被你无情地埋葬！那惊天的涛声里莫非也有他们心底不甘的呼喊？你这毫无情意的毒蛇，阴险毒辣的小人，冰凉的语言，刺骨的诬陷，又怎能真正熨烫西北汉子心口隐忍之处苍茫的褶皱？浑浊的眼眸啊，早已经淌出尘世的悲苦，激荡的热血凛然昭示着生活的艰辛。挣扎，搏击，也许只是对于生的信念，和盘托出，本能表达。坐拥山河，怀一腔腾浪雾罩的旁白，也只是宣告来尘世走过一遭的刚烈！别无所求！心甘情愿！

四

"流水之上，眼泪成河。他们爱你，却没有谁真正啜饮你。这呛人的水，属于鱼和死去的人。"巨浪和石花鲤鱼的肆虐地。皇帝的御赐。精美的石头。锋利的石头。唱歌的石头。礁石。河中的暗器。动人的传说。祭奠或者赞扬，它们一律都在。都在失去，都在重生。"最炽烈的死亡，拥抱闪电的鞭子。劈开天空的鳞缝，直到激起它的愤怒。不可侵犯的尊严，带着晶莹剔透的凛冽，掀翻世界。黑色的吼声。撕开笼子的困兽。让它们胆寒吧，冲向山冈和街道的你，扭断石头、桅杆、白杨、枣树和船帆。摧枯拉朽，手持毒辣的长戈和蛇矛，扑向毂觫的大地。痛恨它吧，恨它。用无数攫取的手勒索它，把它撕成碎片。纵然有一万道枷锁和高墙，也无法阻止黄河狂热的歌唱。"多么想还原远古的歌谣，在用如此硬朗而恢弘的言辞中赞美你，讴歌血与水的交融，讴歌奔腾不已从无始终的给予。而我却更加渴望在你狂热而高亢的歌中寻找弄潮的英雄，他们搏击浪潮的身影虽然渺小，却让巨浪无不思虑斟酌，迂回暗腾。英姿硬朗而勇猛。水的儿女。天桥的子民。梁三之英雄、王一扑之威名、菅老艄之声望、梁喜混之口碑，无不响彻晋陕大峡谷，让每一块礁石记住他们，让每一团雾浪惦记着他们。他们的名字和浪齐名，与雾等同，在彼此的迷恋与纠缠中，获得生死的考验，获得至高无上的歌颂与不朽。

由此，我懂你心中的怒火，煮沸着地球的脉动。燃烧，以水的名义，喧哗与呐喊整段晋陕峡谷地带，火光照亮峡谷的幽暗，让前方的水寨翠岛不安，动摇，聆听着你每一声悲鸣与绝望。古老的"水心砥柱"，鲁班爷的宝，搁浅的秘密比传说更加动人。屹立不倒，审视岁月变迁。直至人类围追堵截，灰飞烟灭，空留清浅口碑，贫瘠注释，再难挽回昔日神秘尊容。浪潮喷涌，在你湿滑的胸腔，舒展开千年的河床，黄河之吻充满泥土的浮沉，黏稠的黄浆，匍匐在无尽的路上，时刻希望着能抬起巨浪的头颅。此刻，你忘记上游的清冽，忘记颜色的辨别，从浅绿的假象中脱离，告慰远方的人们。浑黄，你所不能遗弃的胎记，流动的基因，奔扑着母体深处不死的期许。奔腾的脐带，不死的命脉。祖先囤积的酸苦之泪，迸溅的幽思，浓烈的祭拜。你该知道，黄河从不曾以温婉示人。那定是水库的作为，不能左右心底的呼声，不能停止生命的歌唱。

哦，假如雾中有盐粒的激烈芬芳，假如浪中有沙砾的冰凉，那也非敌意的真相。咆哮的唾沫如愤青。我，浪涛的盗取者，命运的聆听者。"请你浇灌我的血管，篡夺我的籍贯，改变我的口味，喜欢咸腥压榨下的美，动荡不息的汹涌生活。真挚的表达。默然的沉思。怆然的抒情。"爱你，像坚硬而从不曾动摇的岩石，固执而呆板的表白，倔强而守望着温暾的月色和昏黄的夜，守望着绵延的山川，守望着黄土高原贫瘠的希望，清瘦的风啊！听，在所有的涛声里，不能遗漏地在应和，在汲取，应和着你的节拍和呼吸，汲取着你粗犷的性格。用语言和文字制造沸腾，潮汐，不死的婉约，在遥远的海岸线酝酿最后的高潮。"在真理的盐场，翻晒大地的隐私。"我只是穿越而激荡，在断崖上完成使命的召唤；在古老的天桥，演绎一段惊天地、泣鬼神的传奇！

哦，我至死不渝的雾迷浪，我是你跑马圪洞的妖女，断崖上的灵魂附体。黄色的水雾，化不开的秘密，劈不碎的神话。爱你至深，从恐惧到惊喜，从绝恋到绝唱。怒浪花飞成为古人的点缀，喷雪的景致却是你错觉的美。闻听雷声滚动，万马千军，依然是水的伟大口技，是浪的聒噪之音。雾锁烟迷，唯美的陪衬，吸附破碎的秘密，迷惑艄公的眼眸，让视力随着眼前的浑黄而迷茫。你这险恶的用心，恨不得来一场暴雨，以毒攻毒，压制你桀骜不驯的嚣张，给天桥子民一段缓气锤炼的时光。

而我得承认，混沌的时候，我也会被水俘虏，被浪征服，被雾迷惑。无论春秋，不管冬夏。只要站在有水的地方，忍不住就要感慨，就要抒发，就想歌唱，歌咏神秘莫测的沸腾，陪衬大河在咆哮的痴情。哦，遥想夜色深处野水的扑涌，这注定是一种旗帜鲜明，是一汪不可遗忘的永恒。我也深知水是一种神，我们无从引领它的始终。我也明白人的生命没有水长，人的高度没有山高。卑微而渺小的人类，却要在疾风骤雨中忽略水、轻视水、践踏水、戏水、玩水。无可承载。不能共诉。然而，我珍惜每一滴泪水。因为，没有一滴眼泪是白流的。水才是永恒。水才是长生不老。水可以平静，也可以卷起风浪。我敬畏水，膜拜水。视水为生命的列祖列宗，为地球万物共生的源泉。但我又理解艄公与渔民和水的关系，就像理解他们对水的理解。也许只有他们可以是破例的，可以被我们宽容的族群。因为，他们只能靠水而居，以水为生。这是与生俱来的关系。这是天地给予的关系。就像水可以生成浪，也可以生成雾，最终生成使人折服怀想的浪迷雾，生成要人命的雾迷浪！生成故事，生成传说，生成一个伟大的不朽！

这一切，都是本来，都是初始的事物，是自然的馈赠。而更让我领悟的，竟是他们并非我们以为的轻视、践踏、玩耍与游戏。在水的面前，也许没有比他们更对水怀有感恩戴德的珍重。他们才视水为恩人，也视水为敌人，但终究，他们热爱水，拥抱水，亲近水，眷恋水，视水为爱人，哪怕真的葬身大河，也因与水为伴，死而无憾。水是他们的归宿，也是他们的开始。水流放他们，也成全他们。而这种成全与毁灭又如此同在，水就是雾迷浪的浓缩，是雾迷浪给以水尖刀似的命名，带着皎洁的月光散发冷冷的寒光，忧伤逼人。

唯此，我宁愿走进一段古老的文字，走进一轴惊心动魄的画卷。站在故里高巅，确切的，我站在天桥峡的据点，遥想久远的雾迷浪，遥想久远的子民，他们在这样一条奔流的大河上搏击了一生，却不曾有多少面容留下，更不曾有多少名字留下。若是这般，还能奢谈点什么呢？只为召唤心旨的雾迷浪，勾勒一个真实的从前，轮廓闪现，石破天惊。只闻那一声悠长的巨响，只觅那一幕跌宕的飞旋，足可以展开无尽的想象，去还原曾经有过的壮烈。昭示，或者铭记，以苍生原本的形体，隆起的爱意。剧烈战栗过的大地，不能埋没的身躯，像渐行渐远的船工号子，扯出无尽的动荡回声，缠绵悱恻，声驰万里。

哦，神奇的雾迷浪，像一个美丽的妖孽，从《聊斋》里走出来的聂小倩，蛊惑着年轻的船工，也迷惑着年长的艄公。稍不留神，或者只是就着夜里的星光斟酌了半口热辣的烈酒，从此可能就永远作别了窑洞里的亲人，乘着茫茫的夜色，在跌碛的河道上刻下悲伤的哀号。

在这样的时刻，我又会困惑迷茫，该是为你情歌悠悠，还是该为你挽歌声声。面对苍茫的宇宙，面对自然裸露的焦苦岁月，在曾经惊涛骇浪的河道上，也许唯有苦乐年华这样的解读，才最是符合故里山川绵长的咏叹啊！

——致我悲情汹涌的雾迷浪！

——致我承载憧憬与希冀的雾迷浪！

幽兰在山谷

　　时序渐进深秋，气温一日低似一日。怕被冻着，孩子们把放在门厅的米兰搬回教室里。每天推门走进教室，香气馥郁，丝丝缕缕沁入肺腑。在这忽而浓烈忽而淡雅的馨香中，我们愉快地开启了一天的教学旅程。课罢，我和孩子们总不由自主要走到米兰近旁，俯身下去深深吮吸这自然的馈赠。

　　坐在米兰旁边的女学生约莫十三四岁，却肤黄面瘦，头发枯疏，缺乏少年人的朝气。每每问她可嗅到了香味，她总是迷惑地摇摇头。有一回让她去操场找班里的另一个男同学回教室改错题，她嗫嚅："小张在——中国历史——老师办公室里了。"我一时懵住了，多亏和她一起的女生解释：小张在历史杨老师办公室。恍然大悟，哦，敢情这孩子是按照课本封面上《中国历史》

的名字，一字不落全称啊！那么将来开设了《马克思主义毛泽东概论》呢？

这女学生各科成绩薄弱，平日又沉默寡言，鲜与师生交流。几番电话，终于请来了家长——她的妈妈，一位三十六七岁的妇女。完全出乎想象，孩子肤黄面瘦，家长却让人眼前一亮：粉面红唇，发髻高高，衣着时髦。身上的香水味让我这该死的老毛病咽炎有点发作。

"我可顾不上陪伴她，从乡里上来城里我容易吗？我租了个门市，白天要照看门市，晚上我还要去广场跳舞锻炼身体了。有时候还得她自己做饭了。这死娃子！"

呜呼，可以想见，这孩子是怎样疲劳地奔波于厨房与学校之间了。此种情况也并非个例，接手这个班一个月，大致了解，有近一半同学得不到家庭的细心呵护。站在讲台上，看着孩子们那缺乏家庭温暖的面孔，令人同情又无奈。

这个鲜艳的家长走后，我不由又走近了米兰。米兰，在众花中并不显眼。它不择地势，不选环境，崖缝里，石壁间，沟谷中，花盆内，都能找到它顽强的身影。它枝叶茂密，叶片仅有指甲盖大小，却玲珑可爱，叶色葱绿光亮。米兰开花时，金黄色的花朵只有米粒般大小，一簇簇，一束束，星星点点，柔和安静。那醇厚的芳香悄然四溢，荡漾开去，经久不息。吸一口，甜津津；掬一捧，清爽爽。宋苏轼曾有诗赞曰："婀娜花姿碧叶长，风来难隐谷中香。不因纫取堪为佩，纵使无人亦自芳。"真不知这弱小的身躯何以散发出如此巨大的能量。

放学铃声在校园上空飘过。回到办公室，小晋老师在整理背包，"姐，你还不回家？又刻苦呀？""再坐会儿。"我笑着回答。

门轻轻关上，孩子们的说笑声渐渐远去，校园里沉静下来。

夕阳的余晖炫目而壮丽，染红了半边天，透过窗户，也染红了我的半身。明天该是个好天气吧！在这静谧的时光里打开作业本，透过孩子们的眼睛我重新审视自己：

"我的老师每天都是踏着轻盈的步伐，神采奕奕地走进教室……老师也有生气之时，可她不动一兵一卒，光那眼神就犀利极了，足以刺得你矮下去，矮下去……"

"有一次，一位同学因天气燥热而昏昏欲睡，我的老师走到她身旁笑问：你啜饮了什么佳酿美酒？是'借问酒家何处有，牧童遥指杏花村'？还是'何以解忧，唯有杜康'？'劲酒虽好，可不要贪杯啊'！教室里传来了同学们的笑声，清澈，欢快。"

"我的老师梳着整齐的短发，她埋头工作时，那头发垂下来遮住了她的脸……老师就像教室里的兰，默默散发馨香，润泽我们，我在心里轻轻说，老师，您就是我的母亲。"

我浸润在这爱的海洋里，很久。夜色阑珊，远近灯火次第闪亮。由学生写"整齐的短发"，我想起了我的母亲。母亲年轻时也梳着整齐的短发，为了干活利落，平时用两个发卡卡在耳后。

小时候我们姐弟几个去外地上学，每次离开家时，母亲总背着提着大包小袋送我们到车上。母亲中等个子，身体微胖，走到候车点时已累得气喘不止。把我们安顿到车上后，母亲便站在最高人家的垴畔上瞭着汽车转过一道道山梁，直到踪迹全无了，还在那儿不肯离开，这于她已是一个自然习惯。我们姐弟几个开学时间不在同一天，母亲便这样一趟趟的送别，瞭望，等待。放假回到家，奶奶告诉我们，在我们走后那一天天，母亲心慌得不行，到处乱走。那时候我年幼，常常对奶奶说的话不以为然。现在，我的孩子也到外地上学了，我才真真切切感受到了"儿行千里母担忧"。我们姐弟几个真正是让母亲熬尽了心血。

放假回家，晚上我们坐在灯下写作业时，母亲便停止了干活，也不再走动。她端了针线笸箩，静静坐在我们身边穿针引线，缝缝补补。偶尔也凑近看看我们的作业，尽管她并不认得多少字。窗外，夏虫低吟浅唱，凉风轻快柔和。窗内，母亲飞针走线，我们奋笔疾书。月华如水，静谧的时光如水。

母亲年轻时面色红润，身体强健，她将自己的孩子一个个送出大山，求学工作成家，而今自己却垂垂老矣。母亲白发苍苍，腿脚行动多有不便，但她的秉性一如从前。母亲出身于贫寒人家，年轻时生活艰苦，几乎没读过书，但她身上的美好秉性常常让我惊叹。母亲一生默默劳作，她坚强勇敢，勤劳俭朴，吃苦耐劳，淳朴厚道，与人为善，颇得邻里亲朋好评。我们姐弟身上所有的好品性，全仰仗于母亲的以身作则，耳濡目染。

母亲如同一株兰，毫不张扬，悄然把许多美好的品格传递给了我们。如果没有母亲温暖细心的呵护，没有良好家风的熏染，就没有我们的现在。

唯愿如今的父母们能放慢匆匆的步伐，放下手中的千头万绪，多多陪伴孩子们成长——陪伴！毕竟，这个黄金时期是多么短暂啊，而且永远不会重新来过。

写到这里，又想起了那一首诗："幽兰在山谷，本自无人识。只为馨香重，求者遍山隅。"

——谨以此文献给我的母亲，我的老师们，我的教师同伴们！

王霞作品选

王霞，教育工作者。喜欢用文字记录生活，沉醉于绮丽多姿的文学世界中，与风雨战斗着，在坎坷中奋进着，愿博得一方晴空，使之内蕴着独特的色泽、光亮、温度，人生便足矣。

生命如树

那日偶遇一棵槐树，主干的一半已经砍掉，残缺的枝干如同一只断臂，突兀地努力向上伸展，几圈生锈的铁丝死死缠绕着它，深深勒进它的肌肤，铁丝上垂挂着一个大大的铁坨，约有几十斤重，那是学校的备用铃。丫杈的另一半居然茂盛葱茏，串串米白色的碎花如风铃般悬挂下来，花朵熙熙攘攘，花香浓郁扑鼻，令人流连驻足，残缺的树干，苍老的树皮，孤傲的姿态，倔强的生命，我的眼前不禁浮现出四妈那苍老瘦弱的身影。

于一位母亲来说，世间最悲痛的事莫过于眼睁睁地看着自己的孩子被厄运夺走而无能为力，那撕心裂肺的疼痛是常人无法想象的。而命运推给她的，却是两个儿子同时遇难的噩耗。她是一位极其普通的农家妇女，靠种田过日子，善良朴实，勤劳节俭。

她一生抚养了三个儿子和一个女儿，多子便意味着多劳碌。当别家的女人坐在5月的树荫下东家长西家短地闲聊时，她却从早到晚在田间地头忙碌，两只小脚不停地奔波在通往田间的那些泥泞小路上，风雨无阻。逢年过节，四邻五舍的孩子在大年初一那天，兴奋地到处炫耀自己的新衣服新鞋，她的孩子怀着羡慕的心情悄悄跑回家，嚷嚷着要买新衣服新鞋，她只好用自己灵巧的双手做各式各样的花馍哄孩子们开心。几十年岁月的雕饰，过早花白的头发稀稀拉拉地贴在头顶，看着孩子们一个个长大成人，能自食其力的时候，她褶皱的脸上终于绽放出野菊花般灿烂的笑容。生活似乎在她的面前摆开了一道盛宴，儿女们相继成家，余下来的日子就是享不尽的幸福，儿孙绕膝的美梦盼着盼着也就近在眼前了。劳碌了大半辈子，终于可以歇下来，跟其他女人一般闲时打打扑克，拉拉家常。然而，多舛的命运却给了她致命的一击。

　　那天，大儿子和三儿子跟往常一样，天刚蒙蒙亮就去村头的煤矿下井了。为了养家糊口，采煤成为他们唯一的经济来源。母亲的勤劳朴实已经潜移默化地影响了孩子。三个孩子因家境贫穷，还没上完小学就相继辍学，十五六岁便跟着同村十八九岁的小伙子下井。早出晚归，一身炭一般黑的衣服长年累月地裹在他们瘦弱的身躯上。他们从小便丧失了孩童时应有的天真烂漫，年少时应有的凌云壮志，头脑里唯一的信念便是赚钱，再赚钱，赚足钱娶媳妇，多年的愿望在他们辛勤的汗水、坚韧的毅力中得以实现。随之而来的便是继续苦干，以换得家庭的幸福，孩子的欢悦。如今，三个儿子都已成家，贫困的生活在他们佝偻着身躯卖力的劳动中变得越来越富裕。

天有不测风云，人有旦夕祸福。谁也不曾料到，就在她满心憧憬着幸福美好日子之时，一场灭顶之灾却悄然降临在她羸弱劳碌的身躯上。那天早上，当她从梦中惊醒后，来不及穿外套便急匆匆地跑去敲儿子的门，企图阻止他们别下井。但开门后发现老大和老二早已不见人影。一颗悬着的心几乎提到了嗓子眼。昨晚上，她做了一个噩梦，醒来时惊出了一身冷汗。她跟老伴谈起梦中的情景，老伴脸色一下子变得很难看，她的心也跟着一点一点往下坠。噩梦往往会有什么不祥的征兆，这是他们几十年经验的累积。

但两个孩子还是早早起床去煤矿了。所幸，老二正慢悠悠地推门走出，睡眼惺忪的脸上写满困倦，老两口忙上去劝说儿子不要去了。老二向来听话，拖着沉重的双腿回房倒头便睡。

从来没有一个早上像那天一样漫长，两颗焦灼的心煎熬着，祈祷着，老两口甚至有去煤矿寻找儿子的打算，仔细一想，10多公里的山路靠走得两个小时，只好作罢。他们互相安慰并打劝说梦不可信，靠了民间吐吐沫的方式将梦识破，一切的不祥便会烟消云散，但心里那片焦灼却在潜滋暗长。老两口从早晨起床一直滴水未进。

迷信最终占了上风。两个儿子去了再也没有回来。煤窑里发生坍塌事故，两个儿子均被巨大的炭块砸中。当她得知这一噩耗时，一头栽倒在地，人事不省。一家人陷入无法言说的悲痛中，老伴几乎支撑不住，有好几次险些晕过去。第三天夜晚，她终于醒了过来，聚集在心头的悲痛终于在刹那间化作撕心裂肺的哀嚎从喉间涌出。

那时，我正在外地求学，放假后听母亲提起此事，顿觉心痛难忍，热泪在眼眶中膨胀，如充气的气球承受不住压力而炸裂开来。涕泗横流间，依稀记得老三结婚时的情景。

家乡山坡上种满了梨树。每到春天，一树一树洁白的梨花将整个山坡装点成粉妆玉砌的迷人世界。蜜蜂嗡嗡嘤嘤地穿梭其间，一阵阵诱人心脾的梨花芬芳氤氲在树丛间，令人陶醉。这一时节，各家各户忙着整修搭在地里的小房子。等房子修葺好了，一树树饱满圆润嫩绿的果实便挂在枝头，撩拨着我们这些孩子的口水。

其时，我是一个十一二岁的小女孩，为了新奇好玩，便随同奶奶到地里干活。说是干活，实则这家地窜，那家地跑，和一群不谙世事的小孩子玩耍嬉戏。当一群小孩子跑到她家地头时，只见老三一脸喜气地看着我们，身边站着一位 20 来岁的女子，一脸娇羞。二人时不时地用满含热切的目光盯着对方，每当这时，新娘脸上总会泛起一圈圈红晕。不知谁在背后捏着嗓子尖声喊道："新娘子，发喜糖。"这一喊之后，一群孩子便都跟着他扯开嗓门喊了起来。老三笑眯眯地接过新娘子的手提包，抓出一把把喜糖塞在我们的小手中，嘴角荡漾着幸福的波纹。我们接过喜糖后，早已将甜蜜化成一串串银铃般的笑声跑散了，而老三那洋溢着青春和活力的面容却一直印在我稚嫩的心田。

伤心叹惋之际，日子如飞梭般划过。无论走到哪里，心里老惦念着她。在凄风苦雨的日子里，她该怎样泪眼婆娑守在门口，幻想着她的孩子倏然间出现在她的面前；逢年过节之际，她是怎样隐忍着一颗滴血的心，听着看着别人家的欢乐，将一颗颗苦涩的泪珠咀嚼。命运给予她太多的不幸，曾一度以为，她会挺不过去的，身为母亲，丧子之痛比失去自己的生命更令人悲恸欲绝。

然而，她挺过来了，几近佝偻的身躯间，立着一尊桀骜不屈的灵魂。那次过年回家，意外地见到了她。面容明显苍老了许多，银白的头发散在两鬓，依然慈眉善目，只是眼眶凹陷，一双眼睛呆滞浑浊，掩饰不住的伤痛流露于沟沟壑壑的褶皱中。见到我回来，关切地询问路上状况。中午母亲留她在家吃饭，她见推辞不掉，便答应了下来。一家人围在一起包饺子。她双手麻利灵巧，捏出来的饺子边缘带着许多好看的花边，我惊奇于她的手艺，便仔细观察她包饺子的动作。原来，她捏得非常用心，手指尖的力度匀称，在面皮边缘特意多用了一点指力，使饺子看起来似一只只跃跃欲飞的白鸭子。吃饭间，家人尽量不触及她生活的痛处，谈一些生活琐事，言谈中她丝毫没有一点的悲伤，偶尔还提及别人家的趣事，盈盈的笑意荡漾在苍老褐黄的脸上，如一树寒梅迎风绽放。她对生活的热爱，对生命的执着，对不幸的淡然，令我敬佩。

如今，自己初为人母，更觉出她的不易与坚强。孩子是母亲心头的一块肉，活生生地被剜掉两块，是何等疼痛，何等哀伤？30多年的渴盼，30多年的辛劳，换来的竟是白发人送黑发人的悲痛。每每想到她那张布满岁月沧桑的面容，便会心痛不已。

那日回家看望父母，正值农忙时节，布谷声声，槐花飘香，杨柳絮团团飞扬，在微风中或聚或散，活泼轻盈。路过村口时，不经意间透过车玻璃望向窗外，在远处的田地里恰好瞥见她佝偻的身影，正在挥舞着镢头挖地。一阵春风吹过，她两鬓间凌乱的白发随风飞舞，瘦弱的身躯随着镢头的一上一下，很吃力地挪动。那一瞬间，我的鼻子陡然发酸，泪光盈盈间，她几近弯曲的身影仿佛一株历经暴风雨洗礼后的大树，傲对苍穹，挺拔不屈地伸展着残留的枝干，屹立于天地之间……

无法移植的时光

人是善于忆旧的动物。一张照片，一首歌曲，躺在角落的一本书，甚至一个烂布条，都能勾起许多过往，散落在岁月的风尘里，等着你拾起，细细回味。

那天正在扫地，一块鲜艳的布条斜藏在餐桌底下，粉色中间夹杂着黑色的条纹，甚是喜欢。突然忆及小时候踢布毽子的情景。布毽子是由许多布条码在一块，用另一根布条从中间系住，然后用手轻轻抖落开来，一个布毽子就做成了。80年代，经济贫穷，布条都是旧衣服上剪下来不用的，黑色，灰色，统一的暗色调。倘若能见到一个崭新鲜艳的布条，真是惊喜过望。裁缝店是唯一可以见到花花绿绿布条的地方。也曾跟着母亲到裁缝店，眼馋，近乎怯懦地提出要几根彩色布条。店主微笑着拒绝，说这些布条还要拼凑起来做衣服呢。从此，再也没有勇气向他人开口要东西。

大家都是统一的灰不溜秋的布毽子，便没有攀比，更多的是踢毽子带来的快乐。拿了毽子在手里，在抛下的那一刻一脚接住，一口气踢百十个简直小菜一碟。和小伙伴们围在一起，一个人踢，其他几人数数目，认真劲不亚于课堂听课。眼睛直直地盯着，生怕漏掉一个，踢得最多的便成为我们眼中的英雄。毽子越大，越多，便越有自豪感，在众人面前便可以趾高气扬地当"老大"。于是便在空闲时间收集母亲残留不用的布条，偶尔翻拣到新的碎布条便如获至宝，可以兴奋整整一下午。趁着放学回家的当儿，便悄悄躲在一边扎毽子，越扎越多，想象着新毽子惹来周围小伙伴的羡慕目光，心田便如夏日阳光般灿烂明媚。每到星期天下午，一群伙伴便在大门外高声呼喊我的名字。院子里一条大黑狗汪汪地狂叫不停，我便急忙穿好衣服，拿了新做的毽子，跑出去跟她们玩。有时抱着黑狗的头，让她们到院子里玩。无奈黑狗总是仰着头，张着血盆大口，凶猛地朝她们攻击，满院子围着缰绳转圈，跳跃，扑腾，似狼一般可怕。在家玩耍的计划便被黑狗打破了，只好一个人兴味索然地踢毽子。父亲是非常爱干净的人，每当看到院子里垃圾散落时，便拿了扫帚打扫。其实，经常打扫的小院，最多也就刮风落了一层灰，剩下的便是我扔得到处都是的布毽子和跳绳。他边扫边骂，还威胁说要把所有的毽子和跳绳全部扔到大门外的渠里。我躲在家里不敢出声，担心着我最喜爱的玩具，倘若真的如父亲所说，我的最爱会惨遭厄运，心里便如热锅上的蚂蚁，乱成一团而无计可施。出于对父亲的畏惧，不敢开门跑出院子抢走玩具，只好趴在窗玻璃上，眼睁睁地看着父亲把心爱的毽子和跳绳丢进簸箕里，然后两手端着簸箕走出大门外，高大的背影消失在我的视线里。这时，眼泪便如断线的珠子簌簌地落了下来，谁让自己平时不藏好它们呢？心里失望至极，整个下午便怏怏不乐，干什么都觉无趣。

待到下一个星期天，和小伙伴们在一起玩她们的毽子，总觉羞愧难当。玩得兴味大减。晚上回家，不免躲在被窝里暗自落泪，决心重新做一个，补偿内心的忧伤。于是，重新一条一条地收集布条，不厌其烦。过年缝衣服的时节，最是欣喜。等待的不是母亲做了怎样好看的衣服给自己穿，而是母亲在做好新衣服后，将废弃不用的鲜艳布条送给我。拿到布条的那一刻，可以欢欣得手舞足蹈，暗暗想着星期天在众人面前展览新毽子的自豪与骄傲。看她们再次投来艳羡的目光，再次围着我的毽子，看它上下翻飞，靓丽的身姿，曼妙的舞蹈，欢声笑语激荡，跳跃，该是多么美好的场景。于是，盼望着，盼望着，仿佛一个星期有一年之久。好不容易等到星期天，早早起床吃饭，急急忙忙召集伙伴，踢毽子，数数目，心情豁亮，踢的劲头大增，冠军一定非我莫属。虽已入寒冬，但浑身大汗淋漓，痛快之中更多的是欣慰。

　　一天中午放学回来，父亲笑眯眯地问，怎么不见你踢毽子了？提到毽子，我便哽咽难耐，低头不语走开了。母亲笑着说，你把毽子都给扔了，她怎么踢？父亲慈祥地笑着，我怎么舍得给扔了？全部都放在南房里了。我喜出望外，赶忙跑到房子里，一堆毽子静静地躺在墙角下，跳绳整整齐齐地捆扎在一起。之前对父亲的怨恨在那一刻便烟消云散，心里倍觉温暖，幸福。童年就在踢毽子、玩跳绳的欢乐中渐去渐远。

　　上初中后，离家住校，从此便失去了在家的欢乐。学业繁重，无暇玩耍，与毽子的情缘便渐渐疏离。那些欢乐的场面如同一颗颗莹润亮丽的珍珠，悄悄藏入心底的最深处，随着时光的迁移，愈发熠熠生辉。如今，童年早已成为久远的梦境，那些毽子、跳绳也早已不知踪迹。即将步入中年行列，家庭、事业、孩子，一一兼顾，不免生出几分成熟与理智，再也寻不回童年的欢乐与纯真。一次回家看望父母，父亲在南房里整理什物，突然远远地呼唤我，声音亲切，温和。我跑出家门，奔向南房，以为父亲有事需要帮忙。只见父亲一脸和蔼，微笑着看着我说，你看这是什么？说着他把一个鼓鼓的食品袋递给我，我怀着好奇心解开系在一起的疙瘩，只见三个布毽子和几条跳绳安静地躺在里面，仿佛沉睡了20多年的亲人，竟是那样亲切、祥和。毽子依然灰不溜秋，布条上沾了许多尘埃，跳绳的皮筋两边边缘处，磨成锯齿样，中间断裂处有两个接头挽在一起的疙瘩。瞬间，所有往事纷至沓来，清晰如昨。那些欢乐的年华再也回不去了，一个人跌跌撞撞地走了20多年，飞逝的时光如同流星划过天际，一一陨落。剩下的，只有憔悴的容颜，疲惫的身心。父亲半开玩笑半戏谑地笑着说，再去踢毽子、跳皮筋吧。我内心却再也涌动不起一丝童真的涟漪，站在墙角看着那些曾经的珍品，惊觉自己真的老了。

原来，童年的欢乐是不能移植的，它只属于天真无瑕的时代。玩具只属于孩子，再香的美味佳肴，再美的华丽服饰，再富丽堂皇的房子，都取代不了玩具在孩子们心中至高无上的地位。那些起舞跳跃的时光，那些欢笑奔跑的岁月，那些渴盼羡慕玩具的日子，都定格在一圈一圈的年轮里，就像一坛坛陈年佳酿，日久弥香，留待在以后的坎坷跋涉中慢慢品味它的幽香。

何文芳作品选

何文芳，保德县神华中学语文教师。作为园丁，倾力浇灌桃李 24 载；身为女子，以一颗平静安宁的心带给周围人以温馨。爱惜生命，珍惜遇见，用豁达让生活简单而丰富。

梦里故乡

20 多年前的那个秋日下午，一场秋雨眼看就要随着满地旋舞的枯叶降临到这个晋西北偏僻的小山村里，我这个 13 岁的懵懂女孩，站在老屋前那辆威风凛凛的 140 卡车前显得那么单薄孱弱。泪眼迷蒙中，我眼睁睁地看着老屋里的物件一件件被搬上卡车——全身斑驳掉漆只有 4 只铜拉环闪着光亮的深褐色老橱柜，一对红漆罩过锃亮鲜艳的大躺柜，然后就是些七零八碎的日常用品……它们被胡乱地塞上卡车，从此像我一样再没回到这个给予我最幸福时光的地方。当汽车马达响起时，我才如梦初醒般飞奔着去向两位最亲密的伙伴告别，在三人最后一个紧紧拥抱后，在大人们的连声催促中，在恋恋不舍地挥手离别里，童年到少年的情谊最终飘散在迷茫的秋雨中，无法再叙。爷爷奶奶离开了他们扎根一辈子的家园，而我的天堂我的乐园也从此在生命中消失了。

毕竟还是"少年不识愁滋味"的时候，毕竟爷爷奶奶还在身边。那个蕴藏着我最多欢笑声的地方，那个闪耀着我小鹿般跳跃身影的地方，逐渐被忙碌的学习生活、被刀光剑影仗剑策马的武侠小说、被少女斑斓的情思所冲淡。可是在 20 多年后的今天，在更远的异乡，我对故乡的思念却每每萦绕于心间脑际，让我心生怅惘泪水涟涟。一幕幕美好的画面在脑中变换，又让我泪中带笑，笑里含着忧伤……

草长莺飞的时节，山峦娟然如拭，泉水明净似玉，布谷鸟欢声啼叫，被捂了一冬的人们剥去厚重的冬衣，老老少少都精神抖擞。大人们盘算下种春播的事，我们小孩子无暇操心，我们有自己的事要做。吹着柳条拧成的"口哨"，"哔——哔"声中欢快地跑遍街头巷陌；从淘气的野小子手中抢下刚从树上掏的没出窝的小麻雀，义愤填膺地要求他们重新放回鸟窝里；抱着还不能跟着羊妈妈出坡的小羊羔，嚼着煮熟的黑豆一口一口喂着它，直到它吃得肚儿滚圆，咩咩地追着我在院子里到处乱跑，我的笑声洒落在这堆满柴草的简陋小院里……

春的惬意在悠然的柳笛声中一晃而过，夏便热热闹闹地闯将来了。刚过晌午，河水被日头晒得温热，我便叫上伙伴，跟着一群大姑娘小媳妇儿去河边洗衣服，化身为浣衣少女的我们煞有介事地蹲在青石板上揉洗着几件薄薄的衣衫，晾晒到河边半人高的灌木丛上后，便挽起裤腿跳进河里嬉闹耍水，有时候正玩得兴高采烈，一阵风刮来，晾着的衣服被吹卷下来，这时就有一个人一脸沮丧地跑过来，捡起沾满了泥沙的衣服去河里重新淘洗，其他人便"幸灾乐祸"地大笑起来。河的上游有一眼泉，泉水清冽甘美，玩得口渴了，便双膝跪在泉边用双手掬一捧甘泉解渴。如果幸运的话，在泉边的石隙中可以捉到半寸多长的小虾，这小虾的神奇之处在于一对对紧紧相抱，细细的虾足相互交错，两对小黑眼珠直愣愣地互相对望，看上去呆萌可爱，拨弄着玩一会，便让它们顺着石罅流水游走了。胆大的孩子会被好奇心驱使，逆着水流沿着一道峡谷去找寻河水的源头，峡谷高深悠长，人迹罕至，不知名的鸟鸣声蓦地划破寂静，想找寻它的踪迹，但满眼皆是苍翠的林木，哪里能捕捉到它的身影。几道细流，从远处高高的山涧上跳跃下来，唱着凉凉的歌从我们脚下摇头摆尾逶迤而去，我们寻幽探秘的好奇心终于得到了满足，日已西坠，我们跟着流水又回到了原来洗衣服的地方，衣服收在盆里，一路沐浴着夕阳，在"暧暧远人村，依依墟里烟"的意境中各自回家。

夏末秋初，村子南面的南梁坡上绿意葱茏，繁花遍野，大自然无偿馈赠给孩子们无数的礼物，除了满坡铺展如锦似缎的野花野草，更有许多味道诱人的小浆果，它们结在各类灌木丛中，有浑身长刺的刺铃子，成熟以后味道酸甜，可摘的时候要特别小心；有甜麻麻酸麻麻，味道不同，模样相仿，一清甜，一酸涩，就看你有没有火眼金睛来分辨清楚。另外譬如马奶奶、沙窝窝、酸泡泡……还有许多叫不上名字的野果，它们就是我们这帮孩子的美味零食，大早上出去，晌午回来，每个孩子的兜里都塞满了这些各色野果，直吃到牙齿酸软方才罢休。

等到即将收秋的时节，我们十几个孩子便一定会在已有萧瑟秋意的南梁坡上举行"土豆派对"。偷土豆，拾柴火，烧土豆……各显其能。嘻嘻哈哈中焦急地等待着这顿饕餮大餐，等不及完全熟，刚一闻到香味儿，便蜂拥而上用小棍把土豆从烘烫的柴堆下拨拉出来，烟熏火燎中啃着半生不熟的土豆却如享受珍馐美味。每个孩子在这场盛宴之后，都化身为黑脸包公，互相指着对方捧腹大笑……山风猎猎，荒草萧疏，肆意欢快的笑声让苍茫的原野少了几分寂寥。站在山梁上，感觉天与地是如此之近，又好像遥不可及，小小的我突然明白什么是"天地玄黄，宇宙洪荒"。

秋意愈浓，农人愈忙，各种作物都用最饱满的热情回报主人的精心侍弄。"妇姑荷箪食，童稚携壶浆。相随饷田去，丁壮在南冈"，确实，秋收时分，整个南梁坡都是沸腾的，记忆中，这时的南梁坡是金色的，秋阳、田野、农人都仿佛灿灿生辉。很快，打谷场上响起联枷沉闷的拍打声，人们愉快的说笑声，联枷此起彼落，但节奏匀称，丝毫不乱。这时，那些打场高手会得到全村人的赞美，这赞美曾经让我心生艳羡，决心长大以后也要成为这样的高手，让全村人崇拜。可惜，这个理想今生是无法实现了。村里的场面修在一座厚实的黄土山上，像梯田一样分为两层，但上下层有两丈多高，当下面场面上堆起了一丈高的豌豆秸，那就说明属于我们的刺激游戏开始了，爬上二层场面，走到边缘，纵身一跃，便重重坠落在那一大堆松软的豌豆秸上。游戏有惊无险，我们也乐此不疲地享受高空飞跃的美妙感觉。每个人的头发衣服上都挂满了豆秸，看上去形容狼狈，但却满心欢畅，无法言说！

几场秋雨过后，北风裹挟着雪片席卷而来，整个乡村一片静穆，但我们这些孩子可安静不下来。村子东面的那条溪流已然冰封如玉带，如此绝佳资源，岂可浪费？于是有冰车的，骄傲地犹如跨上宝马般在冰面上驰骋，我们这些没有冰车的孩子，羡慕嫉妒之余，也有自己办法：找一段地势较陡的冰面，寻一块表面光滑外形扁圆的石块，然后坐在石块上，由上而下贴着冰面轰隆隆地溜下去。冰冻的溪水表面还保持着水流的波纹，并不平整，溜下去的时候，一路颠簸，屁股被颠得生疼，还免不了要受到有冰车的同伴的耻笑，但还是一次次坐着石头轰隆隆冲下去。最后那些有冰车的孩子也放弃了"宝马"，坐着这不听话的"犟驴"冲锋在冰面上。山谷里的风凛冽似刀，每个人的小脸都冻得红彤彤的，清涕直流，抬起手腕用棉衣袖口顺势一擦，动作如行云流水，几次过后，上唇擦得生疼，袖口冻得梆硬，头上却氤氲着雾气。日薄西山，饥肠辘辘，大家才想到回家。柴门闻犬吠，日暮顽童归，迎接我的永远是温和善良的爷爷那慈爱的目光，性情爽直的奶奶那好一阵的嗔怪，还有小黄狗亲昵的撒欢儿。

回忆令人沉醉，所有的画面都是那么真切又那么恍惚，儿时在故乡的生活，仿佛一幅绚丽的画卷，铺展在我平凡普通的人生历程中，又像似一坛窖藏的女儿红，也许当时只是一坛品质普通的酒，但当它成为二十几年的陈酿时，谁还能说它普通？那美丽的画卷，那绵长的醇香，是刻印在我灵魂中最独特最美好的印记。多少回梦回故乡，多少回疲惫的心灵在梦中得以休憩，是故乡抚慰着我的灵魂。内心中强烈地想回去，却总没有机会没有缘由回去。而如今当我听说曾经美如世外桃源的故乡到处都是黑煤窑，烟尘滚滚，对虾绝迹，溪水断流，满目疮痍时，我再也不敢回去了。

如果回忆搁浅了，我的梦该如何安放呢？

姥　娘

"姥娘"是我们晋西北地区对外婆的称呼，听上去感觉充满"乡土气息"，我却觉得这个称呼比"外婆"更亲昵。

我的姥娘离开人世已 16 个年头了，我和她之间的情感应该比较疏离，她去世之后我很少想起她。可最近几年，随着我的年龄增长，每当回忆起幼时的人和事，姥娘的形象就很突兀地闯入心怀，让我一阵心酸。

姥娘应该是三十四五岁开始守寡。我儿时在舅舅家里见过一张老照片，是姥爷的。那是一个正值壮年身材高大的男人，为了养活全家，包括他已成年的弟弟（按我们家乡的习俗，我该称呼"二姥爷"，这位二姥爷一直无所事事，跟着哥嫂过日子），姥爷在村外的煤矿当矿工。一次下井之后，就再没有活着上来。我不能想象我的姥娘在惊闻噩耗后，是怎样迈着小脚，压着决堤似的悲痛，拉着三个孩子（当时大姨 13 岁，母亲 12 岁，舅舅只有 7 岁）奔跑在崎岖的山路上，那十几里的山路，应该是她一辈子感觉最长的路，呼呼的风声从耳边掠过，天塌了的声音在心里轰鸣，身体的力量仿佛被抽干，脚下跟跟跄跄却不能倒下；我不能想象当她扑到姥爷冰冷的尸身旁是如何撕心裂肺号啕大哭的，亲人骤然离去的悲恸，天塌地陷的惶恐，未来生活的迷茫应该在瞬间将她击溃；我真无法想象啊，当三个孩子泪眼汪汪看着她时，这个柔弱的女人是怎样咬紧牙关又当爹又当妈撑起那个残破的家的……

姥爷的突然离去，使家里倒了顶梁柱，也失去了主心骨，我那个无所事事的二姥爷便突然成了"大老爷"。他每天除了颐指气使发号施令外，什么都不干。我至今还对他模模糊糊有点印象，我记得小时候在村里玩，我最怕碰到这个红脸膛、身材像铁塔、说话像打雷的二姥爷，在我心里他不啻是凶神恶煞。我每次一见他便吓得转头就跑。当时地里的耕、锄、种、收都是姥娘这个女人的活儿，大姨和母亲相继辍了学，每天在二姥爷的呵斥打骂下打兔草，做饭，给地里劳作的姥娘送饭，帮姥娘干农活……有一次正值隆冬，滴水成冰，二姥爷说我母亲在家吃闲饭，用棍子追打着自己的亲侄女，让她去沟里挑水，12岁的母亲担着一担水桶，冒着寒风来到了村里的那眼泉水旁，泉眼边沿被人们打水泼洒出去的积水冻得滑溜溜地，很难站住脚。泉水很深很满，母亲淹了一桶水准备往上提，可是身单力薄桶又重，脚底一滑，反倒被那桶水拽了下去。寒冬腊月的泉水啊，浸透了母亲的棉衣棉裤，死沉死沉又彻骨寒冷，母亲费力地在水中挣扎着，冰冷的泉水灌进口中又让她无法呼叫。也是母亲命不该绝，在命悬一线时，村里一位放羊老人路过，看到泉边搁着一只桶，周围却没有人，心中奇怪，走近一看原来是一个女娃娃在泉里扑腾，眼看已经无力挣扎了。老人赶紧探身下去，把这个孩子拉了上来，又把她送回家。多年以后母亲在给我讲述她这个让人惊心动魄的故事时，语气很淡然，但讲到老人把她送回家后，姥娘抱着脸色青紫、浑身发抖的她大哭时，母亲长叹一声陷入了沉思。落水事件以后，平日里忍气吞声的姥娘突然变得强硬起来，她执意要和蛮横霸道的小叔子分家，二姥爷恼羞成怒，把家里打砸了一遍后，把姥娘和他的三个侄儿侄女赶出了门。姥娘便带着三个孩子和一些简单的生活用具离开了她和我姥爷辛苦经营的家，在村子另一头一个早已破败的屋子里开始了孤儿寡母的生活。

在我童年的记忆中，姥娘给人的感觉和普通的农村妇女不一样，她皮肤白皙，圆脸盘，油亮乌黑的头发一丝不乱地梳于脑后，脸上很少流露笑意，只是出出进进地忙碌着。她经常穿一件老式的藏青色斜大襟小盘扣褂子，那小巧的中式盘扣从颈下延伸到左腋再到左下襟，合铆对缝，衣服平整合身，显示了姥娘很高的剪裁手艺。农闲的时候，姥娘家里总是村里上了年纪的妇女聚集地，姥娘盘腿坐在炕中间，仿佛一位气定神闲的大将军，她一会儿指导这个剪裁时要注意什么，一会儿又帮那个飞针走线，手里闲下来时，就用剪下来的碎布条做盘扣，她结的盘扣样子精巧别致又很结实耐用，很受村里人喜欢。姥娘是个爱干净的人，简单朴素的衣着永远整洁如新，比起村中的其他女人，记忆中坐在炕中间的姥娘竟然有一种雍容的气质。这让我至今不敢相信儿时姥娘家门前那长长的一道青石板垒就的院墙，是姥娘一块一块从沟里背回来的。我去过那一道乱石沟，离村子很远，一个女人经年累月背负着厚重的、比自己脊背还宽的青石板，默默地跋涉在空无一人的乱石路上，我只能用两个字来形容：恓惶！我曾经天真地问母亲，姥娘为什么背石板垒院墙，母亲苦笑着说："穷啊！买不起砖，家里没男人……"一天天过去，一块块累积，姥娘终于用青石板垒就一道古朴的院墙。院墙后面是一片荒地，姥娘没事就在地里侍弄，于是一片荒地成了一片肥沃的菜地。一到夏天，这简陋的院子分外怡人，朴拙的石板院墙上爬满绿色的藤蔓，肥大的叶片在风中卖弄似的摇曳，菜地里的蔬菜们或者热热闹闹同台竞演，或者你方唱罢我登场……平淡温和雍容整洁的姥娘用她的勤劳与坚韧将日子越过越好。姥娘家的屋子不是村里最好的，却是村里最干净的；那道青石板院墙后面不是荒芜的乱草，而是绿油油的菜地；院子不是村里好多人家的坑洼不平，而是平整干净向阳暖和。三个孩子逐渐都长大成人，大姨嫁到离县城不远的一个村子里，由于交通方便，再加上大姨头脑活泛，和姨夫一边务农一边经商，日子过得很红火。我的母亲和舅舅在城里都有了工作，跳出了农门。姥娘终于熬出了头，孩子们都成家立业了，她便一个人守着家过着冷清的日子。

俗话说"寡妇门前是非多"，我们好多国人总是在别人潦倒落魄时毫不吝啬自己的同情，但当原来被同情怜悯的人突然咸鱼翻身甚至比自己过得都好时，这时原来的同情怜悯就转而变为嫉恨。一个女人拉扯着三个孩子还能把光景过得比好多人强，这让村里一些人的心里很不平衡。于是，姥娘种的树眼看成材却被人偷偷砍伐；姥娘去地里劳作，院墙后面的菜地被人糟蹋；姥娘辛苦背回的石板，被人撬走；姥娘在一片小树林里找到的一丛蘑菇，好意邀别人一同采摘，可那女人怕姥娘以后还能在这儿摘到蘑菇，竟把那一片地皮整个儿刨了一遍；甚至有人狠心地把姥娘养了多年性情温顺的黑狗用剪刀将右耳剪为两片……而且，关于姥娘的流言蜚语也越传越多。小时候村里人谈起姥娘时那窃窃私语的诡异神色至今让我记忆犹新。

回忆了姥娘这么多的事，其实儿时的我与姥娘并不亲近，我的童年时期是和爷爷奶奶生活在一起的。爷爷奶奶家和姥娘家是一个村的，我只偶尔去姥娘家里，但因为她家里太过冷清，我待不了一会儿就会离开，舅舅家的孩子有时从城里回来，虽说不冷清了，可我也不爱去，因为他是比我大几岁的男孩子，跟我玩不到一块，更主要的原因是因为姥娘偏亲孙子，对我这外孙女的疼爱就较为淡薄。我还记得有一年姥娘给我和表哥压岁钱，给我 5 块，却给了表哥 10 块，这让年幼的我很受伤，从此主动去姥娘家的次数就更少了。有时姥娘也会叫我到她那儿吃饭，她会把舅舅偶尔从城里带回来的好吃的做给我吃，可往往因为这些吃食存放得时间太长，我吃了总会闹肚子。有一次姥娘拿出一个不知道放了多久的面包给我吃，面包又干又硬，我吃过不久就腹痛难忍，最后还是爷爷把我背了回去。这样几次后，姥娘再叫我吃饭，奶奶就会找各种理由替我婉言回绝。所以我去姥娘家的次数越来越少，与姥娘也越来越疏离，以至当我成年之后面对老迈蹒跚，再不似当年那样整洁爽利的姥娘，依然只是止于礼节上的问候，而不是从心底生发的亲近。

后来，姥娘被舅舅接到城里，她辛苦修补的房子，她的青石板院墙，她的一地葱茏，她栽种的树木……都让舅舅一句"这些不值什么钱"或贱卖或送人全给随意处理了。我不知道老人在离开她用全部的心血营造的家时，心里是多么凄凄然、惶惶然，不过也许她也是充满欣慰的，毕竟这里掩藏的都是她的辛酸与苦涩，如今离开它与儿孙一起共享天伦之乐，这不正是她多少年苦熬苦受所期盼的吗？从此姥娘进城了，在村里人羡慕的眼神中住进了舅舅盖的崭新豁亮的大房子，也开始了更为忙碌的晚年生活。舅舅家院子大，房子多，她的孙儿也由一个变为三个，姥娘每天天不亮就起床，打扫院子、整理屋子、倒灰渣、烧炉子、做饭、洗衣、看孙子，她就像一个牵线木偶，不知疲倦地忙个不停。渐渐地，她身上的衣服不再干净如新，奶渍、油渍再沾上灰与土，衣服经常看不出原来的颜色，舅妈经常嫌恶地斥责她，说她不干净，她只是默不作声。母亲隔段时间便来看望她，给她洗头发，洗衣服，那应该是她最闲暇最享受的时候吧。母亲要接她去我家小住几日，她总是不肯，总是说她走了，这家里的活儿谁干，母亲也只好作罢。只有当她生病了，她才会被舅舅送到我家，母亲便带着她去医院看病输液打针吃药，饮食生活方面都尽心照料，眼看身体好了，舅舅便又把她接回去了。这让我很愤懑，可母亲无奈地说，你舅舅不接她回去，她自己也在咱们家待不住啊。

一年年的劳碌中，姥娘的背佝偻了，头发稀疏灰白了，耳朵也有些聋了，她只惦记着她的儿子、孙子们甚至曾孙子，在舅妈越来越频繁、越来越难听的喝骂中，她只是默默地做着手里的活儿。我偶尔去看她，她高兴得不知怎么样才好，又从柜角翻出不知放了多久的吃食让我吃，可我再不会像小时候那样吃这些东西了。她耳朵又聋，和她说话越来越费劲，需凑近耳朵大声喊，所以每次去我坐不了一会儿就走了。当我和她大声告别时，我总想她这耳朵听不见也好，心里落个清净。

那年秋天，姥娘干活摔了一跤，把左腿跌坏了，母亲把她接回我家精心照料，伤腿逐渐康复。她执意要回舅舅家，母亲拗不过，就把她送了回去。母亲临走反复叮嘱舅舅，一定要护理好，千万别让姥娘再摔了。舅舅不住地点头，可回去没几天，姥娘便又摔倒了。这一次摔得很厉害，姥娘再也没办法自己起床了，她瘫在炕上了。母亲又生气又心疼，再一次要接她回我们家，可她这次像预感到什么，无论如何也不去女儿家了。母亲便每天去舅舅家，再请上大夫，买了药给她治疗，可是她的身体状况却是每况愈下。有一次母亲有急事，我便去看她，刚走到门外，便听到姥娘在大声喊着我表哥和表弟的名字，而这弟兄俩正在隔壁看电视，谁都不回应。我急忙推门进去，只觉得屋里冷如冰窖，姥娘花白的头发凌乱不堪，正用胳膊努力撑着上身，想要坐起来，可试了几次，终究起不来，我忙上前将她扶起。她原来是要上厕所，我费了好大的力气才服侍她小便完，给她盖好被子，她仿佛要和我说几句话，又好像觉得没什么话可说，看了我一眼便睡了。我也因为屋里太冰冷，便离开了，这是我见姥娘的最后一面。半月后，姥娘在一个大雪天，在母亲的呼唤中安详地离开了这个世界。除了母亲，没有人觉得不舍，一切都仿佛在预料之中，甚至让人松一口气。几天之后姥娘的葬礼隆重地举行，人们都说姥娘好福气，披麻戴孝的儿孙这么多，丧事办得这么体面，可我却想到那冰冷的屋子，鼻子一酸，眼泪流了下来。

第二年，我便出嫁了，为人妇，为人母，忙忙碌碌中十几年过去了。年龄越长，越觉得做女人的不易。想起姥娘我追悔万分，儿时的我，为何不能多几次绕在她的膝下，为何耿耿于 5 元与 10 元的差别，为何不懂省吃俭用的姥娘把好吃的留给我是因为疼爱我，而我这么多年却只记住那是变质的食物……想到这些，我的心不禁疼痛起来，姥娘在孤独的寡居日子里有没有无助到绝望？她是怎样用柔弱的肩膀扛住生活的辛酸与磨难？夜深人静时凄冷的屋子是不是让她寒意彻骨？被人欺凌时又是怎样独自舔舐伤口？这些我都不得而知，我只知道，她这一辈子，过得好难！

今年清明，春光乍泄，山明水净，暖意微醺的原野多像姥娘家的院子给人的感觉啊。点一炷香遥祝姥娘在天上一切安然，欢喜无忧。

刘应明作品选

　　刘应明，县总工会退休干部。1959年初中毕业后参加工作，先后在工业局、县社、东关公社、干部教育局等处工作，1987年获函授大专学历。退休后热爱写作，曾在《忻州日报》《黄河风》等报刊上发表回忆录、散文等数十件作品。

依依故土情

　　我的故乡曾经是黄河岸边的一个繁华村镇，因其得天独厚的地理位置，千百年来这里一直是晋陕峡谷上的水旱码头，是粮食、煤炭、日用百货的集散地，给故乡的经济发展注入了勃勃生机；故乡又是红枣产区，一望无垠的枣树林，既可创收，又能美化环境，调节气候，是村民们赖以生存的重要依托；故乡依山傍水，梁峁起伏，地少人多，世世代代的家乡父老，凭着他们的聪明才智和勤劳的双手，奋力打拼，精耕细作，撑起一片新天地，基本做到自食其力，自给自足，过上温饱日子。

　　故乡是我童年生活的乐园，是我长大成人的港湾，于我有着难以割舍的情缘。从我外出读书到走上工作岗位，离开故乡已有60个年头，随着岁月的流转，时代的变迁，儿时的故园风情已经荡然无存。然而，故土上的山水草木，风土人情，许许多多的儿时往事，巷陌趣闻，都让我魂牵梦萦，如影随形，至今依恋不舍，回味无穷。"黄河之水天上来，奔流到海不复回。"黄河由北向南，从我的家乡蜿蜒而过，我家的老院子，与黄河仅有一街之隔，无论站在大门口，还是坐在家中倚窗眺望，黄河风韵一览无余。在我孩提时代，黄河汹涌澎湃，浪涛拍岸，似千军万马奔腾；声声波涛，像一曲曲高亢激昂的交响乐。我是看着奔腾的黄河急流、听着旋律般的黄河涛声长大的，深为生长在黄河边岸而引以为豪，引以为骄。

20世纪四五十年代，黄河航运依然是南北交通的主渠道，它承载着黄河沿岸千家万户日用生活品的供给任务。我的家乡上游距保、府县城70华里，距府谷柳林碛、小炭窑、黑龙洞等几个小煤矿仅是一天的航程，通往下游川口、碛口、黑峪口几个商业重镇的货船也要在家乡岸口停泊休整。一年四季往来于黄河航道的船只穿梭如织，满载货物的下水船在惊涛巨浪中搏击而行，船驶进激流时，随波逐浪，如翻山越岭，浪花飞溅，似暴雨倾盆。每当木船行驶进波浪滔天的河中心时，人们从岸上望去，时隐时现，惊险而壮观；逆水而行的船只，一般都是轻装上阵，平常由五六名船工在岸上肩系缆绳牵引而行，一名艄公在船沿上用撑杆把握方向，每日只能行走二三十里航程。每当南风徐徐而起，船只便可扬帆起航，一艘艘船只高悬各色帆蓬随风鼓动，快速前进，船工们只需着一人撑杆，多数人可以玩扑克、哼小曲，甚为潇洒。我上初中时，曾多次乘坐下水船回家，也坐顺风船返校，浪激飞舟的惊险感受，悠闲自得的惬意，有过亲身感受。

黄河像一位技艺精湛的魔术师，一年四季变幻无穷。每年清明节前后和小雪到来之际，河面上别有洞天，展现一幅精彩纷呈的画面，大大小小的冰凌将整个河床壅塞得满满当当，构成一片冰凌世界，银色海洋。满载冰凌的黄河水，流速加快，浪花迭起，似一幅银白色的飘带，直挂云天，一眼望不到边际。停立岸边观赏其景，让人神清气爽，胸襟大开。冰凌退去之后，黄河岸边会有大量冰块积聚，像一座座连绵起伏的冰山。这时候人们按照传统习俗选一些晶莹透亮的冰块带回家中，放进水瓮里，老人们说食用清明时节的冰块有清热解毒功能，古往今来，人们已习惯使然。

住在黄河岸边，捕捞黄河鱼，也是一种别有韵味的乐趣。我小的时候，黄河水丰满而纯属天然，虽有泥沙夹带，但污染较少，且富含微生物，给鱼类的繁衍生息提供了有利条件。那时候黄河鱼多而肥美，村民们捕捞黄河鱼者比比皆是。家乡人捕捞黄河鱼既不用鱼钩钓，也不用渔船，普遍使用捞兜作为捕鱼工具。捞兜是用柳树枝条和棉麻线结合组成椭圆形带网兜的一种渔具，捕鱼时将捞兜插入水流缓慢的洄水湾内逆水推动，鱼便钻入网内，运气好的时候，一次即可捕获两三条鱼。我的一位堂兄是村里数一数二的捕鱼把式，只要他出动就能得心应手，几无空手而返之劳。我家和堂兄同住一个院子，无论冬夏，常见他拎着鱼回家，他们家吃到的鱼比村里任何人家都要多。村里的年轻人捕鱼者甚多，在人民群众生活困难的年代，偶尔捕食几条黄河鱼，也算得上一种至高无上的享受。

捕鱼的最佳期是洪水暴涨之时，有人说鱼受到洪水冲击后，变得迟钝呆滞，晕头转向，这时候只要把箩筐、竹篮等罩在逆水方向，鱼便成为瓮中之鳖。有的时候，洪水涨潮将岸上的滩涂淹没了，洪水一旦退去，便有许许多多的鱼被搁浅在河滩上。我6岁那年，一场特大洪水来势很猛，当晚在人们不知不觉中退去，村里一名姓郝的中年妇女于次日早晨到村北地里掰玉米棒，当她走出一里多远还未到地头，就看到洪水退潮后的河滩上，横七竖八满是奄奄一息的鱼，使其眼花缭乱，不忍离弃，于是改变了初衷，将涮在滩上半死不活的鱼选个头大的塞进携带的箩筐内，不一会就把箩筐插的满满的，足有六七十斤，当即扛在肩头，一股脑儿回到家中，除自家食用外，有的赠给亲友、邻居，有的售给机关、店铺，其中最大的一条达9斤重，剁成三节才分别售出去。那一天村里如同赶会一般，年轻人纷纷出动，拾回不少鱼，没有拾到的也有人给赠送，家家户户着实美餐了一通。那个时代，除了洪水暴涨是捕鱼旺季，清明开河也是捕鱼的最佳时机，据人们传说，开河鱼可医治百病，人们总要费尽周折捕几条鱼，至于开河鱼能否医治百病，无人问津，只求心理得到安宁。

故乡境内设有粮站、供销社，粮食、货物的吞吐量大，加之沿河村民的烧炭亦取之于河运，因而开往故乡码头的货运船只一年四季往来不断。每当货船停泊靠岸时，搬卸粮食、货物和购买煤炭的人流如潮，车水马龙，喧嚣声不断。搬运货物的时候，我们一群10来岁的小孩也要去凑个热闹，重物搬不动，只选一些零星货物搬运几回，挣上一两角钱，买点石笔、蜡笔之类，也让我们乐不可支。故乡北面离村一里之遥有一条东西走向的小河，虽然流程只有30多里，但其上游有几处常年喷涌不息的清泉，因而溪水长流，清澈如镜。小河虽小，却给家乡人民带来无尽的福祉。春季少雨时，小河两岸的土地可以靠它点播、插秧，夏天干旱时，挑上小河水可解救即将枯萎的禾苗。小河的最佳功能是供村民们洗衣服，那时候家家户户的衣服、被褥多半集中在夏天打一次歼灭战。每当中午阳光强烈时，妇女们便拎着一包一包的衣服和拆掉棉絮的被褥，在小河内摆开战场，怀前放一块粗糙的石片代替搓板，将衣物翻来覆去擦洗，洗完一件由小孩子们晾在沙滩上，待衣物全部洗完，晾在滩上的衣物也基本干了。每当母亲去小河上洗衣服时，我是必去的，一面给母亲当帮手，一面趁热天洗一回澡，这也是小孩子们最开心洒乐的事。

冬天到来时，小河开始结冰，它又成为我们滑冰的场所，一群小孩子有的用冰车互相推着玩，有的手拉手结伴滑行，虽然天寒地冻，玩起来却忘乎所以，浑身上下热乎乎的。结冰的小河还给上游的村民提供了运输上的便利，买粮卸炭不用肩挑人背，用一根绳索牵引着木板载百余斤重的东西，滑动起来轻松自如。家乡素以农业和红枣为主要产业，村里地少人多，要在有限的土地上解决全村人的吃穿用不是一件容易的事。拿我们家来说，全家7口人，经营着20亩耕地，4亩枣园，解决温饱问题也是难上加难。可父亲精明强干，勤劳务实，持家有道，无论农田枣树都打理得井井有条。虽然土地不多，可种植的农作物却应有尽有，除谷子、糜黍、高粱、黄豆、山药、豇豆、绿豆等大秋作物外，还种了冬、春小麦、莞豆等夏收作物。有的作物是根据特殊用途安排种植的，如在河滩种一块草麦，是为了采曲做醋酱；每年种两三亩棉花和两三分大蘇是供全家人穿衣服穿鞋；在大田里间种芝麻、黄芥是为解决全家的食用油；房前屋后的社窠地里种上蓖麻、旱烟，家里点灯和父亲吸旱烟就迎刃而解；父亲还和地邻家合伙凿了一眼水井，用吊杆提水浇园，将一亩滩地变成菜园子，种了五花八门的蔬菜，有大白菜、茄子、黄瓜、辣椒、萝卜、葱蒜等十几种，收了头茬种二茬，除夏秋吃用外，冬天存放的、腌制的也绰绰有余。我能参与的农活是帮助大人摘棉花、摘豆角，在菜园子里改水浇畦子。改水浇畦子看似轻松，一有失误便四处乱流功亏一篑，浇一回园子不免手忙脚乱，累得满头大汗；当我拎着小篮子走进棉花地里时，满地都是绽开的白色花絮，同绿叶红杆相间，像是徜徉在五彩缤纷的大地毯上，给人以美的感受，可摘棉花要弯下腰，一朵接一朵地摘，来不得半点马虎，一天下来整得腰酸背痛。尽管吃苦受累，我却乐此不疲，深以自己能为家里贡献绵力而沾沾自喜。

通过全家人的辛苦劳作，每年下来收获颇丰。除了盐碱等少许日用品需购买外，主要的生活资料都能自给自足。我母亲既会纺线，又是织布能手，自种的棉花经过脱籽、轧花，利用冬闲时间纺成棉线，再织成土布，一家人穿的、戴的、铺的、盖的全是清一色的土蓝布。我的童年时代，尽管吃粗粮、穿土布，却从未挨饿受冻。我家的枣园离村较近，劳作比较方便，父亲和我大哥，每年开春都要从黄河挑上水、担上农家肥浇水施肥，待枣树返青后，用树铲将每株枣树多余的枝条剪掉，长满枣树的土地要种上谷子、糜子之类的低杆农作物，适时锄草、中耕、施肥，庄稼长势好，枣树枝繁叶茂，红枣粒大饱满，产量要比别的人家高。每年白露秋分之间，红枣开始挂红，从花口口、半面红到满身红，需一个多月的时间。其间家家户户都要由专人看护红枣，俗称"照枣"。我放秋假后，照枣的差使就义不容辞地落在我肩上，地邻各家照枣的也是10多岁的孩子们，我们聚在一起谈天说地、唱小曲，有时掏炉炉、焐枣子，好不快活。有一年秋天，一个地邻家的孩子随父逛了一回包头，回来之后当着我们夸夸其谈，电灯如何亮堂，电话怎样奇妙，留声机唱戏不见人，火车汽车快如飞，我们听的神乎其神，好像天方夜谭。我当时想，以后瞅准机会也要出去逛一逛，见见世面。直到参加工作后，天南海北走过不少地方，再好的景物远不及孩提时代听到的津津有味。

每年的寒露节一到，各家各户便开始打枣了。一般都是男女老少齐上阵，山里的亲戚也有来帮忙的，集中全力打一场歼灭战。打枣的时候，家家都要选出一些颗粒大的，带枣叶的枣子，扎成枣圪抓、穿成枣串串，扎成枣牌、枣洞洞等，挂在院子内的墙面上，既可以保存红枣，也是一道靓丽的风景线。每年收获的红枣都要晾在特制的枣撇上，等待秋后出手。当时红枣的出路有两种渠道，一是靠船运贩到包头、后套一带，二是跟岢岚、五寨的农民兑换莜面。每年秋末冬初便有成群结队的脚户赶着毛驴驮着莜面、山药蛋等农产品来枣区兑换红枣，按照常规1斤莜面兑换3斤左右的红枣，最低2.5斤，最高4斤不等。赶到过腊八之前，所有红枣全都清底出手。那个时代的红枣被人视为瑰宝，十分走俏，不像今天红枣成了包袱。去年我三弟的4000多斤红枣，只卖了800元，还算走了鸿运，多数人家至今斤两未动，只能当垃圾倒掉。

时移境迁，三十年河东转河西。60年来，故乡的面貌发生了天翻地覆的变化。黄河水量锐减，已无当年的磅礴气势；沿黄公路开通，黄河航运已完成它的历史使命；小河水干涸了，不少土地荒芜了，当年值金当宝的枣树如今让人不屑一顾。总而言之，儿时的故乡已经面目全非，一切都变了，唯我记忆中的乡情没有变，我热爱故乡的赤子情怀没有变。

狄雨桃作品选

狄雨桃，保德县人，就读于山西农业大学，偏爱抒情文字。

平凡的爷爷　非凡的人生

"桃子，快过来让爷爷看看，哎哟，这怎么又瘦了呢，是不是天天在学校吃不好啊？"

没想到，那次以后，我竟再也没有机会听到来自爷爷对我的关爱之语，竟也是永远的别离……

爷爷出身于一个贫穷的农村家庭，并在那个生他养他的村子里长大，在那个只有二三百人的小村子里，他度过了短暂而又意义非凡的一生。

他的父母育有两子两女，爷爷是家中最小的孩子，虽然是最小，却早已担起养家的重任。母亲过早地眼睛失明，父亲很早便重病缠身，哥哥又好吃懒做，软弱无能，为了减轻家中经济负担，两个姐姐很早便嫁人，这时，幼年的他不得已独自承担起家庭重任。

当年，13 岁的他，凌晨 4 点就要从家里出发，徒步将近 20 公里的路程，去旁县的煤窑里挖炭，做短工赚钱。中午拿干饼凉水充饥，晚上夜幕降临才能回到家，然而，一天下来，却只有不到 2 块钱的报酬。那时，即使是天寒地冻的天气，凛冽的寒风直吹脸颊，脚踏 10 寸厚的积雪，也依然阻挡不了他前行奋斗的脚步。每天如此艰辛，他却硬是坚持了下来，毫无怨言。为什么呢？因为他的内心藏着他钟爱的家人，是信念支撑着他，让他一如既往地坚持。

20 岁那年，也到了娶妻的年龄，凭借他吃苦耐劳、孝顺父母的优良品性，在周边几个村子里也算是远近闻名，虽然家境贫寒，仍然有姑娘争着抢着嫁给他，最终他选择了外婆村的一位长相俊美的姑娘做妻子。姑娘比他小两岁，嫁给他，正是得益于他那些小媳妇眼中的“优点”。新婚之夜，婚房里只有一床棉被，两个凳子，一盏煤油灯，一个装水的瓷瓮，堪比波兰女科学家玛丽·居里的“新婚之夜”。如此简陋寒酸，妻子并没有心灰意冷，因为她相信，眼前的丈夫一定会给她幸福的生活。

两年以后，他们有了第一个孩子，是个儿子，后来又慢慢有了第二个儿子和一个女儿。他，已为人夫，已为人父，还是父母的儿子，可想而知，他肩膀上的担子有多重。好在，他娶了一位贤良淑德的好妻子，每天任劳任怨地帮助他照料家庭，他在外面做苦工，妻子在家养猪种地，看孩子，照顾老人，一如既往，全家人的生活过得其乐融融。

孩子们一个个慢慢长大了，为了过上更富足的日子，他的妻子便跟他一块儿出去打工，每日挥舞重锤无数次，不是打石头，就是敲石灰，中午依旧不能休息，就连午饭都是小女儿带过来的清粥小菜，他们每日辛劳工作，只为过上更加富足的生活，别无所求……

凭借夫妇二人勤劳的双手，家里的生活慢慢好起来，由原来的终日吃玉米面窝窝头，到偶尔可以吃一次白面馒头，由原来的孩子们只有在过年才能穿上由妻子亲手缝制的衣服，到后来过年偶尔可以买件"中山服"回来……

衣食已经有了改观，后来他就思索着重新盖一所房子，原来一家 5 口人挤在一个巴掌大的小土屋里，即使是具备了黄土高原上窑洞冬暖夏凉的特征，但为了将来给两个儿子娶媳妇，做长远打算，他决定早点为他们盖房子。32 岁那年，他和妻子自己培土，挖砖窑，烧砖，盖房子，6 间拱顶窑上的每一块砖都是他们亲手烧制的，房子就这样盖起来了，经历了无数个艰难岁月。

终于，到了他 41 岁那年，他的父亲病情加重，一日不如一日，孝顺的他，为了能让父亲在有生之年喝上孙子的喜酒，决定给大儿子娶妻。那时，大儿子 19 岁，经媒人介绍，与同县村子里一位如花似玉的姑娘一见钟情，二人很快步入婚姻的殿堂。次年 3 月，他的父亲便走了，他很难过，但是人终究有一死，他满足了父亲生前的愿望，想想，父亲也可以含笑而终了。

他是一个非常勤劳的人，总也闲不住，总是在为全家人美好的生活而奋斗着。平日里，他四处做苦工赚钱，他在石洞里打过石头，日日舞剑般挥舞着重锤，挥汗如雨。他还做过天桥大坝的扳船工，那时还没有如今的天桥水力发电站，水流湍急的险河上，随处可见他的身影。他，也是为国家做过贡献的人。

43 岁时，他当爷爷了，他的第一个孙女出生了，也许是第一个的原因，惹得全家人的喜爱。得知消息的那一刻，他欣喜若狂，乐得合不拢嘴。

慢慢的，这个大家庭里人越来越多，他的二儿子和小女儿也相继结婚了。50 岁那年，他已是 5 个孙子的爷爷，两个外孙的外公，也算是子孙满堂了。此后的他，本该和妻子坐在家享受这份来之不易的幸福，每天散散步，串串门，门前就近种点蔬菜，何乐而不为呢？然而，一生勤劳的他，怎能闲得住，依旧过着此前那般劳累的生活，丝毫不爱惜自己的身体。

进了 60 岁以后，已过耳顺之年的他不再出远门赚钱，就在家养了一群羊，大概有 50 来只。然而，天有不测风云，一个不幸的消息突然传来，2013 年，一次突然的胸口憋闷，他在太原一家医院里被确诊为扩张性心肌病，医生告诫他，此后万不可过度劳累，否则会加重病情，增加发病率。刚开始，他倒是很听话，孩子一般将医生的话牢记在心，每天"小心翼翼"地生活着。但是时间长了，他感觉没什么大碍，不影响劳动，他又开始拼命地干活了，他那牛一般的倔脾气，尽管儿女子孙纷纷劝诫他，竟无济于事，依旧猛干。

直到有一天，他再也没有回来，那个消息如同晴天霹雳一般突然降临在全家人头上。那天下午，他像往常一样，去不远的山坡上放羊，可是天黑却依旧没回到家。漆黑的夜晚，月亮透下冷冷的光，家人揣着不安的心去寻找他，然而，待全家找到他的时候，他却永远地闭上了眼睛。家人努力呼喊他，他却一动不动，安安静静地睡着了，他趴在冰凉的土地上，早已没有了呼吸。羊已经跑到了离他很远的地方，想来他已经晕倒多时了。那是一个凄凉的场面，他就那样走了，没给家人留下一句话，甚至一个字。面对他的突然辞世，家人的内心早已崩溃，可怜至极。

但他们不愿意相信摆在眼前的事实，哪怕是有一线生机，他们也要救他。家人用最快的速度将他送到医院，经过一番抢救之后，却被无情地告知：抢救无效，病人已经过世，请节哀。这应该是世界上最令人心痛的消息，刹那间，家人哭得撕心裂肺。从此，妻子沦为遗孀，儿女沦为遗孤。就这样，他走完了 62 年短暂的人生旅程，匆匆地走了。

……

爷爷突然离世，我正在外面上学，对家里面发生的一切全然无知。起初，家里人决定不告诉我，怕我接受不了这个现实。后来，又觉得我是爷爷的长孙，应该回去祭奠爷爷，于是就商量着"骗"我回去。

至今仍记得那个晚上，电话里妈妈告诉我，爷爷去地里不小心摔了一跤，并无大碍，只需在医院里调养一段时间，爷爷好长时间没见我了，他想见我。听到这些话语时，我立刻哭得泣不成声，内心有一股强烈的预感，好像发生了什么不好的事情，我问妈妈，可她一个劲儿地安慰我，没事儿，回来看看就行。越说我越觉得不对劲，电话挂断以后，我立马联系我们辅导员，我决定请假回家一趟。那一晚，我彻夜未眠，自己安慰自己，爷爷一定没事的，他老人家吉人自有天相。第二天凌晨 4 点多，我起床，独自走上回家的路。一路上，我的内心一直忐忑不安。当天下午，我顺利回到家，当我看到爸爸和姑姑穿着的一袭白衣，还有他们憔悴的面容，我瞬间明白了一切，我哭得瘫倒在地。姑姑扶着我去灵前看望爷爷，我不相信那个冰凉的灵柩里躺着的是我爷爷，好想再见爷爷一面，那是我此生第一次感受失去亲人的痛苦，一种撕心裂肺的痛。

那些年，也许是因为我是家族中第一个孩子，从小爷爷奶奶便对我百般疼爱，对于我的好多童年美好的记忆，总是跟他们一起的。县城古会，是他们带我去看动物，第一次和孔雀合影；周末游玩，是他们带我去游乐场，我第一次享受乘坐玩具飞机的快乐；一个巧合的日子，我们去府谷县逛街，最后我们乘船回到保德对岸，虽然路程很短，但那是我第一次乘船……这些画面只能成为我心中最美好的回忆，以后便再无机会去重现，因为终究是少了一个人的存在，是爷爷。

　　还记得那次周末，我跟爷爷去县城卖豆角和玉米，我们把东西摆放在一棵大树底下，便开始吆喝叫卖了。一个卖糖葫芦的大叔从我们身边走过，他卖的糖葫芦，一串只有三个果子，但比平时的都要大很多，我痴痴地望了好久，这一幕被身旁的爷爷看在眼里。过了一会儿，突然发现爷爷不见了，等到他回来的时候，手里正拿着一串糖葫芦，爷爷微笑着递给我。原来，他是去追那位卖糖葫芦大叔了。那是我第一次吃那么大的糖葫芦，也是迄今为止唯一一次。当初那种甜甜的味道现在想起来却是满满的"苦涩"。

　　逝者已去，只能珍惜眼前人。现在的我，唯一能做的，就是多关心一下奶奶，爷爷的突然离世，我不能让她老人家感受到过多的孤独寂寞。在外求学的我，只能寒暑假回家一趟，因此隔三岔五我就要给奶奶打个电话，哪怕是聊家常也好。同时，寒暑假里，我几乎每天晚上都是陪奶奶一起睡的。去年爷爷刚走，某一天的凌晨，天还没亮，月光透进屋子里来，我突然从睡梦中被惊醒，朦朦胧胧的听到了低微的啜泣声，我悄悄地抬起头看，是奶奶，她正下巴抵在枕头上，呆呆地望着窗外，时而有泪珠滴下。

那一切，我看在眼里，痛在心里，我发誓，以后一定要加倍关心奶奶，这是我作为孙女的责任，同时我也是在帮爷爷照顾奶奶，毕竟，她是陪伴爷爷打拼了一生的女子。

时至今日，当我回到家乡的院子里时，有关爷爷的好多画面总是连连浮现于我眼前。院子里，那是爷爷拖动着水管给蔬菜浇水的身影；院门外，爷爷摆舞着宽大的臂膀，在清扫积雪；火炕上，爷爷盘腿而坐，正目不转睛地注视着电视银屏上《走进大戏台》……这些画面是那么的真实，每每想到这些，我的眼泪不由自主夺眶而出。每当我一个人躺在床上休息的时候，我生病难过的时候，总会想到那些辛酸的画面，想念爷爷，内心充满了无尽的思念。乙未羊年十一月初一，爷爷走了，那个让我痛彻心扉的日子，我将永远铭记。

爷爷，我们都很想念您，时隔一年，您在西方极乐世界里过得好吗？不必挂念我们，我们都过得很好，望您一切安好！

杨宇航作品选

杨宇航，大学毕业后，到祖国边防部队服役，现在工作于信用社。爱好篮球，骑行，看书。

儿行千里母担忧

前几日，无意间在微信订阅号中看到《保德新青年》关于"母亲节"的征稿启事，所以就想跑来凑个热闹捧个场，顺便练手，携笔从戎嘛。

母亲节对我来说是那么的陌生，只有在日历和新闻中见到过，所以就问了下"度娘"，她是这么回答的："母亲节"（Mother's Day），是一个感谢母亲的节日。这个节日最早出现在古希腊；而现代的母亲节起源于美国，是每年5月的第二个星期日。母亲们在这一天通常会收到礼物，康乃馨被视为献给母亲的花，而中国的母亲花是萱草花，又叫忘忧草。

记得很久前问过母亲这样一个问题：是兄弟姐妹"亲"我，还是父母"亲"我？母亲是这么回答的："那肯定是父母，中国人自古以来就是这么留下来的——你永远是父母的孩子，我们有义务照顾你，帮助你成家立业。如果你遇到困难，我们当父母的倾家荡产也得帮助你，还有，父母的东西迟早也会传给你，而同胞之间，谁的就是谁的，'亲兄弟明算账'。"我也记不清自己当时问这个问题的出发点是什么，也没有把母亲这番话入心入脑。

离开家后，大概三周左右没有联系家里任何人（条件不允许），这三周也许是我人生中过的最漫长的日子吧，漫长而又艰辛……中秋节那天，当我听到可以打电话的时候，我的内心是那么的澎湃，在排队等待别人打电话的过程中，我竟然情不自禁地泛起了泪花。战友怀中抱着电话本和一张全家福守在打电话人的旁边，他也在抹着眼泪……终于到我了，我习惯性地拨通父亲的号码，忍着泪水回答了父亲的一连串问题，最后在父亲的激励声中挂断。然后打开电话本，查找母亲的号码、拨号，接通后，"妈"字从我口中喊出的那一瞬间我泪崩了，但是没有很夸张的表现出来（我毕竟是个大男人），尽量克制着自己的情绪，不善言辞、爱唠叨、记忆力不是很好的母亲用她那永远都不会变的口头禅盘问我——过得好吗？一定要吃好，喝好，多穿衣服，想吃什么就买什么，多吃水果，多盖几床被子，当初不听话，非要自己找罪受，赶紧回家来吧，该结婚了……当我看着一边另外一位抹着眼泪排队等待打电话的同志后，我很不情愿地跟母亲说：我有事要挂了，有时间再给你打。那天是周五晚上，从那以后，每个周五的晚上我都会第一个打给母亲，而母亲也会在那一天守着电话，如果没有按时联系她，她都会特别着急，急着让我爸想办法联系我。

最近我生病了，整条胳膊和手非常疼，已经持续一周，疑似中风、风湿、肌腱炎、神经炎、肌肉拉伤，后来才发现可能是受凉了，只不过这次比较严重。我本应该本着报喜不报忧的原则来跟家里人联系，但巨大的疼痛还是让我想得到家人的安慰——告诉了父亲，然后就传到了母亲的耳朵。母亲知道后，急得想来看我，但是被我拒绝了，我说我养一段时间就会好的，然后母亲就开始抱怨自己，为啥让我来这个地方，受苦受罪，抱怨自己上辈子没做好事让我来承担，六神无主的她也只能让父亲来跟我说。父亲要求我好好养病，必须以身体为重。之后母亲经常给我打电话，我也违规接电话，反正就是告诉她我的病情好转，请她放心。

在家的时候，每次回到家就和母亲大吵大闹，嫌弃母亲这不好那不好，挑三拣四、挑肥拣瘦，完全没有把母亲放在心上，母亲把最好的给我，换来的也是我的不满意。"不当家不知柴米贵，不养儿不知父母恩"，一想到这些我就羞愧难当，作为一个男人总是把阴暗的一面给了自己最亲的人，做一些令亲人痛心的事情。

孩子打娘胎出生那一刻就和母亲有一种微妙的关系，那是一种骨肉相连、血浓于水的情，是根对绿叶的情，是难以割舍的情，是人世间最真实的情。

由于时间关系也就把这随笔写到这了，希望这里日子能够过得快一些，让我早点捧着一束康乃馨见到母亲。

王锦芳作品选

王锦芳，实验小学教师，喜欢文学。

岁月悠悠　母爱绵绵

　　母亲节前夕，微信群里、朋友圈里以沙画、散文、诗歌等形式怀念母亲、感恩母亲的内容频频出现。不知是这些内容唤起了我的记忆，还是心底自然涌起的情愫，让我不由自主地想到了我的母亲。

　　高尔基说过，世界上的一切光荣和骄傲都来自母亲。这句话于我感触颇深。我的母亲出身于一个农民家庭，外祖父家孩子较多，生活困难，母亲小学没毕业就辍学回家，到生产队劳动挣工分贴补家用。20岁时经人介绍嫁给了我父亲，父亲勤劳忠厚，不善言辞，在国营单位工作。母亲虽为女人，却有着男儿的情怀，嫁给父亲后，一天也没闲着，刚开始在工地里背砖头、提泥包。不知是母亲自小在家里打磨出了受苦的身板，还是她天生就具有一般女人无法忍受磨难的毅力，每天起早摸黑、不知疲倦地重复着这样繁重而枯燥的工作。没有抱怨，只是庆幸自己有活干。母亲几乎每月都是满工，能挣 30 元的工钱。难以想象，女人们每个月里那特殊的几天她是怎么挺过来的？那个年代，家家户户的日子都过得紧巴巴的，我们家因为有父亲的 24 元工资和母亲靠辛苦挣来的 30 元的工钱，除了自家过日子外，还时不时地接济一下更困难的外祖父家。母亲是个精干爱好的人，虽是成天和泥水打交道，却也是穿得干净清爽，不熟悉的人还以为她是国家工作人员呢！这样繁重的体力活干了几年，母亲又到食品加工厂、国营旅店做了临时工，她吃苦耐劳，有活总是抢着干，从不耍奸，而且手脚麻利，活干得又快又好，走到哪里都能受到大家的夸赞。

1980 年夏天，有了一些积蓄的父母亲决定拆掉又小又旧的老房子，在此基础上拓展了一些面积，建成了一座临街的钢筋水泥混凝土新房。从此，我们告别了拥挤不堪的瓦房，住进了宽敞明亮的新房。由于时间比较仓促，新修的房子没有完全吹干，屋里比较潮湿阴冷，当时也没有什么先进的取暖设备，偌大的房间里只能靠一个小洋炉子来取暖，夜间又不敢继续生火，怕烟炀着。记忆中的那个冬天特别冷，每天早上，屋子冷得跟冰窖似的，水泥房顶上结满了厚厚的冰，姐妹几个钻在被窝里，实在不敢起床。母亲总是早早起床生火，我们才能钻出被我穿衣下地，等到第二年起了二层楼房后，屋子里才不那么冷了。

1982 年冬天，母亲生下弟弟只能在家休息，这个时候恰逢服务公司辞退了不少临时工，满月后的母亲让正式工的父亲去服务公司打听打听，生性老实的父亲哪肯去问，问得急了，就责怪母亲："单位统一辞退临时工，怎么可能给你搞特殊。"事后，母亲的一个朋友悄悄告诉她，因母亲勤劳能干，如果父亲去说的话，是很有希望能留下来的。现在想来，母亲没做成临时工还真应了"福祸相依"的道理，劝不动父亲，闲不住的母亲又开始思谋在自家房子里开饭馆。当时花园街只有两家饭馆，每天人来人往，生意很是不错。吃公家饭的父亲犹豫不决，担心没有客人，做赔本买卖。母亲说："不怕，房子是咱自己家的，花园街还有那么多公家单位，你自己又会炒菜（父亲是大食堂的一名厨师），别人能做成，我们也不比他们差。"

在母亲的一再坚持之下，父亲办理了停薪留职手续，第二年正月二十五，我们家的饭店正式开业了。刚开始客人并不多，几个月后，凭着父母的好人缘，加之他们本着做买卖的诚信之道，赢得了大量的回头客，饭店开得红红火火。文化馆的一些热心人还给我家的饭店起了个很洋气的名号：醉一楼。也就是从那天起，"醉一楼"这一名号在东关街上特别响亮，可谓是"无人不知，无人不晓"。当时的《保德小报》上头版头条报道了父母亲勤劳致富的事迹，我家的饭店也因此越开越红火，成了东关街上最高档的饭店之一，父母亲因而也愈加辛苦，每天忙得昏天黑地，连饭都顾不上吃一口。亲朋好友都劝他们雇个人手，减轻一下负担，可执拗的母亲根本不听劝。一来，母亲从小节约惯了，宁愿自己多干点，也不舍得花那笔钱；二来，做事爱好的母亲总觉着雇的人不顺手，怠慢了顾客，影响了生意。母亲兼采购、端盘、做饭、洗碗、招待客人于一身，父亲主抓炒菜，捎带做饭和算账。父亲虽说会打算盘，可他手脚较慢，客人少的话，基本能应付过来，客人一多，自然也就忙不过来了。母亲看在眼里，急在心上，愣是花了几天时间学会了打算盘。现在想来，母亲真了不起，一个不到小学文化水平、从没学过什么珠算口诀的她，竟然将算盘珠子熟谙于心，点毫不错。自从学会了打算盘，算账这项任务也就落到了母亲肩上，这样一来，母亲的任务也更重了，尽管这样，母亲做起事来还是干练利落，游刃有余。

母亲身体瘦弱，每天又承受这么大强度的工作量，几年下来，身体就吃不消了。不到 40 岁的她经常咳嗽，刚开始吃点药就能好，后来由咳嗽发展成了气管炎。实在病得不行，就利用每天下午客人少的时候躺在家里输点液体，这样既不影响做买卖，又能好好睡一觉，晚上拖着病体照旧工作到深更半夜。辛苦工作之余，母亲从不忘督促我们学习，她自己没有多少文化，可她最羡慕有文化的人，希望我们姐弟几个好好读书，将来有份体面的工作，不要向她那样吃苦受罪。哪怕客人再多，她也不让我们插手，生怕耽误我们的学习。每天中午放学一回到家，母亲立马端出上午抽空做好的饭菜，让我们赶快吃了饭，抓紧时间学习。我是家里老大，父母的辛苦看在眼里，哪有不心疼的道理。有空就帮父母洗洗碗，端端盘子。母亲看见了，总是说："你去做功课吧，这些事情不用你做。"由于父母亲的辛勤劳作，买卖也越做越大，原来的小二楼上又加修了两层，扩大了经营规模，率先进入了"万元户"的行列。日子富裕了，母亲对我们的学业更是不放松。在我考入五寨师范学校不久，两个妹妹和小弟也先后考入了太原师范学院和太原理工大学。邻居街坊纷纷号赞："你家的孩子真有出息！"每当这时，自豪和幸福的笑容就会在母亲脸上洋溢开来。我知道，母亲为了这一天，为了这句话，付出的太多、太多了……

如今，母亲的身体状况大不如前，每年冬春两季是她最难熬的季节，一旦感冒了，咳嗽、气短也就随之而来，加之好多年前又得了高血压，因此，她常年药不离身，简直成"药罐子"了。我们每次问她身体怎样，她总是说："没啥大问题。"我知道母亲生性好强，她是不想让我们为她操心，不到万不得已，绝不会麻烦我们。前年春天的一个中午，表妹忽然打电话告我，她和婆婆去医院看病时，发现母亲也在医院输液。我听了，急忙赶去医院看望母亲，才知母亲的老毛病——气管炎加哮喘病又犯了。原来，母亲不想影响我们的工作，居然独自去医院输液了。我怪她不告诉我们，她居然轻描淡写地说："你们都那么忙，这点小病我自己能看，现在的医院条件好多了，一摁铃，护士就来换药了，卫生间就在病房，可方便了。"听了这话，我暗暗自责：自己每天忙工作、忙家庭，对母亲的关心实在太少了。

直到现在，父母亲依然住在花园街的老房子里，经历了三十几年的岁月侵蚀，曾经的"醉一楼"已然失去了往日的风采。母亲将临街的店面租出去，老两口就住在不足 30 平方米的里屋，平日里老两口还能将就，逢年过节，炕上地下，大人小孩，将屋子挤得满满当当。曾经的偌大的房子此时竟然这般拥挤，令人感慨。弟弟劝他们搬到新楼房里住，母亲说啥也不肯，非说现在的房子住习惯了，住着舒服。是啊，这里谱写过他们青春的音符，这里铭刻着他们奋斗的足迹，他们怎离得开呢！

我的母亲，辛苦了大半辈子，为家庭、为儿女付出了那么多，却没享过儿女的福，我们亏欠她的太多了。如今本该到了颐养天年之时，却又浑身病痛。每每想到这些，我心好似刀绞却又万般无奈。唯一能做的就是常去看看她，陪她聊聊天。母亲，歇歇吧，让儿女们好好呵护您吧！

南墨作品选

南墨，原名郭旺盛，保德人，现居昆明。云南大学历史学硕士，早年从事媒体行业，现在设计公司做商业文案。作家，著有《背负苍茫——知识分子心路历程100年》一书。

黄土地上的自我献祭者

——读路遥和他的《平凡的世界》

这些年，经常听到身边有人谈论路遥以及他的作品，褒贬不一。就我目力所及，这些看法呈现出几个有趣的现象：

第一，北方人评价较高，南方人评价较低；黄土高原附近的读者评价最高；

第二，20世纪五、六、七八十年代生人评价较高，"90后""00后"评价较低；

第三，读过小说文本的读者评价较高，没有读过的评价较低；

第四，右派评价不高，左中派评价较高；

第五，底层尤其是农民家庭出身的评价较高，知识分子家庭出身的评价较低。

同时，我还注意到一个现象，很多即便不知道莫言、阎连科的读者也知道路遥，也都读过路遥的作品。而在各大书店、网店甚至旧书市场，我见过唯一一部近 30 年来长期持有不菲销量的就是路遥的《平凡的世界》，包括莫言（获诺奖之前）、余华和北岛等人咖。

我读过路遥所有作品，并曾为之痴迷不能自拔，甚至被这些文字改变了自己的人生轨迹，自然对路遥作品有着超理性般的感情。就为什么有很多人不喜欢路遥这个问题，我也想过很久，理不出个头绪，因此只能近乎固执地尊崇。我想说的是，路遥的真诚在中国当代作家中是很鲜见的。

真诚可否为小说加分

"像诗句一样有节奏，像科学语言一样明晰，有大提琴的雄浑，有火红的羽毛似的热情。"读路遥的作品，首先让你感到的是心贴着心的真诚，装一年可以，装一辈子需要多可怕的城府？30 多年来，当代作家喜欢在技巧上玩新潮，"先锋派""意识流""魔幻现实主义""后现代主义"等，该玩的都玩过了，时髦一阵就烟消云散；有的玩过火就装深沉和扮自由和独立，弄得人不像人，鬼不像鬼。比如像王朔这样才华绝代的作家，《我的千岁寒》一面世就惨遭抛弃，他也只有抱怨读者素质跟不上时代的份。

我总认为，为文写作，跟做人差不多。天才李白狂放不羁，作诗气吞山河，极尽夸张；杜甫后天勤奋而保守，写诗就拘谨和实际很多。从路遥的文字中，我读出了作家的真诚。如果说《平凡的世界》毕竟是小说，你还感受不到这点，不妨就读读他的创作随笔《早晨从中午开始》吧！为写一部超越自己的小说，他几乎把自己的命搭上，集中阅读大量经典名著，在煤矿中自我监禁数月，途中大病一场几乎丧命，当作者终于完成这部百万字的大部头时，他将圆珠笔狠狠地掷向窗外。这完全是拿自己的命在赌啊，拼尽生命把一件事做到极致，这不就是文学的"工匠精神"吗？这个动作曾被我多次模仿，向其致敬之余，我承认自己是被这种真诚的创作态度深深感动了！

我耳闻目睹的好多小说家，一台电脑，两只肉爪，凭空想象着各个场景，一部部小说在噼里啪啦的键盘敲打中诞生。为何路遥每写到一个场景，都要费尽周折实地亲身体验呢？这不是自己折磨自己吗？农村自不用说，省委大院、煤矿和大学，但凡有条件的场景他都会去，难道仅仅是因艺术创造力的贫乏吗？艺术的创造来源于生活，为什么有的人可以闭门造车，而另一些人却非要有了生活体验才落笔呢？当然，像当年明月写《明朝那些事》，现有科技无法让你穿越回大明王朝，像天下霸唱写《鬼吹灯》，你也不可能扮个盗墓贼去挖人家祖坟的。历史和玄幻等题材例外，可现实主义小说的写作这样自讨苦吃有过吗？

没有答案。路遥这样做了。他说自己最崇拜的人是本省作家柳青，自己要超越的就是《创业史》。他服从自己的内心，自己给自己设立了一个非常高的目标，对他而言，完成《平凡的世界》不仅是智力活，也是件超乎寻常的体力活。在写作的具体过程中，每天陪着孙少平、田晓霞等人物一起哭一起笑，体验和经历就是一种幸福。他甘愿为之。我想这也正是这部小说感动人心并传世的原因之一。

阅读此书的读者都会真切地感受到，小说中每个虚构人物是那般实在，无论孙少平，还是孙少安，他们和我们每个农村的孩子如此接近。孙少平的朴实中有理想，孙少安的理想中有现实，像一个人的两面，他们在用各自的方式奋斗，痛苦、欢欣、无奈，无数的抉择都很亲切、自然，平实。在奋斗之途中，他们得到了各自的生活，但同时也失去了最珍贵的东西。这就是生活的本来面目。郭敬明的小说可以给你目不暇接的名牌、奢侈品，让人荷尔蒙分泌速度加快的帅男靓女，让现在的年轻人艳羡和沉迷于拜金主义、消费主义和娱乐至死的价值观。显然，这不是中国未来所需要的。而《平凡的世界》弘扬的是真善美，获得价值，获得尊严，要靠自己的奋斗，坚持不懈的追求，也许不一定得到锦衣玉食的生活，但你会找到一种内心的平静，从这个意义上说，这本书在纸醉金迷的现代化面前，更有现实意义。如同一个扳道夫，他可以将我们走歪掉的价值观再扳回来。生活尽管不是梦想成真，但伟大的文学要么是反思，要么是指引。别无他途。

真诚的力量是最强大的，也是最持久的。一本小说的力量，有时难以估量。见过形形色色的人，经历过各式各样的事，如今我们和人打交道，最看重的还是一个人是否真诚，而无关贫富贵贱。

农家子弟奋斗的教科书

每个人的际遇、生活经验都不同，很多人都曾被一个人或一本书影响过，而影响我青年时代并改变我人生轨迹的，就是路遥。

从《人生》一直读到《平凡的世界》，无论高加林还是孙少平，出生农村的少年，怎样才能活出一个别样的人生？我也思考过，人一生到底该怎样度过才是最有意义的。奥斯托洛夫斯基没有给我答案，因为我不喜欢那种斗得你死我活的生活，我也不想生活在那种时代。但在路遥这里，我找到了。如果说只有《人生》，我对自己的未来还是一片迷茫，高加林是个失败者，因为"走后门"，野心勃勃的他最后还是灰溜溜地又回到了农村，重新扛起了镢头，回到了自己的生活原点。《平凡的世界》则不一样，孙少平，这位在城市举目无亲的年轻人，因为读过很多书，他最终在霓虹闪烁的城市找到了归属。那里承载了他的梦想，寄托了他的希望，让其生命逐渐沉潜和平静。他只是一个煤矿工人，但在一切皆有可能的现代城市里，收获了自己的爱情。尽管甜蜜的爱情如肥皂泡般轻轻破碎，但至少他的人生价值得到了肯定，他过上了因为付出而获得的有尊严的生活。

路遥、孙少平和我，就像是一个乡下人的不同侧面，同时我也相信，在中国，包括各行各业的所谓精英，他们都从广袤的农村而来。路遥，走了出去；孙少平，走了出去；我，也走了出去，如同数以亿计的人们。大家的经历尽管不同，但有着一样的心路历程。所以，在灵魂上是相通的。有时自己独处，可以拿路遥、孙少平这面镜子照照，是不是被物欲侵蚀了初心。

五寨师范毕业后，为什么心中有个不可名状的愿望——到省城去读个大学。这种愿望静静地躺在我的怀中，不声不响，看似不存在，实际上我却无意识地一步步成全着它。没有过多的呼啸，内心呐喊着一个声音，一个冲动，并在默默地为之努力。那几年，我没急于结婚生子，只有一个冥冥之中的目标。

以前，我渴望走出去；到了省城，我渴望留下来。在好多个寂寥的夜晚，我曾望着繁星点点的苍穹，心中默念着这个目标。当时我觉得，能够让我留在省城的途径只有读书了，只是那时还没有想到自己将来会定居在四季如春的昆明。

做出以上决定，知道最后毅然辞掉别人看之甚重的铁饭碗，这背后肯定有一种声音。虽然没人告诉我是什么，但我明白，是孙少平。小说中的他是离我最切近的偶像，如果要想收获自己想要的爱情，得到人与人之间的尊重，讨到有尊严的生活，我必须走一条不同寻常的路。

这也是我不断向路遥致敬的原因，他自己，他的小说，让我汲取了力量，看到《早晨从中午开始》中的他，看到在黄原街头揽工的孙少平，我承受的一切苦难又算得了什么？

路遥文学，根在农村，如果一个人不想沉沦，不想随波逐流，最好是去读路遥的小说。那是本描写苦难的小说，但整体而言，它是温暖的，是给人力量的。它是一支奋斗者的青春之歌。不管你是贫穷还是富贵，路遥的小说总能让你浑身充满正能量，让你的人生保持向上跃升的姿态。

中国神话中有个盘古，开天辟地，负天逐走，何以有着那么大的力量？因为他置身泥土，从大地中获取了丰富的养分和源源不绝的力量。路遥的根在农村，他的一生始终没有离开土地。从小说中我们也可以看出，写农村题材时各种乡俗俚语信手拈来，栩栩如生，可一写到城市，就会显得表象和肤浅。隔层所致。

作为一本百万字的励志小说，路遥的写作是负责任的。就这点而言，它超越了同时代崛起的"陕军"小说。《废都》写得也算经典，他对物欲横流中中国知识分子的无声堕落揭露得入骨三分，然而对读者本身而言，那是下坠的力量，让人感到悲观和绝望。尽管这个世界是没有希望的，但生活在现实中的人，却不得不"在薄情的世界里深情地活着"，与其悲观，不如从苦难和虚无中寻找力量，活出片许的精彩。《白鹿原》写得固然不错，深刻反映出一个古老家族在社会、政治鼎革之际大厦倾倒无可挽救的悲剧宿命，在文学的深度和广度上远超《平凡的世界》，然而于读者而言，不会找到向上的力量。陕军最有实力的两大作家，整体呈现的是一种坠落美学：前者代表文化的沦陷；后者代表家族的沦陷。前者是被市场摧毁的；后者是被政治摧毁的。漫漫黄沙袭过，黄土高原无声呜咽。然而，从《平凡的世界》这里，你能看到生命的亮色，可以从中汲取力量，给你的生命增添实在的意义。在这点上，将这个世界看得过透的鲁迅，也需要向路遥汲取一些光明的力量。

有人说，路遥作品的文学价值不高，我不去理会这些，每个人都会有自己独一无二的成长经验，我在乎的是一部作品是否和自己投缘。我现在甚至越来越觉得，一部文学作品里若塞进太多政治的硬物，让文字剑拔弩张，你死我活，起义暴动以及诉苦般的絮叨，会让其失去应该具有的美感。文学是塑造心灵、反映人性的旷日持久的运动，在有限的时间内，期望文学来造成革命，基本上是妄想。文学可以给人供应希望，熏染塑造人的心灵，以潜移默化的影响来重构人们的审美观念，进而再通过政治来实现社会的变革。文学的作用是间接的。有一本书叫《反抗与绝望》，反抗过后必然是绝望，这是所有让文学承载革命理想的文人的宿命。

我对路遥的感情，近乎顽固，这始于我的成长经验。于我而言，天国和终极世界，似乎不那么可靠，我只会从我周边的人群中寻找力量，而温热的、熟悉的《平凡的世界》，正好契合我的生命体验。

时光，时光慢些吧

　　总是感叹时光，它带走了许多人和事，而我们却无能为力。以前就有过这种感觉，只是一直没写成文字记录下来，这两年总感觉生活在回忆中，脑海中不时地闪过一些童年的事。

　　那时候天是蓝的，空气清新。

　　每次回到村子里，都和表兄们一起玩耍，爬山，游泳，摘苹果，打核桃，想想那时候真是太棒了。家里大人都最宠我了，因为数我岁数小，而且我长得又讨人喜欢，过着众人宠幸的无忧无虑的生活。

　　后来慢慢长大了，家里搬到了桥头镇住，6 岁上了幼儿园。记得那时候不想去上学，我妈把我从家里硬打到幼儿园，由于家里人宠着，我养成一个倔脾气，可我妈不吃我这套啊，该打时候还是打，后来我发现没办法了，只好乖乖地去上学了。幼儿园叫"金花"幼儿园。记得那时候普遍家里都穷，我们就发明了个办法：拿着家里的糖精，包在纸里，碾碎，嚼着纸吃，有一种甜甜的味道。那时老师惩罚不听话的学生，门上插的一根针，忘了到底扎没扎，但总记得特别害怕那根针。为此我觉得自己幼儿园时候学习最厉害了，因为在期末考试时候语文100、数学99，拿了我生命中的第一张奖状，那张奖状好大，保存了好几年呢。

记得有一次我正在上课，突然发现有人叫我，原来是我的奶奶。奶奶住的地方离我那里估计得走一个小时吧。奶奶知道我爱吃，那时候吃个饼子啥的都觉得是改善生活了，我奶奶给我做的枣大饼，我跑出去，奶奶袋子里装的几张饼，我也没放的地方，就直接装书包里了，记得弄得我书包都油了！哎，还想吃奶奶做的饼，可惜再也吃不到了。

1999年那年，我奶奶在火车道附近住着，去火车道对面的井里挑水，过火车道的时候，迎面来了火车。本来快过去了，可惜桶被勾住了，一条鲜活的生命就这样消失了。奶奶葬礼的时候，我还不懂事，感觉不到多大的悲伤。假装哭还往脸上抹唾沫，可是现在却回忆起爷爷奶奶来，还忍不住掉下泪来。

自从我奶奶没了以后，我的爷爷就自己一个人住。那时候爷爷身体还算硬朗，可以去地里干活，自己可以照顾了自己。我爷爷的爸爸，是地主人家，那时候国共内战，我爷爷参加了共产党，听我爸说，爷爷是一个排长，参加过保卫延安战役。新中国成立后去了炮兵学院学习，后来因为我奶奶就回到家乡，复员后分配到县公安局上班，"文化大革命"的时候又回家务农。我家有地主成分，本来的地主大院被强征，家财都被没收，但因为我爷爷参过军，家里算是军属，免受了批斗之苦，最后分了一块儿地，叫羊条子。一大家子在那重新挖窑洞，修院，也算是生活有了着落。我就出生在那里。但是前几年因为修公路，正好在规划内就被征了，现在那些老窑洞已经在公路之下了。虽然补偿了几万块钱，其实我觉得还是永久保存下来的好，毕竟那是上代人的记忆，什么时候去了也能缅怀一下过去。

奶奶走后过了一年，我爷爷自己住，村里的冬天都是烧的炕，晚上的火也不熄火，就拿煤盖在烧着的炭上面，火就缓慢地燃烧着，家里也暖和，第二天加入炭就可以直接着了，省了不少事。可是万万没想到，这就出了事了，炉子没有盖好，晚上烟就倒流到家里了。门窗紧闭着，家里就爷爷一个，爷爷被烟闷着了。烟闷着通俗地讲就是二氧化碳中毒。直到第二天早上，很迟了，我爷爷都没起床，大爹发现不对劲就去叫，可是怎么都叫不起来，最后破窗而入，才发现发生了危险，马上送到医院急救，所幸是拉回了半条命。可是从此我爷爷就一病不起，脑子变得糊涂了，人也变傻了，大小便失禁，干啥都得别人伺候着。其实现在想想我爷爷那几年内心一定是十分痛苦的，一生戎马，最后落得如此下场，真是让人痛心疾首啊！

依稀记得，那天我放学了，回到家发现爷爷在炕上躺着，插的氧气，家里亲戚都在，原来是我爷爷被烟闷着抢救回来了。爷爷能说话了，可是他认谁都是叫的我的小名——他最爱的孙子的名字。一想到这件事我就泪眼模糊，就这样挣扎了几年，爷爷终于在2004年的时候去世了。我想这也许对他是一个解脱吧。

我的求学之路也是一波三折，小学四年级前都是在桥头小学上的，那时桥小有两个校区，一、二年级在涧沟那上学，三到五年级是在灰条那。那时我家在桥头新街住着，过学校总要过那条伴随着我童年的朱家川河，这条河夏天的时候老是发山洪，一遇到这种情况我就只能走五孔桥或者走会坪那的木头桥。那条木头搭成的桥不知道现在有没有了，小时候走的时候低着头就能从木头缝里看到河下面，就怕哪一步没走对把我掉下去，带给我的恐惧感丝毫不比幼儿园门头上那根针来得差。小学的班主任是语文老师，是一位非常负责的老师，我现在还能写点东西都归于她的教导，是她让我从小就培养了对语文的兴趣。然而我对数学就没那么感冒了，以至于我现在算个账什么的都得拿个计算器算。小学四年级时候我拿了人生中仅有的第二张奖状。我学习并不好，但是过六一的时候班主任给我发了一张学习进步奖奖状，虽然没有幼儿园的那张大，但好歹让我高兴了好一阵子。现在想想小学的教育真是至关重要，真的可以影响人的一生啊！

到了要升五年级的时候，不知道怎么我们那一条街就刮了一股去五寨实验上学的风潮，我妈就把我送到了五寨实验就读。其实为什么会有不错的学习效果？因为那地方的老师为了学习质量，随意地使用暴力，想想一个 10 来岁的小孩，在一个全封闭的学校，老师打骂了还不是得自己受着。记得那时候老师问本地的学生谁家有那种三轮车上的皮带，有个同学就自告奋勇的第二天从家里拿了一条，这可是给了老师带来一个称手的武器了，一有错题，老师就拿那皮鞭抽。记得那时候刚开始普及英语，可是从小就没学，直接上五年级的英语，谁会啊！每次考试都是几十分，老师就挨个发卷子，上去离及格多少分就抽多少鞭子，当然我是没少受操练，每次下来手都肿得像个猪蹄。英语老师叫去背写单词，艾玛，这可是要我命啊，好多都不会，挨了十几板子之后，数学老师又要叫我，说我做错题。这可好，数学老师和语文老师又挨着叫，打的我都不敢往出伸手了！语文老师错一个字，掐你一下，有次掐了我好几下，胳膊上都是淤青。简直是我童年的噩梦！在那个年代体罚学生其实是司空见惯的，人们普遍认为不打不成材，玉不琢不成器。虽然学习成绩可以上去点，但是留下的心灵创伤是永远无法弥补的！

那时候最盼望的就是家里人来看我了。买的 20 块一张的 201 电话卡，我就成了学校院里公用电话的常客了，一受气我就给家里打电话，每过几个星期就叫我妈来看我，然后街坊四邻隔段时间就包着一个小面包车，来看各自家的孩子。请假之后，领着去饭店吃饭，最爱吃五寨的猪黑肉烩菜。但是现在出去饭店点的五寨烩菜，却怎么也吃不出当年的那个味道了。

童年的记忆总是让人回味无穷，因为我们永远都回不去了，所以才显得格外的珍贵。

白文科作品选

　　白文科，银行职员，喜欢文学，爱好摄影，闲暇喜欢品茶交友。

填　穷

　　虽常年住在城里，但一直留着乡下的习俗，大年初五是一定要吃角子的。一个个填的饱饱的，像一只只小老鼠，里面装满了无数的穷，只有吃掉这些穷了，这一年才会富足。这个美好的愿望，年年都这样延续着。

　　做角子的面多种多样，荞面的、莜面的、白面的、粉面的；花色繁多，锯齿的、扭花的、翘角的；馅料多样，瓜角子、韭角子、肉角子等，品种多样，花色各异。众多的角子里，要数粉面角子，乡下也叫玻璃角子，这种最难做。

　　我不喜欢肉馅，故常做素馅的。除了特定的瓜角子、韭角子材料不能随便搭配外，角子的馅料随意性很强，喜欢什么口味，就备齐哪些材料，可以混搭，将其拌好即可。

逢个休息日，得空，妻子说："再吃顿角子吧。"于是我就忙活起来。拿几颗土豆，洗净，用高压锅蒸熟，晾冷，去皮，再用捏钵子连续压两遍，使其成烂泥状。再放两勺土豆粉进去，然后使劲地揉，因为我有祖传的手艺，在别人手里很难揉在一起的土豆和土豆粉，经我的手后，居然那么光筋柔嫩！

开始做馅，用半斤黑豆豆芽，择净，洗好放置备用。一块腐皮，两根蒜苗，并把三朵木耳泡开，外加 4 两鸡腿菇，把所有的菜淘净放干，接着统统剁碎。这时放油锅，炒俩鸡蛋，搁碗里，揉碎；葱、姜、蒜剁成末，调和油一钱，炝，倒入剁碎的料，翻炒几下，出锅入盆，放入碎鸡蛋，加五香粉、味精、香油，将所有的材料放一起后拌匀，馅成。

捏，要心平气和，要匀，要薄，盆状，放得馅多点，捏出来的角子要鼓鼓的，还要光滑、柔美；上笼蒸，一定要有间隙，一个一个排好队。大火蒸，等熟后，揭了锅盖冷几分钟，这时便看到角子光滑、透亮，那五颜六色的馅，清晰可见。吃在嘴里，柔、筋、滑、嫩……

看到孩子和妻子吃得高兴，我的心里暖烘烘的。幸福就是这个样子：坐在他们的对面，看他们大口地吃饭。

而我自己总觉得缺了什么味，总觉得它没有那么香，到底缺了什么味呢……

又想起娘娘，想起儿时吃过的各种角子，那个味才是味，那个香才叫香。

娘娘 72 岁去世，那时我 26 岁。

26 年里，尽管在外上学的时候多，但吃了多少娘娘做的角子，很难数得上来。娘娘五男二女，父亲排行老二，大妈没有生育，我是长孙，便享有特殊待遇，吃什么稀罕的，都有我的份，弟妹们相比，就没这福了。每次放学了，娘娘会说："文文，锅里搁了吃的……""文文，今天捏角子，你别回家了，跟娘娘吃吧……"

那时困难，不论吃啥，不是红面就是黄面，只是变变做法。当时，三爹刚再婚，四爹五爹还没成家，娘娘总要变着法子，让他们吃好。队里分菜了，菜叶子、小蔓箐总要拣几篓回来，连叶带菜淹五六缸；秋天摘豆了，拨起的豆蔓堆里，那不熟的豆角摘几筐，剪开晾干了，冬天再吃。

干活回家了，娘娘戳炉搌火，半锅水煮着，架起了小磨儿，早上泡起的豆子，磨开了豆腐，一二十分，锅煮了，豆也磨完了，咕咚咚，磨好的浆倒入锅里，勺子搅着，开了，煮几分钟，舀一瓢酸菜汤，点上，浆清了，豆腐成型了，架上笸篮，铺开笼布，舀起，盖一个芘子，压上小磨，洌干了水，一托豆腐就做好了。这带渣的豆腐又名懒豆腐，吃起来有点儿噎人，可还是挺香的。劈一半和早上蒸好的黄面块垒做懒豆腐炒块垒，一半做角子用。蒸好去皮的小山药，捞两把带叶酸菜，剁碎，懒豆腐是不用剁的，筷子一拨拉，就碎了，一匙盐，一匙干辣面，拌起就是馅。滚烫的开水，浇在红面上，一双筷子不停地缠，再挖一碗面倒进去，伸进手揉，娘娘边揉边吹着手上的气，一双手还是被烧得通红通红。揉好了，盖个盖儿，冷了就捏不成了。红面皮，酸菜懒豆腐馅，蘸着酸盐汤，味道很香。

娘娘隔三岔五就做懒豆腐，已经出名，大家都叫她懒豆腐老婆子。角子的馅也时有变化，干豆角的、萝卜丝的、窝瓜馅的、豆腐粉条豆芽馅的，皮子也在变着，红面退了，攸面的、荞面的、粉面的，一种一个味，每样都好吃。生活变着，角子在娘娘的手里也变着。

我常常一言不发地蹲在娘娘身边，看她捏着角子，听她讲着填穷的故事，一辈子乱七八糟的穷，吃掉许多，一辈子依然艰辛。

娘娘去了，可是我吃过她好多角子，看着她做过，跟着她学过，我的捏角子技术，也是有几分童子功的！

张旭霞作品选

张旭霞，保德县第四中学教师，喜欢文学，爱好弹琴，偶尔舞文弄墨，自得其乐。

12 月，你好

偶然回头，11 月已被甩在脑后，冬日的阳光温暖，但寒气依然会袭击裸露的肌肤。天空明净无云，像一面蓝色的大镜子。

站在 12 月的发端，看着北方这片略显荒芜、生机不足的土地，不知是啥滋味。只有远处那几棵人工栽种的松柏，流露出一些生命的绿意，其他的树早在深秋就变成了枯枝，余留的几片残叶，在北风中不停地呜咽，其声悲凉。这样的冬天，不像南方洒脱，人在凝重的气流中也瑟缩着，找不到生命的铿锵之音。

墙角的衰草慢慢离根，天空中看不到飞鸟的痕迹。这个季节也许只有人呼出的气雾会形成一种别致的风景吧。

再见了，11 月。12 月，你好。

一年的最后一月，容不得回想，容不得牵念，容不得留恋，时光的车辙就向前辗转。11 月的痕迹还未消散，12 月已来临，悄然无声，让人措不及防。

一年的最后一月，容不得疲倦，容不得休憩，容不得闲话春秋，岁月的舵手已将船撑进了 12 月的海域，那是一个欢欣的天地，远处灯塔通明，江岸上熙来攘往的人群，或匆匆，或散漫，无不昭示着 12 月的气息。

12 月，你好！因为寒冷，更见风骨。你看那山上的青松，越发苍翠有力了。那悬岸上的腊梅花已含苞待放，像是等待一场相约的盛宴。河床上的冰凌天天变化，在红日的照映下，银光四射，明媚如晶。冒水的冰窟窿正咕咚咕咚唱着年尾的歌，宛如鱼儿唱起的歌谣，在冬天的午后，更使人欢欣。

12 月，你好！你把人带入一个白茫茫的世界，那几片印着梅花的白草地，那寒晨微绽的梅花，俏丽无比，艳意不衰，红的花，白的山，绿的松柏，构成冬天的色彩。那朔风吹皱了冰面，吹得旗子哗啦啦地响，吹得梅花报喜春，吹开了农家新年的窗花。

12 月，你好！你犹如一位舞者翩翩在旷野，不惧孤独，不畏寒凉，却将最温情的期盼传递给人们，带着人们舞动着年的节拍的美姿。

张虹霞作品选

张虹霞，山西天桥水电有限公司职工，保德县志愿者协会会长，保德县妇联兼职副主席。

保德油糕

网上搜索了一遍油糕，发现这种吃食在晋西北以及内蒙古和陕西都有，比较有名的数陕北油糕，他们的做法是将糕面直接油炸或者包馅。保德还将枣泥卷起来炸，并且寓意更加详尽。陕北民歌里唱道：热腾腾的油糕哎了哎嗨哟，端上来……这是敬亲人解放军的最高的礼物，是老百姓庆祝胜利时的最能代表喜悦之情的礼物。同样，我们保德的油糕也是逢年过节家有喜事生日迎客时必备的吃食。

用来制作油糕的主要是黍子磨成的面，本地叫作糕面。挑选味道纯正的当年新收现磨的糕面，用开水趁着热劲和开，置放3个小时以上的话可以更好地醒到。

先在宽大的案板上抹一层黄油，这样和糕面的时候就不会粘了。蒸熟的糕面要趁热揉，烫手热气氤氲。水汽带起一阵黍物的香气，间或一丝胡麻油的香味，把馋虫也勾起来了。

不同于其他地方的油糕，这里不做饺子状包豆沙枣泥韭菜类，而是用到了我们特有的保德大油枣来卷糕。保德油枣个大皮薄肉多自不必说，营养丰富口味香甜那是必须的。十里枣乡怀抱中的保德人家，户户都贮存着糖枣酒枣熏枣干枣各种枣。而做卷糕不能为着贪甜就用糖枣，那样的话在第二天蒸着吃的时候里面的糖分会使糕变硬。要使用干过的枣。干枣要提前煮好，一颗一颗去掉枣核，再一刀一刀剁成枣泥。

先将醒好的糕面擀得四方平整，然后均匀地将提前做好的枣泥抹上去。接下来就开始卷糕了。趁着热乎劲，带着黏糊感，前后两侧分别向内卷，卷起来后还需要切一条揉好的糕面，搓长摁到两条缝隙间填满。再将上下捏紧，稍作修饰，油糕大卷两边就可以看到一朵漂亮的梅花。用线代替刀缠开卷好的糕条，土黄色的面点配着褐红色的枣泥，一个完美诱人的梅花糕出现在了案板上。这时候的糕叫作素糕，也就是未经油炸过的糕片，馋嘴的人往往这个时候已经开始忍不住诱惑抓起来吃了。素糕吃起来糯糯的，细滑清香的黍子味和浓香甜美的大枣味让人回味无穷。两侧不规整的边上切下来的叫作糕头，给家中新媳妇吃，说是吃了糕头养小子。

黄橙橙的梅花糕，专门用于红事，我想它的寓意是锦上添花，日子过得繁花似锦吧。

若是减一道工序，只向内卷，然后直接捏好就会呈现出一个桃子形状，这样的糕就是寿桃糕。顾名思义，那是在祝寿生日满月时吃的。

还有一种叫作步步糕的，是抹上枣泥的糕面片对折后切成长方形的条状，中间再切两刀，将一侧翻到外边，做一个花篮的样子。在大年初一和二月二龙抬头的时候吃，一年之计在于春嘛，步步高升，寓意日子越过越红火。

制作好了各类形状的素糕，最关键的部分就开始了——上锅油炸。油是必须要选用岢岚县产的纯胡麻油。油香浓郁，色泽金黄。看着一个一个土黄色的素糕在金黄色的油锅里冒起了小泡，你就会闻到那股油香中带着枣香的味道，炸个三两分钟后捞出的糕，不再是黏黏软软弱不禁风，而是有了酥脆的外皮，像是披上了黄金甲，泛着灿灿的金光，诱惑得你顾不得烫嘴，张口就咬。外面是炸的酥香的皮，里面是温润柔糯的糕，中间还有清香的枣泥，脆而不碎，黏而不粘，甜而不腻，这就是我们保德最地道、最具风情的油糕了。

杨向峰作品选

　　杨向峰，男，高中文化，保德县义门镇庙峁村人。

《花海斑斓》 自序

　　怀旧是人的一种本能。一晃涉足社会已一年有余，迫于生计四处奔波，居然在遗忘的角落里也无处停留。休验社会百态，品味人情冷暖，总感觉在沧海横流中摸爬滚打的有点力不从心。尘念所牵，对昔日在书山学海里徜徉的那段生活的怀念愈演愈烈。如果说社会是一个大牧场，那么，校园无疑是一片芳草碧连天的乐土。书声琅琅，笔尖沙沙，挥霍谈笑，海阔天空，驰骋操场，遐想未来……曾经为一道题的解答而争得面红耳赤；曾经为一句无足轻重的话语而不惜唇枪舌剑；曾经为"梦里伊人"而"消得人憔悴"；曾经……太多的曾经都被岁月的车轮抛到身后，被定格在记忆的相框里成为生命永恒。

　　一直以来，都梦寐以求着能读几年大学，哪怕仅仅只是一个二流或三流的大学也行。不为别的，只为能在求学之余好好的静

366

下心来阅读几年图书馆里丰富的藏书，充实一下空洞的脑际。但看着在教育战线上殚精竭虑 30 余年的父亲每月可怜分分的 400 余元的薪金几乎要拿出全部来支付我的学杂费，总有点于心不忍。可能我不算是个孝子。在清贫中一晃 20 来年，望着父母在岁月的操磨下皱纹密布的脸孔与日渐横生的白发，我在就学与从业的抉择中苦苦煎熬了将近两年的时间。

要想使一代人幸福，就必须舍去一代人的幸福。这是我无论如何也不愿意看到与接受的！也或者是青春期叛逆的缘故，我既不愿父母为我"学有所成"而不堪重负，又不愿在框定的人生轨道上行走。于是，有一天，我与父母展开了辩论。我说，学无止境，与其为 4 年大学生涯中耗资 4 万元而负债累累，还不如我一边就业一边自由式的"充电"。父母据理力争，说社会承认文凭，纵然你有才学也只能望洋兴叹。那天，我与父母由初始的辩论演化成争论后不欢而散。

也或者是固执的性格使然，斯时的我，认定的事，绝难更改！于是，在高考前几个月，在堂兄与堂姐夫美其名曰"善意的谎言"的相邀下，我毅然决然地前往广东耕耘富裕与希望，也借以磨炼一下毅力。却发现，自己犯了一个美丽的错误。返回故土之际，望着同窗意气风发踏进考场的身影，我挥泪长叹。尔后的几个月，对我来说，毫无生机可言。父母、村人以及同窗们一再规劝我重返校园，但我的情感世界里一片茫然。几个月后，我调整情绪，毅然走进家对面的邻省化工厂的大门，试图在人类最底层挖掘出些古老的华夏文明……

总觉得应该为曾经孕育过我斑斓梦幻的校园生活写些什么，不为别的，只为把美好的书学记忆留住。于是，公元 2001 年 4 月下旬，借着就职的化工厂停业整顿的空当，我将自己锁进书屋，大有一种"躲进小楼成一统，管他冬夏与春秋"的味道。一壶暖茶、一叠稿纸、一包劣质香烟，仗着自己识的几个汉字，鼓起勇气，操起尘封已久的生涩笔端，"下定决心，不怕牺牲"，开始了长达几个月的疯狂……将库存在记忆中的点点滴滴串联起来，由一个念头，演化成行动，演化成一部立意肤浅的《花海斑斓》。

走出书屋，长舒了一口气。毕竟，自己干了一件自己喜欢且认为有意义的事情。人没有永恒的快乐，但可以有永恒的追求。活着，绝不仅仅只为活着而活着——这是我永驻灵魂的追求。感谢我的父亲！是他让我在布满荆棘的人生旅途中找到点阳光灿烂。在我失意的时候，适时地加以疏导我苦闷的情感与失调的神经。在村人鄙夷的目光与下流的言论中，我无法静下心来写下去的时候，是他竭力鼓舞我："走自己的路，让别人去说吧！"感谢我的母亲！20年来，她付诸了我无数无私的爱。在我写这部小说时，虽不识只字片语，但每日给我打扫房间，替换开水。因为，她从骨子里把她的儿子想做的事当成了一种真真正正的舒心与欣慰！2015年，有同学拉我进"为了忘却的相聚——保中146班"微信群。我在2015年公历最后一天晚上，饶有兴致在群内留下了如下祝词：来不及挽留，2015年便迈着它庄重而疲惫的步履走到了终点；来不及思索，2016年便张开希冀的双臂憧憬而欣然地接过岁月流逝的接力棒笑呵呵地启动了新一程的奔走接龙；来不及追忆，我们已与同学少年挥斥方遒的青葱岁月渐行渐远；来不及停留，我们已在奔四的征程中被荏苒的光阴俏皮地给鬓发涂上霜华；来不及……山重重水重重，走过一程又一程。感恩岁月轮回中的相濡以沫，感恩漫漫征程中的点点滴滴。又一程的豪情驻怀，又一程的热血沸腾，聆听着新年苍茫的钟声，道一声：朋友，涛声依旧，踏歌飞奔。并附词《念奴娇·同窗》一首：

"弹指挥间，叹时光匆促，奔逝不休。遥想当年共读日，朝夕挥斥方遒。风华正茂，嬉闹怒驳，共附歌离骚。蓦然回首，此情已成昨秋。笑看风尘云变，红尘滚滚，为生计奔走。乘风破浪，沧海泛舟横游。披荆斩棘，人生苦短，念天地悠悠。阔别数载，道声聚首期求。"群内一时躁动活跃，平素不善或不屑言谈的"潜水员"们也纷纷"浮出水面"，恭语赞言络绎不绝。许是为了所谓"噱头"，我一时兴起，爆料曾将当年书学之事于当年撰写成长篇小说《花海斑斓》。此言一出，众人愈加争相发言，期盼阅读。有同学提议，让我每天发一章节于群内供大家追忆。我慌忙澄清，说手稿在老家封存，待有闲暇，取来后再说。几天后，我专程回老家将压存箱底的手稿取出来。看着发黄的稿纸，闻着呛鼻的霉味，我在自家阳台上将手稿一一铺开晾晒，莫名的激动与绞心的痛交织在一起，五味杂陈般思忖良久，决定将手稿存在电脑上，并与大家共同分享自己的快乐。

从 2003 年成家立业至今，12 年来，迫于生计，几乎未再阅读什么有关文学类的书籍，也少有作文。12 年的懈怠与疏离，让我在感慨造化弄人的同时，对自己未持之以恒而悔恨连连。更为可笑且可耻的是，用拼音输入法敲击键盘存稿时，竟有当年自己写下的极个别字词生疏到不明其正确读音而竟至于改用手写功能。

需要说明的是，因文中需要，多有杜撰、移花接木或张冠李戴之处。譬如，"洪灾"是 1995 年发生的事，整整移后了 4 年；"校庆"是 2001 年的事，移前了一年。一个人的身上或许会有另一个人的影子……敬请小说中的原型在看到本书时笑纳海涵。是为序。

刘宝民作品选

刘宝民，保德县林遮峪人，现居深圳。著有《曾天节传（上、下）》《穿越潮汕五千年（上、中、下）》《西哈努克传奇》《致敬任正非》《中兴事件全回顾》《保德奇人陈秉荣》等。

清明情缘

儿时对清明的期许只有两样，一样是荡秋千——我们本地人称之为"游圈"；一样是吃用荞面和鸡蛋摊成的煎饼。随着年龄的长成、阅历的增加，才知道清明的含义远比这两样更为重要。那就是，对逝去亲人的祭奠与怀念。

我以为，没有哪个节日，会让人的情绪一天之内能秋千般地在两极振荡：一会儿为风和日丽万物苏醒而心旷神怡，一会儿又为那逝去的依恋和无尽的思念心痛不已。

深圳没有我们北方那般四季分明，但春天毕竟是春天，感觉一切的一切又都从头开始。闲暇时常到住地附近的荔香公园去，在浓荫之下看那花开花谢、听那鸟语啾啾，然后在物我两忘中让日暮时分的斜阳，唤醒昏昏欲睡的记忆。

清明这天，我比往常来得要早点。

走进公园北门，广场上一尊硕大无朋的"荔枝"雕塑扑面而来。"荔枝"的上半球业已开剥，果肉莹白如雪令人馋涎欲滴，下半球紫红色的外壳上雕刻着的岭南人物物事，栩栩如生、引人入胜。"荔枝"底部环绕着的是喷涌不绝的趵突泉，十数支水枪又同时从四周向上喷淋。好一幅"世间珍果更无加，玉雪肌肤罩绛纱"的奇景。

不过，受节令影响，公园内的千余棵荔枝树，叶子颜色才刚刚由浅绿转为墨绿，挂果乃至成熟尚待时日。

照例来至在一个少有人搅扰的所在，找一方大理石圆桌旁坐下。我之所以喜欢这个地方，还因为附近的几棵荔枝树四周，被刻意培植了三五成群、颜色各异的冬青，好像一群着了美丽裙摆的少女，围绕着一位健硕的少年翩翩起舞。

很快，一群不知名的小鸟从头顶"忽"地掠过，又不时聚集在头顶的树冠上叽叽啾啾。树叶上的露珠会冷不丁地滴落到脖子里来，带给人一种凉丝丝的感觉。我熟悉了周围的这一切，周围的这一切也熟悉了我，每次都会有如此这般天人合一的亲密接触。

倏忽间，一枚极小极小的花蕊从树上忽忽悠悠地飘落下来，直至接近大理石圆桌表面，仍在不停地无方向感地滚动腾跃。这倒是我之前一直没有注意到的。她的形体只有一粒黑豆那么大小，但体重恐不及一粒黑豆的千分之一，甚至万分之一。

这物件也太过渺小了，不仔细看是很难发现得了的。凝神看上去，这精灵身上带着一个白色的细细的把儿，顶端是一个半球状的绿色的结，结上面均匀生出 6 个呈散射状的细权，每个权的上部又都拥有一个红色的小球。我小心翼翼地用左手指尖捏着把儿，将其放进右手心里面去。

当我再用左手食指轻轻捻动那把儿时，那精灵竟像杂技演员手里的花折伞急速地旋转起来，十分的快乐与灵动。我试图用嘴轻轻地朝向她吹，不曾想她竟几个跟斗翻到我的指缝里不再出来。

难道就这会儿功夫，我们就产生了某种割舍不下的情愫了吗？她是如此的调皮，又是如此的可爱。嗯，看得出她对孤独有着某种难言的恐惧。她来自何方？

我开始仰头朝向树的上方望去，斑斑驳驳的阳光从略显疏朗的树叶丛中穿过，多少显得有些刺眼。我哪里知道哪里是她曾经的家啊！但从树叶之间窸窸窣窣的碰撞声中，我仿佛听到了来自某几片树叶的异样声音——焦虑与不安。于是，下意识地用左手扣在了右手掌上，生怕这精灵被随时可能窜来的风儿给吹了去。

我开始猜想，她可能遇到了怎样的突如其来的变故：是昨夜那场乍起的海风让你受到了惊吓？是哪只粗心的小鸟用煽动的翅膀击伤到了你？也许你是位孝顺的女儿，也许你是位懂事的姐姐，也许你是位贤惠的妻子，也许你还是位慈爱的母亲。也许正是太多的牵挂，让你不堪重负而过早地凋零。此刻的你一定挂念着自己的亲人，而亲人们又何尝不是如此呢？

我重又打开合着的手掌，再一次目不转睛地审视可怜的她，那细细的把儿和柔柔的杈上吸附着云团般的绒毛，看上去她是很完整的，没有受过某种伤害的丝毫痕迹。哦，这我懂得，我们人类有时也这样，有的人看上去并无大碍，其实早已是病入膏肓。

她之身上我唯一能读懂的信息，也许只有那杈顶上突出来的

6 个红球，我以为，那一定是她为着自己突如其来的坠下，以及由此带来的无尽牵挂而哭肿了的眼睛，我的眼泪也禁不住溢了出来，悲悯地低下头去用情地吻她那伤心的眼睛，她也一任我的似有若无若即若离的久久摩挲。

我其实清楚地知道，那几片她曾经牵挂过的树叶在屏住呼吸看着这一切；身边的这几棵树在屏住呼吸看着这一切；甚至满园子的树也在屏住呼吸看着这一切。那一刻的静寂，让我与她有了心与心的交流，让我与这几棵树有了心与心的交流，让我与这片林子有了心与心的交流。

然而，我们心心相印的交流才刚刚开始，那精灵竟慢慢地失去了光泽，细细的把儿开始枯黄，柔柔的权儿开始委顿，红红的眼睛也渐渐地变得暗淡起来。我的呼吸一下子变得急促起来，只一个鼻息便把她吹到了手掌之外，而徐徐吹过的微风，又乘势把她掀翻到旁边的石凳上，旋即又跌落在脚下的草丛之中。

我急忙起身去捕捉时，她依然如伞花般向前翻滚，我舍不得她就这样的离我而去。但又一阵风起时，我便实在辨不清她所往何处了。

我不知道自己什么时候离开了那片草坪，我也不知道自己什么时候离开那几棵荔枝树，我还不知道自己什么时候离开那座公园。但我知道，那个精灵记得我是一定的了，因为在她落难时分，没有人给过她如此精心投入的呵护。而我又怎能轻易地把她忘掉得呢？因为，在特定的心境情境下，她带给我 10 多分钟的慰藉呢！也许还不止。

刘美丽作品选

刘美丽，保德县人，医务工作者。热爱文学，热爱朗读。

文竹情怀

我钟情于文竹，是在花季少女之时，那时并不知花语之意，只是仰慕它淡雅清丽，且又有与我牵手一生的人名字中的"文"字。20世纪80年代，在偏远的小县城想拥有一株文竹，是难乎其难的事。故而在我结婚前夕，远在太原的大哥问我想要什么礼物时，我毫不犹豫地脱口而出："我想要一盆文竹。"说出之后却没抱有多大希望，心想在这万物凋零的隆冬之际，路途遥远舟车劳顿，大哥能给我带回来吗？

没想到，大哥竟然就在寒冷的冬天，坐着没有空调的大巴，带给我一盆小小的但绿意盎然的文竹。

喜极之至，我将它郑重地安放在我新房的写字桌上。从此，点点的绿意透着淡淡的清香，溢满了我刚组建的小家，一孔崭新的窑洞里。

小小的文竹在生长，我也孕育了我的女儿，当孩子在胎动时，我会坐在写字桌前望着这株喜爱之至的文竹。许是我和文竹间的缘分吧，腹中的胎儿安静异常。孕育生命的过程中，文竹也在缓缓生长。

　　随着女儿的出生，忙于柴米油盐酱醋茶中的我，疏于对文竹的照顾，它反而长势喜人。等到女儿会说话、会走路时，文竹也枝繁叶茂，慢慢地攀缘到半圆形的窗户上。秀雅、清丽、安静脱俗的文竹，像绿色的窗帘，给我的房间带来了春的气息。无论春夏秋冬，满目的嫩绿，让我忘却了生活中的烦忧。

　　那时不知道净化空气之说，由于文竹的怒放，家里没有了油烟味，一股淡淡的清香总是溢满房间。当我身陷锅碗瓢盆交响曲的嘈杂时，只要看一眼阳光下的这盆文竹，顿时烦恼就会烟消云散。它带给我内心宁静、纯净、明朗、文雅，给我的小日子平添了几许欣欣向荣的景象。

　　后来随着经济条件的好转，我入住了新房。昔日那一隅小小的书桌已安放不下尽情生长的文竹，因此我将它放在客厅阳台的花架上。它应该也更喜欢这宽敞明亮的新居，未曾因环境的改变而有一丝一毫的不适，反而肆意地向着阳台晾衣架和高挂的灯笼疯狂地攀缘。家人们纷纷劝说："该修剪了，剪掉长的藤蔓吧。"我摇了摇头："还是让它自由自在的生长吧！"

　　一定是它感受到了我的包容，便回报了我一份珍贵的情谊。那是一个寻常秋季的早晨，我习惯性地走到阳台上，准备喷洒文竹的枝叶。早晨的阳光穿窗而入，洒在高大的文竹上。阳光下洁白的花朵一夜之间竞相开放，花小色白、姿容淡雅，满树的花朵星星点点，在翠丛中显得清雅脱俗、独具风韵，散发着纯净的芬芳。它虽然没有牡丹的富贵，君子兰的典雅，但是在我眼中却是如此的耀眼夺目，养育了 30 多年的文竹竟然开花啦！欣喜之余，我小心翼翼地喷洒呵护着它，时隔多年，记忆中的阳光、微风、满屋飘香时时萦绕在我心间。

这次文竹花开放的时间很长，也不知过了几个月，花褪结果，成为球形的小浆果，初为绿色，成熟后转为紫黑色。据说文竹全草可做药，性寒味苦，有解毒凉血、利尿通淋的功能，可治郁热咳血、吐血、小便淋漓、感冒发烧、风湿痛。虽有这么多的功效，我还是不舍得采摘它的果实，更不舍得剪掉它的枝叶。这 30 多年的相伴相陪，它与我一起经历了岁月中的风雨坎坷，一起见证着生活里的酸甜苦辣，我早已在心中将它视为家中的一员，它如同长辈般守护着我和我的家，亦如孩童般需要我的珍视呵护。

在这与之共鸣的时光流转中，我与它皆收获着生命的喜悦。还记得那是一个慵懒的午后，走到阳台上，我拿着花锄给这盆 30 多岁的文竹准备松土，却见似春笋般的新芽破土而出，带着稚嫩、带着希望，天天见长一路拔高，超越旧枝生意盎然。我想这该是文竹孕育出的子孙后代吧！它们也和人类一样，青出于蓝而胜于蓝地生长着。后来的每一个秋季，我都迫切地盼着花开，却终未能如愿。它未曾再开花，许是年华已老，抑或时候未到？直至今日，我用时光的笔记录它时，才终于明白了，那些开在我心间的一树一树繁花，比再次渴望花开时欣赏它，更重要得多。

文竹花开在枝上，更开在我的心里。一盆弱不禁风的小文竹，一株透着翠绿的小嫩芽，一朵洁白如玉的小花儿，一粒饱满圆润的小果实，一方温馨的小阳台，一抹温暖的阳光，一缕柔情的月光……它们虽是无言的，但随着时光的温润、灵思的流转，因而有了今日炫目的绿意和光彩。岁月更迭中，当年与文竹合影的咿呀学语稚嫩的女儿已经从一个丑小鸭蜕变成了一名自信的园丁。如今我女儿的儿子也在文竹的绿荫环绕中，绽放出灿烂的笑容。

在静谧的早晨，在无风的午后，在落霞的黄昏，每当凝视这棵文竹时，它仿佛也在凝视着我，并散发出淡雅而清静的芬芳，令人周身环绕着宁馨安逸的美感。那一瞬，我多想骄傲地告诉大家，这棵作为树的形象而生长着的文竹，在我的家乡是独一无二、年龄最长的一棵长寿竹！机缘巧合的是，我后来得知文竹的花语，代表着永恒而纯洁的心，也是婚姻幸福甜蜜、爱情地久天长的象征。此后，我站在屋中的任何一角，仰视着它，远看近闻都洋溢着别样的美好。

谁说草木无情？林清玄先生说："我们可以意不在草木，但草木正可以寄意；我们不要叹草木无情，因草木正能反应真性。"它分明是在用自己自由肆意的生长，来报答几十年来我对它一如既往的呵护。它在我的心里已然成为参天大树，并且用它满树的绿意护佑着我的小家，寓意着孩子们的成长，寓意着家族的兴旺发达。

祈愿我们的一生也能如它一般，在温柔时沉静，在无意间开花，待到枝繁叶茂生机盎然时，努力攀缘，在积淀中结果，转向暮年后，依然将美好展示于子孙后人，将积极向上、锲而不舍的品格代代相传，足矣！

乔志立作品选

乔志立，保德人，爱好文学。喜欢技术创新，多年专注新产品在本地各行业的推广应用，为当地工业发展、节能减排、人居环境改造做出了一定的成绩。

许坚强讨薪

隔离带里的草木顶着一层厚厚的积雪，像一条白色毡带铺在马路的中间。早晨的阳光透过车玻璃晃得许坚强鼻孔酸酸的，接连打了好几个喷嚏，感觉精神了许多。他揉了揉微微发红的眼睛，随早高峰的车流在街上慢慢地游动着。

许坚强看了看腕表，7 点一刻，小旅馆离董老板的加工厂约有半小时的车程，上班前赶到应该是没问题的。今天已经是腊月十五了，离过年也就半个月光景了，电话里董老板说今早厂子里见。工资的事到底能不能兑现？许坚强心里忐忑不安。家里的民工还等着工资备办年货呢，这沉重的负担压在了当队长的许坚强的肩上，单等今天这开盒子揭宝的时刻了。怕早晨起来误事，许坚强昨晚就赶到县城小旅馆住了一宿，一晚上翻来覆去不好睡觉。

走走停停的车流像一条缓缓蠕动的长蛇，许坚强双眼盯着前方不时地按着喇叭，惹得前面的女司机几次回头，递过来不满的眼神。穿过一条充满年味装饰的社区街道，不远处就是董新民的加工厂了。门卫见熟悉的车牌，连门都懒得出来就升起了门杆，许坚强礼貌地按了按车喇叭进了大院。他看了看腕表，还不到 8 点，办公楼的门闭着，不见有人出进。许坚强坐在车里等候着，眼盯着车前的自动门，脑子里又闪现出昨天下午的情景。

昨天下午他回到家，一进屋，就看见烟雾缭绕的家里，坐着十几个不着边际抬饿杠的男人，茶几上还坐着两个搁着二郎腿筒着袖子的女人。唉！这几天躲出去，真是难为老婆丽华了。见许坚强进了门，大家一下子安静了下来，屋里的空气也像凝固了一般。许坚强拉开抽屉拿出了一沓粉色的票据，大家就知道许坚强又要给他们要工资去了。几个年轻的小伙子首先站出来说："队长，带我们一起去吧，今天不给钱翻不了他们的厂子不算事。"年长的也过来凑起了热闹，说："队长，我们也去，啥时候不给工资啥时候就在他们家住。"

许坚强示意大家坐下，皱了皱眉头看看板着脸的丽华对大家说："这次去不能带大家，一来年关将至大家家里事多，二来董老板那面已经承认给钱了，大家放心好了。退一万步讲，就是董老板那面要不回钱来，我许坚强砸锅卖铁也不会让大家失望的。"

话是这么说，可许坚强心里真的是一点谱也没有。他听人说，南方收货老板资金链断裂，董老板上百万的货款无法收回。他一连跑了几十趟，也没见上董老板的面。倒是门卫小朱很同情许坚强的执着，主动留了他的电话，说等董老板回来通知他。刚才，许坚强正和棋友玩得起劲，电话铃响了，是小朱的电话，说老板回来了。许坚强当即拨通了董老板的电话，董老板不停地道歉，让许坚强明天早上去厂里找他。许坚强放下玩了半局的残棋急忙赶回家。说实话，许坚强也想让大家一起去，免得大家不理解埋怨他，可左思谋右盘算觉得不合适。他理解董老板今年也是遇到了坎，不然不会拖欠大家工资的，这么多人去了恐怕弄出啥乱子的，事情不但办不好，反而会伤了同学情和多年合作的面子，况且，来年乡亲们还得靠董老板的厂子就业呢。

车里的暖风呼呼地吹着，可许坚强心里老觉得有一丝丝的凉气。见办公大楼有人出进了，许坚强拉开了车门。电话震动了，是董老板的电话："喂，强哥你咋还没来？"

"楼下呢，我还是一直看着没见你进来呀。"

"哈哈！我昨晚没回家，一直在办公室等你。"

许坚强三步并作两步上了三楼，果然经理办公室门大开着，董老板已经站着招呼他了："坐下，坐下！"许坚强大大咧咧坐在沙发上，和老同学调侃。站在门口的财务科小李拿着报表示意了一下说："董总你忙，先招呼客人，回头我再来。"董老板点了点头，然后对许坚强说："强哥，昨天回来的时候就想给你打电话了，事情太多又给忘了。刚端起饭碗，你的电话就过来了，媳妇埋怨连个安静饭也不叫吃让挂了。我说这咋行，能挂强哥的电话吗？这段时间也让强哥等的骂死我了。哈哈！再不接电话就等着强哥把我扔黄河了。"

"哪里哪里，我一般不给你打电话，知道你出了门忙，开车接电话也不安全。"

"今天小弟让你过来也又让你失望了，这次南方出差没要到钱。不过，哥你放心，我已经安排材料科把库里准备好开春的原料低价出手，按进货价的70%也能卖个二三十万，工资是可以解决的，不过这个还得哥和弟兄们再等几天。"

董老板说着走到许坚强面前，拿出2万元递到他手里说："今天哥先拿着这2万回去，安排弟兄们买点年货，替我给弟兄们道个对不起。"一旁的刘秘书想拦已经来不及了，说："这是董老爷子的养老金，昨天听说董总南方没要到钱，今早专程让我送过来让董总家里办年货的。"许坚强的手微微颤抖着，不知如何是好。接了吧，实在不忍心打扰80岁的董老爷子，不接吧，回去又无法交代。

董老板说："我知道你难，剩下的工资款大年前一定凑齐足额发放。要是平时，咱哥俩今天是不醉不休，这大腊月的了，我也就不留你了。"说着在许坚强肩上拍了拍，把钱揣进了许坚强的口袋。

事已至此，许坚强能说什么呢？什么也不能说了，只好走人。董新民热情地把他送到楼梯口，让许坚强耐心等待。

许坚强开着车出了公司大门，心不在焉地在街上行驶。眼前是一个大广场，晨练的人群已散尽，有的只是匆匆经过的路人。匆忙的过客中，也许不乏像自己这样脑壳空空的讨薪者。许坚强想着，车子已经驶入广场停车场。北风依旧呼呼地刮着，许坚强心里五味杂陈，没有了来时的性急，拉开车门走向空旷的广场。

大屏幕上集体舞的大妈们随音乐舞动着，许坚强无心观看，漫无目的地摆动着双腿，穿过马路，来到冰封一般的黄河边。河水就像弯弯曲曲的飘带，散漫地流在两边厚厚的冰层中间。许坚强走在结实的冰面上，忽然萌发了儿时打擦滑的想法，厚厚的积雪冰面上，画出来无数交织的直线弧线。他一片空白的脑子里，完全忘记了今天进城的任务。脑门微微发热，脚下冰凉刺骨。许坚强抬头看了看，已近午时，该到回家的时候了。看着一双冰壳样的皮鞋，许坚强不禁失笑，一想起回家的事，心头就像压了一块大石头，老沉老沉，民工们围坐在家的场景，又一次浮现在眼前。是懦弱的躲避还是无奈的谦让，许坚强自己也无法说清……

许坚强的车子开进了院子，民工们像事先接到通知一样，不到10分钟就围了满屋子的人，见许坚强闷抽着烟，大伙也不敢贸然出声。一连三支烟过后，许坚强抬起了头，从兜里掏出2万元钱说："弟兄们，今天一人先拿着1000元置办些年货，剩下的……"

"1000能干个啥？"

"算了，这年不过了！"

"搬上老婆孩子去他们家过年。"

"我就不信人家那么大的厂子就只有2万元。"

"我们的工资可是二十几万呀！"

不等许坚强说完，大伙已经七嘴八舌地炸开了锅。无奈的许坚强任大家吵了半天，站起来告诉大家，董老板给的这2万元钱，也是董老爷子的养老金。这可是秘书小刘亲口给他说的，董老板这次南方要钱白跑了，欠大家的工资也已经有了着落，计划把开春生产的库存原料低价卖了。最后，许坚强又说："有谁觉得还不放心的话，我家里的东西车子都可以变卖、抵押。当初你们选我当队长的时候，也还是对我有点信任度来了吧？"

听许坚强把话说到这份上了，大家慢慢地冷静了下来，他的话着实把大家给难住了。一阵沉默之后，外号"留一手"的许怀怀站起来发话了："唉，坚强带咱出去打工也是为了咱好，他也没有抽过咱一分钱，每次的加班工资还不是他和老板给大家争过来的？我看大家还是体谅一下许队长的难处，也体谅一下董老板的难处吧。过年的钱没多少，吃吃喝喝有这1000元也差不多了，不够的自己再想想办法。变卖许队长家产的事我看大家也是做不出来的，就是董老板那里，也不能让他把原料低价卖了，毕竟我们大多数人明年还是计划在董老板那里再干的。帮助老板挺过这一关才是我们大家的出路，你们说是不是？"满屋子的人你看看我我看看你没有一个说话的。

"留一手呀留一手，你真是干啥事都留一手，半天虎住没说一句话，一句话说出来让大家呆半天，我看这个主意好。董老板是咱许队长的同学，一来不能给咱许队长丢了人，二来董老板才是给咱添满饭碗的恩人。人家把老人的养老金都拿出来了，要是让董老板一半两钩子卖了开春生产的原料，厂子停产了，我们大伙也就是明年喝西北风了，离开董老板厂子能有出息的，在座的我看也没求几个。许队长你说话，就这样定了，不能让董老板低价卖原料，有谁不依冲我来。"躲在里屋和丽华说话的快嘴巧英一开门像放连珠炮一样打破了沉闷的气氛。

看大家不说啥了，丽华也为当家的帮起了腔，劝大家相信董老板是个有良心的人，帮他扛过这个坎，董老板是不会忘了大家的。

听着低声的议论，大部分还是不希望董老板低价卖出原料的。许坚强站起来又给大家吃了个定心丸，表示大家的工资他作保了，并立即电话给董老板说明了大伙的想法。

董老板听了好受感动，当场在电话里表示今年过年给大伙每人一份新年礼物。让大家到城里的"慧慧超市"领取，每份礼品有白面一袋、大米一袋、食用油一桶、猪肉10斤。屋里人听得心里热乎乎的。

张陆游作品选

张陆游，保德县丁家塔村人；1982年毕业于北京广播学院（今中国传媒大学）新闻系，长期从事影视传媒工作，爱好阅读和写作。现已退休，定居广州。

一个山西人的家族徙居路

退休后有一段时间，每当有要好的同事朋友来我家，看我还居住着20多年前单位分的老房子，就有些惊讶，问我为什么不买新居。他们说在广州这座开放城市，工作几十年的人，都改善了居住环境。我说之所以没买新房，是觉得住单位分的这套房子已经很满足了。

以往，每当想起自己的家族、自己的出身，想起几代人走过的路，再看当下处境，思绪总会如滔滔流水，翻腾起过去年代的记忆。

我们这个家族，祖上世世代代务农，父亲母亲、爷爷奶奶、爷爷的爷爷奶奶，一代一代都是在黄土地上抛洒汗水。从我这代人进城算起，短短40多年，如今，几乎所有家人都在城市里生活。

每当我坐在广州恬静的居室里，望着窗外幽香的白兰，每当我漫步在浓郁的小区绿荫下，每当我走过流淌着现代气息的商业街以及街边矗立的座座高楼，我就会想起年少时山西农村的家，那黄土山崖下的土窑洞，那些因风雨侵蚀破旧不堪的门窗，那些用红胶泥打成的院墙，那些院子里用乱石头砌成的鸡窝猪圈，那是脑子里永远抹不去的老家。

小时候，我很羡慕有些人家宽敞整洁的瓦房，还有那些接了石头面子的、粉刷洁白、光光亮亮的窑洞，那时候，我家的土窑洞因为土脉不好，脑坪常掉土，门口搭了撇，屋子黑黢黢的，到了冬天，母猪生下猪娃子，关在圈里怕冻死，猪就和人同住在土窑洞里头，地上满是粪污，人住着要多憋屈有多憋屈，要多邋遢有多邋遢。

在那些万籁俱寂的冬夜，坐在黑黢黢的炕头上，爷爷常给我讲述他们那代人的往事，叨扯祖辈们的辛劳，叹息人世的艰难。

爷爷的祖上是从杏岭村迁来丁家塔的。传说杏岭的先祖弟兄三人，由于人多地少，为了争种地打了一架。最小的老三，孤身一人出走，来到丁家塔开荒种地定居下来。到了爷爷这一代，家里有两个土窑洞和几垧薄地。我的太爷爷仅在村里种地难以养家糊口，经常外出当长工、打短工，有一年冬天出去，找财主家揽工放羊，冬天工不好找，结果越走越远，后来再无音讯，何时冻死饿死的，倒毙何处，不得而知。

家里剩下孤儿寡母，生计艰难。爷爷从 13 岁开始外出做工，冬天帮有钱人家背炭放羊喂牲口，春夏给财主家耕种锄地，先后在东山上、水源塔、郝家塔、围儿梁、杜家塔、莺村、甘草塌给财主家做工，后来流落到了潘家塔定居下来。

20世纪40年代，潘家塔是一个寂寂无闻的小村子，只有七八户人家。村子虽小，爷爷还是偏居一隅。爷爷打工的财主家地庄在村外，为了种地方便，在野外挖了窑洞，作为长工居所。爷爷在潘家塔种地多年，四季忙碌，汗水在土地上撒了一遍又一遍，为了积攒东西，吃糠咽菜，从牙缝里攒粮，最终在潘家塔买下几片荒地，尽管杂草丛生，蒿柴遍地，但是一家人生活总算有了依傍。买下那些土地后，爷爷带着全家老少开荒，翻地松土，开出的土地先种山药再种黑豆，硬是把生地种成熟地。为了种地方便，一家人在远离村外的地畔挖土窑洞住下来。爷爷指望后代人把地永远耕种下去。

虽说生活是严酷的，但是这远不是全部。我上中学时，父亲曾经回忆说，一家人住在潘家塔荒圪梁上时，周围沟壑相连，狼时常出没。白天大人去种地，孩子留在家里，要朝外把门锁上，里面顶门棍把门顶上。那时候院子里常有狼路过，门缝里看出去三四只狼成群结队。有时夜里家人睡下了，狼爪子把门抓得呲啦呲啦响，大人拿铁锹仗胆，狗才敢跟着出门去。

少不更事时，我曾笑爷爷是榆木脑瓜，太过固执孤僻。爷爷说你不知道穷人家日子难熬，咋敢说这种话？爷爷小时在丁家塔村，每年春天饥荒难熬，有一年母子几人用一瓮糠炒面度过冬天，却度不过春荒了，跑回杏岭族人中借来5升黑豆才救了命。一家人有过这种遭遇，梦想种好地多打粮，住荒山野地也就不奇怪了。

在潘家塔有了土地后，爷爷信心十足，盼望过上殷实的生活。农村人有句俗话，穷汉儿多。爷爷生了5个儿子，饿死一个养活4个。想到儿子们以后长大成家难，娶不上媳妇怕是要打光棍，于是在潘家塔时，爷爷用积攒的粮食换来两个童养媳，也是穷人家的孩子。家里人口多了，日子过得更艰难。10 多年后熬到孩子们长大了世事变迁，新政权来了，主张婚姻自主，两个童养媳都走了。当然土改时自家的土地也归集体统一分配。潘家塬成了爷爷一块伤心地，加上那时候贫苦农民走到哪里都可以分土地，于是爷爷熄灭了潘家塬山梁上的炊烟，回了丁家塔。

回到丁家塔村时，我家成分划为贫农。分配土地时，人们不愿意要最偏远的土地，爷爷要了，因为地虽远但肥沃。这些土地在大雪梁、小斜梁。有了地，爷爷再度精神抖擞，去远离村外的道雪迄挖土窑洞。土窑在山梁上，天一亮就能往自家的地里跑，就近伺候庄稼，多打粮食。而从丁家塔上山梁，要多爬一道漫长的陡坡和走两道梁，耽误种地。

道雪迄在两条沟、两道梁之间，两条沟里都有水。奶奶感到不适应的是，山沟很深，到沟里担水，崎岖难走，沟里常有狼出没。爷爷身高不高，但饭量奇大，体力超强，他老人家除了干地里的活儿，回家不管天多黑，要带父亲到沟里担水。听父亲说，他十几岁时跟着爷爷去担水，常看到有狼从山梁上窜过，拖着长长的尾巴，眼里冒着绿莹莹的光。道雪迄这地方还有一样不好，四周山梁野地，坟墓东一座、西一座，住着凄凉、单调、孤独、阴瘆，但是在爷爷眼里，为了生存，孤独和寂寞都无关紧要。

听母亲说过，父亲娶她时，说媒的人介绍夫家住在丁家塔，可是娶进来时却上了道雪迄。住进这个一家村，母亲一开始很不习惯，一到夜里一个人不敢出门，到沟底担水，爬一道陡坡，累得汗流浃背。母亲认定这个地方没法住，闹着一定要回丁家塔，我出生几个月后，最终由父母带着搬回了丁家塔，先是借住二爷爷家一个土窑洞，后来父亲自己掏了一眼土窑洞。

当年爷爷说，住山梁上有很多好处，家里积攒的粪肥，春天要往地里背，山梁地近，背粪省了很多力气。

春夏营务庄稼，天天往地里走，少走许多路。

秋天庄稼收割了，怕麻雀、野兔子、老鼠糟蹋，要赶紧往回背，人住在山梁上，背秋也省了不少力气。

后来，随着农业合作化的实行，爷爷在山梁上的土地充了公。全村土地归在一起，大家集体劳动，集体分配粮食。大雪梁小斜梁的土地再不是自己的了，爷爷极不情愿却又无奈地搬回了丁家塔。他老人家一辈子挚爱土地，一辈子追着土地居住，一辈子孤单，最后是集体化让他回到了村里群居。

过去，穷人住土洞是千年不变的原始思维。爷爷回到丁家塔，仍是挖了土窑洞住。我小时经常到爷爷住的土窑洞里去，窑洞有十几平方米大，土崖下的窑洞脑畔太高，烟囱不畅，家里经常弥漫着煤烟的味道。窑洞地上摆满了柴炭米面水缸，显得很凌乱；煤烟熏染，家里墙面灰黑。四爹找媳妇儿时，来过西山头一个相人家的女子，看了住处，回话说，就这样的居处，谁去！奶奶无奈地说，咱这人家，只能娶丑差的了，只要身子没毛病能生儿育女就行了。

在丁家塔的土窑洞里我曾经度过 18 个春秋。我家那个 20 多平方米的窑洞，住着全家 7 口人。地上摆放着大大小小几个米面瓮，还有水缸、腌菜缸，一张颜色斑驳的旧桌，桌子上摆了盐钵子、醋瓶子、辣罐子以及碗筷，地上还有个装衣服的板柜子，炕尾一侧摆放着南瓜窝瓜，另一侧堆放红薯，家人早已习惯了拥挤的生活。最糟糕的是糊窗纸破烂透风，一到冬天，北风刮得呼啦呼啦响，也没钱换。

18 岁之前，我到过的最远的地方是 30 里外的兴县魏家滩，一次是去买锄头，一次是和父亲卖猪儿子。过了西川河，到了滩上，感觉地势开阔，砖窑洞石窑洞也越来越多，当时十分羡慕人家那好地方。

农村人冬天睡得早。等我长大些了，鸡叫时醒来，常听到父母窃窃私语，母亲说儿子一天天大了，就咱这住处，怎娶媳妇呀？父亲说娶不上好的就娶丑差的，能续上烟火就行了。母亲说，谁知道孩子愿不愿意，真是愁人哩！他们除了叹气还是叹气。

少年不解人世难，家里破旧的居室曾让我感到羞愧，尤其窑洞外几米斜对面墙根下那个猪圈，夏天发出阵阵猪粪臭，引来成群苍蝇和蚊子，家人也习以为常。

我上南中时，学校周末放假，同学们从我家门前路过，我不好意思让同学到家里坐一坐，喝口水。破墙烂院满地泥泞，屋里蚊蝇乱飞，很伤害我那幼稚的自尊和荒唐的面子。

我父亲这一辈长大弟兄 4 人，除了大爹抗战时参军外出，其余兄弟 3 人都在村里挖土窑洞住。几乎是不约而同，几家都住在一道阴圪塄下，因为村里就这么个地形。那些土窑洞的墙皮，都是用切短的麦秸混合黄泥巴和水抹上去的，过了三五载，墙皮就一块块脱落，像个赖利头。如此破旧居室，每逢过年，墙侧财神爷的位置，还用红纸写上，"日进千样宝，月招万里财，财神爷万岁"字样，显得很滑稽，更像是一种讽刺。

随着孙辈们逐渐长大，爷爷也老了，他过 70 岁生日时，竟升腾起为儿孙们改变居住条件的愿望。他年轻时当过石匠，向我父亲和叔父们提出，想要给儿孙们收拾居处，家家的土窑洞上都要接上石窑口子，说是怕在这些破烂的土窑，孙辈们长大后娶不上媳妇。

记得父亲去后沟打石头，都是在生产队中午收工后，他顶着红耿耿的太阳，甩开大锤破石料。我去送饭时，见父亲浑身是汗，那时候的父亲强健有力，一夏一秋打下了上千块的墩子石头。

冬天，每天父亲鸡叫就起来，拿一根麻绳，冒着零下二十几度的严寒，去后沟背石头。我去后沟担水，见父亲背石头爬那一段陡坡，弓着背，一步一喘，像蜗牛一样爬行，背了两年，总算攒够了接窑面子的石头。

爷爷那时已经年过七旬了，冬天常常咳嗽不好喘气。春夏天暖和了，不咳不喘了，就在门外铣窑面石头，他老人家一锤一錾，用了一个夏天一个秋天，硬是铣出了接两个窑洞面子的石头。石头线条均匀，方方正正。

生产队收秋打完场不太忙时，我家土窑洞当年就接上了石窑口子。之后的几年，三爹和四爹也如法仿效，先是打石头，再背石头，为自家的土窑洞接上了石窑口子，当然，几家铣面子石头的事，都由爷爷一个人承担了。

想想那些年月，整个家族几乎穷得一无所有，能刨闹的接上的石窑口子，可以说很不容易了。

20 世纪 70 年代，保德许多农家都以为在土窑洞接上石窑口子，就是很高级的居所了。

又过了几个寒暑，中国发生了巨大的变化，农村打破大集体，农民划分责任田，随之也告别了饥饿，向来金贵的粮食，一下子丰富了。农家进入温饱之后，滋生出了新的向往，又开始碹石头窑洞。村里人由于不缺粮食了，也有点钱了，纷纷开始打石头在向阳平整的土地上碹石窑，仿佛竞争一般谁家也不甘落后。我家粮食多了，又有了喂猪喂羊的收入，也烧石灰打石头碹石窑。我家新起两孔石窑还戴上砖帽子，这个住处堪比旧社会地主老财的住处了。

新碹的窑还没有住满一年，村里来了一家迁移户，是退休干部，要买窑洞住，而且一眼看上了我家的新石窑，出的价钱也很诱人。父亲经不住诱惑，要卖这两孔石窑洞，他说卖得钱够娶一个儿媳妇了。那年头钱不好挣。尽管母亲流泪制止，父亲还是和人家签了契约，把窑洞卖了。卖了窑洞后，母亲一直埋怨父亲眼光短浅，可父亲并不后悔，他说过了大忙季节，还要打石头，熬上两年还能碹起石窑来。

之后，父亲又整整劳累了两年打石头，新的石窑又碹起来了，地址选择了平整的地方，仍然向阳，整整齐齐，比原来的窑洞还多了一孔。三孔新石窑连成一排，很是气派，母亲很高兴，感觉在农村实现了人生的辉煌，可以世世代代居住下去了。当时在院子里栽了梨树、枣树、花椒树，还留了一块菜地。那些年，我们村里几乎家家户户都碹起了新窑，农民感觉实现了最大的梦想。

岁月时光流转，又过了几个春秋，转眼到了1987年，不安分的父亲，有一天忽然提出想上县城东关住。他听说农民也可以进城了。父亲不识字，可是有生意头脑，以往赶集时候买个羊买个猪，下次赶集去卖了就能赚到几块钱。社会开放了，他想进城做小生意。

依据当时经济条件，父亲在东关老城的山梁上和三爹合伙买了一块崖畔地，家人自己挖地基，投了2000多元买砖，每家碹起一孔砖窑。碹这窑洞，因为是在城里，村人帮不上忙，全靠自己，父亲吃的苦、受的罪难以细说，但是毕竟我们在城里有了自己的居所。

住进城里那几年，父亲和别人合伙到内蒙古买羊买牛，再赶回保德转卖别人，家里不断有些进项，全家人真是高兴坏了。父亲每次从内蒙古回来，累得躺在炕头上喘息，脸上却漾着舒畅的笑容。父亲进城以后，已经结婚的弟弟妹妹家们也陆续跟着进了城，租房子做点小生意。

又过了几年，弟弟妹妹家的孩子们都快到了上学的年龄，父亲又动了搬家的意念。父亲提出想卖掉老城里的窑洞，到县城中心区域买房，在离学校近的地方住，那里上学老师也教得好。当时家里钱不多，只好狠狠心把梁上的窑洞卖了，去旧的县政府大院买下一个窑洞，那时候房产买卖已经放开，许多干部换了新居，一万元就能买一个旧窑洞，简单粉刷一下，搬进去住得很舒适。

社会在快速发展，流动的机遇也越来越多。1997年，父亲由于在县城里接触的人多，再次动了搬家的意念。原来父亲和别人拉家常时，听说许多人家的孩子到忻州念书考上大学了，而在县城东关镇上的很多孩子不好好念书，有的退学，有的东游西逛不学好。为了培养后代成才，父亲提出全家人下忻州，一开始家人还有些犹豫，但是看到当时东关街上的风气，常有年轻人偷鸡摸狗、赌博吸料子，不往正道上走，几番商量后，家人最后决定，为了下一代，砸锅卖铁也要下忻州，让孩子们受好的教育。

幸运的是，那时的父亲上县城已经十几年，社会开放了，干以往在人们眼中那些属于"资本主义"的事情（倒卖牛羊）也名正言顺了，连续好几年，他去内蒙古买牛贩羊，算是攒了一点家底子。加上向亲戚们周借，这样父母和弟弟妹妹侄儿侄女们一大家人去了忻州，当时买不起新房，就买了忻州农民二手房。这些农民二手房相对实惠，且足够宽敞，还有独家独户小院子，院子里可以推进三轮车，家人可以去卖菜卖面，更重要的是孩子们可以在忻州好好读书了。

与此同时，三爹四爹家有些孩子，也就是我的堂弟堂妹们，为了孩子上学，也纷纷进城。有的随着我父亲带着全家去忻州，我三爹四爹家的子女、我的堂弟堂妹中也有人下忻州买房子，以方便孩子读书。家族中一群人到了忻州，父亲说这下子几代人都可以在忻州住下去了。

岁月蹭蹬，谁料十几年过去，侄儿侄女们在忻州读书考大学，大学毕业以后，为了好就业，又分别去了西安、广州、深圳等大城市工作，他们把家安在了更远的地方。

如今，从我往下数的下一辈，除了还在念书的，大学毕业以后的下代人，凡受过高等教育的，都在城市里谋生。有的是软件工程师，有的当了律师，有的是公务员，有的当了外贸翻译，还有当教师的，当公司文员的，总之，好歹都有了相对稳定的工作。而没念大学、文化程度较差的家人，只能在城里打工或者做小生意，或者开车跑运输，尽管如此，都算是脱离了农村生活。

从我爷爷算起，家人从潘家圪墶出发，不知搬家挪窝多少次。如今，爷爷这一脉下来的后代，有的住在深圳，有的住在广州，有的住在西安，有的住在浙江绍兴，有的住在河南信阳，也有些住在保德东关和忻州，家族的成员大人孩子粗算发展到了70多人。

　　我大学毕业以后，几经辗转定居广州，住在临近白云山下的麓湖附近，出门5分钟便可到湖边，一湖碧水，鹭鸟成群，湖边紫荆花灿烂，榕树下花草如诗如画，十分写意。坐在居室，白天窗前阳光灿烂，夜晚举目朗月凌空。想起爷爷住的潘家塬，父亲住的道雪迤，母亲向往的丁家塔，以及后来父亲一滴血一滴汗接的石窑口子……家庭的变化，家族的变化，社会的变化，让人感慨万千。半年前，和几个侄儿侄女辈在广州相聚，说到城市里的工作和生活，话题扯到住房问题上，他们情绪稍有落寞。有的抱怨住远郊，房子离市中心远，每天上下班劳累；有的叹息二手房面积不够大，不可心；有的诉说经济不宽裕，只买了小产权房，且钱还没付完，心里有压力。我说慢慢来，我们是进城的农民，走到今天已经非常不容易，假以时日，一切都会好的。想想家族过去，你们都应该知足。

　　改革开放，平民百姓，寻常人家，仔细检点，其实大多数人家都得到了实惠，发生了显著变化。

赵富杰作品选

赵富杰：网名品茶论道，亦名冷面书生，《忻州日报》高级记者，山西保德县腰庄乡人。是山西省宣传系统"四个一批"人才，三晋英才拔尖骨干，山西省百佳新闻工作者，忻州市委联系优秀专家。在新闻、文化领域深耕30年，颇有山水情结和人文情怀，更具大视野与大格局，作品丰润，文采斐然，佳作频现，屡获大奖。发表各类新闻作品200余万字，曾出版畅销书个人散文随笔集《行吟山水》。

童年印记

人生最难忘的是童年，难忘那山、那水、那方人。

——题记

童年生活有苦有甜，趣味无穷，特别是十二三岁时的记忆尤为深刻。我们初中是在邻村讲家沟上的学。去讲家沟要过一条沟（前沟），翻一道梁（再崅），经过一处拦水坝（讲家沟大坝）。两个村虽然鸡犬之声相闻，但走起来估计有三四公里。一天之中来回两趟，至少有十几公里，而且道路崎岖，不过，对于生在山沟的村娃子来说，这并非难事。来去路上，边耍边走，反而生出许多趣事。

夏天，我们在沟里拦小水坝，把冬瓜叶的带孔的长茎折下来连成很长的引水管，让坝里的水从细管中缓缓流过。我们把青蛙捉到水坝里，然后，放干坝里的水，看着一群青蛙蹦蹦跳跳，跳到草丛中。在坡上会遇到野兔，我们追着野兔跑。十二三岁的时候，身手异常敏捷，有时竟能抓到野兔。因为野兔前腿短、后腿长，下坡的时候跑得不是很快，急的时候会顺坡往下滚。有一次，我差点抓住一只野兔，但狡猾的兔子从我手中逃脱，顺势往山上跑。一上坡，速度超快，瞬间便跑远了。

上学路上尽管好玩的东西很多，最害怕的是遇到蛇。山里的蛇大多一尺来长，青灰色居多，叫七寸蛇。走过草丛的时候，我们扔一把黄土，可听到唰唰的声音，便是有蛇游走。有一次，下学后，走过一条石头小径，突然后面的同伴惊叫，看蛇！我猛然回头，看到有条两米长的颜色鲜艳的大花蛇在石头缝中爬行。我们捡起小石头向花蛇扔去，我看到我扔的石头打中蛇的尾部，但那条蛇竟不紧不慢，从容地钻进石头隙里。

之后，每每走过那条小路，我都会头皮发麻、左顾右盼，生怕那花蛇窜出来报复我那一石之恨。不久后的一天，我走过小路后，蓦然一回头，分明看见那条花蛇硕大的脑袋在石头的夹缝中正盯着我看，惊出我一身冷汗。但我每天还必须从那条路上走过，那是一条必经之路，只能容得下一个人通过，于是，我的手上多了一根防身的木棍。好在不久我便考入县城中学，很少走那条路了。

一年四季，我们有很多玩的项目。冬天打雪仗、堆雪人、滑冰，还有坐冰车，是那种用木板做成的简易冰车；春天可以滚铁环、掏鸟蛋、滑沙；秋天要帮家里收秋，玩的时间很少；夏天最喜欢耍水，但最让大人不放心的也是耍水。

学大寨那些年，几乎每个村都有一两个拦河坝。孩子们都喜欢到坝上玩，但会游泳的不多，很容易被坝里的淤泥陷住双腿而溺水。邻村外盘塔有 3 个上初中的女孩中午放学路过坝上去玩，一个不小心滑入水中，其他两个手挽手去拉，都被拽入坝里溺水而亡。都是花季少女，比我低一个年级，真真可惜了。出门前，大人们总叮嘱不许去坝上，但我们总要偷偷去玩。捉迷藏是四季都可以玩的项目，圪棱上、场院里有许多可藏的地方，但那些鬼精灵一样的玩伴们费点周折总能找到你。

从记事开始就要给家里做营生。日常要挑水、扫院。春天要背粪、种地；夏天要给猪、羊挖草；秋天更忙，收秋的时候叫龙口夺食，要争分夺秒抢收庄稼。因为种的大多是糜子、谷子、豆类，一旦遇到冰雹，就可能白忙一年。冬天还要背石头，用作垒墙圈窑用。挑水要到沟里去挑，七八岁的时候和弟弟两个人抬水，10 来岁时就自己担水，坡很陡，个子低，挑着水半路上会摔倒。两桶水只留下半桶，让人欲哭无泪，只好重挑。

干活不可怕，可怕的是挨饿。那时一天大都只有两顿饭。夏天天长的时候可能会是三顿，但晚饭一般都会是菜汤、稀饭之类。作为兄弟姐妹中的老大，我得显得懂事，看锅里多少再吃，还得谦让父母弟妹们，明明没吃饱还说自己吃饱了。中午放学回家是最饿的时候，要爬上有一里远的阳塔洼坡，饿得浑身乏力的时候，要数着步数上坡，走 100 步坐一会儿。整个坡要走 900 多步。

饿了的时候，到野外可能会有意想不到的收获。比如掏到一窝鸟蛋，夏秋的时候会有枣、海棠、海红果等。我的本家我们称呼侯爷爷的人是村里的护林员，很严厉，不怒而威的那种面相。如果我们伸手，无时无刻都会感到他的存在。假如在枣子只有一个红眼圈圈、果子还青绿色的时候有人采摘，他会提根木棍追打你，虽然吓唬的成分大点，但没人不怕他。

记忆最深的是磨扇沟偷杏。磨扇沟有 3 棵黄杏树，很茂盛。杏有乒乓球大小，是村周围少有的好杏。我们早就觊觎已久，但主人看得很紧，用圪针、荆棘条里三层外三层扎着。杏快黄的一天，我们 3 个伙伴趁早上没人的时候，一个放哨，两个爬上树偷杏，没摘几个，就发现树主人从远处追过来。3 个人拔腿就跑，爬上山顶。那人还在山下叫骂："你狗们五里路头，黑巴老明骡来偷杏，小心我打断你们的狗腿。"我们 3 人在山上嘻嘻地偷笑着。一共八九个还没有成熟的黄杏，真比孙悟空偷那王母娘娘的蟠桃还难哩！

康利利作品选

康利利，山西保德县人，山东电建一公司电力工程技术高级工程师。

相逢在额尔古纳河畔

"我是雨和雪的老熟人了，我有九十岁了。雨雪看老了我，我也把它们给看老了。"这是迟子建《额尔古纳河右岸》开篇的句子，第一次读的时候，我就被这句话打动了，仿佛面前坐着一位饱经沧桑的老人，在把她一生的故事娓娓道来。

"我这辈子是伴着星星度过黑夜的，如果午夜梦醒时见到的是漆黑的屋顶，我的眼睛会瞎的；听不到那流水一样的鹿铃声，我一定会耳聋的；我一直呼吸着山野清新的空气，如果让我去闻汽车放出的臭味，我一定就不会喘气了。我的身体是神灵给予的，我要在山里，把它还给神灵。""我守着的这团火，跟我一样老了。无论是遇到狂风，大雪还是暴雨，我都护卫着它，从来没有让它熄灭过。这团火就是我跳动的心。""驯鹿一定是神赐予我们的，没有它们，就没有我们。虽然它曾经带走了我的亲人，但我还是那么爱它。看不到它们的眼睛，就像白天看不到太阳，夜晚看不到星星一样，会让人在心底发出叹息的。"在这诗一般的叙述中，我被带进了一个神秘而生机勃勃的世界，那就是额尔古纳河右岸大兴安岭森林中鄂温克族人的生活。

300多年前，鄂温克人的祖先从贝加尔湖迁徙而来，他们渡过额尔古纳河，来到大兴安岭的森林中繁衍生息。他们以放养驯鹿和狩猎为生，驯鹿是他们最重要最亲密的伙伴。他们敬畏玛鲁神、火神、山神和一切有生命的东西，他们遵从人与自然和谐共处的规则，书写着属于他们民族独特的传统文化和一代又一代人爱恨交织的生活。他们有大爱，有大痛，有在命运面前的殊死抗争，也有面对大时代变迁的万般无奈。

书中描述的种种，让我对使鹿鄂温克族人的生活充满了无限的想象，那美丽而充满灵性的驯鹿，那神秘的萨满跳神仪式，那群可爱、善良、热情的鄂温克人生活着的大森林，还有那位90岁的老人到底是什么样子呢？额尔古纳河，是怎么一条神奇的河？额尔古纳河右岸又是怎样一片土地呢？

8月的呼伦贝尔草原秋高气爽，一望无际的大草原草色已开始由绿转黄，蓝的天，白的云，茂密的白桦林，圆滚滚的草垛，还有数不清的羊群、牛群、马群，让第一次来到草原的我们兴奋不已。我们的司机兼导游王师傅是一位地道的草原汉子，很健谈，一路上给我们讲他小时候住的蒙古包，一天三顿奶茶泡羊肉，骑马上学的事，一边看风景，一边听故事，非常惬意。在第一天的行程里，我们吃到了草原的特色手扒肉，煮熟的羊肉端上来，王师傅用小刀熟练地把肉从骨头上剔下来，蘸上韭花酱吃，特别鲜美。那天下午我们来到了一大片茂密的白桦林中，那是我们第一次见到那么高、那么密、那么笔直的白桦树，白色的树干和枝条，树叶已然由绿转黄，树下满是厚厚的落叶。走在木步道上，清风习习，间或有鸟的叫声传来，那种静谧、安宁的感觉让人不由得想坐下来，闭上眼睛。我突然想起了《额尔古纳河右岸》中描述的那些灵巧的鄂温克人，他们用桦树皮做桦皮篓、桦皮船、桦皮桶等各种物件，桦皮桶可以盛放香香的肉干，林克划着桦皮船猎杀了一只堪达罕，鲁尼和达玛拉最喜欢喝清甜的桦树汁儿。达玛拉是最热爱白桦树的，她说，白桦树是森林里穿着最亮堂的树，丝绒一样的白袍子像雪一样干净。我觉得那些树是有灵性的，那白色树干上点缀的一朵又一朵的黑色花纹，分明就像是一只只眼睛。

我们与额尔古纳河的第一次相遇是在室韦，室韦又叫吉拉林，是呼伦贝尔最北端的一个小镇，额尔古纳河从镇边北流而过，河对岸就是俄罗斯小镇奥洛契。到达室韦是正午时分，阳光灿烂，蓝天白云。放眼望去，牛羊成群，绿草满地。每走一步，草丛中都会蹦出几个蚂蚱，蜜蜂、蝴蝶、蜻蜓在身边绕着飞。我终于看到了额尔古纳河，列娜姐妹与额尔古纳河的第一次相遇是在冬天，宽阔的河面被冰封了，我们来的正是风光最好的时候。快艇在水面上轻快地滑行，我们站在甲板上，饱览着额尔古纳河两岸旖旎的风光。天很晴，几朵调皮的白云一直在我们头顶上飘着，两岸是一望无际的绿色，河水像镜子，更像一块巨大的蓝宝石，倒映着美丽的云、巍峨的大桥和两岸的风景。河对岸一大群俄罗斯人也在河边游玩，有两个小孩一直在冲我们招手，我们也和他们挥手致意，互不相识的人们用这种方式表达着善意。"在我眼里，河流就是河流，不分什么左岸右岸的。你就看这岸上的篝火吧，它虽然燃烧在右岸，但它把左岸的雪野也映红了。"不知为什么，脑子里突然涌上了老人说的这句话。

从室韦到临江屯，到太平古村，到根河湿地，到黑山头，一路上我们欣赏着草原的辽阔，森林的壮美，古村的宁静，落日的绚烂，身边总有一条河在陪伴着我们，她时而宽阔，时而狭窄，时而奔涌，时而婉转，不变是它如蓝宝石一般的光泽和清澈。后来才知道，在这几天的旅程里，我们其实一直在与额尔古纳河亲密地接触着，河流是我们人类繁衍生息的源头，是我们的母亲。

翻开《额尔古纳河右岸》，给我印象最深的便是书中这位90多岁的老人了，她是鄂温克族最后一位酋长的女人，她睿智、善良、坚韧，充满着诗意的智慧。在她如清风流水一般的叙述中，她和她的族人们对自然的敬畏，对生命的尊重，对信仰的坚持，我们都深切地感受到了，而且被深深地触动和感动着。我以为我与额尔古纳河的相遇就到此为止了，没想到有个更大的喜悦在等待着。我说的是莫尔道嘎国家森林公园，在这里，我见到了书中女主人公的原型——玛利亚·索奶奶和她的驯鹿部落。莫尔道嘎国家森林公园，位于大兴安岭林区，占地面积57.8万公顷，森林覆盖率93.3%，是国内最大的国家森林公园。车子在公园里飞驰，茂密的森林从我们眼前一闪而过，从来没见过这么多的树啊！红豆坡，一个迷人的地方，幽静的森林，高大笔直的松树，酸酸甜甜的红豆，从林间望向天空，蓝天白云令人神往；鹿道，小鹿踩出来的路；一目九岭，是个登高望远的好地方。然后，我们沿着木梯道走进原始森林，地上满是灰白的苔藓，想起这便是驯鹿最喜爱的食物了。驯鹿喂养区是森林里最热闹的一处，一大群驯鹿被圈在一个大围栏里，大人小孩拿着装苔藓的碗在喂驯鹿。这是我第一次这么近看这种美丽的生物，它们有着灰白色的皮毛，长长的角，很温顺，很可爱。其实直到这时，我还没有意识到这便是鄂温克族人生活的地方。继续往上爬，看到一块平地，立着一些平整的树干，刚想去看个究竟，被人拦住了，告诉我说这是他们族人敬神的地方，外人不可随便进入。心里突然有些疑惑，也有了一些敬畏。下山的时候，经过一个桦皮做的撮罗子，看到里面坐着一位老人，也仅仅是一瞥，然后看到旁边写了一些字——"老人喜静，不喜欢被打扰和拍照"，突然间恍然大悟，原来里面坐着的老人就是玛利亚·索奶奶，就是书中主人公的原型，这森林便是书中所有人物喜怒哀乐的发生地，驯鹿、苔藓、白色的撮罗子和桦皮小屋，宁静幽远的森林，书中的场景在脑海中像放电影一样一帧一帧闪过，达玛拉穿着最美丽的山鸡羽毛裙飞舞，妮浩一次次跳起神舞唱起神歌，勇敢拉吉达，沉稳的瓦罗家，热爱画画的伊莲娜，纯真善良的安草儿……这里见证了她们所有的欢乐、悲伤、生死离别。刹那间的恍惚，让我分不清哪是现实，哪是脑海中的想象了。夕阳在森林中撒下片片余晖，温暖而有诗意。我的脚步慢了下来，仿佛怕惊扰到什么，这里是属于他们的世界，他们的生活，我们就这样远远地看一看，为她们祈祷和祝福就足够了。

　　我喜欢这样诗意的相遇，因为有着猝不及防的惊喜。几年过去了，当我翻看当年的照片，仍然为那天森林的美而陶醉，因为那夕阳，因为那驯鹿，因为那些静静生长的苔藓，因为那些笔直高大的树木，也因为那位静静坐在撮罗子里的老人。我再次拿起《额尔古纳河右岸》，心里更加亲切，我祈祷她们的生活一直平静安宁，就像他们心里期待的那样。

"我郁闷了，就去风中站上一刻，它会吹散我心底的愁云；我心烦了，就到河畔去听听流水的声音，它们会立刻给我带来安宁的心境。"

"我们和我们的驯鹿，从来都是亲吻着森林的"……

冯华三作品选

冯华三，老家冯家川。

冯家川往事

—— 彭绍辉日记中的冯家川及其他

抗日战争时期，保德县属于晋绥根据地第二专员公署，简称二分区。二分区包括了河曲、保德、偏关、岢岚、神池、五寨等几个县，党的系统叫二地委，军队系统叫第二军分区，驻军是独二旅，旅长就是彭绍辉，彭旅长还兼任着军分区司令员。1942年6月，彭旅长调往延安，旅长一职由许光达接任。

彭旅长有记日记的习惯，戎马倥偬之余，留下了大量珍贵的史料（《彭少辉日记》2005年军事科学出版社出版）。

1940年到1942年两年间，彭旅长的日记中几十次出现了冯家川这个地名。冯家川当时是独二旅和二分区的后方基地、旅医务处、伤员休养所、后勤供应站、后方工厂等，都在这里。冯家川还担任着120师部和晋绥边区政府的部分后勤和安保工作，往来陕北的人员和物资，也常走这里过黄河。冯家川当时在晋西北、在二分区是比较安全的地方。冯家川是大村镇，有渡口，又远离县城等交通干线。抗战 8 年，鬼子 5 次进保德县烧杀掳掠，没到过冯家川。

1940 年 4 月 9 日，彭绍辉日记中第一次出现了冯家川："从王家滩到蔡家湾，爬了两个大山，沿黄河左岸南下，在寨沟休息了一会儿，之后又走了二十里，到前红家川宿营。"没错，写的是前红家川，这就是日记真实的一面。本地口音，冯红不分，外人不知所云，如实记录，几十年后编辑整理出版，从未改动。

日记中还有这样的记载：

一九四〇年十月十三日，由保德到冯家川，行程九十里，此地有我旅伤员休养所及后方工厂。

一九四一年八月二十二日，到冯家川宿卫生处。

一九四一年九月十四日，当晚宿营冯家川旅休养所。

……

当年，独二旅旅部随战斗部队驻扎在河曲曲峪和保德康家滩一带，120 师师部和晋绥分局机关在兴县，冯家川是两地的中点，两天的路程中要在冯家川住宿一晚。多种因素决定了冯家川这个当年晋西北的小重镇，频繁地出现在彭旅长的日记中。

1995 年，我和十几个在北京的晋绥老同志的子女，发起创办了晋绥儿女支持老区教育协会。办协会的过程中，我们走访了很多老同志，现在想起来都很庆幸，老人们当时都还健康，头脑清楚，我们亲身感受到了老人们对根据地和根据地人民的深厚感情。

1996 年，我们去看望段云老人，一起去的几个人自报家门。

我说我家是保德冯家川的，老人听了有点儿激动，说冯家川我去过几次，当时岢岚县方向一有敌情，我们就转移，部队和首长们走黑峪口，分局的去瓦塘去冯家川，都是渡口，情况紧急了就过黄河。

在接触过的晋绥老人中，提到保德冯家川，基本上都能说出故事来。

屈健老人见过多次，和他儿子屈海云到家里陪老人聊天，老人说，根据地和敌占区做生意，赚回的银元，大队的骆驼拉到冯家川装船过河，送去延安。

侯获阿姨也到过冯家川，她说那次是去陕北，在冯家川住了几天等人，人到齐了，一起过了黄河。我父亲和侯获阿姨是晋绥青干校的同学。韦君宜在青干校给他们讲过课，他们都印象深刻。

彭绍辉日记1942年5月12日记载："……下午出发北行，到达冯家川宿营，到达时分，遇分区妇女干部白琳和申国藩同志的热情迎接，之后她们送给我们大麦吃。"

当年在冯家川住着很多军政干部，基本上都是分派在老乡家里住。我爷爷那时是村干部，家里条件也比较好，白琳阿姨和申国藩阿姨都在我们家里住过。

白琳阿姨是晋绥分局的妇委委员，二分区的妇委主任，后来还做过保德一区和四区的区委书记。白阿姨的丈夫赵希愚伯伯，1942年前后任保德县委书记，后来兼任二分区的专员，还任过岢岚县委书记。我父亲冯连彪1938年在扒楼沟完小入党，后来去陕北晋绥青干校学习，回来后分配在岢岚县工作。工作期间，每年能回家几次，认识了住在家里的白阿姨，再后来，赵希愚伯伯到岢岚任县委书记，白阿姨到岢岚任区委书记，父亲和他们成了同事和战友。1945 年抗战胜利时，我父亲任岢岚县游击大队副政委，赵希愚伯伯是县委书记兼县大队政委，是父亲的直接领导。

2016 年 5 月，我和表哥高际明陪同赵伯伯和白阿姨的儿子赵江滨大哥回保德走访。我们一起回到了冯家川，看了我家的老宅，还去给我爷爷奶奶上了坟，我和赵大哥在坟前跪下，跟爷爷奶奶说，白琳的儿子回来看你们了。

两个家庭，三代四代人的情谊还会延续下去！

申国藩阿姨是陕北米脂人，是 1926 年参加革命的老红军，当时任二分区的宣传部部长。申阿姨的丈夫张达志，是部队上的领导。申阿姨后来因为不能生育，和张达志离了婚。1949 年，申阿姨随贺龙大军南下四川，新中国成立后一直在成都工作。由于单身，李井泉把儿子李在望送给老人，改名申再望，陪伴老人，为老人养老送终。申阿姨高寿 101 岁，2012 年在成都去世。

由于冯家川特殊的地理位置，抗战时期，接待安顿照顾过大量的共产党地方和部队的干部战士，也由于这里的相对安全，在战争最残酷的日子里，地方政府和部队的行政后勤部门，还有伤病员，都在这里得到了保护。冯家川的老百姓为抗战做出了自己的贡献。

听家里的老人讲过，二分区的领导机关很长时间都住在冯家川，那时候的机构人很少，从专员到干部到厨子马夫警卫，就二十几个人，三四匹骡子，悄悄地就来了，分散了住在老乡家里，老乡只知道来了公家的人，不知道他们是干什么的，也不打听。来的次数多了，成了熟人，老张老李招呼着，没有真名字，也没有实话。后人不懂事，爱说谁是多大的官，要建故居。当年哪敢说！冯家川是大码头，人杂，不只有八路军，还有敌人的密探，摸准了大机关大干部就下黑手。左权参谋长就是吃的这个亏。

抗战时期，在二分区任过专员的有张国声、楼化蓬、梁膺庸、赵希愚、辛兰亭，他们都在冯家川生活工作过。楼化蓬专员任期最长，从1940年到1943年，那是根据地最艰苦的一段日子，二分区机关基本上都在保德县。楼专员的儿子很有出息，叫楼继伟。

在冯家川生活工作过的老同志还有很多。京剧《沙家浜》里阿庆嫂的一句话用在冯家川最合适：我们这个村子里，家家住过八路军。

抗战胜利72年了，当年在冯家川住过的老人们，都回不来了！

那些史书上的爱情

　　早起在一个视频网站上刷到关于少帅的几个影视片段，不由得想起了少帅和于凤至、赵一荻那场跨越了半个世纪的情感纠葛。

　　我想他是喜欢过于凤至的，不然他们也不会有了4个子女。而对于赵四小姐，从开始，我想仅仅也只是喜欢而已，不然他不会对赵一荻提出：如果她愿意跟随他，没有夫人名义，对外国人称她为自己秘书，对中国人则可称其为侍从小姐。而后来的一切的发展，我想是超出了他们3个人的意料之外吧。

　　西安事变不光改变了中国的政治格局，也将他们3个人的命运重新洗牌。在长达半个世纪的幽禁时间里，张学良和赵四小姐相依为命，他们能依靠的只有彼此。我想到了，最后张学良肯离婚娶赵四小姐，肯跟她葬在一起，多半也是因为觉得亏欠吧。如果没有这场事变的话，赵一荻只会是少帅人生生涯中莺莺燕燕的其中之一，但是命运就是这么奇怪，最后让她变成了唯一。

我又想起了《倾城之恋》里边说的：香港的沦陷成全了范柳原和白流苏，少帅和赵四也是这样的。还有许多让我们后人羡慕的爱情，不是因为特定的历史原因就是因为死亡被动地成为了永恒。

我相信爱情，但不相信爱情会永恒。

张爱红作品选

张爱红，国企管理人员，珍惜现实生活，向往诗与远方。

雪的温暖

早晨，拉开窗帘："啊呀，下雪了。"打开窗户，一股清新的空气扑鼻而来，不由自主闭上眼睛深深地吸了一口气，那清凉的感觉沁人心脾，心情也随之豁然开朗，哼着歌跑下楼，一出院，鞋子就淹没在了雪里。正在"咯吱、咯吱"的踩雪声中陶醉，突然，一片凉凉的雪花打在了脸上，伸出手去接了下来，高兴地把玩起来。忽然脚下一滑，打了一个趔趄，一只及时伸来的手扶住了我，回头一看见是同事小吕。正要道谢，一阵笑声传来，抬头看去，前后都是要去开早会的同事们，方知他们又在戏弄我，哈哈一笑，大家一起相互搀扶着，走下坡去。虽然冻得手都不敢往外伸，但看见大家灿烂的笑脸，就知道人们心里都是暖和的。

上午，单位组织各科室打扫积雪，人们拿着铁秋、扫帚踊跃参加，轮流上阵，有美女，也有帅哥，有科长，也有科员。在飘舞的雪花中，大家还堆了雪人，打了雪仗，一时仿佛又回到了童年时的冬天，欢声笑语不断，前所未有的快乐；看见每个人被冻得红扑扑的脸都像涂了胭脂一般非常好看，心里感到无比幸福而又美好，其乐融融。

不知是谁高声说了一句："呀！太阳出来了。"我们这才感觉到白白的积雪有点刺眼。不觉已到中午，冬日的阳光照下来，空气又变得非常湿润，很是宜人。

下午，天已大放晴，但气温却反而降到今冬最低，正应验了民间所说："下雪不凉，消雪凉。"

晚上，坐在暖暖的宿舍里，看着电视，看着书，想着相关的人、有关的事，思绪伴着雪花飘了好远好远……

推开窗，看着"梨花"遍开的矿区，温暖在心底，无与伦比的幸福。

武忠元作品选

武忠元，武家沟人，退休干部，爱好文学。

30年河东与河西

——从刘峻梅两篇文章的题目巧用"沧桑"一词说开去

前段时间，读了刘峻梅写的《沧桑巨变梅花沟》《故地重游话沧桑》两篇散文，特别是第一篇，一下把我拉回到六七十年代的东关镇那条沟——梅花沟。文章紧扣一个"变"字，从抗日战争时期的 1938 年写到当今。按时序分述，把读者尤其是 20 世纪 50 年代至七八十年代以及今后的人，带回到不同时期的梅花沟。一个满目疮痍、百废待兴的烂泥沟，建设发展到现在宽敞平坦、交通便利的梅花路大道，时间跨度 80 余年，80 余年的"沧桑"巨变包含了几代人的不懈努力，反映了时代的变迁，社会的进步，人民的希冀与追求，折射出保德人民百折不挠，改变人居环境所做的努力。文章似一幅漫长的画卷，一页一页展现在读者眼前，立意深刻、史料详实、图文并茂、数字精准、语言生动，读后回味无穷。在我看来，这应该是刘峻梅编修县志的"副产品"。

我们说：每个地域都有它厚重的历史积淀、文化积淀，只有了解自己的家乡，了解其历史沿革、人文地理、风俗习惯等，才能够无论从题材选择上，还是表现手法上等诸多方面呈现出鲜明的个性特色。随着时间的推移，变化的镜头由远到近，不断推进。梅花沟沧桑巨变被演绎得多姿多彩，虽是一个小县城的巨变，但它是国家巨变的一个缩影。80多年的沧桑巨变，使老者读后思绪万千，不禁会引起对往昔青春岁月的怀念与联想；让当今的青少年进一步了解自己的家乡，更加热爱自己的家乡，从而投身建设我们的家乡。

当然，刘峻梅写这类文章还有《留住故乡的记忆》《遥远的回家路》《我的母亲不识字》等，每一篇散文的字里行间都充满了正能量，体现了作者热爱家乡的情怀，热爱家乡人民的朴素感情。不难看出，峻梅对农村也好，县城也罢，对农民也好，对市民也罢，她是了解的、熟悉的。只有了解、熟悉、热爱，她的作品才会朴实无华、有滋有味，如涓涓细流绵延不断，进入读者心田。《故地重游话沧桑》一文，可能因我们都曾在县化肥厂工作过的缘故，这次重读，使我对化肥厂的眷恋之情与作者产生了共鸣。峻梅是1978年通过县劳动局，从全县各公社招收的30名工人之一。当时我作为厂部办公室负责人，参与和组织了这次招工工作，公社推荐、密封试卷，封闭命题与评卷，北京知青监考，面试后择优录取，堪比高考之严密。当时峻梅还是一个面带腼腆的女青年，入厂后安排到分析化验岗位，后因爱好文学调到厂办公室，从事厂内宣传工作并书写公文材料。离开工厂后真正华丽转身，破茧成蝶，沿着真善美的心路历程，出版了散文集《心灵漪澜》，兼任县委宣传部《黄河风》杂志副主编，参与了《保德县志》的编修工作，并多次在省市报刊杂志上发表多篇散文、通讯、游记、报告文学等。

《故地重游话沧桑》是峻梅几年前和老同事去了一趟停产后的化肥厂厂区后，触景生情写下的这篇工厂"祭文"。读后颇有同感。她在这篇文章题目的语言运用上，同样是用了"沧桑"二字。描写的是保德县化肥厂从1972年建厂到2008年重回化肥厂这30多年来的变化，时间虽不是太长，但这个变化也是够大的。《故地重游话沧桑》写出了化肥厂从辉煌到衰败的变化。与写梅花沟的巨变不同，都在写一个"变"字，但10年前写的是化肥厂从诞生到衰败的变化，10年后写的是梅花沟从荒蛮到繁荣的巨大变迁。

峻梅这两篇文章选材内容各异，写作时间相隔10年，同样写的是"变化"，同样在题目的用词上选择了"沧桑"二字，但不同的是起点不同、内容不同，结果相反，给人的感受也截然不同。

"物竞天择，适者生存"。化肥厂在它的生存环境中既有所为，也有所不为。它的诞生和淘汰都是历史发展的必然。峻梅故地重游后用回忆对比的手法，通过对景物的描写倾注了作者对她曾经工作过的化肥厂及战友的真情实感。写到辉煌时，激昂与自豪自然流露，优美的工作环境，优越的福利待遇，丰富多彩的文化生活等，写到现实时如诉如泣，惋惜与遗憾之情溢于言表，一吐为快，直抒胸臆。

昔日机器轰鸣，车水马龙，几任厂领导废寝忘食、忘我工作，全体职工夜以继日三班倒，在易燃易爆易中毒的环境下奋战，中毒是常有的事，有的甚至献出了宝贵生命。几年工夫克服了重重困难，把一个先天不足年产3000吨合成氨的小厂子，改造扩建为年产5000吨合成氨的中型化工厂。刚投产时水的问题是个拦路虎，水量不足且硬度高，1976年修天桥电站时，有"黄河水利委员会"的技术队伍帮助，勘察和钻探出从管涔山地下水流经的5眼喷井。水质优良，水量充沛。用直径42.6厘米的铸铁管从铁匠铺水源处引回了厂区，彻底解决了水的问题。紧接着，上海请师傅，南京等地调设备，打响了工艺设备全线改造的突击战，产量达到了年产5000吨合成氨的设计能力。产品除供本县及周边邻县使用外，我们走神木，赴内蒙古，南下安徽、江苏，四面出击找市场、抓销售，当时我分管销售工作，在神池县庄儿火车站、五寨火车站、岢岚安塘火车站组织发运化肥专列，远销安徽、江苏，开保德工业产品外销之先河。其时五寨化肥厂和府谷化肥厂把培训技术工人的基地选在保德化肥厂进行培训，管理水平可见一斑。回想当年确实振奋激动，但随着市场大潮的无情冲击，在改革开放的转型期，化肥厂终于逃不脱被淘汰的命运。

变是符合自然规律的，也是符合社会发展规律的，市场经济决定了政企分开的经营模式，政府不可能再背这个包袱了。化肥厂由"允许亏损"的财政补贴到"自主经营、自负盈亏"的大转折，像一个嗷嗷待哺的婴儿被断了奶水一样。同样，银行部门也经历着市场经济所带来的阵痛，作为企业所需流动资金的信贷发放关卡重重，小心谨慎。加之大化肥改造后的高产量、进口化肥的逐年猛增，质优且价廉，尿素、二胺、复合肥……大兵压境，如潮水涌入本土，怎奈县营小厂能够抵挡得住。当然，管理水平的缺失，和一些人"以厂为家，爱厂如家"理念的变味等诸多因素都是不可否认的。

作者在写现实与历史的对比时所占篇幅不是很多，通过一扇窗子、一辆轿车、一根烟筒、一排橱窗等静物来描述，让这些毫无生气的"物"，让这些设备与设施，通过她流畅的笔端来勾勒出来，诉说停产后的苦与难。作者对每处景物前后的对比描述，伤感的心情宣泄流露着企业被淘汰的酸楚心情与无奈的感触。这种感触不禁与我这个化肥厂人以及在那儿上过班的人都会产生相应的共鸣。是啊，辉煌不在，大江东去。

文章的后半部分作者重点写了企业难以生存下去的原因所在。用亲身经历和亲身观感剖析了化肥厂如同成千上万的其他国企一样，从出生到寿终正寝的历史根源和社会根源，人为因素和客观因素。

峻梅出身于一个干部家庭，其父辈是在共产党的培养下，比较系统地接受过传统文化教育的老一代，对她的成长以及人生观的形成起到了言传身教、耳濡目染的作用。同时，她在儿时就在乡下和县城生活，出校门进厂门，再到机关，积累了不少农村、企业和机关的生活素材，笔耕不辍、厚积薄发，一篇篇散文活色生香、津津有味。正像这两篇文章一样，其选材和语言的应用上都赋予突出的形象感，"从伸出窗户的洋炉筒子冒出的丝丝青烟，才能看出一点人间烟火的迹象"，"大轿车……像一只生了病卧在地上站不起来的老母鸡"。再如，"人走中间车走外，保德县城一大怪"，"街上要见一辆汽车比现在想见一辆毛驴车难多了"，更加突出地借鉴了民间语言的生动性和幽默感。足见她语言应用的功力。

峻梅是个热爱生活、有性情的女人，但她真诚不娇饰，在既要关顾家庭，完成好单位工作任务和一系列社会义务，又要在人生的境遇中对人们的日常行为、精神物质、价值取向、语言习惯等方面注重观察、了解，进而产生认知和感觉。与本县文友为伴，与文学为伴，来证明自己生活和存在的价值，写出了一篇篇有味道、接地气、十分感人的散文。

希峻梅继续不断推出情真意切、风土人情厚重的文章奉献读者。

石改兰作品选

石改兰，保德人，爱好文学。

倔强的母亲

母亲今年83岁，年轻时原本瘦高的身材，被无情的岁月缩减了一截，看起来腰还有点弯，头发也全白了。母亲这一生，脸上从来没有擦过任何护肤品，但面容仍然十分光洁，当然，还是少不了沧桑的痕迹。一双原本就非常好看的大花眼，现在老了又加了一层花。牙齿掉光了，一笑就露出了白生生的假牙，慈祥可爱。身上的衣服虽然普普通通，但始终保持干净整洁。

在我的记忆里，母亲曾是一名机关工作人员，"62压"的时候被压缩回农村，开始了面朝黄土背朝天的生活，和社员们一起日出而作、日落而息。那时候父亲在外工作，家里家外都由母亲一个人操持，母亲常常是放下锄头、拿起撅头，放下铁锹、拿起扁担，没有特殊情况，从不在家休息。白天生产队里农活忙，晚上家务忙，晴天队里干，雨天家里忙。搓麻捻线，缝衣做鞋，样样都行。冬天夜长昼短，母亲白天修梯田，晚上在灯下做针线活，常常到深夜。有无数次，我一觉醒来，看见母亲还是在灯下穿针引线，缝补衣服。我们全家6口人，靠父亲一个人的工资维持，日子自然不太宽裕，但母亲缝新补旧，精打细算，把日子过得有滋有味，平时勤俭节约，逢年过节总要有酒有肉，有新衣服穿。看着大家脸上洋溢着满足的笑容，母亲心里也多了些许宽慰。那时候听母亲常说的一句话就是"新三年，旧三年，缝缝补补又三年"，也正是受母亲这种思想的熏陶，勤俭节约、艰苦朴素一直是我们的家风。

曾记得，在我小的时候，县上、公社的干部到生产队来下乡都要吃派饭，而到我家吃派饭的次数更多些。现在想起来，原因有两个，其一，我们家干净整洁；其二，就因为母亲会过日子，单凭父亲一个人的细粮，家里的米面袋子里就总能挖出些白面大米来，这样自然就能做出可口的饭菜招待客人。那时候，父亲出去下乡也是吃派饭，将心比心，每次饭后客人往下放粮票和饭钱的时候，母亲总是再三推让，说"你们下乡在外也不容易，为国家、集体奔波，在我家吃顿饭是应该的"，这些足见母亲内心里的热情仁慈、宽厚善良。

从1962年开始，母亲变成了地地道道的农民，直到1979年，国家政策发生了变化，将1962年压缩回农村的农民重新转为城镇户口，母亲从此结束了在生产队的种地生涯，我和弟弟也从此变成城镇户口。

突然没有地种了，一下子闲下来感到非常不适应，母亲思前想后，决定在自家的院子里做文章。于是我家的房前屋后很快又被母亲种的满满当当，大大的院子变成菜园子，瓜果蔬菜应有尽有。过了没几年，父亲退休了。父亲虽是干部，但也是农民出身，所有的农活都会干，所以退而不休，和母亲一起在房前屋后种下苹果树、梨树、核桃树、枣树、海红果树，在大门口的路两旁还栽了一排榆树。夏天树木郁郁葱葱，秋天瓜果飘香，日子过得越来越红火。这种小型的农耕生活过了10来年，孩子们都相继成家立业了，搬到城里居住，家里就留下父母二人，相依相伴。

农村的房子保暖性差，到了冬天还得另外生洋炉子。起初的几年时间里，父母的身体还硬朗，搂柴、打炭、生火，隔三差五清理炉灰，这些活都能干。母亲属牛，在她身上充分体现出老黄牛的那种任劳任怨、吃苦耐劳的精神。记忆里，母亲的身体一直很清瘦，从来没有胖过。而且在70岁之前，从来没有犯过什么大的毛病，偶尔有个头昏脑热，咬咬牙就扛过去了，有时候连家里人都不知道。那时候，我真怀疑母亲是铁打的。

也许是积劳成疾的缘故，70岁之后，母亲的身体大不如从前，虽没有三高，没有心脑血管病，但一到冬天就感冒咳嗽，起初吃点药就过去了，后来吃药不管用了，每次都必须输液才行。慢慢地，腰腿疼痛也加重了，这样，生洋炉子也成了问题，于是家里人就开始劝说父母，让他们到子女家居住。母亲开始不同意，还是不服老，认为自己还硬朗。在我的"软硬兼施"下，母亲终于勉强同意了，于是我把父母接到城里居住。

来到我们家，家里暖暖和和，舒舒服服，听不见母亲咳嗽了，腰腿疼痛也减轻了好多。整个冬天，母亲看看电视，和邻居聊聊天，看着洋溢在母亲脸上的笑容，我们儿女的心里自然高兴。最开心的是过大年，父母看见儿女、孙子、外孙、重孙都来拜年，脸上乐开了花，我们全家人在一起，其乐融融。

过了年，春回大地，万物复苏，母亲开始念叨她的老屋，以及房前屋后的一花一树、一草一木。"快过清明了，院里的韭菜、小葱都长出来了，需要浇水，苹果树、梨树、核桃树……也需要浇水……"这些话一天要念叨好几遍，我知道母亲这是想回家了。整个冬天，老屋都没有生过火，虽然现在是春天了，但和城里的房子比起来还是很冷，所以都不同意他们回去。

清明节过后，母亲的唠叨更加多了起来。

"天气暖和了，是该回去了，该种的都能计划的种了。"

"妈，种了一辈子地了，今年咱就不种了。"

"不种哪能行。那么大一个院子，地荒了多可惜，种点蔬菜大家都能吃，是个好事情。再说了，不种点东西别人会笑话的，说咱家人懒惰。"

母亲如是说。

天气越暖和，母亲越留不住，在母亲的唠叨下，我们只好同意父母回老房子居住，并要求他们回去后少干活，毕竟又老了一岁。父母回去后，家里空落落的，我几乎每天都打电话，生怕父母干活多了累着。前几天一直都平安无事，第十天上午打电话，母亲说她正在院子里栽葱，说她很好，没多干活，让我放心。下午的时候，手机突然响了，拿起电话的一刹那，我的心一下子紧张了起来。我深知母亲性格倔强，自理能力极强，不到万不得已，绝不给子女添麻烦，现在这突如其来的电话，到底是发生了什么事？

原来，那天早上起来掏炉灰的时候，母亲把腰扭了，只不过当时没有明显感觉，上午栽葱又加重了，下午闲下来的时候，感到一阵比一阵疼，连饭也做不成了，打电话想让我回去和他们住几天。然而，这就不是住几天就能解决了的问题，我马上找车去老家接母亲去医院。回了老家，一进院子就看见母亲坐在凳子上，低着头，两眼微闭，皱着眉头，许是疼得厉害。"妈"，我心疼地叫了一声。听见我叫，母亲慢慢睁开眼，准备站起来，但腰都不敢用力，所以显得很吃力，我急忙迈上前去，轻轻地抓着母亲的胳膊，小心翼翼地扶起来。母亲竟然那么轻，胳膊细得跟小孩子差不多，我的心里一阵酸楚，眼泪不由夺眶而出……

我们连夜赶到医院，拍了 X 光片，医生一边看片子，一边说："腰肌劳损，骨质疏松，积劳成疾，腰椎错位，而且年纪大了，也没什么好的方法，只好保守治疗，平躺休息一段时间，会好起来的。"

时间一天天过去了，在我们的精心呵护下，母亲的腰一天天的好起来了，慢慢的生活能够自理了。尽管如此，任何弯腰的活都干不成了，我打算让母亲在我们家继续住下去。是的，为了这个家，母亲已经辛苦操劳了一辈子，是该好好休息休息了。

愿母亲快快乐乐，健康长寿！

代翻桃作品选

　　代翻桃，山西保德人，现居住陕西。偶然生出点心思写点小故事，与大家分享共勉。

一张假钞

　　每年的 7 月开始，娟子家小区大门外就会很热闹，老乡们的南瓜白菜、玉米豆角很是受欢迎，往往不到 10 点就挑着空担骑着空三轮走了。特别是最近几年的新品种"软玉米"更是备受青睐，有一个 30 岁左右皮肤黝黑的男的隔天就拉来满满一三轮车，他不和其他人一样只拉玉米棒子，是连着玉米杆子一起拉来，玉米杆子还绿油油的，第一眼看上去感觉很是新鲜，他卖的价格也公道，所以他的玉米卖相最好。

　　那天早晨娟子也和往常一样，和几个女人拥拥挤挤的掰了 5 个，付钱时一个大妈捏着一张红色毛爷爷也要付，不知是卖玉米的火眼金睛还是真的没有零钱，让她去门市上换点。娟子看见那大妈很不舍地放下玉米要走，觉得这就不是个啥事，自己从来就不缺零钱，立马叫住大妈，给她换了一张 50 元的，林林总总又 50 元，看也没看就把那张红色毛爷爷揣进包里。

到了她们家的小超市，想着昨天约好和她们邻居一起去交电费，打开包首先就取出来这张钱，莫名的心里就咯噔一下，感觉毛爷爷的神色很不对劲，拿起来仔细一看，一张新新的却假的不能再假的一张假钱！

"挨千刀的老太婆，年纪一大把居然拿一张假钱出来花……"娟子第一反应就是立马大声地叫骂，她家那位听见她骂，凑过来看了一眼，然后："能，好好能！给你说了多少遍，不要动不动就打开你那破包给人换钱，遭小偷惦记不说，万一不小心换回来一张假的你图个啥？再说了，人家找不开零钱关你屁事……"

娟子第一次没有马上回嘴反驳他自私，也第一次觉得自己真的热心过头，连忙用力地搜寻那老太太的模样，看看明天能不能再遇到她。可惜没有一点印象，只记得老太太的手提包里有厚厚的一沓红色毛爷爷……

娟子一上午都无精打采的，想着自己卖了多少年的吃吃喝喝，天天和钱打交道，居然在一个玉米摊子上翻了船，都不好意思说出去。特别是，平时老觉得 100 块钱啥也买不来，不够买一袋米和面，不够买一瓶抹脸油，甚至不够买一件换季的鞋子……今天却仔细想了想，100 元钱其实也能买很多东西，比如说可以买 100 斤的西红柿，20 多斤的鸡蛋，还可以买十几斤的鸡腿，七八斤的排骨，二箱牛奶……越想越觉得肉疼，心里把这做假钱的骂了几百遍。想起前不久她邻居的妹妹，日子过得很不好，自己也不知道啥时候有了一张假 100 元，出去买菜时才知道，当时就坐在人家摊子上哭起来……想着自己是不是也和她一样，哭几声就不难受了。结果酝酿了好一阵，也流不出一滴泪，反倒觉得自己酝酿着想哭实在好笑，笑出来后又觉得没有后续动力笑下去，于是又接着重新难过……

一连接了两个电话，娟子终于决定不纠结了，是不是想法把这张钱花出去呢？下午送花生的老王和送面包的老李都会过来，他们两个都是打了好多年交道的熟人，而且每次她付钱他们也都是看也不看。

下午3点，老王先来了，结账时娟子问他要大钱还是零钱，他说都是钱啥也行，共1256，6就抹了。想着老王比老李大气多了，老李特抠门，一块两块的也舍不得让人划，而且老王也挺不容易的，去年才买了房，俩儿子都大学毕业了，眼下正忙着给张罗找媳妇，找工作，老婆也不是很健康……想着还是给老王付了零钱。

老王一走，老李就来了，一点也不像平时那样人未到声音就先来，原本就不帅的脸皱的快成包子了。娟子给他数钱时，发现他上上下下看了她好几眼，然后开口了："我就和我老婆说，看人家×××老婆多精明，你看你多练达，我家那糊脑子，今天上午居然给我收下两张假100的，还和我吵，说我抠门不买个验钞机，你说他爷爷这一天不是白白干了……"

这夸人的，听的人眼皮直跳！娟子不知道该哭还是该笑，只能不动声色地把那张毛爷爷扒拉转，然后又在心里把那印假钱的问候了祖宗十八代……

看来熟人不好下手，娟子决定明天上午去附近那小市场转转。

第二天上午，到了市场，娟子先来来回回转了两圈，锁住了

3 个目标，都是些生面孔：一个卖枕巾床单之类的，人长得五大三粗，还拿个大喇叭粗声大气地吆喝，脚跟前还有个音响正播放着《兰花花》，声音放得老高，这人一看就是个刚做生意的，应该属于那种四肢发达头脑简单的；还有一个卖柿子黄瓜的老乡，柿子红黄瓜嫩，跟前有几个人在挑拣，他却和一个打扮时髦的女人争得脸红脖子粗，估计也不是个善良的人；还有一个卖丝袜背心短裤的摊，摊主不在，有一个老太太给看着，正在大声咒骂一个 10 岁左右的男孩，说他走路不看车，被碾死也活该，眉脸耷拉着一脸的不慈祥……

娟子先来到卖柿子的摊子，一边心不在焉地挑拣一边和他闲聊，问他为啥和客人吵架不想早卖完早回。老乡气鼓鼓地又骂开了，说那臭婆娘看着穿得人模狗样，一口气给他掰断 5 根黄瓜说看看新不新鲜，他说你掰断就你拿走，人家不拿，说让他摆着让别人看看，他说你吃起吃吃不起算球了，人家还不依不让他了，说他没素质满口脏话……

看来这年头卖个黄瓜也不容易，想了想，娟子提着两袋子黄瓜柿子来到"兰花花"的摊子上，挑了几对枕巾枕套，讨价还价后 145，鼓足勇气拿出那张钱，又掏点零钞。哪知那家伙眼特尖看到了娟子包里的零钱，非但不要她那张，还又拿出两张让娟子给他换换。娟子说她也是和人换来的，那家伙就一个劲儿地央求，还说让她再去换换，他满市场都换不来零钱，然后还说再给她把那 5 元的零头也抹了……

两次下来，娟子忍不住地想打退堂鼓，磨蹭了好一会，又暗自鼓励了自己一下来到卖丝袜的摊子。挑了两打丝袜共 22 元，递给那张钱，那老太太倒是和她一样看都没看就给她找零。不知道老天爷是帮她还是帮她，她包里只有 **60** 多元零钞，然后老太太就建议娟子要不再买两打冬天的袜子，还说她女儿卖的那内衣也挺好，啥艾尔绵的，穿着可舒服了。然后那个被骂了的小男孩就开口了，他说如果阿姨不愿意再买了可以微信支付，听说可以微信支付，娟子居然还暗中松了一口气！

就这样转悠了一上午，那张假毛爷爷又躺在娟子包里，提着几袋大袋小袋的东西，心里很是好奇那老太太的心理素质怎么就那么强大？面不改色的还一个劲儿地夸她热心。不知怎的，市场走了一圈后，娟子心情舒畅了很多，也不是很怨恨那老太太了。毕竟谁都不是神，换作是谁，忽然有了一张假钱第一本能反应就是想法花出去，只是她实在想不明白为什么会有那么多人没有底线的铤而走险，造做着各种各样的假：假钱、假药、假奶粉、假酒……前几天又出了骇人听闻的"长生假疫苗"事件，看着那女董事颜值挺高的，学历更是高，想着也就只有像他们这种智商高能力超群的人才能做得出这种祸国殃民的各种假，只是不知道多年以后他们真能过得了自己那一关？真能解开心中的那个结？

一边走一边想，然后娟子就做了两个很重要的决定，第一，回家后把这张钱裱起来，然后随身携带，随时提醒自己保持警惕，再顺道帮着别人识别真伪；第二，除非至亲好友，其他人绝不再给随便换零，省得没事找事，自我添堵。

娟子刚回到小区门口，就看见经常在大门外卖土鸡蛋的那个大妈，笑得像一朵花儿似的朝她走过来："闺女，大妈等你一上午了，快给大妈再换点零钱……"

杨爱梅作品选

　　杨爱梅，保德县人，忻府区工作，"60后"。山西省作协会员，忻州市走西口研究会秘书长，忻府区作协副主席。20世纪80年代后期开始业余创作，先后在各级报刊发表诗歌、散文、小说、报告文学等数十万字。出版诗集《玻璃碎片》，散文集《老家》。

为娘娘寻娘家

　　在老家，称奶奶为娘娘。

　　娘娘 1980 年去世，至今已 36 年了。

　　直到今天，我都清晰地记得娘娘去世后，父亲兄弟几个访老村，走亲戚，为娘娘寻娘家的情景。

　　当时，正值秋收季节，放秋假的我正在地里割糜子。突然，母亲在对面圪梁上吆喝："爱梅，你娘娘殁了，快回家做饭吧，吃了饭你大要出门哩。"

　　我心里咯噔一下。娘娘殁了？好好的，怎会殁了呢？顾不得放整齐割在手里的糜子，抽起镰刀，拔腿就跑。

　　那年的庄稼长势特好，路经庄稼地，打至肩头的谷穗糜穗唰、唰、唰，直抽打得我脸额生疼。

一口气跑到娘娘家，见父亲、五爹，还有几个家人父子，正匆匆忙忙，进进出出。

我想再看看娘娘。父亲却连看都不看我一眼说：娘娘已经入殓，小孩子家，不看了。我抹一把眼泪，回家做饭了。

那年，我们村刚刚实行土地包干。在那个家庭平均6口人以上的小山村，人均土地6亩以上，像我家这样的人口大户，耕种土地五六十亩。老家以种糜、谷、山药蛋、黄豆为主。"秋风糜子割不得，寒露谷子等不得"，此时正是庄户人家"龙口夺食"的日子。然而，父亲饭后就匆匆地走了，说是为娘娘寻娘家去了。时候大概是下午四五点钟。

在老家，重男轻女的思想虽然严重，但"养女三乍"却也根深蒂固。"三乍"即威风三次。在我们的婚姻文化里，自古都是男方上女方家门求婚，去女方家娶亲。既然是求婚、上门迎娶，就有应与不应之分。此时，主动权属于女方，也是女方家提条件的机会。如果男方家不满足女方家的条件，女方不出嫁、不上轿，让你娶不到媳妇空欢喜一场。此为"一乍"。

女子嫁给男方生儿子了，栽根立后了，到外孙娶媳妇时，姥爷舅舅是最受尊敬的亲戚，当大戚，坐首席，甚是荣耀。如果外孙家有礼数不周之处，姥爷舅舅翻了你的婚宴酒桌，也是理所当然的。此为"二乍"。

最后一乍，就是女子去世后的丧葬事宴了。女人一下世，孝子首先要亲自登门禀报娘家人。确定丧葬日子后，再次登门恭请娘家人参加丧葬事宴。事宴上，不管远近亲疏，娘家人一进村口，孝子们就得领着鼓手，吹吹打打去迎接。整个事宴进程中，娘家人都享有最尊贵的礼遇。尤其厉害的是出殡前夕的央娘家。

央娘家前，孝子们要先请娘家人亲自观瞻死者遗容，然后，在上房设专桌或木盘，摆上茶水、香烟等，请娘家人上坐，之后，所有孝子都身着重孝，手拄哭丧棒，跪在地上，先向娘家人敬茶：长子双手托起盛有茶盅的茶盘，举过头顶，请求娘家人接茶。娘家人挨个儿接过茶盅后，长子放下茶盘，跪着向娘家人陈述死者生前的生活状况和死因，并向娘家人忏悔自己的侍候不周，请求娘家人发落、饶恕等。如果死者生前丈夫体贴、儿女孝顺，央娘家也就是个礼节性的仪式。而如果子孙们生前不孝顺，或者死者死因有蹊跷，不孝子孙们此时就要受到惩戒。娘家人可以在尊长亲朋面前，数落训骂子孙们，且迟迟不接端起来的茶盅，让他们就那么跪着，跪到双腿发麻，跪到膝盖酸疼。如果娘家人不发话"起来吧"，孝子们是不能自己起来的。此时，即使子孙们心有委屈，也不能顶嘴，不能强辩，只有说好话的份，稍有造次，娘家人抽起手中的孝帽子，甩打跪着的孝子们也没得说。

虽然甩打只是个样子，但对于子孙们来说，却是莫大的不光彩，是在亲朋乡人面前抬不起头来的事，更是损伤名誉声望的事。从此，"不孝子孙"的帽子就这么戴上了。凡带有这顶帽子的人，其人品和德行就都染上了污点。

这第"三乍"太厉害了，简直就是孝文化的一把戒尺。别看穷乡僻壤，孝道却是用亲情、道义和声望凝聚成的做人准则。

如果女人下世没有娘家，虽然缺少的只是一个仪式，是子孙们重重的一跪，但丧事却少了一个核心，仿佛模糊了逝者的来路，欠缺了对逝者足够的尊重。这也是娘娘下世后，父亲兄弟几个一定要为娘娘寻找到娘家的主要原因。

为娘娘寻娘家波折不少。几十年了，与娘娘稍近些的族人，早已流落的不知去向。父亲和五爹这村出，那村进，一连好几天，打问同姓族人的流向，探访辈分的远近。最后，终于在娘娘的原出生村访到了一户，经协商，人家同意认这个闺女。于是，行了礼，正儿八经地认了娘家。

　　娘家终于寻到了。出了几辈？有多远？我不知道，只听父亲说，认下的娘家人，只是跟娘娘同姓，整了半天辈分，应该叫娘娘姑姑。

　　寻娘家归来，父亲和五爹很激动，叫来两个哥哥，兄弟四人坐下来一拍即合，决定先把娘娘沙起来，等秋收后再下葬。其原因有二，一是娘娘在儿女们心目中是功臣，丧葬事宴想办得排排场场、风风光光。而眼下，一来二去，已过去了七八天，地里的庄稼再也不能等了。二是娘娘去世前，83岁的爷爷早已病倒在炕上，神志不清，医生说没几天了。然而，"没几天"的爷爷还好好的，没病没痛的娘娘却突然走了。在老家有个规矩，不出百天，坟里不能两次动土。爷爷能撑过百天吗？于是，大爹穿了长长的孝衫，再次登门征求了娘家人的意见，达成一致后，娘家也派人来给娘娘烧了纸，沙了起来。

　　那年的秋收得草率而匆忙。黄豆还没有入仓，爷爷就下世了。这是人们意料之中的事。

　　真是白头偕老的一对啊，连入土都是相跟着的。于是，整个家旅都是边秋收扫尾，边碾米磨面，宰猪杀羊，准备丧葬事宴。

　　中国传统文化的根在农村，尤其是丧葬礼仪。

　　爷爷娘娘的丧葬事宴，是我们那一带最排场、最风光的三昼二夜，即，摆宴待客三天两晚上，有道士，有和尚，有跑五方、转道场，两班鼓手轮流吹，丧葬议程全部按传统礼仪进行。这也让久违了的传统丧葬礼仪，火爆爆地展现在了古老的李家梁村。

按规矩，事宴前，先派人牵着毛驴去请娘家婆姨。娘家婆姨也得按规矩，一进村口就在毛驴背上"姑呀，姑呀"地一直哭着进院。一霎时，娘家人的哭声，孝子们的哭声，迎宾队伍的唢呐声，轰轰烈烈地拉开了"三昼二夜"的序幕。

李家梁，典型的一家村，全村十几户一律姓杨。我家属大家族，爷爷娘娘养育了四儿两女，父亲兄弟四人中，除三爹只有一子外，其余都是六七个、七八个子女。到80多岁的爷爷娘娘下世时，重孙重外孙都已一大群了。所以，爷爷娘娘丧葬事宴最突出的就是孝子多。父亲们也大气，所有侄子、外甥、族人、侄孙、侄外孙等旁系辈，凡到场的，全都穿着打至小腿的长孝衫。

渐进冬季，树枯草衰，褐黄色的山头上，十几户人家的小村村，挨挨挤挤都是穿长孝衫的人，真正是举村为两老送葬，所有人都在参与操办丧事。再加上周围邻村赶来看红火的人，街头院路脑畔上，到处都人头攒动，让清静惯了的小山村空前绝后地热闹了起来。

大事宴有大事宴的铺排，生火做饭的，担水的，搬炭的，打墓的，迎来送往打杂的，都是专门的队伍，孝子们只是守灵、哭灵、迎客，跟着总主持进行各项仪式。

虽然"三昼二夜"的议程排得满满当当，但最亮点的，还是跑五方、转道场，此仪式也是近几十年来乡人不曾见过的。

我说不来跑五方、转道场的要领和具体程序，好像都是为超度亡灵的，但却深深地记得，那彰显家族阵容的宏大阵势。

五跑方、转道场是从午饭后开始，一直进行到傍晚后才结束的。首先是孝子们排成几纵队，齐刷刷地按长幼顺序跪在灵堂前，身披袈裟的和尚，与身着黑色道袍的道士，神情肃穆，走进灵堂，念念有词地指挥着所有孝子们上香、奠酒、烧纸、磕头。然后，和尚的宽袖子一甩，与道士一道带领着众孝子，边诵经，边绕灵堂三匝。最后，按长幼排序，男女各排成单行队，排向大门外行进……

最前面是扛着引魂幡的嫡孙，后面依次是和尚、道士、鼓手、孝子。两班鼓手一头一尾。尤其是孝子队伍，太壮观了！印象中，从大门口到平梁大约三四百米，前面的孝子已经在平梁摆开阵势了，后面的才刚刚出了大门。

小路弯弯，行进缓缓，整个队伍像一条游动着的白色长龙。时而舒缓流畅、时而如泣如诉的唢呐声前呼后应，将整个小村带入了隆重的送葬氛围中。走在队伍中的我，分明地感觉到爷爷娘娘驾着清风，盘旋在清凌凌的上空，瞭望着他们成群的子孙们含笑远行……

观看的人们不断地唏嘘赞叹：真是有功的人呐，活出气势来了，轰轰烈烈的一大家子哦！

是啊，活出气势来不假，但有功之人，更多的是指娘娘。

周方邻村的人都知道，娘娘不仅传承了这个家族的香火，而且是家族兴旺、和谐、蓬勃的核心人物。

这样的娘娘却没有了娘家？她老人家的娘家哪去了？直到近些年，我才了解了娘娘的身世。

娘娘是本县桑园塔村人，原本家境贫寒。大概在她 5 岁多点的时候，其父携家带口，来到了李家梁村，在村脚下的桑塔则煤窑掏炭。当时，爷爷的父亲也在该煤窑干活，两人就此认识。

煤窑上雇人干的活儿，一般是下窑掏炭和背炭。这两种营生，既受罪又危险，用乡民们的话说，是三块儿石头夹着一块儿肉，时刻都有送命的危险。因此，掏炭、背炭的收入要比干其他活儿的高些。

娘娘的父亲是掏炭的，在暗无天日的窑底下，凭着头顶上的一盏蓖麻油灯，一掏就是两年多。待他手头稍微有了点积蓄时，却遭遇了连年大旱。在那个以物易物的年代，掏炭背炭赚得都是粮食。地里没了收成，窑上也就自然没了收入。炭卖不出去了，掏炭背炭的也就歇业了。

既没活儿干，又没土地种，穷人的日子可想而知。

一天，娘娘的父亲找到爷爷的父亲，唉声叹气了半天才说：老兄，我知道我的家境配不上你，好在小女还算聪明灵秀，比你儿子小3岁，如果你愿意，咱俩结个亲，你早早领过去，也让小女逃个活命。

天下穷人都靠天。爷爷家当时的日子虽然也过得艰难，但总算是守家在地的老户，勉强能填饱肚皮。也因了两人相处甚好，都知道对方的人品，于是，就应了这门亲事，并送给娘娘的父亲3块大洋作为聘礼。从此，娘娘就进了爷爷家，做起了童养媳。

那年，刚好7岁。

娘娘被童养后，她的父母就带着唯一的哥哥离开了李家梁村，来到岢岚的深山沟名叫黄蒿梁的地方，用微薄的积蓄和许配女儿的3块大洋，买了几亩薄地，挖了两眼土窑洞，定居了下来。

然而，好景不长。没几年，娘娘不到40岁的父亲就撒手归西了。当时娘娘的哥哥大概十六七岁。从此，母子俩的日子便每况愈下。不过，娘娘的哥哥总算娶过了一房媳妇，但最终也没有生出孩子来。到娘娘的母亲下世时，她的哥哥竟然穷得没办法安葬老人。

不知是谁出的主意，娘娘的哥哥居然决定先把老人沙起来，到口外打工赚钱后，再回来安葬老人。没想到，2月走了口外，3月便传回了死在口外的噩耗。娘娘痛哭之后，和爷爷一起驮着粮食拿着钱，去黄蒿梁安葬了老人。从此，娘娘就没了娘家。那年，她大概30多岁。

在父亲的记忆中，娘娘一辈子没怎么住过娘家。哥哥去世后，再也没有娘家门上的亲戚走动。对于一个女人来说，这实在是件痛苦的事。然而，在晚辈们的记忆中，没见娘娘在人前哭哭啼啼过。我小时候，隐约听说了娘娘的身世后，曾小心翼翼地问起过娘娘："娘娘的大大妈妈、哥哥弟弟呢？"娘娘连看都没看我一眼，平静似一湖清水，半天，只淡淡地说："都死了。"

是过早离开父母淡了感情？还是痛苦太深不想触动？抑或是年近70岁，早已淡漠了生死二字？

娘娘的脚很小，是典型的"三寸金莲"。虽然从我记事起，娘娘就是个老婆婆，但看上去，个头在一米六以上。瓜子脸型，皮肤白净，眼睛不算很大，却俏薄细长，一笑，弯弯的，很喜气。方邻的人们都说，娘娘年轻时，真正是小脚妙手的好媳妇。

然而，人们称赞更多的不是娘娘的人才，而是她的品行。

你能想象到三寸长的尖尖脚，在梁梁峁峁松软的庄稼地里是怎么干活的吗？走一步，摆三摆，一脚一个土窟窿。

是谁倡导了女人缠脚？真是作孽！据说，演变到后来，衡量女子美丑的标准，不是身段和脸蛋，而是蒙着脸，揣一把脚的大小，就做了决断。拿绣楼小姐的标准，去要求农家女人，实在是有悖现实！

小脚，就娘娘而言，仅担水一项，就是超强度的挑战。李家梁坐落在山圪上，吃水要到沟底去担，垂直距离一里半。我没记住那条瘦长的担水路是用多少个 S 形从沟底盘上来的，但单程总长不少于 2 里地。一路上，除专门修出来三四处能放平水桶歇歇的地方外，其余都是瘦长瘦长的弯弯坡路。娘娘的"三寸金莲"就是在这样的担水路上担了一辈子水。

娘娘童养到爷爷家，总算逃了条活命，虽说婆婆待她亲似闺女，但童养媳就是童养媳。不知是特殊的成长经历养成了忍辱负重、任劳任怨的秉性，还是天性纯朴善良、大人大量。

爷爷家能吃饱肚子，但一辈子受苦受累，却是躲不过的。再加上爷爷是个典型的大男子主义，在他的概念中，男人才是一家之主，男人想做什么、怎么做，不需要女人过问。爷爷一辈子，做过壮丁，跑外种过地，窑上掏过炭，酒坊蒸过酒，赌场赌过博。但是，爷爷一辈子却没有积累下多少财富，反倒变卖了一些老爷爷积攒下来的田地。然而，不管爷爷赚了、赔了还是挥霍了，娘娘都没有埋怨过，更没有吵闹过。听长辈们说，爷爷赌得最厉害的时候，常年不回家，娘娘一个人在家里种着地，侍奉着老人，照料着孩子。

有一年，好长时间不回家的爷爷突然回来了，娘娘很高兴，正忙着给做饭，爷爷却不声不响地拿着口袋，跑到前院的窑洞里，把娘娘攒了好久的一瓮麦子，一粒不剩地背着打了赌债。

母亲曾跟娘娘絮叨起陈年旧事时说："他一年不在家，你种的麦子，为甚让他背走？"

娘娘却说:"背走就背走吧,咱的人欠了人家,迟早都得还。麦子是人种的,只要有地,我还能种出来。"

爷爷兄弟两个,他是老二,他哥哥娶妻早,却生孩子晚。在三代同堂的大家庭里,娘娘是做家务的主力,她整天地里忙了家里忙,还得带孩子,而大娘娘没有孩子,却偏爱打牌。经常到做饭时,娘娘放下手头的活儿,专程跑到牌场问大娘娘:"嫂嫂,咱吃甚饭吧?"得令后,再回来做饭。

娘娘生下第二个孩子后,大娘娘还没有孩子。大娘娘觉得这样在一起,她吃亏了,于是,提出分家来。分家时,大娘娘要这要那,娘娘却说:"嫂嫂,你要甚就拿吧,我两个孩儿,平时消费比你大。"

这样一说,大娘娘反倒不好意思了,于是说:"还是让妈妈给分吧。"

在娘娘的包容下,一个锅里吃饭多少年的两妯娌,连脸都没有红过。

娘娘 13 岁结婚,18 岁生孩子,一口气生了 15 个,活下来 6 个,其余先后夭折。然而,对于娘娘来说,生孩子是女人天经地义的事情,不能耽误做营生。

大姑曾给我说,娘娘生我父亲的时候,正值秋天,感觉肚子疼了,才想起家里没有吃的山药蛋了。于是,赶紧担起箩筐,拿了撅头,跑到前峁刨山药。肚子管肚子疼,她管她刨山药。当担着一担山药蛋走进院子时,顾不得放好,就迫不及待地推门往炕上爬,然而,紧爬慢爬,刚到炕沿,孩子就从裤管里漏到了地脚旮旯……

我五爹出生的时候,7 月天,阳光正好。突然,娘娘肚子疼起来，她知道要生了。然而，当她腆着大肚子走进家门时，爷爷正和他的朋友盘膝打坐地在炕上喝酒聊天。当时就那一眼住人的窑洞，娘娘不好意思撵走爷爷的朋友，又且身边已有了 5 个孩子，她摸着肚子，心里说：这穷兮兮的日子，你又来做甚了？于是，转身走出家门，一个人来到前峁的场拐窑（打庄稼场地边掏出来放工具的小土窑）生了孩子，自个儿断了脐带，又用衫子包住孩子，放在避风处，一个人起身回村了。

一进村口，遇到了大娘娘，大娘娘见她衣服上有血迹，再看大肚子没有了："哎哟哟，我的小冤家，把孩儿生外头了？"于是，转身回到场拐窑抱起孩子，扶着泪眼潸然的娘娘回了家。

娘娘一辈子满脑子装的都是别人，怕别人吃不好、喝不上，怕别人受委屈，唯独没有她自己。年轻时，有一口好吃的，第一份、第一碗都是恭恭敬敬地送给公公婆婆；到老了，这个分给孙子，那个留给儿子。就老两口的细粮，也基本上都是爷爷一个人吃了。我们经常见娘娘一个锅里蒸两样子饭，一半莜面，一半高粱面，莜面是爷爷的，高粱面是她的。爷爷也习惯地认为，他就该吃好的，娘娘就该吃赖的。为此，我们这些孙辈们还常常替娘娘打抱不平，不愿意跟爱训人的爷爷亲近。

娘娘一辈子养成了一个改都改不过来的习惯：给别人端饭，她却从来没有正儿八经地坐下来吃过一顿饭，灶台和炕的连接处，是她坐了一辈子的餐座。不管锅里有多少饭菜，也不管炕上有多少吃饭的人，每顿饭她都要一碗一碗盛上，一个一个挨大排小地端到手上，而她自己，就只能边端饭边抽空吃，或者别人吃完了，她再吃。以至于媳妇们过门后，一动手迟了，娘娘就把饭碗端到了她们手上。为此，媳妇们不止一次说："妈妈，不要为我们端饭，我们是媳妇，该我们给您端的。"

每每此时，娘娘总是笑着说："习惯了，记不住。端了你们就吃，一家人没那么多讲究。"

娘娘有4个儿媳妇，都在一个大家庭里生活过，除大妈年龄稍大些，其余都年龄相仿。在那个物质极度匮乏的年代里，针头线脑、零碎吃食，都是妯娌们之间闹情绪的由头，而娘娘的4个媳妇之间却没有任何说辞。连村人都知道，这多半是娘娘的功劳。她是那个在背后悄悄补公平、消情绪的人。每每有外人说我们是个和谐的大家庭时，媳妇们都会毫不犹豫地说："我们有个好婆婆。"

一个好女人，可旺夫家三代。娘娘就是这样的好女人。

娘娘走了30多年了，可随着时间的推移，在后人心目中却越发地高大起来。不仅家族中，就是在周围邻村的乡亲们中，每每遇事，总是习惯性地把娘娘搬出做榜样。这实在是娘娘这个寻不到娘家的童养媳所不曾想到的。

人活名头，树活阴凉。娘娘辛劳一生，却也享誉一方，值了。

山风低吹处　阵阵林涛声

白少华

保德新青年，终于要出书了。众望所归。

从我加入保德新青年以来，创作的不容易，编辑的不容易以及出书路上的种种难处，我都看在眼里，亲历其中。雨柔，这个名字听起来柔柔弱弱的，其实她是一个很有担当的女子。个头不高，却有一股不撞南墙不回头的劲儿。时至今日，出书一事能有个圆满的结果，功劳归她。

"众人拾柴火焰高"，此次能顺利出书，资金全部自筹。天南地北的保德人出于对家乡的热爱，对本土文化寄予无限厚望，慷慨解囊，积极促成了此事。

保德新青年作为保德本土的一个纯文学的网络平台，这几年对保德文化发展着实发挥了很大的积极作用。掀起了一股创作热浪。人们的创作欲望高涨，2018 年前后，达到了创作高峰期。那时投稿者甚多，我在编辑时，看到很多优秀的作品，爱不释手。所以，我是幸福的，也是幸运的。

这一篇篇的文章，已经被我摩挲过很多遍了。每看一遍都有不同的感受。看着，看着，似又回到了那片热土，听到了黄河滔滔的水声，看到了自己的亲人朋友一般。这群饮着黄河水在黄土地上生长起来的人们，他们的文章带着非常浓郁的乡土气息，质朴天成。

出书是我们的愿望，亦是我们最后的守望。逝者如斯夫，不舍昼夜。如何将我们自己的东西长久珍藏下来？无疑，出书是最好的方式。在浩瀚无边的网络文学里，若想翻找到与自己的故土与自己的亲人有千丝万缕的联系的文章，犹如大浪淘沙，工程何其庞大！印书成册，就是这本书的价值所在。

人们可以在闲暇之余翻一翻，互相谈论下，哦，这个作者我认识，这篇文章写得太感人了，历史原来是这样……若干年之后，我们的后代，后代的后代，捧着这本书时，他们会了解到人生不只有眼前的繁华，还有祖祖辈辈留下的足迹。相信他们会一边热泪盈眶，一边在点滴的文字里寻找到自己的根。

这部文稿主要围绕乡土、亲情、童趣等元素，再现黄土高坡上的风俗习惯，难以割舍的亲情友情，童年的记忆以及人的一生。徐徐铺开，简直是一幅丰实的活生生的晋西北人家的画卷。

读它，仿佛看到了山坡上的一排排的窑洞，朝阳缓缓升起，炊烟袅袅，院子里有鸡有猪有牛有狗在叫、在跑，有小伙伴在嬉戏打闹，有苍老的父母亲弯着腰在劳动，还有一个未成年的小女孩子扎着两根羊角辫，正坐在大青石铺成的墙头上……

文学这股清泉，正静静地流淌在保德的大街小巷，流淌在每一位保德人的心里，洗涤尘埃，冲刷污垢，喧嚣尽处，便是净土。

在写后记时，我已经听到了一个更为振奋的消息，第二本文稿已在校对中，道阻且长，来日可期。

鸣谢

感谢有你

张宇荣

时光流转，岁序更新。

每日更新的还有保德新青年公众号，我守在这儿已有 5 年时间。从 2016 年 3 月份起公众号负责人吴宇将文学版块交予我时，我便与保德籍的文人雅士以文学的名义加强了联系，从最初在微博里搜搜索索，到邮箱里收稿件，保德新青年的文学版块越来越大，保德新青年也因此成为保德文学的集散地。

网络时代，玩得就是速度与激情，一篇文章从发布到转发到各种微信群用不了几分钟时间，激情退去，文章也便石沉大海，不见踪迹。

2018 年我便萌生出书的念头，只为把那些曾经在网上红极一时的文字变成实实在在的铅字，放在枕边，夜夜嗅着书香入梦。经过几个月的整理，终于有 30 多万字的文稿了，看着白纸黑字的厚厚一摞放在眼前，我突然感到很踏实。

有了书稿就离出书近了一步，我请高定存老师作了序，老师是保德文坛的旗帜，是省作协会员，亦是保德新青年的最大支持者，他作序是最合适不过的了。

我又请远在郑州的保德籍书法家韩雄平书写了"风起林涛"4个大字，刚劲有力，厚重古朴，流畅自然，文化底蕴在字里行间流淌。

当我在作者群说到出书时候，大家都激动起来，那晚的群里热闹非凡，起书名的，出主意筹钱的，拉赞助的，大伙七嘴八舌筹划着新书的问世。然而是我的一个错误决定让书稿沉寂了两年多，直到2021年10月份才重新开始筹划出书事宜。

10月31那日早晨，我把众筹出书的想法以公告的形式发在作者群里时，我的手机微信便滴滴响个不停。北京工作的高敏是位经济学者、文学爱好者，是我高中时候在雏燕文学社的小学弟，他第一时间转了2000元支持出书。为了青春时期共同的梦想，我毫不客气地收了钱，感激的话没有说太多，但泪流了很多。第二位转账的是北京的冯华三，一个北京生北京长却心系保德故土的红二代。他关注保德，保德新青年就像他打开故乡之门的一扇窗户，隔着窗户留言，和保德老乡互相打着招呼，他发了999元的大红包，祝愿保德新青年久久繁荣。第三位转账的是一位默默关心保德文学事业的煤矿工人高晓东，原谅我直到今日才知道他的名字，我也不知道什么时候加的微信，也忘记了以前聊过没有。他看到筹款消息后，二话不说转了1000元过来，特别感谢他于我的信任，也特别感谢他对保德新青年的支持，对于一个素未谋面的"老朋友"来说，这份惊喜真让我又一次泪流满面。第四位转账过来的是远在广东的张陆游老师，这位资深记者同样也是情系桑梓，情系文学，一本《苦涩年华》记录了他艰难的奋斗历程，他的支持于我而言亦是特别感动。第五位是在济南的康利利，这位出身书香世家的小姐姐其实是位工程师，但她又极其喜欢文学，她的文字如同小溪清澈明亮，源源不断，娓娓而来。深圳的刘宝民老师转账 1000 元，因为文字相识，从此便成了文友，成了保德文学上不可或缺的一位。代翻桃、乔志立、陈伟琰、康彦萍、张彩霞、石改兰、王博……捐款源源不断地转过来。

韩首芳是一个农民工，转 500 元给我，我如何忍心要他的血汗钱，最后我还是收下了这份饱含着对文学热爱的赤诚之心。尽管他不让公布他的名字，但我在这里真心要感谢他对保德新青年的支持。李洁是朋友的朋友，后来我们也变成了朋友，她不喜欢码字，但她对文学是崇敬的，对保德新青年是认同的，她转了500 元支持我出书。当文联王汇登主席将一叠崭新的百元大钞递到我面前时，说他个人赞助出书，我愣了一下，随即又是深藏着的感动，忍住没让泪水在初冬的街头淌出来。杨爱梅、刘峻梅、李爱民、白少华都是亦师亦友，他们慷慨解囊，让我心生无数感动。王锦芳、刘美丽、武忠元、张爱红、高富、韩俊义一个个熟悉的头像发送着信息，红包熠熠生辉，我的泪水一次次决堤，泪水在真情面前变得特别廉价。

作者群里大家激情依旧，陈秉荣老先生有出书经验，介绍出版社给我，白永飞、杨爱梅直接给发我出版社联系人的名片。

睡觉前再看作者群，高跃科老师也明确表态，全力支持印书，让朋友北遥先生支持出版，还把将来出版后售卖的事情也顺带考虑了。除了感动感激，我也不知道该用何种情绪来表达我的谢意，除了流泪，我也不知道该如何用行动来表达我的感情。

从早到晚一直在感动中，一个又一个的感动温暖了初冬的保德，一天里我便接收到16000多元的捐赠，有了这些捐款，离出版书的目的越来越近了。

　　就在搁笔时候，又收到了志愿者协会的1000元，小桔灯作文培训班的1000元，今夜注定无眠，今夜感动无限，今夜感谢有你们!

　　走近梦想，走近文学，风起林涛，一阵清风，缓缓吹过保德的山川与河流，拂过每一位保德人的脸庞和心灵，滋润一代又一代的文学梦。